MES HAINES

*Du même auteur
dans la même collection*

L'Argent (édition avec dossier)
L'Assommoir (édition avec dossier)
Au bonheur des dames (édition avec dossier)
La Bête humaine (édition avec dossier)
La Conquête de Plassans
Contes à Ninon
Contes et nouvelles (2 vol.)
Correspondance
La Curée
La Débâcle
Le Docteur Pascal
La Faute de l'abbé Mouret
La Fortune des Rougon
Germinal (édition avec dossier)
La Joie de vivre
Mon Salon Manet
Naïs Micoulin
Nana (édition avec dossier)
L'Œuvre
Pot-Bouille
Le Rêve
Le Roman expérimental (édition avec dossier)
Son Excellence Eugène Rougon
La Terre
Thérèse Raquin
Une page d'amour
Le Ventre de Paris
La Vérité en marche. L'Affaire Dreyfus
Zola journaliste. Articles et chroniques

ZOLA

MES HAINES

Présentation, notes, chronologie et bibliographie
par
François-Marie MOURAD

GF Flammarion

Professeur de chaire supérieure au lycée Montaigne de Bordeaux, François-Marie Mourad est l'auteur de nombreux ouvrages sur Zola et le naturalisme, notamment *Zola critique littéraire* (Honoré Champion, 2003). Il a édité, dans la collection GF, *Le Roman expérimental* (2006) et les *Contes et nouvelles* de Zola (2 vol., 2008).

© Éditions Flammarion, Paris, 2012
ISBN : 978-2-0812-6777-0

PRÉSENTATION

> « Un scrupuleux anatomiste du cœur
> humain s'amuserait peut-être à disséquer
> chacune de nos passions et à chercher dans
> quelle proportion y entrent l'amour et la
> haine. »

Pierre LAROUSSE, article « Haine »,
Grand Dictionnaire universel du XIXe siècle, t. IX

La haine, dont les dictionnaires d'aujourd'hui, dans leur
désespérante platitude, ne retiennent que le versant négatif,
n'est pourtant pas une passion triste. Baudelaire l'avait noté
dans ses « Conseils aux jeunes littérateurs » : « En effet, la
haine est une liqueur précieuse, un poison plus cher que
celui des Borgia, – car il est fait avec notre sang, notre
santé, notre sommeil, et les deux tiers de notre amour ! Il
faut en être avare [1] ! » Le jeune Zola, s'il souscrit implicitement à cette phylogenèse de la haine, choisit au contraire
d'en être prodigue. C'est ce que montre superbement le
titre de son premier recueil de critique générale, qui paraît
en 1866. Tandis que le romantique démoniaque [2] s'empêtre

---

1. Charles Baudelaire, « Conseils aux jeunes littérateurs », *L'Esprit
public*, 15 avril 1846, in *Œuvres complètes*, éd. Claude Pichois, Gallimard,
« Bibliothèque de la Pléiade », t. II, 1976, p. 16. Des *Fleurs du Mal*, on
se souvient que Baudelaire reconnaîtra, en février 1866, quelques mois
avant que paraisse le livre de Zola, y avoir mis « toute [sa] haine ».
2. C'est ainsi que Zola, qui lit Baudelaire dès 1866, le présente et le
situe dans sa synthèse sur « Les poètes contemporains » (février 1878),
reprise dans les *Documents littéraires* (1881), in *Œuvres complètes* d'Émile

dans le « tonneau de la haine [1] », Zola, plus solaire, en fait un mot-drapeau, le déploie en majesté et l'assortit dès la préface d'un étonnant – et détonant – slogan, qui fera date : « La haine est sainte » !

Contraintes et défis du journalisme
sous le Second Empire

À vingt ans, idéaliste, poète à ses heures, il considérait les exordes et les préambules comme d'inutiles hors-d'œuvre : « L'auteur semble vous dire : "Permettez, monsieur le lecteur ; je suis tellement obscur, tellement profond dans mon ouvrage, que vous seriez assez bête pour ne pas me comprendre, si je m'expliquais ici plus simplement." On a donc grandement raison de ne pas lire les préfaces ; l'œuvre doit suffire pour juger l'auteur [2]. » Un lustre plus tard, grâce au journalisme et à l'édition, la mue est accomplie. Réaliste et pragmatique, Zola a vite saisi l'importance des professions de foi militantes et des métadiscours clairs et performatifs. Ils sont eux-mêmes l'événement fondateur qui donne consistance à l'être littéraire, que celui-ci soit une école, un système, un auteur ou une œuvre. *Mes Haines* vaut bien d'abord, dans ses premières pages, comme l'une de ces « préfaces épiphaniques où l'auteur lui-même se lance,

---

Zola, dir. Henri Mitterand, Cercle du Livre précieux, 1966-1969, 15 vol. (désormais abrégé en *OC*, suivi du numéro du tome concerné). Ici, *OC*, t. XII, p. 375.

1. « Le Tonneau de la haine », *Les Fleurs du Mal*, LXXIII (édition de 1861), in *Œuvres complètes, op. cit.*, t. I, 1975, p. 71.

2. Lettre à Paul Cézanne du 25 juin 1860, *Correspondance* d'Émile Zola, éditée sous la direction de Bard H. Bakker et Henri Mitterand, Montréal-Paris, Presses de l'université de Montréal-Éditions du CNRS, 10 vol., 1978-1995, t. I (*1858-1867*), 1978, p. 194. (Cette édition est désormais désignée par l'abréviation *Corr.*, suivie du numéro du tome correspondant.)

s'expose, tente d'exister, *s'invente* [1] ». Et Zola de reconnaître,
dans ce déplacement d'accent fondateur de l'œuvre à venir,
que « là est la fanfare triomphante, le cri de l'âme, la foi
ardente des vingt ans » (« Un livre de vers et trois livres de
prose », p. 151). Ce grand texte liminaire, qui vise surtout
à unifier la collection d'articles de presse qui avaient d'abord
paru, pour la plupart, dans *Le Salut public* de Lyon, garde
encore sa puissance de rayonnement exceptionnelle.

Avant de céder à l'élan qui nous place dans la logique
d'un *seuil* [2], il convient toutefois de signaler que le texte
d'ouverture de Zola a d'abord paru discrètement en page
cinq du *Figaro* du 27 mai 1866, sur deux des trois colonnes
serrées qui formaient l'espace général de la lecture du journal, organisé selon les deux axes, vertical et horizontal, ce
qui donnait à ce quotidien une allure très différente de celle
que nous connaissons aujourd'hui. Après une « Revue de
Paris » qui égrène les anecdotes du village central et les pro-
meut au rang de sujets de conversation du moment,
s'enchaînent des rubriques variées : un courrier de l'étranger, le portrait d'un des « Hommes de ce temps », des tri-
bunes libres, des dialogues interposés, des démonstrations
d'éloquence et, en allant vers les réclames en gros caractères
de la huitième et dernière page, avant des « échos » dispa-
rates alternant plaisanteries faciles et faits divers plus ou
moins inventés, deux pages de chronique bibliographique :
la revue des livres du jour. Prise dans l'ensemble faussement
hétérogène des « variétés » immédiatement consommables,
cette rubrique qui nous intéresse davantage devait être rele-
vée d'un certain pittoresque pour ne pas enrayer la tonalité
générale, badine et cancanière, qui caractérisait la petite

---

1. José-Luis Diaz, « Préfaces 1830 : entre aversion, principe de plaisir
et *happening* », in *Préfaces et manifestes du XIXᵉ siècle*, *Revue des sciences
humaines*, Lille, Presses universitaires du Septentrion, n° 295, juillet-
septembre 2009, p. 47.

2. Voir Gérard Genette, *Seuils*, Seuil, « Poétique », 1987.

presse urbaine alors en pleine en expansion. L'humour, la
« blague [1] », l'indiscrétion sont ici de règle, et la vivacité du
style, les figures de l'interpellation, l'ironie, l'astéisme, le
mot d'esprit... Telle est la « poétique du quotidien » qu'a
bien décrite Marie-Ève Thérenty [2], à concevoir dans un
entre-deux scriptural qui met à mal nos distinctions struc-
turales : le journalisme français, au XIXᵉ siècle, est littéraire
au sens large ; il ne renvoie ni à l'idée que nous nous faisons
aujourd'hui de l'information, aseptique, neutre et généra-
liste, ni à celle de la Littérature comme pratique souveraine,
édifiée en marge des discours sociaux de référence et des
médias.

Zola a appréhendé avec lucidité le règne du journal, dont
il répudie d'emblée, en son sein, la tendance boulevardière
divertissante, cet esprit parisien de dérision systématique,
qui se moque de tout et de tous : « Aussi sommes-nous un
peuple très gai ; nous rions de nos grands hommes et de
nos scélérats, de Dieu et du diable, des autres et de nous-
mêmes. Il y a, à Paris, toute une armée qui tient en éveil
l'hilarité publique » (p. 45). Sa participation au genre de la
chronique mondaine légère et amusante, exactement
contemporaine de son engagement plus essentiel au *Salut
public* de Lyon, banc d'épreuves de *Mes Haines*, fut strictement alimentaire, ponctuelle et un peu poussive : une petite
série de « Confidences d'une curieuse » parut dans *Le Courrier du monde littéraire, artistique, industriel et financier*, de
mars à mai 1865, signée d'un pseudonyme bien choisi pour
symboliser l'ambivalence de ce journalisme d'information :
« Pandore », la déesse admirable mais fouille-au-pot. En
août 1877, Zola fera observer, pour le dénoncer, l'attrait toujours plus marqué du journalisme en faveur de l'anecdote et

---

1. Voir Nathalie Preiss, *Pour de rire ! La blague au XIXᵉ siècle, ou la
représentation en question*, PUF, 2002.
2. Marie-Ève Thérenty, *La Littérature au quotidien. Poétiques journalistiques au XIXᵉ siècle*, Seuil, « Poétique », 2007.

de la dépêche, dans sa magistrale étude intitulée « La presse française », encore trop peu citée dans les histoires des médias modernes :

Au fur et à mesure que chemins de fer et fils télégraphiques faisaient disparaître la distance, les lecteurs devenaient de plus en plus exigeants. D'autre part, la vie devenait fiévreusement agitée et une curiosité inlassable s'emparait irrésistiblement du public. C'est ainsi que prit naissance la presse d'information. Le journal cessa d'être l'organe d'une certaine opinion pour raconter, avant tout, les faits divers et les détails de la vie quotidienne. La chronique s'étala et inonda toutes les colonnes [1].

À l'encontre de cette écriture qui fait le pied de grue, dissipée en ses deux sens – indiscrète et labile –, la réplique zolienne s'établit sur deux fronts : la fiction courte et la critique de bonne tenue.

Mettant à profit le fait divers, cette « intrusion déformée de la vie sociale dans le journal [2] », l'écrivain fait ses premières armes comme nouvelliste et conteur, notamment dans *Le Petit Journal*, quotidien apolitique fondé en 1863 et locomotive de la « petite presse » à grands tirages. Son premier livre, les *Contes à Ninon*, paraît en 1864 [3]. S'y déclinent, avec bonheur, ces formes de fiction brève – « croquis », « esquisses », « portraits », poèmes en prose... – que la tournure d'esprit « littéraire », en un sens très général, conditionne et fournit quotidiennement pour appâter le désir de lecture et de divertissement. Mais il est d'autres besoins urgents à satisfaire pour les générations de nou-

---

1. Émile Zola, « La presse française », article paru dans *Le Messager de l'Europe* (rubrique « Lettres de Paris »), août 1877, classé par Henri Mitterand dans une série baptisée par lui *Études sur la France contemporaine*, *OC*, t. XIV, p. 258-281.
2. Selon l'heureuse expression de Christophe Charle, in *Le Siècle de la presse (1830-1939)*, Seuil, « L'Univers historique », 2004, p. 19-20.
3. Voir Émile Zola, *Contes et nouvelles*, GF-Flammarion, 2 vol., 2008.

veaux lecteurs, fils de la réforme Guizot [1], arrivés à l'âge
adulte dans les années 1860 : l'appétit de connaissances,
l'élargissement des perspectives mentales et, comme un
indispensable pendant sérieux à la frénésie du plaisant,
l'aiguillon du vrai. Et c'est ici que Zola critique et théoricien entre en scène. En mars 1865, dans une lettre destinée
au directeur du nouveau quotidien républicain *L'Avenir
national*, longtemps restée à l'état de manuscrit, il assigne
au rédacteur de presse un idéal ambitieux : il lui demande
d'être « un chroniqueur, dans la grande acception de ce
mot ». De cette manière, « nous n'aurions pas un bavard,
un taquin qui s'amuse à nous répéter les bonnes histoires
de son petit monde, mais un moraliste qui nous conterait
son temps, tirant la ficelle des personnages et faisant défiler
le siècle devant nos yeux. Il écrirait les scènes détachées de
la comédie, du drame contemporains ; chacun de ses
articles serait l'étude d'un des coins de notre société, et il
pourrait ainsi, avec du temps et du courage, nous donner
l'œuvre entière, l'histoire des hommes et des choses [2] ».
Conçue comme un épisode du roman vrai de l'époque en
train de s'écrire, la chronique, selon Zola, doit nécessairement s'émanciper du flux des nouvelles distrayantes et
des apparences évanescentes pour repérer les lois et les

---

1. La loi du 28 juin 1833, dite loi Guizot, en organisant l'enseignement primaire, a jeté les bases de la croissance d'un public de lecteurs
nouveaux, au-delà des cercles urbains et lettrés traditionnels qui formaient
l'essentiel du public sous la Révolution et la Restauration. Cette réforme
postule « l'universalité de l'instruction primaire » par la lecture, l'écriture
et le calcul élémentaire. Grâce à elle, la France s'est alphabétisée : en
1832, on dénombre 53 % d'analphabètes ; en 1848, les deux tiers des
conscrits savent lire, écrire et compter.

2. Émile Zola, *Lettres d'un curieux*, *OC*, t. XIII, p. 46-47. Couramment, on entendait par *chroniqueur* plutôt « un honnête garçon qui
touche à tout, qui parle de tout, du dîner, du bal, de l'écurie, de l'alcôve,
qui pourchasse l'anecdote, couche en joue le calembour, raconte le dernier
duel, et annonce le prochain quartier de la lune » (Edmond Texier, *Le
Journal et le journaliste*, Paris, A. Le Chevalier, 1868, p. 85).

tendances de fond. Derrière les histoires, il y a bien l'Histoire, ou plutôt l'historicité, dont on reconnaîtra l'importance dans *Mes Haines*, et, malgré la distance qui reste à parcourir, le projet général des *Rougon-Macquart* coïncidera avec cette conception d'un journalisme gnoséologique prospectif et rétrospectif.

En 1865, Zola appelle cette tendance des temps nouveaux la *curiosité* : « Nous tous journalistes, soldats de cette avant-garde qui précède la nation, nous ne sommes que des curieux plus impatients que les autres, qui fouillons toutes choses et qui faisons ensuite nos confidences à la foule avide de nouvelles [1]. » Un jour, et l'on peut se demander si les prédictions de Zola ne se sont pas réalisées, « il n'y aura plus que des journalistes, j'entends que toute la nation s'occupera alors de la chose publique, et sera curieuse à ce point qu'elle saura tout à la même heure que nous [2] ». La multiplication, dans des proportions inaccoutumées, des faits et des événements axés sur le régime de la nouveauté dans leurs ordres respectifs (politique, scientifique, littéraire, culturel et social) appelait non de simples commentaires, mais une ressaisie intelligente – à la fois une mise en relation et une évaluation – par l'esprit de discernement, que Zola baptise magistralement : *la haine*.

Éloge de la haine

Dans l'histoire de la pensée, l'éloge paradoxal doit être pris au sérieux. Les plus grands auteurs – Platon, Érasme, Rabelais, Molière, Voltaire… – y ont eu recours. En brusquant les consciences, jusqu'aux extrêmes de la remise en question, le paradoxisme, cette déraison savante et virtuose, met les idées reçues à la torture. L'écriture de Zola est alors fort proche des réactions qui animent Flaubert,

---

1. *Lettres d'un curieux*, *OC*, t. XIII, p. 43.
2. *Ibid.*, p. 43-44.

quand il songe à son grand projet de *Dictionnaire des idées reçues* (« Dans quelle fange morale ! dans quel abîme de bêtise l'époque patauge ! [...] Ah ! je hurlerai à quelque jour une vérité si vieille qu'elle scandalisera comme une monstruosité. Il y a des jours où la main me démange d'écrire cette préface des *Idées reçues* ») et, plus précisément encore, à la fin d'une autre lettre féroce et inspirée : « Je remettrai tout dans mon Conte oriental. Là je placerai mes amours, comme, dans la préface du *Dictionnaire*, mes haines[1]. » Le mot est lâché, le seul peut-être qui vienne idéalement sous la plume concentrer et diriger les forces à mettre *en œuvre* pour étriller les conformismes.

Les grands réfractaires mêlent ainsi « l'encre et le sang », slogan d'un autre grand moment de polémologie zolienne, toujours dans *Le Figaro*, cette fois en 1880[2], et qui, loin de clore la série de ses « Campagnes », en annonce de nouvelles, voire l'ultime, jusqu'à ce combat dans lequel l'écrivain a laissé sa vie[3]. Zola, fort de son aura, s'élève encore d'un degré, et fait du divorce entre littérature et politique le partage entre l'absolu des vérités et les simulacres de l'actualité :

> Nous sommes donc la grande force, avec notre encre et nos plumes. Les hommes politiques le savent bien, et c'est pour cela qu'ils affectent tant de mépris. Nous tenons les oreilles et

---

1. Flaubert, lettres à Louise Colet du 20 avril 1853 et du 14 août 1853, *Correspondance*, éd. Jean Bruneau, Gallimard, « Bibliothèque de la Pléiade », t. II, 1980, p. 310-311 et 395. De Flaubert, Zola dira qu'il « n'a qu'une haine, la haine de la sottise ; mais c'est une haine solide. Il a écrit certainement ses romans pour la satisfaire » (« Gustave Flaubert », *Les Romanciers naturalistes*, *OC*, t. XI, p. 104).

2. Zola, « L'encre et le sang », *Le Figaro*, 11 octobre 1880, repris dans *Une campagne*, *OC*, t. XIV, p. 453-458.

3. Voir *Nouvelle Campagne* (1897), *OC*, t. XIV, et, sur l'assassinat de Zola par Henri Buronfosse, après les révélations de Jean Bedel (*Zola assassiné*, préface d'Henri Mitterand, Flammarion, 2002), l'enquête très concluante menée par Alain Pagès : *Zola. De « J'accuse » au Panthéon*, Saint-Paul, L. Souny, 2008, chap. XI, p. 251-292.

nous tenons les cœurs. Quand un artiste se lève, un frisson
passe sur le peuple, la terre pleure ou s'égaie : il est le maître,
il ne mourra plus, les siècles sont à lui [1].

C'est le même vocabulaire, le même lyrisme exalté que
dans la préface de *Mes Haines*, où Zola, partant des déter-
minations, ou plutôt des insolences placides du temps, leur
oppose ce qu'il caractérise d'emblée comme un « dédain
militant » (p. 41), affecté d'un coefficient de dénonciation
strictement proportionné à la violence symbolique enregistrée. L'écrivain coiffe le journaliste, et, par l'intensité du
propos, en l'universalisant sans faire perdre de vue le paysage concret d'où il s'extrait, il met en place une vérité
durable, un authentique programme de vie. Sans s'abstraire
complètement de la logique événementielle, le polémiste,
dans la lignée des grands moralistes, atteint le point vital,
la raison cachée, le principe premier. « Je hais » devient ainsi
l'opérateur anaphorique d'une présentation du monde qui
décline les « caractères » des groupes humains coalisés dans
leur défense d'un *ordre des discours* qui est plus souvent qu'à
son tour discours de l'ordre [2]. Dans les « chapelles », les
« cercles étroits » et autres « boutiques d'esprit [3] » se nouent

---

1. Zola, « L'encre et le sang », *ibid.*, p. 457.
2. Si l'on veut bien se souvenir ici de la perspective adoptée par Michel
Foucault et de l'importance qu'il octroie au XIXe siècle dans la pétrifica-
tion de notre vision du monde : « Dans toute société la production du
discours est à la fois contrôlée, sélectionnée, organisée et redistribuée par
un certain nombre de procédures qui ont pour rôle d'en conjurer les
pouvoirs et les dangers, d'en maîtriser l'événement aléatoire, d'en esquiver
la lourde, la redoutable matérialité », *L'Ordre du discours*, leçon inaugurale
au Collège de France prononcée le 2 décembre 1970 (pour tout zolien,
saisissante date anniversaire, puisqu'elle rappelle le début et la fin du
Second Empire), Gallimard, 1971, p. 10-11.
3. Voir Marie-Ève Thérenty, « Les "boutiques d'esprit" : sociabilités
journalistiques et production littéraire (1830-1870) », *Revue d'histoire littéraire de la France*, 2010, n° 3, p. 589-604. La citation renvoie à un
ouvrage d'Auguste Lepage portant sur la presse du Second Empire : *Les
Boutiques d'esprit*, Olmer, 1879.

des alliances objectives contre « la grande vérité humaine » et
« les libres manifestations du génie humain » (p. 43 et 46).
Ces « gens nuls et impuissants », ces « railleurs malsains », ces
« cuistres qui nous régentent », l'a-t-on remarqué, développent en commun de redoutables forces, fût-ce celles de
l'inertie, mais ils « vous arrêtent au passage » (p. 41, 44 et 46),
vous musellent, retiennent vos gestes et corsètent votre esprit,
vous interdisant tout bonnement de vivre.

Comme la prudence est de mise sous le Second Empire,
à cause de la censure, et l'attaque directe exclue, la violence
irradie l'expression des grands principes en faisant bon
ménage avec l'allusionnisme, dont Prévost-Paradol [1] est
alors le grand spécialiste. C'est donc en partie par nécessité
tactique que Zola s'abstient encore de particulariser les
cibles de sa haine, « claques assermentées », « ennuyeux qui
refusent la vie », « sots qui font les dédaigneux » (p. 44-
46)… L'influence de l'article de Taine sur Stendhal – celui-
ci est le seul auteur mentionné dans la préface – est probable [2], mais il sera aisé pour tout dix-neuviémiste averti,
tout bon lecteur de la correspondance de Flaubert ou du
Journal de la vie littéraire des Goncourt, de trouver des filia-
tions avec l'actualité, les tendances, les « scies » et les ren-
gaines en vogue au moment de l'énonciation et, par le jeu
des rapprochements internes, de chercher des correspon-
dances au sein d'un recueil composé avec soin par Zola.
Sans se mettre en peine, on remarquera, à côté des blâmes,
de nombreux éloges, qui apportent un étonnant démenti à
la conception naïve d'une haine conçue sans contrepartie,
comme si l'ombre pouvait exister sans la lumière. Chaque

---

1. Voir le chapitre que lui consacre Zola dans *Mes Haines*, p. 171.
2. Hippolyte Taine, « Stendhal », *Nouvelle Revue de Paris*, 1er mars
1864 ; article recueilli dans la deuxième édition des *Essais de critique et
d'histoire*, Hachette, 1866. Zola semble faire écho à un passage de la
deuxième partie de cette étude, lorsque Taine rend compte des « bizarre-
ries » et de la supériorité de Julien Sorel : « il *invente* sa conduite, et il
choque la foule moutonnière, qui ne sait qu'imiter », p. 33.

rejet, chaque mouvement de détestation libère de la place pour l'admiration, redoublée par l'aversion de ce qui l'empêche, renouvelée par cette violence lustrale et propitiatoire. *Mes Haines* est donc surtout à entendre, par antiphrase, comme un bréviaire des ferveurs zoliennes, et comme l'expression des impatiences dont se doublent ses enthousiasmes artistiques et littéraires, pour Courbet, pour les frères Goncourt, pour Balzac, pour Taine…

L'écriture militante

L'admiration pour Michelet, généralement moins remarquée, est peut-être l'un des paradigmes de cette écriture engagée sinon enragée. « Le génie qui déteint sur tout et sur tous dans ce moment-ci, c'est Michelet », remarquent les Goncourt le 11 avril 1866, il « a pétri la pensée actuelle [1] ». Encensé dans *Mes Haines*, évidemment présent dans le chapitre le plus politique du recueil (le compte rendu de l'*Histoire de Jules César*), toujours commenté avec ferveur par Zola aussi bien dans sa correspondance des années 1860 que dans sa première critique, Michelet est décidément l'idole de la jeunesse, celle des Écoles et, à partir de ce centre militant, celle de la France, qu'il a enflammée par ses cours et ses discours, lesquels continuent de circuler sous forme de brochures, comme aux beaux jours de février 1848.

C'est un devoir pour tout combattant de l'intérieur, tout candidat un peu averti, de s'inscrire dans cette mouvance euphorique et progressiste, d'être le « principal agent de la rénovation sociale que nous verrons bientôt », et donc, pour tout « jeune cœur », d'adhérer au « glorieux sacerdoce d'un

1. Edmond et Jules de Goncourt, *Journal. Mémoires de la vie littéraire*, t. II (*1866-1886*), Robert Laffont, « Bouquins », 1989, p. 18.

monde nouveau [1] ». Les haines vitalistes de Zola procèdent de l'appel à la jeunesse de Michelet : « Que veut dire jeune ? » demandait ce maître à penser à la veille de la révolution :

> Cela veut dire actif, vivant, concret, le contraire de l'abstrait ; cela veut dire chaleureux et sanguin, encore entier, spontané de nature ; enfin, comme on nous a aussi appelés, nous autres sortis du peuple, barbare ; ce mot m'a toujours plu [2].

Dans le détail de son sermon républicain, Michelet dénonçait le conformisme intellectuel, « le Styx de l'abstraction », et exaltait ces antidotes que sont la « réalité sérieuse, la force [3] » et le « caractère » :

> L'esprit abonde et surabonde ; le caractère est rare. Qu'il paraisse véritablement un *caractère*, un *homme* : mille choses sont là qui l'attendent, qui sont mûres, en réserve, qui se gardent pour lui. Mille forces dispersées dans la vie, dans la science, se grouperont, dès qu'il viendra un homme, seront siennes, deviendront sa force [4].

Zola, qui adopte le même critère projectif dans sa critique, n'a-t-il pas rêvé d'être cet « homme » providentiel, n'y a-t-il pas réussi ?

Hostile en outre à l'art pour l'art, Michelet plaidait en faveur du « livre populaire », de la littérature comme « forme de l'action », et il voyait dans la presse un moyen

---

1. Michelet, *Cours professé au Collège de France. 1847-1848*, Paris, Chamerot, 1848, p. 30.

2. *L'Étudiant*, deuxième leçon, 23 décembre 1847, t. II, p. 278. On sait que Michelet publia par fascicules, en janvier et février 1848, les leçons de son cours suspendu ; elles furent recueillies après sa mort par Mme Michelet, en un volume : *L'Étudiant*. Sur le barbare, voir Pierre Michel, *Un mythe romantique : Les Barbares. 1789-1848*, Presses universitaires de Lyon, 1981.

3. *Cours professé au Collège de France, op. cit.*, p. 43 et 62.

4. *Ibid.*, p. 68.

de réaliser « l'union morale » entre les générations, le peuple
du travail et les « privilégiés du loisir » :

> La Presse n'est-elle pas en effet l'intermédiaire universel ?
> Quel spectacle, lorsque, de la poste, vous voyez partir, par mil-
> liers, ces journaux, ces représentants des opinions diverses, qui
> vont porter jusqu'aux plus lointaines frontières la tradition des
> partis, les voix de la polémique, harmonisées toutefois dans
> une certaine unité de langage et d'idées ! Ce spectacle est grand
> le matin, à l'heure où les presses s'arrêtent, où les cheminées à
> vapeur cessent de fumer, où le papier sort rapide, où les feuilles
> vont s'éparpillant par toute la France. Qui ne croirait que c'est
> l'âme nationale qui va circuler ainsi par toutes les veines de ce
> grand corps [1] ?

Même exaltation, mêmes figures sous la plume de Zola,
qui met en pratique, de surcroît, le programme précis fixé
au journaliste par Michelet : « La presse poursuit une mission extrêmement utile, extrêmement grave et pénible, celle
d'une censure continue sur les actes du pouvoir, et d'une
discussion instructive sur les théories [2]. »

La tendance de fond est sérieuse, à la fois politique et
didactique. Elle pouvait d'autant moins échapper à Zola qu'il
était entré en 1862 à la Librairie Hachette et y était devenu,
après s'être fait la main à rédiger les annonces du catalogue
maison – le *Bulletin du libraire et de l'amateur de livres* [3] –,
directeur de la publicité. C'était un poste clé, le meilleur sans
doute, d'où un homme habile, en aigle balzacien, pouvait

---

1. *Ibid.*, p. 19.
2. *Ibid.*, p. 21.
3. En janvier 1859, la Librairie Hachette avait repris pour son compte
la publication du *Bulletin international du libraire et de l'amateur de livres*,
fondé en 1856 par Robert Lippert. Interrompue un temps, cette publication se transforma en *Bulletin du libraire et de l'amateur de livres* en 1862.
Elle servait désormais exclusivement les intérêts de la maison, notamment
par l'entremise de la rubrique « Annonces », qui alignait de petites notices
présentant uniquement les publications d'Hachette et les ouvrages reçus
en dépôt.

mesurer du regard le vaste champ où s'entrecroisaient, en
cette époque décisive, les voies conduisant au capitalisme
d'édition, au triomphe de la *littérature industrielle*[1] et
« communicationnelle ».

De la chronique bibliographique
au manifeste naturaliste

L'afflux soudain considérable, sur le marché du livre,
d'une production culturelle de plus en plus diversifiée avait
créé une situation inédite qui mettait à mal les repérages
habituels de la critique lettrée dont Sainte-Beuve était le
représentant le plus éminent. Un examen, même rapide, de
la table des matières de *Mes Haines*, renvoie à cette mixité
éditoriale qui nous est devenue parfaitement familière.
Défilent sous nos yeux romans à succès, littérature d'avant-
garde, poésie, livres d'histoire, traité d'esthétique, pièces de
théâtre, études de sociologie historique, livre de
gymnastique…[2]. Par chance, l'année 1865, avant la frénésie un peu brouillonne de 1866 – restituée par Zola dans
ses cent soixante-deux chroniques simultanées de *L'Événement* de Paris et du *Salut public* de Lyon –, est un bon
millésime pour les œuvres de l'art, de la science et de
l'esprit, avec *De la Terre à la Lune* de Jules Verne, *Introduction à l'étude de la médecine expérimentale* de Claude
Bernard, *Du principe de l'art et de sa destination sociale* de
Proudhon, *Germinie Lacerteux* des frères Goncourt, le scandale d'*Olympia* de Manet, les *Nouveaux Essais de critique et
d'histoire* et les premières leçons de *Philosophie de l'art* de

---

1. Sainte-Beuve, « De la littérature industrielle », *Revue des Deux
Mondes*, 1er septembre 1839, in *Pour la critique*, Gallimard, « Folio
essais », 1992, p. 197-222.
2. Voir, p. 261 *sq.*, avant les notes de chaque article, les notices présentant les ouvrages examinés par Zola, qui comportent quelques indications
sur les auteurs, la teneur des œuvres évoquées, les circonstances de leur
publication.

Taine. Le jeune critique, remarquons-le, aura su repérer avec brio et quelque prescience les œuvres les plus remarquables de son temps, noyées dans le flot montant de médiocrités, de livres bâclés, de « sottes choses », que Zola, comme il le dit en présentant, le 1ᵉʳ février 1866, sa rubrique des « Livres d'aujourd'hui et de demain », s'astreint à lire ou tout au moins à parcourir pour l'édification du public :

> J'ai mission de donner, au jour le jour, aux lecteurs de *L'Événement*, les nouvelles littéraires ; j'ai mission de lire, avant tout le monde, les quelque cent mille pages qui s'impriment par mois à Paris, et de parler ainsi de toutes les publications avant même qu'elles ne paraissent aux étalages de librairie [1].

Nouveau Sisyphe, il accomplit cette « besogne [2] » un peu abrutissante, ce « travail ingrat », avec une endurance qui le qualifiera pour une œuvre au long cours.

Il fallait en tout cas à ce moment précis trouver un tempérament entre l'étude de fond et la simple annonce, occuper de façon créative l'espace qui béait entre l'article de la presse ancienne et élitiste, par exemple du *Constitutionnel* ou du *Journal des Débats*, et le style de prospectus, la mention informative rapide de la publicité, pour coïncider avec un lectorat *moyen*, dont les aspirations culturelles devaient être correctement perçues. On pourrait soutenir sans grande difficulté que Zola est l'inventeur de la chronique bibliographique et de la critique littéraire conçue dans cet entre-deux ouvert d'une « culture des individus » naissante, entre consommation et construction de soi [3]. En « lecteur

---

1. *Livres d'aujourd'hui et de demain*, *OC*, t. X, p. 346.
2. « Je ne sais si on se doute de la dure besogne que je me suis imposée. Je lis en moyenne trois ou quatre volumes par jour, et jusqu'ici, j'ai lu les bons comme les mauvais, pour ne parler d'aucune œuvre sans la connaître », *L'Événement*, 9 février 1866, *OC*, t. X, p. 363.
3. Voir Bernard Lahire, *La Culture des individus. Dissonances culturelles et distinction de soi*, La Découverte, « La Découverte poche », 2006.

endurci [1] », c'est-à-dire en expert aguerri, il extrait le bon
grain de l'ivraie et, s'il accompagne passionnément le développement un peu fiévreux et ambivalent de la culture de
masse, il reste attaché à d'éloquents principes de tri qui
fondent son jugement de valeur, ceux-là mêmes qui se
trouvent exposés dans *Mes Haines* et qu'il désigne, dans
Mon Salon, comme la « religion infaillible et complète »
qu'il partage avec son ami Cézanne : « Nous avons remué
des tas effroyables d'idées, nous avons examiné et rejeté tous
les systèmes, et, après un si rude labeur, nous nous sommes
dit qu'en dehors de la vie puissante et individuelle, il n'y
avait que mensonge et sottise [2]. »

La radicale modernité du critique éclate en effet essentiellement *par réaction*, positive ou le plus souvent négative,
soit pour dénoncer les imposteurs, dont on s'entiche à tort,
soit pour entreprendre une éclairante réfutation des arguments de maîtres d'autant plus dangereux qu'ils sont esti-
mables. Dans la première catégorie figure « L'abbé*** »,
archétype de l'auteur à scandales, et ces romans bâclés que
Zola n'aura de cesse de vitupérer : « On fait un roman
comme on fait une paire de bottes – à prix fixe. Il y a
commerce, et rien autre chose : tant de lignes, tant d'argent.
Eh bien je dis qu'il faut nous lever en masse et chasser ces
gens-là. Faisons du journalisme, et tuons-nous à ce métier
terrible. Mais dès qu'on aborde le livre, il faut un peu de
pudeur dans l'observation du juste et du vrai [3]. » Cette pres-
cription, qui annonce le dogme de l'impassibilité du narra-
teur dans le roman naturaliste, n'est pas de mise dans la
critique du même nom, puisqu'elle renvoie à des prises de

---

1. *L'Événement*, 15 février 1866, *OC*, t. X, p. 368.
2. Émile Zola, *Mon Salon*, *OC*, t. XII, p. 785. *Mon Salon* rassemble
les articles par lesquels Zola a rendu compte du Salon de 1866 pour le
journal *L'Événement* ; il y pourfend le jury et contribue à faire connaître
Manet et les peintres « réalistes ». *Mon Salon* paraît un mois après *Mes
Haines*, et Zola réunira les deux livres dans sa réédition de 1879.
3. *L'Événement*, 9 février 1866, *OC*, t. X, p. 363.

position explicites dans un champ hautement polémique et concurrentiel, où s'affrontent des prétentions à dire le vrai.

C'est ici que le talent de Zola se déploie, comme le montre l'article peut-être le plus fameux de *Mes Haines*, cette brillante et énergique réfutation de l'esthétique de Proudhon, son premier grand adversaire, « esprit honnête, d'une rare énergie, voulant le juste et le vrai » (p. 57). La polarité du négatif au positif que nous avions supposée dès l'abord se retrouve, à exaltation égale, dans le rejet des thèses utilitaristes du philosophe et dans l'admiration pour Courbet, ce « génie de la vérité et de la puissance » (p. 67), sur lequel Zola continuera d'émettre des avis positifs [1]. Cette dilection s'explique par une croyance invétérée dans les pouvoirs du créateur, de l'homme, excédant tous les systèmes, débordant tous les savoirs. C'est le cadre fondateur et durable, d'essence romantique, de la pensée zolienne de la création artistique. L'art advient par une incarnation. Vérité, puissance, personnalité… c'est tout un. Et l'auteur de *Mes Haines* ne reviendra pas fondamentalement sur cette loi essentielle de toute œuvre, y compris la sienne, qu'on pourrait appeler la *loi d'originalité* : « L'objet ou la personne à peindre sont les prétextes ; le génie consiste à rendre cet objet ou cette personne dans un sens nouveau, plus vrai ou plus grand » (p. 69).

L'éloquente et véhémente réplique à Proudhon, habilement placée en tête de *Mes Haines* (chap. II), entre ainsi dans le *corpus* de textes clés d'une critique poéticienne cohérente et avancée, à côté de la lettre dite « sur les écrans » du 18 août 1864 [2], de l'exposé sur « Deux définitions du roman » (décembre 1866) [3] ou de la préface-manifeste à

---

1. Voir les *Écrits sur l'art* de Zola, éd. Jean-Pierre Leduc-Adine, Gallimard, « Tel », 1991, doté d'un précieux index.

2. Elle est reproduite par Alain Pagès dans son anthologie de la correspondance de Zola, GF-Flammarion, 2012, p. 107 *sq.*

3. *OC*, t. X, p. 273-283.

Thérèse Raquin (15 avril 1868). Cette première critique [1], encore trop souvent négligée dans la tradition scolaire et universitaire, est recouverte par le massif imposant des grands recueils de la maturité, *Le Roman expérimental* en tête, alors même que Zola y signale l'ancienneté de ses réflexions théoriques et sa fidélité aux grands principes établis quinze ans plus tôt. Le 15 janvier 1882, dans la préface à *Une campagne* menée dans *Le Figaro*, Zola le rappelle :

> En quittant la critique, j'ai voulu mettre sous les yeux du public les faits, c'est-à-dire les études de toutes sortes que j'ai écrites depuis 1865, un peu au hasard des journaux. Ce sont là les seuls documents sur lesquels on devra juger un jour le polémiste en moi, l'homme de croyance et de combat. [...] Je n'ai pas une ligne à effacer, pas une opinion à regretter, pas une conclusion à reprendre. On ne trouvera, dans mes sept volumes de critique [2], que le développement continu, et seulement de plus en plus appuyé, de la même idée. L'homme qui, l'année dernière, à quarante et un ans, publiait les articles d'*Une campagne*, est encore celui qui, à vingt-cinq ans, écrivait *Mes Haines* [3] !

Les titres choisis par Zola pour rassembler ses principaux articles de presse attestent une double dimension, polémique et spéculative. Si l'engagement personnel est toujours conditionné par les circonstances, la plume zolienne double ses traits les plus vifs d'un filigrane conceptuel et réfère à un alphabet théorique. Ces deux portées de l'écriture critique sont établies dès *Mes Haines*, que Zola assortit d'un sous-titre régulateur à valeur d'antidote : *Causeries*

---

1. Nous en avons rendu compte dans *Zola critique littéraire*, Honoré Champion, 2003.

2. *Mes Haines* (1866, réédité en 1879 avec *Mon Salon*), *Le Roman expérimental* (1880), *Les Romanciers naturalistes* (1881), *Le Naturalisme au théâtre* (1881), *Nos auteurs dramatiques* (1881), *Documents littéraires* (1881), *Une campagne* (1881). Malgré ses « adieux » au journalisme, Zola produira un ultime recueil en 1897 : *Nouvelle Campagne*.

3. Émile Zola, *Une campagne*, OC, t. XIV, p. 431-432.

littéraires et artistiques. La « causerie » est, comme le portrait [1], une catégorie générique instituée par Sainte-Beuve, à partir d'exercices de la parole exhibée assez anciens, écrits et surtout oraux, dont les lieux d'accueil furent les académies et les salons. Sainte-Beuve s'était saisi de ce mot un peu familier de « causerie » pour baptiser son feuilleton littéraire du lundi dans *Le Constitutionnel*, et la rubrique fut annoncée en gros caractères dans le numéro du lundi 24 septembre, sous le titre « Publications littéraires du Constitutionnel » (p. 2). Il vaut la peine de reproduire l'essentiel de ce texte de présentation qui configure un usage de la critique auquel Zola souscrira *grosso modo* :

> M. Sainte-Beuve s'est chargé, à partir du 1er octobre, de faire tous les lundis un compte rendu d'un ouvrage sérieux qui soit à la fois agréable. C'est beaucoup promettre, c'est compter sur des publications qui se prêtent à ce genre de critique, c'est aussi les provoquer. [...] La condition première d'une telle action est de revenir souvent à la charge, d'user de sa plume comme de quelque chose de vif, de fréquent, de court, de se tenir en rapport continuel avec le public, de le consulter, de l'écouter parfois, pour se faire ensuite écouter de lui. Le temps des systèmes est passé, même en littérature. Il s'agit d'avoir du bon sens, mais de l'avoir sans fadeur, sans ennui, de se mêler à toutes les idées pour les juger ou du moins pour en causer avec liberté et décence. C'est cette causerie que nous voudrions favoriser et que M. Sainte-Beuve essaiera d'établir entre ses lecteurs et lui.

L'interaction avec le public et la vivacité de plume sont évidemment des réquisits auxquels Zola, comme tout chroniqueur littéraire de son temps, reste très attaché, mais il donne d'emblée à ses causeries une allure plus incisive et thétique, sous l'influence de Taine, dont Sainte-Beuve

---

1. Que Zola pratique pour *L'Événement* d'août 1866 à février 1867 dans sa petite série des « Marbres et plâtres » (*OC*, t. X). Pour l'histoire du genre, voir Hélène Dufour, *Portraits, en phrases : les recueils de portraits littéraires au XIXe siècle*, PUF, 1997.

lui-même avait remarqué l'inflexion parascientifique qu'il faisait prendre à la critique. En vérité, Zola hérite de ces deux grands prédécesseurs [1], qu'il se plaît à confronter dans ses textes en retenant le déterminisme de l'un et la sensibilité à l'unique de l'autre. Cette opposition peut paraître factice mais, pour lui, elle augure la venue d'une critique totale, apte à rendre compte des œuvres clés, des tendances majeures et des interactions qui s'établissent entre les créateurs et leur époque.

Zola au Salut public de Lyon

Avant de bénéficier des grâces d'état de la grande critique d'auteur, libre et souveraine, le théoricien, en 1865-1866, devait marcher au pas de danse du journaliste, en ne méprisant pas la chorégraphie édictée par le tout-puissant maître de ballet qu'était le directeur [2] ou le rédacteur en chef. Max Grassis, qui avait en charge la destinée du très respectable *Salut public* de Lyon, désigné pour la publication des annonces judiciaires et légales, ce qui lui conférait le statut de journal quasi officiel, s'était mis en tête de faire mentir le dicton selon lequel « il n'est bon bec que de Paris ». Pour ce faire, il recrute le sémillant directeur de la publicité de la maison Hachette et lui demande de livrer par quinzaine « une revue des livres récemment parus », en évitant le démarquage des annonces que Zola rédige déjà à l'adresse de ses nombreux correspondants et pour le *Bulletin du libraire et de l'amateur de livres* [3] : « Il va sans dire, prévient

---

1. Voir François-Marie Mourad, « Zola critique littéraire entre Sainte-Beuve et Taine », *Revue d'histoire littéraire de la France*, 2007, n° 1, p. 67-87.
2. À l'époque, « le directeur du journal, qui est membre à part entière du monde politique et littéraire, a une légitimité sociale et une influence culturelle bien supérieures à celles de la plupart des éditeurs », Alain Vaillant, *L'Histoire littéraire*, Armand Colin, 2010, p. 301.
3. Voir *supra*, p. 19, note 3.

Max Grassis dans une lettre du 14 janvier 1865, que ces
revues ne constitueraient dans aucun cas ce qu'on nomme
une réclame. […] Elles ne feraient point également double
emploi avec les notices que vous m'adressez au nom de
la maison Hachette, et ces notices continueraient à m'être
envoyées avec les ouvrages qui en font l'objet [1]. » Zola, qui
se lance décidément dans la carrière de journaliste cette
année-là [2], va faire de ce grand organe de province un banc
d'essai et, mettant à profit la liberté qui lui semblait pro-
mise, il ira très au-delà des limites tacites et prévisibles du
goût et des profils de la clientèle bourgeoise du *Salut public*,
habituée à une modération de bon aloi dans l'expression
des idées et des opinions.

Habile, il flatte d'abord son public par le compte rendu
inoffensif mais plaisant des *Moralistes français* de Prévost-
Paradol, le penseur libéral de référence, rédacteur au très
sérieux *Journal des Débats* et en passe d'entrer à l'Académie
française. Ce texte de Zola n'est pas complètement anodin.
S'y font entendre une voix, un timbre singuliers et même
quelques confidences, sur la fréquentation de l'« ami »
Montaigne pendant les années de bohème. Après ce brevet
de classicisme, paru le 23 janvier, Zola fait, le 6 février,
une incursion plus marquée dans l'actualité de la littérature
contemporaine, du côté de la poésie d'abord (compte rendu
de *La Lyre intime* d'André Lefèvre), du roman-feuilleton
ensuite (compte rendu de *La Famille de Marsal* d'Alexandre
de Lavergne). Ces œuvres sont totalement oubliées
aujourd'hui et Zola ne s'exagère pas leur mérite. Il est même

---

1. Zola, *Corr.*, t. I, p. 404, note 2.
2. Ses premiers articles de critique littéraire ont paru en 1863. Mais il
faut attendre 1865 pour parler de professionnalisation : Zola, qui travaille
encore chez Hachette, publie alors une quarantaine d'articles, essentiellement dans *Le Petit Journal*, *Le Salut public* et *Le Courrier du monde*. Voir
Henri Mitterand et Halina Suwala, *Émile Zola journaliste. Bibliographie
chronologique et analytique – I (1859-1881)*, Les Belles Lettres, 1968,
p. 44-48.

tellement conscient du faible intérêt de cette production courante qu'il agglomère logiquement sa chronique avec celle du 7 septembre sur les romans de mœurs insipides d'Adolphe Belot et d'Ernest Daudet, pour constituer, dans *Mes Haines*, son chapitre sur « Un livre de vers et trois livres de prose [1] », d'ailleurs supprimé dans la réédition de 1879 chez Charpentier. Si nous avons décidé de reproduire, pour la première fois, l'édition originale parue chez Achille Faure en juin 1866, en restituant donc ce chapitre, c'est pour bien faire apercevoir à la fois les contraintes ordinaires d'une actualité de librairie le plus souvent sans éclat et le parti qu'en tire Zola, capable d'émettre un avis nuancé et instructif sur les genres, les modes et les « ficelles » de la fabrique littéraire de son temps. L'auteur saura s'inspirer, pour ses propres créations, de cette critique attentive et méthodique des livres à la mode et des réussites banales.

À ce moment clé de début de carrière, en quête d'une notoriété qui ne pouvait advenir que par le biais de coups d'éclat, « dans cette période de fièvre où les événements vous emportent [2] », l'ambitieux Zola ne se contente évidemment pas d'aligner les articles à tant la ligne dans une visée strictement alimentaire, pour les journaux de Paris et de la province. Les projets de livres identifiables, même s'ils sont d'origine composite, comme les *Contes à Ninon*, exigent une saisie personnelle de l'événement littéraire qui fasse elle-même événement, dans une relation qui associe les bénéfices croisés du rapprochement des signatures. Fin janvier 1865, Zola repère *Germinie Lacerteux* des frères

---

1. « Un livre de vers et trois livres de prose » regroupe bien *deux* articles du *Salut public* et non trois, comme indiqué par erreur dans la notice des *OC*, t. X, p. 169. Zola n'a pas retenu pour *Mes Haines* en 1866 son article du 25 mai 1865 sur *La Vieille Roche* d'Edmond About, roman que *Le Salut public* publiait en feuilleton. Cet article, comme tous ceux des années 1865-1866, peut être consulté dans *OC*, t. X.

2. Émile Zola, lettre du 6 février 1865 à Antony Valabrègue, *Corr.*, t. I, p. 406.

Goncourt et, après s'être fait la main sur des ouvrages de second rayon, il peut enfin lâcher la bride à sa critique *naturaliste*, dans sa jeune version, c'est-à-dire celle d'un *réalisme* intégral, offensif dans sa démarche d'exposition, offensant pour les goûts du public, acharné à renouveler les règles de la représentation, mais illuminé et justifié par le *tempérament* artistique, substrat métaphorique issu de l'ancienne théorie des humeurs qui entre depuis toujours dans l'explication du *génie*. En ajoutant la *personnalité* à ce riche lexique visant à exalter l'auteur souverain, on l'a vu, Zola forge une version romantique du tainisme et du déterminisme, et la rattache aux figures classiques et contemporaines de la surévaluation de l'artiste, dans la longue durée du « temps des prophètes [1] ». Il fait ainsi mentir par avance la définition réductrice que l'on donne généralement du naturalisme « doctrinal », sur la base des interpolations positivistes de l'*Introduction à l'étude de la médecine expérimentale*. L'ouvrage de Claude Bernard a d'ailleurs paru en 1865, et il est peu probable que Zola n'ait pas alors fréquemment entendu parler de ce célèbre savant dont les leçons du Collège de France étaient très suivies et dont le vocabulaire scientifique, par l'effet de mode, innervait le langage de la critique littéraire et l'interdiscours social du scientisme et du progressisme. À Lyon, les lecteurs du *Salut public* manifestèrent surprise et indignation face à cette revue littéraire atypique [2], d'emblée conçue comme un manifeste de la modernité appelé à figurer en bonne place dans le futur recueil de *Mes Haines*.

Conscient d'avoir brusqué son public et averti par une suspension de sa chronique, Zola, à partir du 29 avril 1865, va adopter une stratégie d'écriture plus indirecte, sans

---

1. Voir Paul Bénichou, *Le Temps des prophètes*, Gallimard, « Bibliothèque des Idées », 1977.

2. Elle « nous a valu beaucoup d'observations de la part de nos lecteurs les plus timorés », écrit Max Grassis (Zola, *Corr.*, t. I, p. 413, note 5).

renoncer à sa force de frappe illocutoire, comme le montre l'importante discussion avec Proudhon, ou le parti pris très marqué en faveur d'un théâtre nouveau (« *Le Supplice d'une femme* et *Les Deux Sœurs* »), et en acceptant le risque de se voir refuser quelques articles, comme « *Les Chansons des rues et des bois* », irrévérencieux pour Hugo, ou « *Histoire de Jules César* », dangereusement équivoque par sa critique du césarisme [1]. Quand paraît, non signé, le fameux livre de Napoléon III [2], Zola ne va pas jusqu'à écrire, comme Louis Auguste Rogeard, dans *La Rive gauche* : « – Et depuis quand les brigands font-ils des livres ? – Depuis que les honnêtes gens font des empereurs [3] », mais son engagement dans l'opposition politique ne fait aucun doute. Zola journaliste n'est pas un « tartinier [4] ». Il fraye avec les Jules Vallès, les Rochefort, et sa critique littéraire, au sens large, s'aventure parfois, d'ores et déjà, dans les zones de non-droit balisées par la censure. Elle atteint, derrière les débats d'idées, les questions sociales et politiques. Non seulement Zola parviendra à imposer son compte rendu polémique à l'éditeur Achille Faure, pour *Mes Haines*, mais il lui conférera de surcroît la valeur d'un *explicit*. L'importance de ce texte est soulignée par deux autres éléments de présentation matérielle, voire d'exhibition : une pleine page démarcative arborant le titre et l'usage des lettres capitales dans la table des matières, uniquement réservé par ailleurs à la mention de la préface, ce qui met les deux textes en résonance. Une des

---

1. Voir François-Marie Mourad, « Émile Zola lecteur de Napoléon III », *Les Cahiers naturalistes*, n° 74, 2000, p. 247-261.

2. Voir la notice, p. 301.

3. Louis Auguste Rogeard, « Les propos de Labienus », article paru dans *La Rive gauche* (journal d'opposition radical) le 26 février 1865, puis, après la condamnation de Rogeard à cinq ans de prison, publié en brochure en Belgique la même année, p. 10. Voir *infra*, p. 303, note 3.

4. « La tartine est cette chose en deux ou trois colonnes qu'on nomme communément le *Premier Paris*. […] Il faut non pas tout savoir, mais parler de tout à heure fixe, en deux ou trois mouvements », Edmond Texier, *Le Journal et le journaliste*, *op. cit.*, p. 38.

cibles de la haine, objectivement, est donc le régime politique institué par Napoléon III.

La violence fondatrice

On voit comment, par le geste de reprise éditoriale, est conférée une nouvelle vie à des textes menacés de passer inaperçus ou rejetés par la presse, comment l'écrivain contourne, dépasse et met à profit les contraintes d'un journalisme dynamique et encore peu codifié, puisqu'il faudra attendre la fin du XIXe siècle pour que soient institués métier et formation *ad hoc*[1]. Quand Zola reviendra, à plusieurs reprises, sur l'évolution du journalisme sous le Second Empire et la République, il exaltera paradoxalement l'intérêt de cette école de style et de pensée pour l'écrivain dans la première période, celle des années 1860-1870, et sa marginalisation progressive à partir de 1880, quand la presse, enfin réellement libérée de la censure, se laisse envahir par l'information politique et qu'elle devient une pièce majeure du jeu démocratique. Mais avant que ne se déclare, selon lui, la « haine de la littérature[2] », celle-ci s'est vivifiée dans le torrent du quotidien, dont Zola ne croit pas qu'il ait eu la puissance d'emporter les plus forts nageurs et de noyer les authentiques vocations. Bien au contraire, il corrigera cette idée reçue dans son analyse très novatrice de sociologie du champ littéraire, « L'argent dans la littérature » :

> sans compter les véritables tempéraments de journalistes, ceux qui ont le talent spécial de cette production et de cette bataille au jour le jour, qu'on me cite donc un écrivain de race qui ait perdu son talent à gagner son pain dans les journaux, aux

---

1. Voir les travaux de Marc Martin, notamment *Médias et journalistes de la République*, Odile Jacob, 1997.
2. « La haine de la littérature », *Le Voltaire*, 17 août 1880, repris dans *Le Roman expérimental*, GF-Flammarion, 2006, p. 325-330.

heures difficiles du début. Je suis certain, au contraire, qu'ils ont puisé là plus d'énergie, plus de virilité, une connaissance plus douloureuse, mais plus pénétrante du monde moderne [1].

Le vocabulaire de la conquête et la rhétorique de la violence dénotent aussi chez Zola une bonne compréhension des enjeux et des tensions qui régissent la *situation* historique, sociale et culturelle, c'est-à-dire un ensemble d'autant plus faiblement structuré que plusieurs systèmes (idéologiques, scientifiques et littéraires) entrent alors en concurrence, exhibés à grande échelle par un média proliférant de façon un peu désordonnée, qui, comme le note Barbey d'Aurevilly, ne peut être « sauvé, s'il peut l'être, que par le développement à fond de train de cette force – la seule qui nous reste ! – qu'on appelle la Personnalité [2] ». Zola, dont la stratégie d'intégration dans le champ de production symbolique est un modèle de flair, d'intelligence et d'habileté, a justement misé d'entrée sur la *personnalité*, la singularité, l'être-soi dans un monde dont il a saisi, comme Baudelaire, comme Vallès, la *modernité*, c'est-à-dire le vacillement ontologique de toute certitude, la fin de l'Un, le triomphe du Multiple et la violence critique constitutive. Il a appréhendé à sa façon la *grande transformation* [3] qui affecte toutes les valeurs quand elles entrent dans le circuit de l'économie politique et de la communication, ces golems que Balzac ou Flaubert ont considérés avec effroi à leur état naissant. L'invasion de ces « nouveautés » dans le domaine de l'universel a suscité deux visions opposées : celle du progrès et de la perfectibilité, et celle du déterminisme et de la damnation. Chaque

1. « L'argent dans la littérature », *Le Messager de l'Europe*, mars 1880, repris dans *Le Voltaire*, du 23 au 30 juillet 1880, puis, en bonne place, dans *Le Roman expérimental, op. cit.*, p. 185.

2. Barbey d'Aurevilly, lettre du 1er décembre 1865 à M. Grégory Ganesco, directeur du *Nain jaune*, reprise dans *Polémiques d'hier*, Paris, A. Savine, « Nouvelle Librairie parisienne », 1889, p. 2.

3. Voir Karl Polanyi, *La Grande Transformation*, Gallimard, 1983 [1944].

position est minée d'un coefficient d'incertitude entraînant les échanges, les confrontations, les duels, d'où cette carrière nouvelle offerte à la *hainamoration* au XIXᵉ siècle et la belle puissance de réfraction sociale de la préface de *Mes Haines*, promue du rang de simple annonce au milieu d'un journal du dimanche à celui d'un quasi-manifeste.

Dans ce contexte – historique, démocratique et média-tique –, il fallait saisir sa chance, agir, abréagir, sous peine de rester dans l'anonymat ou d'y basculer. Les prétendants à la notoriété, surtout quand ils sont issus des marches pro-vinciales, où se nouent les plus impatientes ambitions, forment une cohorte de barbares inspirés, qui cherchent à s'inscrire avec force dans le scénario mythographique de la décadence où s'originent l'art et la pensée du contemporain. Exalter la haine, proclamer l'anarchie, filer ces métaphores de la conquête sur des ruines et de l'autopsie des cadavres exquis, c'est accompagner le rêve d'une « société nouvelle, faite des débris de trois révolutions, qui s'agite et monte sur le sol de France », comme dit Vallès, au même moment, dans ses chroniques de *La Rue*, dans des termes assez proches de ceux qu'utilise Zola dans les temps forts de sa campagne au *Salut public*[1].

La rage de se tenir aux avant-postes, la violence justifiée par les nécessités personnelles et l'évolution des temps, un rapport dynamique à la parole et à l'art expliquent ainsi l'émergence et la propagation d'un faisceau d'images bru-tales chez Zola. Henri Mitterand, dans *Zola, tel qu'en lui-même*, ne consacre pas moins d'un chapitre à cet *ethos* de l'écrivain combattant :

---

1. Par exemple : « Je m'aperçois que dans l'histoire, toutes les époques traditionnellement glorieuses ont été précédées et suivies d'époques qu'on méprisait à tort, mais qui, pour n'être pas solennelles, n'en étaient pas moins fécondes ; elles portaient un monde dans leurs entrailles ravagées », *Le Figaro*, 21 janvier 1866, in Jules Vallès, *Œuvres*, éd. Roger Bellet, Gallimard, « Bibliothèque de la Pléiade », t. I (*1857-1870*), p. 603, et p. 604 pour la citation qui précède.

On s'étonne aussi que cet homme si tranquille, si paisible dans l'ordinaire de sa vie, se plaise à agencer tant de crimes de sang et de feu. Et pourtant : il ne faut se tromper ni sur son propre tempérament, ni sur la distance qui sépare son discours sur le naturalisme et la pente naturelle de son invention narrative. Qu'on observe les moments forts de ses engagements publics, et qu'on passe en revue la totalité de ses romans, et en particulier les vingt romans qui composent le cycle des *Rougon-Macquart*. On décèle alors la violence partout, chez l'homme et dans l'œuvre. Ou plus exactement peut-être, d'une part dans le régime que Zola impose à ses discours d'affrontement sur le terrain social et politique, d'autre part dans les scénographies qui surgissent de son imaginaire [1].

À cet égard, *Mes Haines* prend bien la valeur d'un grand commencement pour rendre compte de la continuité et de la solidarité des réengagements du romancier et de l'intellectuel, jusqu'à l'événement crucial – la mise en croix – de « J'accuse » en janvier 1898, qui donne une singulière profondeur cataphorique à la profession de foi parue dans *Le Figaro* le 27 mai 1866 [2].

Conclusion

On ne signale que rarement, quand on examine le rapport entre Zola et Balzac, et le passage des années 1830 aux années 1860, la réussite formidable de l'héritier dans les domaines de l'édition et du journalisme, où l'auteur de *La Comédie humaine* avait accumulé échecs et frustrations. Ces

---

1. Henri Mitterand, « Mémoire de la violence », in *Zola, tel qu'en lui-même*, PUF, 2009, p. 42.
2. Comme le remarque Denis Labouret en une expressive formule, « le narcissisme du polémiste et l'intransitivité de l'écriture agonique ne signifient pas pour autant l'ignorance du monde réel : le "Je hais", sans complément, annonce un certain "J'accuse", qui ne fut pas sans effet », « Le polémiste au miroir. Écriture agonique et jeux spéculaires », in Gilles Declercq, Michel Murat et Jacqueline Dangel (dirs), *La Parole polémique*, Honoré Champion, 2003, p. 210.

secteurs de l'économie culturelle, Zola ne les (ana)thémati-
sera pas dans ses fictions, parce que, plus que ses prédécesseurs grands écrivains, il y a connu un succès unique et
éclatant.

Si l'on applique à son début de carrière le modèle systé-
matisé par Taine, celui du milieu, de la race et du moment,
Zola, comme ses Rougon les plus triomphants, saura forcer
le destin pour être *the right man in the right place* : doté de
la puissante énergie de la résilience qui jaillit des drames de
l'enfance et des frustrations de l'adolescence, le jeune
homme déraciné et déclassé qui vit à Paris près d'une mère
veuve et processive, poursuit seul ses études personnelles et
ses rêves de grandeur après un double échec au baccalauréat
en 1859. Très attentif à l'actualité de la librairie et sensible
au bouillonnement intellectuel et artistique des débuts de
la décennie 1860, qui est aussi celle de la « fête impériale »
en trompe l'œil d'un régime sur le déclin [1], il se lance à la
conquête de cette notoriété spéciale de « mutant des
lettres [2] », née dans les langes du journalisme et jugée avec
indignation ou circonspection par nombre de ses contemporains, héritiers de la Culture, gradés de l'Université ou
fils de famille dont l'entrée dans l'écrit passe par des voies
moins chaotiques que celle du *struggle for life*. Zola rappel-
lera sa position à Edmond de Goncourt en 1877, avec un
cynisme opportun, pour désamorcer l'accusation de roture
que cet aristocrate venimeux ne pouvait manquer de lui
imputer :

---

1. Voir Alain Plessis, *De la fête impériale au mur des fédérés. 1852-
1871*, Seuil, « Points Histoire », 1979, chap. VI : « Du déclin à la
débâcle ». En 1863, les élections législatives enregistrent la poussée de
l'opposition.
2. Marie-Françoise Melmoux-Montaubin, *L'Écrivain-journaliste au
XIXᵉ siècle : un mutant des lettres*, Saint-Étienne, Les Cahiers intempestifs,
2003. L'auteure de cette étude, curieusement, fait l'impasse sur Zola. Elle

Vous, vous avez eu une petite fortune, qui vous a permis de vous affranchir de beaucoup de choses. Moi qui ai gagné ma vie absolument avec ma plume, qui ai été obligé de passer par toutes sortes d'écritures honteuses, par le journalisme, j'en ai conservé, comment vous dirai-je cela ? un peu de *banquisme*… J'ai d'abord posé un clou et, d'un coup de marteau, je l'ai fait entrer d'un centimètre dans la cervelle du public ; puis d'un second coup, je l'ai fait entrer de deux centimètres… Eh bien, mon marteau, c'est le journalisme que je fais moi-même autour de mes œuvres [1].

En 1877, avec le succès colossal et controversé de *L'Assommoir*, Zola est en passe d'imposer son naturalisme littéraire, et le titre de ce grand roman, d'abord publié en feuilleton, fera revivre la rhétorique du coup de force inaugurée par *Mes Haines* : son titre, sa préface, et, dans les textes les plus militants, habilement placés au début et à la fin du recueil, la revendication nietzschéenne d'un sentiment équivoque, vigoureux, indissociablement destructeur et générateur, celui de la « haine enthousiaste [2] », en passe de devenir la « faculté maîtresse » et l'un des monogrammes intimes d'Émile Zola, écrivain d'action, comme l'on dit homme d'action.

Telle est donc la logique profonde de ce grand petit livre : on y trouve à l'état brut les fondements de l'éthique et de l'esthétique zoliennes, *in vivo*, bien avant les momifications du naturalisme *in vitro* que la postérité s'acharne à exhiber. Résolument tournées vers l'avenir, aux antipodes de la tradition classique du pâtir [3], les haines zoliennes doivent au

---

s'intéresse exclusivement à Barbey d'Aurevilly, Jules Vallès, Octave Mirbeau et Léon Bloy.

1. Cité dans le *Journal* des Goncourt, lundi 29 février 1877, *op. cit.*, t. II, p. 729.

2. Nietzsche, « De l'utilité et de l'inconvénient de l'histoire pour la vie » (1874), in *Considérations inactuelles, Œuvres*, t. I, éd. Jean Lacoste et Jacques Le Rider, Robert Laffont, « Bouquins », 1993, p. 241.

3. Voir Descartes, *Traité des passions*, et Spinoza qui, dans *L'Éthique* (livre III, « Des affections »), place la haine du côté du pâtir et non de

contraire continuer à produire leurs effets et coïncider avec
la vie, cet absolu phénoménal, à la fois exception et objec-
tion, par laquelle l'auteur de *Germinal* balayait tous les
déterminismes et tous les conformismes, au seul prix de
la vérité.

François-Marie MOURAD

---

l'agir. C'est une tristesse, dit-il, accompagnée de l'idée d'une cause exté-
rieure (définition VIII), de la même famille que la mélancolie, la honte,
le remords, l'envie, l'abjection, etc.

MES HAINES

Causeries littéraires et artistiques

> Si vous me demandez ce que je viens faire
> en ce monde, moi artiste, je vous répon-
> drai : « Je viens vivre tout haut. »

MES HAINES

La haine est sainte. Elle est l'indignation des cœurs forts et puissants, le dédain militant de ceux que fâchent la médiocrité et la sottise[1]. Haïr c'est aimer, c'est sentir son âme chaude et généreuse, c'est vivre largement du mépris des choses honteuses et bêtes.

La haine soulage, la haine fait justice, la haine grandit.

Je me suis senti plus jeune et plus courageux après chacune de mes révoltes contre les platitudes de mon âge. J'ai fait de la haine et de la fierté mes deux hôtesses ; je me suis plu à m'isoler, et, dans mon isolement, à haïr ce qui blessait le juste et le vrai. Si je vaux quelque chose aujourd'hui, c'est que je suis seul et que je hais.

———

Je hais les gens nuls et impuissants ; ils me gênent. Ils ont brûlé mon sang et brisé mes nerfs[2]. Je ne sais rien de plus irritant que ces brutes qui se dandinent sur leurs deux pieds, comme des oies, avec leurs yeux ronds et leur bouche béante. Je n'ai pu faire deux pas dans la vie sans rencontrer trois imbéciles, et c'est pourquoi je suis triste. La grande route en est pleine, la foule est faite de sots qui vous arrêtent au passage pour vous baver leur médiocrité à la face. Ils marchent, ils parlent, et toute leur personne, gestes et voix, me blesse à ce point que je préfère, comme Stendhal[3], un scélérat à un crétin. Je le demande, que pouvons-nous faire de ces gens-là ? Les voici sur nos bras, en ces temps de luttes et de marches forcées. Au sortir du vieux monde, nous nous hâtons vers un monde nouveau. Ils se pendent à nos bras,

ils se jettent dans nos jambes, avec des rires niais, d'absurdes
sentences ; ils nous rendent les sentiers glissants et pénibles.
Nous avons beau nous secouer, ils nous pressent, nous
étouffent, s'attachent à nous. Eh quoi ! nous en sommes à
cet âge où les chemins de fer et le télégraphe électrique [4]
nous emportent, chair et esprit, à l'infini et à l'absolu, à cet
âge grave et inquiet où l'esprit humain est en enfantement
d'une vérité nouvelle, et il y a là des hommes de néant et
de sottise qui nient le présent, croupissent dans la mare
étroite et nauséabonde de leur banalité. Les horizons s'élar-
gissent, la lumière monte et emplit le ciel. Eux, ils
s'enfoncent à plaisir dans la fange tiède où leur ventre digère
avec une voluptueuse lenteur ; ils bouchent leurs yeux de
hibou que la clarté offense, ils crient qu'on les trouble et
qu'ils ne peuvent plus faire leurs grasses matinées en rumi-
nant à l'aise le foin qu'ils broient à pleine mâchoire au
râtelier de la bêtise commune. Qu'on nous donne des fous,
nous en ferons quelque chose ; les fous pensent ; ils ont
chacun quelque idée trop tendue qui a brisé le ressort de
leur intelligence ; ce sont là des malades de l'esprit et du
cœur, de pauvres âmes toutes pleines de vie et de force. Je
veux les écouter, car j'espère toujours que dans le chaos de
leurs pensées va luire une vérité suprême. Mais, pour
l'amour de Dieu, qu'on tue les sots et les médiocres, les
impuissants et les crétins, qu'il y ait des lois pour nous
débarrasser de ces gens qui abusent de leur aveuglement
pour dire qu'il fait nuit. Il est temps que les hommes de
courage et d'énergie aient leur 93 : l'insolente royauté des
médiocres a lassé le monde, les médiocres doivent être jetés
en masse à la place de Grève.

Je les hais.

———

Je hais les hommes qui se parquent dans une idée personnelle, qui vont en troupeau, se pressant les uns contre les
autres, baissant la tête vers la terre pour ne pas voir la

grande lueur du ciel. Chaque troupeau a son dieu, son fétiche, sur l'autel duquel il immole la grande vérité humaine. Ils sont ainsi plusieurs centaines dans Paris, vingt à trente dans chaque coin, ayant une tribune du haut de laquelle ils haranguent solennellement le peuple. Ils vont leur petit bonhomme de chemin, marchant avec gravité en pleine platitude, poussant des cris de désespérance dès qu'on les trouble dans leur fanatisme puéril. Vous tous qui les connaissez, mes amis, poètes et romanciers, savants et simples curieux, vous qui êtes allés frapper à la porte de ces gens graves s'enfermant pour tailler leurs ongles, osez dire avec moi, tout haut, afin que la foule vous entende, qu'ils vous ont jetés hors de leur petite église, en bedeaux peureux et intolérants. Dites qu'ils vous ont raillés de votre inexpérience, l'expérience étant de nier toute vérité qui n'est pas leur erreur. Racontez l'histoire de votre premier article, lorsque vous êtes venus avec votre prose honnête et convaincue vous heurter contre cette réponse : « Vous louez un homme de talent qui, ne pouvant avoir de talent pour nous, ne doit en avoir pour personne. » Le beau spectacle que nous offre ce Paris intelligent et juste ! Il y a, là-haut ou là-bas, dans une sphère lointaine assurément, une vérité une et absolue qui régit les mondes et nous pousse à l'avenir. Il y a ici cent vérités qui se heurtent et se brisent, cent écoles qui s'injurient, cent troupeaux qui bêlent en refusant d'avancer. Les uns regrettent un passé qui ne peut revenir, les autres rêvent un avenir qui ne viendra jamais ; ceux qui songent au présent, en parlent comme d'une éternité. Chaque religion a ses prêtres, chaque prêtre a ses aveugles et ses eunuques. De la réalité, point de souci ; une simple guerre civile, une bataille de gamins se mitraillant à coups de boules de neige, une immense farce dont le passé et l'avenir, Dieu et l'homme, le mensonge et la sottise, sont les pantins complaisants et grotesques. Où sont, je le demande, les hommes libres, ceux qui vivent tout haut, qui n'enferment pas leur pensée dans le cercle étroit d'un dogme et qui marchent franchement vers la lumière, sans craindre de se démentir demain, n'ayant souci que du juste et du vrai ? Où sont les hommes qui ne font pas partie des claques assermentées, qui n'applaudissent pas, sur un signe de leur chef, Dieu ou le prince, le peuple ou bien l'aristocratie ? Où sont les hommes qui vivent seuls, loin des troupeaux humains, qui accueillent toute grande chose, ayant le mépris des coteries et l'amour de la libre pensée ? Lorsque ces hommes parlent, les gens graves et bêtes se fâchent et les accablent de leur masse ; puis ils rentrent dans leur digestion, ils sont solennels, ils se prouvent victorieusement entre eux qu'ils sont tous des imbéciles.

Je les hais.

———

Je hais les railleurs malsains, les petits jeunes gens qui ricanent, ne pouvant imiter la pesante gravité de leurs papas. Il y a des éclats de rire plus vides encore que les silences diplomatiques. Nous avons, en cet âge anxieux, une gaieté nerveuse et pleine d'angoisse qui m'irrite douloureusement, comme les sons d'une lime promenée entre les dents d'une scie. Eh ! taisez-vous, vous tous qui prenez à tâche d'amuser le public, vous ne savez plus rire, vous riez aigre à agacer les dents. Vos plaisanteries sont navrantes ; vos allures légères ont la grâce des poses de disloqués ; vos sauts périlleux sont de grotesques culbutes dans lesquelles vous vous étalez piteusement. Ne voyez-vous pas que nous ne sommes point en train de plaisanter ? Regardez, vous pleurez vous-mêmes. À quoi bon vous forcer, vous battre les flancs pour trouver drôle ce qui est sinistre ? Ce n'est point ainsi qu'on riait autrefois, lorsqu'on pouvait encore rire. Aujourd'hui, la joie est un spasme, la gaieté une folie qui secoue. Nos rieurs, ceux qui ont une réputation de belle humeur, sont des gens funèbres qui prennent n'importe quel fait, n'importe quel homme dans la main, et le pressent jusqu'à ce qu'il éclate, en enfants méchants qui ne jouent jamais aussi bien avec leurs jouets que lorsqu'ils les brisent. Nos gaietés sont celles des gens qui se tiennent les côtes, quand ils voient un passant tomber et se casser un membre. On rit de tout, lorsqu'il n'y a pas le plus petit mot pour rire. Aussi sommes-nous un peuple très gai ; nous rions de nos grands hommes et de nos scélérats, de Dieu et du diable, des autres et de nous-mêmes. Il y a, à Paris, toute une armée qui tient en éveil l'hilarité publique ; la farce consiste à être bête gaiement, comme d'autres sont bêtes solennellement. Moi, je regrette qu'il y ait tant d'hommes d'esprit et si peu d'hommes de vérité et de libre justice. Chaque fois que je vois un garçon honnête se mettre à rire, pour le plus grand plaisir du public, je le plains, je regrette qu'il ne soit pas assez riche pour vivre sans rien faire, sans se tenir ainsi les côtes indécemment. Mais je n'ai pas de plainte pour ceux qui n'ont que des rires, n'ayant point de larmes.

Je les hais.

———

Je hais les sots qui font les dédaigneux, les impuissants qui crient que notre art et notre littérature meurent de leur belle mort. Ce sont les cerveaux les plus vides, les cœurs les plus secs, les gens enterrés dans le passé, qui feuillettent avec mépris les œuvres vivantes et tout enfiévrées de notre âge, et les déclarent nulles et étroites. Moi, je vois autrement. Je n'ai guère souci de beauté ni de perfection. Je me moque des grands siècles. Je n'ai souci que de vie, de lutte, de fièvre. Je suis à l'aise parmi notre génération. Il me semble que l'artiste ne peut souhaiter un autre milieu, une autre époque. Il n'y a plus de maîtres, plus d'écoles. Nous sommes en pleine anarchie, et chacun de nous est un rebelle qui pense pour lui, qui crée et se bat pour lui. L'heure est haletante, pleine d'anxiété : on attend ceux qui frapperont le plus fort et le plus juste, dont les poings seront assez puissants pour fermer la bouche des autres, et il y a au fond de chaque nouveau lutteur une vague espérance d'être ce dictateur, ce tyran de demain. Puis, quel horizon large ! Comme nous sentons tressaillir en nous les vérités de l'avenir ! Si nous balbutions, c'est que nous avons trop de choses à dire. Nous sommes au seuil d'un siècle de science et de réalité, et nous chancelons, par instants, comme des hommes ivres, devant la grande lueur qui se lève en face de nous. Mais nous travaillons, nous préparons la besogne de nos fils, nous en sommes à l'heure de la démolition, lorsqu'une poussière de plâtre emplit l'air et que les décombres tombent avec fracas. Demain l'édifice sera reconstruit. Nous aurons eu les joies cuisantes, l'angoisse douce et amère de l'enfantement ; nous aurons eu les œuvres passionnées, les cris libres de la vérité, tous les vices et toutes les vertus des grands siècles à leur berceau. Que les aveugles nient nos efforts, qu'ils voient dans nos luttes les convulsions de l'agonie, lorsque ces luttes sont les premiers bégaiements de la naissance. Ce sont des aveugles.

Je les hais.

———

Je hais les cuistres qui nous régentent, les pédants et les ennuyeux qui refusent la vie. Je suis pour les libres manifestations du génie humain. Je crois à une suite continue d'expressions humaines, à une galerie sans fin de tableaux vivants, et je regrette de ne pouvoir vivre toujours pour assister à l'éternelle comédie aux mille actes divers [5]. Je ne suis qu'un curieux. Les sots qui n'osent regarder en avant regardent en arrière. Ils font le présent des règles du passé, et ils veulent que l'avenir, les œuvres et les hommes, prennent modèle sur les temps écoulés. Les jours naîtront à leur gré, et chacun d'eux amènera une nouvelle idée, un nouvel art, une nouvelle littérature. Autant de sociétés, autant d'œuvres diverses, et les sociétés se transformeront éternellement. Mais les impuissants ne veulent pas agrandir le cadre ; ils ont dressé la liste des œuvres déjà produites, et

ont ainsi obtenu une vérité relative dont ils font une vérité
absolue. Ne créez pas, imitez. Et voilà pourquoi je hais les
gens bêtement graves et les gens bêtement gais, les artistes
et les critiques qui veulent sottement faire de la vérité d'hier
la vérité d'aujourd'hui. Ils ne comprennent pas que nous
marchons et que les paysages changent.

Je les hais.

————

Et maintenant vous savez quelles sont mes amours, mes
belles amours de jeunesse.

L'ABBÉ***

J'ai hésité toute une matinée, me demandant si je parlerais ou si je ne parlerais pas de l'abbé***. D'une part, je me disais que le silence est une condamnation pour les œuvres littéraires et qu'il est inutile de frapper un écrivain à terre. Mais, d'une autre part, je songeais qu'il est bon de dire hautement ce que le public pense tout bas.

Je me suis donc décidé à parler de l'auteur du *Maudit*. Tous mes confrères se taisent, et ils ont raison. Je les imiterais volontiers, si je ne croyais accomplir un devoir en me faisant, pour une heure, l'interprète de l'opinion publique. L'abbé*** a été vaincu dans sa lutte contre le goût et le bon sens. Après le scandale de son premier ouvrage, scandale obtenu à grand bruit de réclames, d'affiches et de prospectus, un immense silence s'est fait sur les œuvres et sur l'homme ; chaque nouveau volume a été accueilli avec froideur, presque avec répulsion ; une curiosité malsaine a pu faire acheter ces romans niais et lourds, mais les gens bien élevés se sont gardés de lire ces incroyables histoires, aussi sottes que mal contées [1]. Je frappe donc, je le répète, un écrivain à terre, je frappe un écrivain que la presse entière a dédaigné ; je le frappe au nom de tous, non pour le terrasser, mais pour prendre acte de sa défaite.

Deux hypothèses se présentent : ou l'auteur est un prêtre avec ou sans collaborateur, ou l'auteur est un écrivain laïc.

Dans l'un et l'autre cas, il y a chantage, spéculation, improbité littéraire.

Certes, il peut exister dans le clergé français un prêtre
froissé par ses supérieurs, un homme dont la foi change, qui
voit dans l'Église des plaies à panser, des injustices à réparer.
Ce fait d'une âme religieuse qui demande une réforme, s'est
produit dans tous les temps. Ce prêtre va se séparer de ses
anciens frères, faire connaître ses désirs, signaler le mal, indi-
quer le remède ; il va prêcher sa nouvelle religion, ouverte-
ment, à visage découvert [2]. L'abbé*** commence par se
masquer ; il a jeté la soutane, mais il n'a pas jeté le titre [3] ; il
est abbé seulement sur les couvertures de ses contes ; il veut
la mort du prêtre, et il est encore prêtre pour faire vendre ses
livres. Ce n'est pas là l'action d'un honnête homme. Les mauvaises suppositions sont trop aisées. On signe hardiment
lorsqu'on a des croyances hardies. Vous êtes prêtre, je le veux
bien ; mais vous auriez dû le dire entièrement, ou ne pas le
dire du tout. Le dire à moitié, c'est bénéficier du scandale sans
en courir les risques. Il y a en vous plus du spéculateur que de
l'homme convaincu [4].

Devant votre masque noir, je me dis : « Voilà un gaillard
qui ne gagnait pas assez avec ses messes ; il a calculé qu'il
empocherait dix fois davantage en insultant l'Église, et il
s'est mis tranquillement à la besogne, se cachant le visage,
pour éviter tous désagréments [5]. »

Si l'auteur est laïc, l'improbité littéraire, le chantage sont
flagrants. Les temps sont à la controverse religieuse, il y a
un mouvement très marqué contre le catholicisme. Dès
lors, un spéculateur a pu songer à tirer parti de la disposition de certains esprits. Il aura établi un chantier de pamphlets, calculant toutes les chances de réussite, choisissant
des titres de mélodrame, signant d'un pseudonyme qui est
à lui seul un trait de génie et une mauvaise action, servant
au peuple une prose lourde et pâteuse, telle qu'il en faut
aux lecteurs des feuilles à cinq centimes. Il n'y a plus, dans
ce cas, qu'un commerçant peu délicat qui profite de la sot-

tise publique, qui vend sous une fausse étiquette une marchandise indigeste et avariée.

Dans l'une et l'autre hypothèse, que l'auteur soit prêtre
ou qu'il soit laïc, les œuvres appartiennent à cette branche
de commerce qui nous a donné les *Mémoires d'une femme
de chambre* [6]. Que l'on flatte les sens, les curiosités impures,
ou que l'on flatte les passions antireligieuses, je vous avoue
que je ne vois aucune différence entre ces flatteries intéres-
sées. Nous introduire dans les coulisses ou nous introduire
dans les couvents, raconter les aventures de Margoton-la-
Sauteuse ou les aventures du frère dom Gargilesse, le moine
mystique et libertin, c'est chatouiller également notre sen-
sualité et nous attacher par cet intérêt honteux que nous
portons à tout fruit défendu.

Je signale à l'abbé*** un oubli grave : il a négligé de faire
mettre, en tête du *Maudit*, un portrait photographique le
montrant en soutane, le visage masqué, forçant un taber-
nacle ; il eût été ainsi le digne frère de cette malheureuse
des *Mémoires d'une femme de chambre*, qui s'est fait représenter, un loup sur la face, impudique et insolente, écartant
un rideau et étalant sa gorge. Tous deux ont écrit dans
l'ombre, se sont adressés à nos plus mauvais instincts, ont
spéculé sur leur silence même. Ce n'est pas la honte seulement qui les a empêchés de se nommer ; ils se sont tus
pour mieux piquer la curiosité et pour pouvoir se vautrer
plus largement dans leurs ordures. Lorsqu'on cache le
visage, on peut montrer la gorge [7].

Peu importe que l'auteur soit laïc ou qu'il soit prêtre,
puisque de toutes les façons il y a eu calcul. Sans doute,
pour les âmes croyantes, la pensée qu'un membre du clergé
a pu se livrer à un pareil commerce est plus douloureuse ;
ces âmes préféreraient que le commerçant fût un homme
perdu de scepticisme et de libéralisme. J'avoue ne pas
m'inquiéter de cette question. Je n'ai pas la moindre curiosité à l'égard du personnage ; je me garde bien de chercher
à percer le mystère. Que l'auteur soit seul ou qu'il ait des

collaborateurs, qu'il soit prêtre ou qu'il soit laïc, il n'en est ni plus ni moins pour moi un homme sans talent, peu scrupuleux sur les moyens de succès. Ce serait lui faire trop d'honneur que de vouloir lui arracher le masque dont il est couvert. Quelques-uns de mes confrères, dans les commencements, ont essayé de pénétrer l'ombre dont s'entoure l'abbé*** ; ils ont fouillé ses livres, et les uns ont déclaré avoir aperçu un bout de soutane, les autres un bout de redingote. Moi, je déclare avoir fermé volontairement les yeux ; je n'ai vu qu'un faiseur, qu'un manufacturier inhabile, se cachant pour se faire chercher et ne méritant pas la curiosité des honnêtes gens.

Je dois faire ici une déclaration qui donnera un nouveau poids à mes critiques. Je n'entends pas défendre le catholicisme attaqué ; je ne blâme nullement l'abbé*** d'avoir ébranlé certaines institutions d'une main bien faible et bien maladroite. Je prie les lecteurs de ne pas se tromper sur les causes de ma colère. Je mets à part, avant tout, la question philosophique et religieuse, car sur ce terrain, en quelques parties, je pourrais tendre la main au spéculateur. Mon cri d'indignation n'est que le cri d'un honnête homme et d'un artiste révolté.

Je l'ai dit, il y a mauvaise foi et chantage dans les œuvres ; il y a encore quelque chose de pis à mes yeux : un manque de talent complet, un entassement ridicule de sottises et de puérilités, d'horreurs comiques et de plaisanteries lugubres. Imaginez des volumes lourds et mal agencés, faits de conversations plates et interminables, de dissertations historiques ou philosophiques coupées maladroitement dans quelque vieil ouvrage ; imaginez des épisodes niais, une intrigue invraisemblable qu'un élève de troisième ne commettrait pas. Il sort des pages une senteur épaisse de médiocrité. L'abbé***, chaque fois qu'il commence une œuvre nouvelle, toujours la même d'ailleurs, prend pour thème une des vieilles accusations adressées au catholicisme ; il invente péniblement un conte à dormir debout, mêle la thèse religieuse à un conte avec une inhabileté remarquable et habille le tout de sa prose. Le produit est une œuvre bête, sans aucune élévation, dont la partie artistique ressemble aux anciennes histoires de Ducray-Duminil[8], la bonhomie en moins, et dont la partie de discussion religieuse n'est que le commentaire banal des grivoiseries qui traînent chez tous les marchands de vin libres penseurs. Le dégoût vous monte aux lèvres à la lecture de ces romans pataugeant en pleine fange, aussi vulgaires par la forme que par la pensée, et destinés à contenter les appétits grossiers de la foule. C'est à croire que l'auteur a voulu tant de bassesse et tant de vulgarité : il aura écrit en vue d'un certain public et lui aura servi les ragoûts épicés et nauséabonds qu'il sait devoir lui plaire. Dans la grande querelle religieuse qui secoue notre époque, il est triste de voir se produire de pareils ouvrages qui gâteraient les meilleures causes ; ces ouvrages, loin d'apporter des arguments nouveaux, loin d'aider à la vérité, remettent en question les procès gagnés. L'abbé*** est un Prudhomme[9] religieux qui raconte, qui juge et discute avec une solennelle platitude.

Un nouveau roman vient de paraître, *Le Moine*, faisant suite au *Jésuite*, à *La Religieuse* et au *Maudit*. C'est en feuilletant ce dernier volume que l'indignation l'a emporté et que je me suis promis de dire tout ce que j'avais sur le cœur. Je ne crois pas qu'il existe au monde une histoire plus écœurante. Le livre est le récit des hauts faits d'un moine, dom Claude, une sorte de don Quichotte fanatique qui relève l'abbaye de Charroux, comme le héros de la Manche abattait les ailes des moulins à vent. Ce vieillard est un fou tout simplement qui a la monomanie du cloître. Si ce moine existe réellement, c'est une plaisanterie que de discuter sérieusement avec lui, et une douche d'eau froide serait un excellent argument. Lorsque dom Claude veut régner dans son abbaye, juger et punir en maître, il est bientôt obligé de compter avec l'autorité civile, et l'abbé*** semble par là avouer lui-même que son personnage ne peut vivre à notre époque et qu'il est une figure inventée pour les seuls besoins du drame.

La création de dom Claude est innocente, ridicule tout au plus ; celle de dom Boissier, présenté d'abord comme l'honnête homme du livre, est malsaine. Ce Boissier est un garçon habile qui s'est fait prêtre pour se faire évêque ; il prend le froc afin de monter plus vite, invente des miracles, se moque des hommes et du Ciel ; d'ailleurs, selon l'auteur, un cœur honnête et une grande intelligence, qui, au dénouement, lorsqu'il a la crosse et la mitre, abdique et va vivre ignoré dans un coin perdu. Pourquoi ? on ne peut le deviner. Pour moi, l'honnête homme du livre est un coquin à qui le remords empêche de garder ce qu'il a volé à Dieu.

Il y en a deux autres de cette force-là dans l'œuvre : l'abbé Cabrier, qui se fait capucin pour devenir un second Lacordaire [10], et l'abbé Guillard, qui gagne le chapeau rouge en prenant la robe de moine. J'ai cherché vainement une nature étudiée dans le livre. Les personnages manquent tous d'honnêteté ou de raison. Abel Grenier, l'imbécile qui fournit les fonds pour reconstruire l'abbaye, est un sot et un vaniteux ; l'évêque de Poitiers est plus sot et plus vaniteux encore ; les comparses sont ivrognes ou fanatiques, et ont tous la même vulgarité. C'est là un monde de convention, la caricature du monde réel. Il y a une mauvaise foi évidente dans ces peintures trop poussées au noir.

En somme, l'œuvre est un pamphlet contre les moines. Elle a la prétention de prouver leur inutilité et le danger que présente pour la société moderne leur esprit entreprenant et envahisseur. Elle les plaisante agréablement sur leurs miracles et leurs liqueurs digestives, qu'ils fabriquent de concert : les miracles à l'église, les liqueurs au laboratoire. Elle raconte cette histoire étrange d'une colonie de religieux, tous insensés ou hypocrites, s'établissant dans un coin de la France dont les habitants sont tous hypocrites ou insensés. L'auteur crie que nous retournons au Moyen Âge ; mais, en vérité, c'est lui qui nous y ramène avec ses contes d'une autre époque. Son manque complet de talent rend encore ses grosses plaisanteries moins acceptables. Lorsque Eugène Sue[11] – que je n'aime pas – se mêlait d'attaquer les jésuites, il le faisait au moins d'une façon habile et intéressante. L'abbé*** semble nous dire carrément : « Tous les moines sont des ambitieux ou des brutes, tous les Français sont assez bêtes pour devenir la proie des moines. » Le lecteur, catholique ou libéral, rira au nez de l'abbé*** et le priera de vouloir bien se taire.

Peut-on concevoir un dénouement plus déplorable que celui du *Moine* ? Dom Gargilesse, un des frères, s'oublie dans les bras de la femme du bienfaiteur, Abel Grenier ; le mari rentre et tue le religieux, qui va mourir dans sa cellule. Il faut lire cette scène et celles qui suivent ; je doute que les théâtres des boulevards aient jamais eu des épisodes plus comiquement horribles et d'une puérilité plus sanglante. Dom Claude, après avoir fait jeter le corps du coupable dans l'*in pace*[12], et avoir enseveli un tronc d'arbre sous le nom de dom Gargilesse, meurt à son tour ; la maçonnerie qui murait la porte de l'*in pace*, s'écroule sur lui et l'étouffe. C'est alors que dom Boissier est nommé révérend père, et qu'ayant ainsi atteint le but de ses désirs, il juge à propos, dans une longue lettre absolument vide, de faire abandon de son nouveau titre. Où l'auteur a-t-il voulu en venir ? Que signifie cette enfilade de scènes mélodramatiques et inexplicables ? J'ai cherché le sens de ce dénouement insensé, et je n'y ai trouvé encore une fois qu'une flatterie basse pour les goûts grossiers de la foule qui aime le sang et l'adultère, les faits invraisemblables et les péripéties inattendues. L'œuvre, je ne saurais le répéter trop haut, est une spéculation, une action mauvaise, un roman qui est, avec moins de talent encore, le frère des *Mémoires d'une femme de chambre*.

Un ami me fait observer que l'abbé*** a obtenu de mon indignation tout ce qu'il en attendait. « Ne voyez-vous pas, me dit cet ami, que si les romans dont vous parlez sont des spéculations, le spéculateur a compté sur la colère des honnêtes gens comme sur une publicité assurée. Vos sévérités éveillent la curiosité du public, et tout le mal que vous dites de ces livres est une recommandation pour les personnes qui aiment le fruit défendu. »

Certes, cet ami a une triste opinion des lecteurs. Si je ne parviens pas à chasser *Le Moine* et ses aînés de toutes les maisons honorables, j'obtiendrai peut-être que l'on cache ces volumes sous l'oreiller, comme des volumes honteux.

PROUDHON ET COURBET

I

Il y a des volumes dont le titre accolé au nom de l'auteur suffit pour donner, avant toute lecture, la portée et l'entière signification de l'œuvre.

Le livre posthume de Proudhon : *Du principe de l'art et de sa destination sociale*, était là sur ma table. Je ne l'avais pas ouvert ; cependant je croyais savoir ce qu'il contenait, et il est arrivé que mes prévisions se sont réalisées.

Proudhon est un esprit honnête, d'une rare énergie, voulant le juste et le vrai. Il est le petit-fils de Fourier [1], il tend au bien-être de l'humanité ; il rêve une vaste association humaine, dont chaque homme sera le membre actif et modeste. Il demande, en un mot, que l'égalité et la fraternité règnent, que la société, au nom de la raison et de la conscience, se reconstitue sur les bases du travail en commun et du perfectionnement continu. Il paraît las de nos luttes, de nos désespoirs et de nos misères ; il voudrait nous forcer à la paix, à une vie réglée. Le peuple qu'il voit en songe, est un peuple puisant sa tranquillité dans le silence du cœur et des passions ; ce peuple d'ouvriers ne vit que de justice [2].

Dans toute son œuvre, Proudhon a travaillé à la naissance de ce peuple. Jour et nuit, il devait songer à combiner

les divers éléments humains, de façon à établir fortement
la société qu'il rêvait. Il voulait que chaque classe, chaque
travailleur entrât pour sa part dans l'œuvre commune, et il
enrégimentait les esprits, il réglementait les facultés, désireux de ne rien perdre et craignant aussi d'introduire
quelque ferment de discorde. Je le vois, à la porte de sa cité
future, inspectant chaque homme qui se présente, sondant
son corps et son intelligence, puis l'étiquetant et lui donnant un numéro pour nom, une besogne pour vie et pour
espérance. L'homme n'est plus qu'un infime manœuvre.

Un jour, la bande des artistes s'est présentée à la porte.
Voilà Proudhon perplexe. Qu'est-ce que c'est que ces
hommes-là ? À quoi sont-ils bons ? Que diable peut-on leur
faire faire ? Proudhon n'ose les chasser carrément [3], parce
que, après tout, il ne dédaigne aucune force et qu'il espère,
avec de la patience, en tirer quelque chose. Il se met à
chercher et à raisonner. Il ne veut pas en avoir le démenti,
il finit par leur trouver une toute petite place ; il leur fait
un long sermon, dans lequel il leur recommande d'être bien
sages, et il les laisse entrer, hésitant encore et se disant en
lui-même : « Je veillerai sur eux, car ils ont de méchants
visages et des yeux brillants qui ne me promettent rien de
bon. »

Vous avez raison de trembler, vous n'auriez pas dû les
laisser entrer dans votre ville modèle. Ce sont des gens singuliers qui ne croient pas à l'égalité, qui ont l'étrange manie
d'avoir un cœur, et qui poussent parfois la méchanceté
jusqu'à avoir du génie. Ils vont troubler votre peuple, déranger vos idées de communauté, se refuser à vous et n'être
qu'eux-mêmes. On vous appelle le terrible logicien ; je
trouve que votre logique dormait le jour où vous avez
commis la faute irréparable d'accepter des peintres parmi
vos cordonniers et vos législateurs. Vous n'aimez pas les
artistes, toute personnalité vous déplaît, vous voulez aplatir
l'individu pour élargir la voie de l'humanité. Eh bien ! soyez
sincère, tuez l'artiste. Votre monde sera plus calme.

Je comprends parfaitement l'idée de Proudhon, et même, si l'on veut, je m'y associe. Il veut le bien de tous, il le veut au nom de la vérité et du droit, et il n'a pas à regarder s'il écrase quelques victimes en marchant au but. Je consens à habiter sa cité ; je m'y ennuierai sans doute à mourir, mais je m'y ennuierai honnêtement et tranquillement, ce qui est une compensation. Ce que je ne saurais supporter, ce qui m'irrite, c'est qu'il force à vivre dans cette cité endormie des hommes qui refusent énergiquement la paix et l'efface-ment qu'il leur offre. Il est si simple de ne pas les recevoir, de les faire disparaître. Mais, pour l'amour de Dieu, ne leur faites pas la leçon ; surtout ne vous amusez pas à les pétrir d'une autre fange que celle dont Dieu les a formés, pour le simple plaisir de les créer une seconde fois tels que vous les désirez.

Tout le livre de Proudhon est là. C'est une seconde créa-tion, un meurtre et un enfantement. Il accepte l'artiste dans sa ville, mais l'artiste qu'il imagine, l'artiste dont il a besoin et qu'il crée tranquillement en pleine théorie. Son livre est vigoureusement pensé, il a une logique écrasante ; seule-ment toutes les définitions, tous les axiomes sont faux. C'est une colossale erreur déduite avec une force de raisonnement qu'on ne devrait jamais mettre qu'au service de la vérité.

Sa définition de l'art, habilement amenée et habilement exploitée, est celle-ci : *Une représentation idéaliste de la nature et de nous-mêmes, en vue du perfectionnement physique et moral de notre espèce* [4]. Cette définition est bien de l'homme pratique dont je parlais tantôt, qui veut que les roses se mangent en salade. Elle serait banale entre les mains de tout autre, mais Proudhon ne rit pas lorsqu'il s'agit du perfectionnement physique et moral de notre espèce. Il se sert de sa définition pour nier le passé et pour rêver un avenir terrible. L'art perfectionne, je le veux bien, mais il perfectionne à sa manière, en contentant l'esprit, et non en prêchant, en s'adressant à la raison.

D'ailleurs, la définition m'inquiète peu. Elle n'est que le résumé fort innocent d'une doctrine autrement dangereuse. Je ne puis l'accepter uniquement à cause des développements que lui donne Proudhon ; en elle-même, je la trouve l'œuvre d'un brave homme qui juge l'art comme on juge la gymnastique et l'étude des racines grecques.

Proudhon pose ceci en thèse générale. Moi public, moi humanité, j'ai droit de guider l'artiste et d'exiger de lui ce qui me plaît ; il ne doit pas être lui, il doit être moi, il doit ne penser que comme moi, ne travailler que pour moi. L'artiste par lui-même n'est rien, il est tout par l'humanité et pour l'humanité. En un mot, le sentiment individuel, la libre expression d'une personnalité sont défendus. Il faut n'être que l'interprète du goût général, ne travailler qu'au nom de tous, afin de plaire à tous. L'art atteint son degré de perfection lorsque l'artiste s'efface, lorsque l'œuvre ne porte plus de nom, lorsqu'elle est le produit d'une époque tout entière, d'une nation, comme la statuaire égyptienne et celle de nos cathédrales gothiques.

Moi, je pose en principe que l'œuvre ne vit que par l'originalité. Il faut que je retrouve un homme dans chaque œuvre, ou l'œuvre me laisse froid. Je sacrifie carrément l'humanité à l'artiste. Ma définition d'une œuvre d'art serait, si je la formulais : *Une œuvre d'art est un coin de la création vu à travers un tempérament*[5]. Que m'importe le reste. Je suis artiste, et je vous donne ma chair et mon sang, mon cœur et ma pensée. Je me mets nu devant vous, je me livre bon ou mauvais. Si vous voulez être instruits, regardez-moi, applaudissez ou sifflez, que mon exemple soit un encouragement ou une leçon. Que me demandez-vous de plus ? Je ne puis vous donner autre chose, puisque je me donne entier, dans ma violence ou dans ma douceur, tel que Dieu m'a créé. Il serait risible que vous veniez me faire changer et me faire mentir, vous, l'apôtre de la vérité ! Vous n'avez donc pas compris que l'art est la libre expression d'un cœur et d'une intelligence, et qu'il est d'autant plus

grand qu'il est plus personnel. S'il y a l'art des nations,
l'expression des époques, il y a aussi l'expression des individualités, l'art des âmes. Un peuple a pu créer des architectures, mais combien je me sens plus remué devant un
poème ou un tableau, œuvres individuelles, où je me
retrouve avec toutes mes joies et toutes mes tristesses.
D'ailleurs, je ne nie pas l'influence du milieu et du moment
sur l'artiste, mais je n'ai pas même à m'en inquiéter.
J'accepte l'artiste tel qu'il me vient[6].

Vous dites en vous adressant à Eugène Delacroix[7] : « Je
me soucie fort peu de vos impressions personnelles… Ce
n'est pas par vos idées et votre propre idéal que vous devez
agir sur mon esprit, en passant par mes yeux ; c'est à l'aide
des idées et de l'idéal qui sont en moi : ce qui est justement
le contraire de ce que vous vous vantez de faire. En sorte
que tout votre talent se réduit… à produire en nous des
impressions, des mouvements et des résolutions qui
tournent, non à votre gloire ni à votre fortune, mais au
profit de la félicité générale et du perfectionnement de
l'espèce[8]. » Et dans votre conclusion, vous vous écriez :
« Quant à nous, socialistes révolutionnaires, nous disons
aux artistes comme aux littérateurs : "Notre idéal, c'est le
droit et la vérité. Si vous ne savez avec cela faire de l'art et
du style, arrière ! Nous n'avons pas besoin de vous. Si vous
êtes au service des corrompus, des luxueux, des fainéants,
arrière ! Nous ne voulons pas de vos arts. Si l'aristocratie,
le pontificat et la majesté royale vous sont indispensables,
arrière toujours ! Nous proscrivons votre art ainsi que vos
personnes[9]." »

Et moi, je crois pouvoir vous répondre, au nom des
artistes et des littérateurs, de ceux qui sentent en eux battre
leur cœur et monter leurs pensées : « Notre idéal, à nous,
ce sont nos amours et nos émotions, nos pleurs et nos sourires. Nous ne voulons pas plus de vous que vous ne voulez
de nous. Votre communauté et votre égalité nous écœurent.
Nous faisons du style et de l'art avec notre chair et notre

âme ; nous sommes amants de la vie, nous vous donnons chaque jour un peu de notre existence. Nous ne sommes au service de personne, et nous refusons d'entrer au vôtre. Nous ne relevons que de nous, nous n'obéissons qu'à notre nature ; nous sommes bons ou mauvais, vous laissant le droit de nous écouter ou de vous boucher les oreilles. Vous nous proscrivez, nous et nos œuvres, dites-vous. Essayez, et vous sentirez en vous un si grand vide, que vous pleurerez de honte et de misère. »

Nous sommes forts, et Proudhon le sait bien. Sa colère ne serait pas si grande, s'il pouvait nous écraser et faire place nette pour réaliser son rêve humanitaire. Nous le gênons de toute la puissance que nous avons sur la chair et sur l'âme. On nous aime, nous emplissons les cœurs, nous tenons l'humanité par toutes ses facultés aimantes, par ses souvenirs et par ses espérances. Aussi comme il nous hait, comme son orgueil de philosophe et de penseur s'irrite en voyant la foule se détourner de lui et tomber à nos genoux ! Il l'appelle, il nous abaisse, il nous classe, il nous met au bas bout du banquet socialiste [10]. Asseyons-nous, mes amis, et troublons le banquet. Nous n'avons qu'à parler, nous n'avons qu'à prendre le pinceau, et voilà que nos œuvres sont si douces que l'humanité se met à pleurer, et oublie le droit et la justice pour n'être plus que chair et cœur.

Si vous me demandez ce que je viens faire en ce monde, moi artiste, je vous répondrai : « Je viens vivre tout haut. »

On comprend maintenant quel doit être le livre de Proudhon. Il examine les différentes périodes de l'histoire de l'art, et son système, qu'il applique avec une brutalité aveugle, lui fait avancer les blasphèmes les plus étranges. Il étudie tour à tour l'art égyptien, l'art grec et romain, l'art chrétien, la Renaissance, l'art contemporain. Toutes ces manifestations de la pensée humaine lui déplaisent ; mais il a une préférence marquée pour les œuvres, les écoles où l'artiste disparaît et se nomme légion. L'art égyptien, cet art hiératique, généralisé, qui se réduit à un type et à une attitude ; l'art grec, cette idéalisation de la forme, ce cliché pur et correct, cette beauté divine et impersonnelle ; l'art chrétien, ces figures pâles et émaciées qui peuplent nos cathédrales et qui paraissent sortir toutes d'un même chantier : telles sont les périodes artistiques qui trouvent grâce devant lui, parce que les œuvres y semblent être le produit de la foule.

Quant à la Renaissance et à notre époque, il n'y voit qu'anarchie et décadence [11]. Je vous demande un peu, des gens qui se permettent d'avoir du génie sans consulter l'humanité : des Michel-Ange, des Titien, des Véronèse, des Delacroix, qui ont l'audace de penser pour eux et non pour leurs contemporains, de dire ce qu'ils ont dans leurs entrailles et non ce qu'ont dans les leurs les imbéciles de leur temps ! Que Proudhon traîne dans la boue Léopold Robert [12] et Horace Vernet [13], cela m'est presque indifférent. Mais qu'il se mette à admirer le *Marat* et *Le Serment du Jeu de paume*, de David, pour des raisons de philosophe et de démocrate, ou qu'il crève les toiles d'Eugène Delacroix au nom de la morale et de la raison, cela ne peut se tolérer. Pour tout au monde, je ne voudrais pas être loué par Proudhon ; il se loue lui-même en louant un artiste, il se complaît dans l'idée et dans le sujet que le premier manœuvre pourrait trouver et disposer.

Je suis encore trop endolori de la course que j'ai faite avec lui dans les siècles. Je n'aime ni les Égyptiens, ni les Grecs, ni les artistes ascétiques, moi qui n'admets dans l'art que la vie et la personnalité [14]. J'aime au contraire la libre manifestation des pensées individuelles – ce que Proudhon appelle l'anarchie –, j'aime la Renaissance et notre époque, ces luttes entre artistes, ces hommes qui tous viennent dire un mot encore inconnu hier. Si l'œuvre n'est pas du sang et des nerfs, si elle n'est pas l'expression entière et poignante d'une créature, je refuse l'œuvre, fût-elle la *Vénus de Milo*. En un mot, je suis diamétralement opposé à Proudhon : il veut que l'art soit le produit de la nation, j'exige qu'il soit le produit de l'individu.

D'ailleurs, il est franc. « Qu'est-ce qu'un grand homme ? demande-t-il. Y a-t-il des grands hommes ? Peut-on admettre, dans les principes de la Révolution française et dans une république fondée sur le droit de l'homme, qu'il en existe [15] ? » Ces paroles sont graves, toutes ridicules qu'elles paraissent. Vous qui rêvez de liberté, ne nous laisserez-vous pas la liberté de l'intelligence ? Il dit plus loin, dans une note : « Dix mille citoyens qui ont appris le dessin forment une puissance de collectivité artistique, une force d'idées, une énergie d'idéal bien supérieure à celle d'un individu, et qui, trouvant un jour son expression, dépassera le chef-d'œuvre [16]. » C'est pourquoi, selon Proudhon, le Moyen Âge, en fait d'art, l'a emporté sur la Renaissance. Les grands hommes n'existant pas, le grand homme est la foule. Je vous avoue que je ne sais plus ce que l'on veut de moi, artiste, et que je préfère coudre des souliers. Enfin, le publiciste, las de tourner, lâche toute sa pensée. Il s'écrie : « Plût à Dieu que Luther ait exterminé les Raphaël, les Michel-Ange et tous leurs émules, tous ces ornementateurs de palais et d'églises. » D'ailleurs, l'aveu est encore plus complet, lorsqu'il dit : « L'art ne peut rien directement pour notre progrès ; la tendance est à nous passer de lui. » Eh bien ! j'aime mieux cela ; passez-vous-en et n'en parlons plus. Mais ne venez pas déclamer orgueilleusement : « Je parviens à jeter les fondements d'une critique d'art rationnelle et sérieuse [17] », lorsque vous marchez en pleine erreur.

Je songe que Proudhon aurait eu tort d'entrer à son tour dans la ville modèle et de s'asseoir au banquet socialiste. On l'aurait impitoyablement chassé. N'était-il pas un grand homme ? une forte intelligence, personnelle au plus haut point ? Toute sa haine de l'individualité retombe sur lui et le condamne. Il serait venu nous retrouver, nous, les artistes, les proscrits, et nous l'aurions peut-être consolé en l'admirant, le pauvre grand orgueilleux qui parle de modestie.

II

Proudhon, après avoir foulé aux pieds le passé, rêve un avenir, une école artistique pour sa cité future. Il fait de Courbet le révélateur de cette école, et il jette le pavé de l'ours à la tête du maître [18].

Avant tout, je dois déclarer naïvement que je suis désolé de voir Courbet [19] mêlé à cette affaire. J'aurais voulu que Proudhon choisît en exemple un autre artiste, quelque peintre sans aucun talent. Je vous assure que le publiciste, avec son manque complet de sens artistique, aurait pu louer tout aussi carrément un infime gâcheur, un manœuvre travaillant pour le plus grand profit du perfectionnement de l'espèce. Il veut un moraliste en peinture, et peu semble lui importer que ce moraliste moralise avec un pinceau ou avec un balai. Alors il m'aurait été permis, après avoir refusé l'école future, de refuser également le chef de l'école. Je ne peux. Il faut que je distingue entre les idées de Proudhon et l'artiste auquel il applique ses idées. D'ailleurs, le philosophe a tellement travesti Courbet, qu'il me suffira, pour n'avoir point à me déjuger en admirant le peintre, de dire hautement que je m'incline, non pas devant le Courbet humanitaire de Proudhon, mais devant le maître puissant qui nous a donné quelques pages larges et vraies.

Le Courbet de Proudhon est un singulier homme, qui se sert du pinceau comme un magister de village se sert de sa férule. La moindre de ses toiles, paraît-il, est grosse d'ironie et d'enseignement. Ce Courbet-là, du haut de sa chaire, nous regarde, nous fouille jusqu'au cœur, met à nu nos vices ; puis, résumant nos laideurs, il nous peint dans notre vérité, afin de nous faire rougir. N'êtes-vous pas tenté de vous jeter à genoux, de vous frapper la poitrine et de

demander pardon ? Il se peut que le Courbet en chair et en
os ressemble par quelques traits à celui du publiciste ; des
disciples trop zélés et des chercheurs d'avenir ont pu égarer
le maître ; il y a, d'ailleurs, toujours un peu de bizarrerie et
d'étrange aveuglement chez les hommes d'un tempérament
entier ; mais avouez que si Courbet prêche, il prêche dans
le désert, et que s'il mérite notre admiration, il la mérite
seulement par la façon énergique dont il a saisi et rendu
la nature.

Je voudrais être juste, ne pas me laisser tenter par une
raillerie vraiment trop aisée. J'accorde que certaines toiles
du peintre peuvent paraître avoir des intentions satiriques.
L'artiste peint les scènes ordinaires de la vie, et, par là
même, il nous fait, si l'on veut, songer à nous et à notre
époque. Ce n'est là qu'un simple résultat de son talent qui
se trouve porté à chercher et à rendre la vérité. Mais faire
consister tout son mérite dans ce seul fait qu'il a traité des
sujets contemporains, c'est donner une étrange idée de l'art
aux jeunes artistes que l'on veut élever pour le bonheur du
genre humain.

Vous voulez rendre la peinture utile et l'employer au perfectionnement de l'espèce. Je veux bien que Courbet perfectionne, mais alors je me demande dans quel rapport et avec
quelle efficacité il perfectionne. Franchement, il entasserait
tableau sur tableau, vous empliriez le monde de ses toiles
et des toiles de ses élèves, l'humanité serait tout aussi
vicieuse dans dix ans qu'aujourd'hui. Mille années de peinture, de peinture faite dans votre goût, ne vaudraient pas
une de ces pensées que la plume écrit nettement et que
l'intelligence retient à jamais, telles que : *Connais-toi toi-
même*, *Aimez-vous les uns les autres*, etc. Comment ! vous
avez l'écriture, vous avez la parole, vous pouvez dire tout ce
que vous voulez, et vous allez vous adresser à l'art des lignes
et des couleurs pour enseigner et instruire. Eh ! par pitié,
rappelez-vous que nous ne sommes pas tout raison. Si vous
êtes pratique, laissez au philosophe le droit de nous donner

des leçons, laissez au peintre le droit de nous donner des émotions. Je ne crois pas que vous deviez exiger de l'artiste qu'il enseigne, et, en tout cas, je nie formellement l'action d'un tableau sur les mœurs de la foule.

Mon Courbet, à moi, est simplement une personnalité. Le peintre a commencé par imiter les Flamands et certains maîtres de la Renaissance. Mais sa nature se révoltait et il se sentait entraîné par toute sa chair – par toute sa chair, entendez-vous – vers le monde matériel qui l'entourait, les femmes grasses et les hommes puissants, les campagnes plantureuses et largement fécondes. Trapu et vigoureux, il avait l'âpre désir de serrer entre ses bras la nature vraie ; il voulait peindre en pleine viande et en plein terreau.

Alors s'est produit l'artiste que l'on nous donne aujourd'hui comme un moraliste. Proudhon le dit lui-même, les peintres ne savent pas toujours bien au juste quelle est leur valeur et d'où leur vient cette valeur. Si Courbet, que l'on prétend très orgueilleux, tire son orgueil des leçons qu'il pense nous donner, je suis tenté de le renvoyer à l'école. Qu'il le sache, il n'est rien qu'un pauvre grand homme bien ignorant, qui en a moins dit en vingt toiles que *La Civilité puérile* [20] en deux pages. Il n'a que le génie de la vérité et de la puissance. Qu'il se contente de son lot.

La jeune génération, je parle des garçons de vingt à vingt-cinq ans, ne connaît presque pas Courbet, ses dernières toiles ayant été très inférieures. Il m'a été donné de voir, rue Hautefeuille, dans l'atelier du maître, certains de ses premiers tableaux. Je me suis étonné, et je n'ai pas trouvé le plus petit mot pour rire dans ces toiles graves et fortes dont on m'avait fait des monstres. Je m'attendais à des caricatures, à une fantaisie folle et grotesque, et j'étais devant une peinture serrée, large, d'un fini et d'une franchise extrêmes. Les types étaient vrais sans être vulgaires ; les chairs, fermes et souples, vivaient puissamment ; les fonds s'emplissaient d'air, donnaient aux figures une vigueur étonnante. La coloration, un peu sourde, a une harmonie presque douce, tandis que la justesse des tons, l'ampleur du métier établissent les plans et font que chaque détail a un relief étrange. En fermant les yeux, je revois ces toiles énergiques, d'une seule masse, bâties à chaux et à sable, réelles jusqu'à la vie et belles jusqu'à la vérité. Courbet est le seul peintre de notre époque ; il appartient à la famille des faiseurs de chair, il a pour frères, qu'il le veuille ou non, Véronèse, Rembrandt, Titien [21].

Proudhon a vu comme moi les tableaux dont je parle, mais il les a vus autrement, en dehors de toute facture, au point de vue de la pure pensée. Une toile, pour lui, est un sujet ; peignez-la en rouge ou en vert, que lui importe ! Il le dit lui-même, il ne s'entend en rien à la peinture, et raisonne tranquillement sur les idées. Il commente, il force le tableau à signifier quelque chose ; de la forme, pas un mot.

C'est ainsi qu'il arrive à la bouffonnerie. Le nouveau critique d'art, celui qui se vante de jeter les bases d'une science nouvelle, rend ses arrêts de la façon suivante : *Le Retour de la foire* [22], de Courbet, est « la France rustique, avec son humeur indécise et son esprit positif, sa langue simple, ses passions douces, son style sans emphase, sa pensée plus près de terre que des nues, ses mœurs également éloignées de la démocratie et de la démagogie, sa préférence décidée pour les façons communes, éloignée de toute exaltation idéaliste, heureuse sous une autorité tempérée, dans ce juste milieu aux bonnes gens si cher, et qui, hélas ! constamment les trahit [23]. » *La Baigneuse* [24] est une satire de la bourgeoise : « Oui, la voilà bien cette bourgeoise charnue et cossue, déformée par la graisse et le luxe ; en qui la mollesse et la masse étouffent l'idéal, et prédestinée à mourir de poltronnerie, quand ce n'est pas de gras fondu ; la voilà telle que sa sottise, son égoïsme et sa cuisine nous la font [25]. » *Les Demoiselles de la Seine* [26] et *Les Casseurs de pierres* [27] servent à établir un bien merveilleux parallèle : « Ces deux femmes vivent dans le bien-être… ce sont des vraies artistes. Mais l'orgueil, l'adultère, le divorce et le suicide, remplaçant les amours, voltigent autour d'elles et les accompagnent ; elles les portent dans leur douaire : c'est pourquoi, à la fin, elles paraissent horribles. *Les Casseurs de pierres*, au rebours, crient par leurs haillons vengeance contre l'art et la société ; au fond, ils sont inoffensifs et leurs âmes sont saines [28]. » Et Proudhon examine ainsi chaque toile, les expliquant toutes et leur donnant un sens politique, religieux, ou de simple police des mœurs.

Les droits d'un commentateur sont larges, je le sais, et il est permis à tout esprit de dire ce qu'il sent à la vue d'une œuvre d'art. Il y a même des observations fortes et justes dans ce que pense Proudhon mis en face des tableaux de Courbet. Seulement, il reste philosophe, il ne veut pas sentir en artiste. Je le répète, le sujet seul l'occupe ; il le discute, il le caresse, il s'extasie et il se révolte. Absolument parlant, je ne vois pas de mal à cela ; mais les admirations, les commentaires de Proudhon deviennent dangereux, lorsqu'il les résume en règle et veut en faire les lois de l'art qu'il rêve. Il ne voit pas que Courbet existe par lui-même, et non par les sujets qu'il a choisis : l'artiste aurait peint du même pinceau des Romains ou des Grecs, des Jupiters ou des Vénus, qu'il serait tout aussi haut. L'objet ou la personne à peindre sont les prétextes ; le génie consiste à rendre cet objet ou cette personne dans un sens nouveau, plus vrai ou plus grand. Quant à moi, ce n'est pas l'arbre, le visage, la scène qu'on me représente qui me touchent : c'est l'homme que je trouve dans l'œuvre, c'est l'individualité puissante qui a su créer, à côté du monde de Dieu, un monde personnel que mes yeux ne pourront plus oublier et qu'ils reconnaîtront partout.

J'aime Courbet absolument, tandis que Proudhon ne l'aime que relativement. Sacrifiant l'artiste à l'œuvre, il paraît croire qu'on remplace aisément un maître pareil, et il exprime ses vœux avec tranquillité, persuadé qu'il n'aura qu'à parler pour peupler sa ville de grands maîtres. Le ridicule est qu'il a pris une individualité pour un sentiment général. Courbet mourra, et d'autres artistes naîtront qui ne lui ressembleront point. Le talent ne s'enseigne pas, il grandit dans le sens qui lui plaît. Je ne crois pas que le peintre d'Ornans fasse école ; en tout cas, une école ne prouverait rien. On peut affirmer en toute certitude que le grand peintre de demain n'imitera directement personne ; car, s'il imitait quelqu'un, s'il n'apportait aucune personnalité, il ne serait pas un grand peintre. Interrogez l'histoire de l'art.

Je conseille aux socialistes démocrates qui me paraissent avoir l'envie d'élever des artistes pour leur propre usage, d'enrôler quelques centaines d'ouvriers et de leur enseigner l'art comme on enseigne, au collège, le latin et le grec. Ils auront ainsi, au bout de cinq ou six ans, des gens qui leur feront proprement des tableaux, conçus et exécutés dans leurs goûts et se ressemblant tous les uns les autres, ce qui témoignera d'une touchante fraternité et d'une égalité louable. Alors la peinture contribuera pour une bonne part au perfectionnement de l'espèce. Mais que les socialistes démocrates ne fondent aucun espoir sur les artistes de génie libre et élevés en dehors de leur petite église. Ils pourront en rencontrer un qui leur convienne à peu près ; mais ils attendront mille ans avant de mettre la main sur un second artiste semblable au premier. Les ouvriers que nous faisons nous obéissent et travaillent à notre gré ; mais les ouvriers que Dieu fait n'obéissent qu'à Dieu et travaillent au gré de leur chair et de leur intelligence.

Je sens que Proudhon voudrait me tirer à lui et que je voudrais le tirer à moi. Nous ne sommes pas du même monde, nous blasphémons l'un pour l'autre. Il désire faire de moi un citoyen, je désire faire de lui un artiste. Là est tout le débat. Son *art rationnel*, son réalisme à lui, n'est à vrai dire qu'une négation de l'art, une plate illustration de lieux communs philosophiques. Mon art, à moi, au contraire, est une négation de la société, une affirmation de l'individu, en dehors de toutes règles et de toutes nécessités sociales. Je comprends combien je l'embarrasse, si je ne veux pas prendre un emploi dans sa cité humanitaire : je me mets à part, je me grandis au-dessus des autres, je dédaigne sa justice et ses lois. En agissant ainsi, je sais que mon cœur a raison, que j'obéis à ma nature, et je crois que mon œuvre sera belle. Une seule crainte me reste : je consens à être inutile, mais je ne voudrais pas être nuisible à mes frères. Lorsque je m'interroge, je vois que ce sont eux, au contraire, qui me remercient, et que je les console souvent des duretés des philosophes. Désormais, je dormirai tranquille.

Proudhon nous reproche, à nous romanciers et poètes, de vivre isolés et indifférents, ne nous inquiétant pas du progrès. Je ferai observer à Proudhon que nos pensées sont absolues, tandis que les siennes ne peuvent être que relatives. Il travaille, en homme pratique, au bien-être de l'humanité ; il ne tente pas la perfection, il cherche le meilleur état possible, et fait ensuite tous ses efforts pour améliorer cet état peu à peu. Nous, au contraire, nous montons d'un bond à la perfection ; dans notre rêve, nous atteignons l'état idéal. Dès lors, on comprend le peu de souci que nous prenons de la terre. Nous sommes en plein ciel et nous ne descendons pas. C'est ce qui explique pourquoi tous les misérables de ce monde nous tendent les bras et se jettent à nous, s'écartant des moralistes.

Je n'ai que faire de résumer le livre de Proudhon : il est l'œuvre d'un homme profondément incompétent et qui, sous prétexte de juger l'art au point de vue de sa destinée sociale, l'accable de ses rancunes d'homme positif ; il dit ne vouloir parler que de l'idée pure, et son silence sur tout le reste – sur l'art lui-même – est tellement dédaigneux, sa haine de la personnalité est tellement grande, qu'il aurait mieux fait de prendre pour titre : *De la mort de l'art et de son inutilité sociale*. Courbet, qui est un artiste personnel au plus haut point, n'a pas à le remercier de l'avoir nommé chef des barbouilleurs propres et moraux qui doivent badigeonner en commun sa future cité humanitaire.

LE CATHOLIQUE HYSTÉRIQUE

Il y a des maladies intellectuelles, de même qu'il y a des maladies physiques. On a dit que le génie était une névrose aiguë[1]. Je puis affirmer que M. Barbey d'Aurevilly, le catholique hystérique dont je veux parler, n'a rien qui ressemble à du génie, et je dois déclarer cependant que l'esprit de cet écrivain est en proie à une fièvre nerveuse terrible.

Le critique, assure-t-on, est le médecin de l'intelligence. Je tâte le pouls au malade, et je reconnais en lui des désordres graves : il y a eu ici abus de mysticisme et abus de passion ; le corps brûle et l'âme est folle ; cet être exalté a des besoins de chair et des besoins d'encens. En un mot, le cas est celui-ci : un saint Antoine[2] jeté en pleine orgie, les mains jointes, les yeux au ciel, ayant aux lèvres des baisers féroces et de fanatiques prières[3].

On ne saurait juger M. Barbey d'Aurevilly avec trop de franchise et trop de sévérité. Il a lui-même montré en critique un tel emportement, un tel parti pris, que je me sens à l'aise pour lui dire nettement ma façon de penser. Certes, il ferait preuve de mauvais goût, s'il se fâchait de sentir la piqûre des armes dont il a si furieusement essayé maintes fois de percer la poitrine des autres. Son attitude guerrière appelle la lutte ; son esprit entier et impitoyable en fait un adversaire qui ne mérite aucun ménagement. Lui-même rirait de ma timidité et de mon indulgence, si j'étais assez naïf pour être indulgent et timide.

Je veux surtout examiner sa dernière œuvre : *Un prêtre marié*[4]. Résumant, dès le début, l'impression que cette œuvre m'a produite, je dirai simplement qu'elle m'a exaspéré.

Je désire me faire bien comprendre et mettre le plus d'ordre possible dans mon réquisitoire[5]. Il y a dans le livre deux parties que l'on doit, selon moi, examiner séparément : la partie purement artistique et la partie en quelque sorte dogmatique. L'une est le produit d'une personnalité qui s'enfle à crever, l'autre est un plaidoyer violent et maladroit en faveur du célibat des prêtres.

Voici l'histoire. Nous raisonnerons ensuite.

Jean Gourgue, dit Sombreval, le prêtre marié, est un fils de la terre, un de ces rudes fils de paysan, au cou de taureau, aux pensées fortes et puissantes. Il s'est fait prêtre, poussé par son amour de l'étude ; puis, ne pouvant apaiser son insatiable désir, il va plus avant dans la science, et dès lors il nie Dieu qui a son vicaire à Rome, il rentre dans la vie commune, il se marie. Sombreval a épousé la fille d'un chimiste, son maître ; la jeune femme lui donne une enfant, Calixte, et meurt en apprenant la véritable histoire de son mari. C'est là le second meurtre du prêtre marié, qui a déjà tué son père par son parjure. Le titre du roman devrait être : *La Fille du prêtre*, car l'œuvre est tout entière dans cette Calixte, pâle et émaciée, secouée par une névrose terrible, portant au front, entre les sourcils, une croix qui se dessine en rouge sur la blancheur de la face[6]. Le père, qui a reporté sa foi dans l'amour de cette enfant, est puni par elle de ses sacrilèges ; le Ciel se venge en le faisant souffrir dans la chair de sa chair, en lui envoyant un de ses anges, marqué du signe rédempteur, créature maladive et céleste qui est sans cesse à son côté pour lui parler de Dieu. Mais Sombreval ne croit plus à l'âme, il veut seulement disputer le corps de sa fille à la mort. Une lutte acharnée s'établit entre sa science et la maladie. Il emporte Calixte, comme un avare, dans un coin perdu de la France, pour la soigner plus à l'aise, et il va choisir, on ne sait pourquoi, un château de la basse Normandie, le Quesnay, situé près du village où son père est mort, où le souvenir du prêtre marié est maudit.

Nous sommes ici en pays fanatique, chez un peuple de paysans superstitieux ; ce fait moderne du mariage d'un prêtre va se passer en plein Moyen Âge. La sorcière ne saurait être loin ; elle est l'âme du récit, elle le domine de tout son fatalisme et donne la véritable note de l'esprit qui l'anime. La figure de la grande Malgaigne apparaît dès le début ; dans le soulèvement général de la contrée, elle se dresse comme l'oracle antique, annonçant le terrible dénouement que le diable lui permet de prévoir. Cette Malgaigne a prédit jadis à Sombreval « qu'elle le voyait prêtre, puis marié, puis possesseur du Quesnay, enfin que l'eau lui serait funeste et qu'il y trouverait sa fin ». Vous pensez que toutes ces prédictions s'accomplissent à la lettre ; les intérêts de Dieu sont servis par Satan, la sorcellerie vient au secours de la religion. Bien que rentrée au giron de l'Église, la Malgaigne exerce encore parfois son ancienne industrie ; c'est ainsi qu'elle annonce une mort violente à Néel de Néhou, le jeune premier du livre. Il mourra parce qu'il aime Calixte : ainsi le veut l'enfer ou le Ciel, je ne sais plus au juste. Ce Néel, fils d'un gentilhomme du voisinage, est destiné à donner dans l'œuvre la note amoureuse ; il aime et ne peut épouser, car la pauvre malade est carmélite, à l'insu même de son père. Tel est le milieu, tels sont les personnages. L'intrigue est simple d'ailleurs. Les paysans ameutés vont jusqu'à accuser Sombreval d'inceste. Alors, fou de désespoir, le père, sentant que la maladie de sa fille est toute morale, et craignant qu'une insulte suprême ne la frappe de mort, se décide à feindre le repentir et à servir de nouveau ce Dieu auquel il ne croit plus. Il part, il fait pénitence ; il tente de sauver son enfant par un mensonge. Mais Calixte apprend le sacrilège de son père et elle meurt dans une dernière crise. Sombreval, selon la pensée de l'auteur, tue sa fille, comme il a tué sa femme, comme il a tué son père. Dans la folie de sa douleur, il creuse avec ses ongles la fosse déjà comblée, il arrache Calixte à la terre et court se jeter avec le cadavre dans l'étang du Quesnay, où la Malgaigne avait vu, avec les yeux de l'âme, les deux corps étendus côte à côte. Il va sans dire que Néel meurt trois mois après, juste à l'heure fixée par la voyante. Voilà comme quoi s'accomplirent les prophéties d'une vieille femme.

M. Barbey d'Aurevilly ne saurait se plaindre. Je crois avoir donné une analyse consciencieuse, presque sympathique de son roman. Nous pouvons discuter à l'aise, maintenant que les pièces du procès sont connues. Je désire appuyer sur mes appréciations, en reprenant tour à tour les principaux personnages et certains détails de l'œuvre.

Avant tout, quelle a été la véritable pensée de l'auteur, que défend-il, que veut-il nous prouver ? M. Barbey d'Aurevilly n'est pas un homme à réticences ni à plaidoyers timides. On doit, sans crainte, tirer les enseignements des faits qu'il avance, et on est certain qu'il ne désavouera pas ses intentions, si extrêmes qu'elles soient. Voici les principes monstrueux que l'on peut formuler après la lecture d'*Un prêtre marié* : la science est maudite, savoir c'est ne plus croire, l'ignorance est aimée du Ciel ; les bons paient pour les méchants, l'enfant expie les fautes du père ; la fatalité nous gouverne, ce monde est un monde d'épouvante livré à la colère d'un Dieu et aux caprices d'un démon. Telles sont en substance les pensées de l'auteur. Énoncer de pareilles propositions, c'est les réfuter. D'ailleurs le grand débat porte sur le sujet même du livre, sur ce mariage du prêtre qui paraît un si gros sacrilège à M. Barbey d'Aurevilly, et qui me semble, à moi, un fait naturel, très humain en lui-même, ayant lieu dans les religions sans que les intérêts du Ciel en souffrent [7].

Il est difficile, d'ailleurs, de juger froidement une œuvre semblable, produit d'un tempérament excessif. Tous les personnages sont plus au moins malades, plus ou moins fous ;

les épisodes galopent eux-mêmes en pleine démence. Le livre entier est une sorte de cauchemar fiévreux, un rêve mystique et violent. De telles pages auraient dû être écrites il y a quelques cents ans, dans une époque de terreur et d'angoisse, lorsque la raison du Moyen Âge chancelait sous d'absurdes croyances. Une intelligence détraquée de ces misérables temps, un esprit perdu de mysticisme et de fatalisme, une âme qui ne distingue plus entre le sorcier et le prêtre, entre la réalité et le songe, aurait pu à la rigueur se permettre une pareille débauche de folie. Au point de vue artistique, je comprends et j'admets encore ce livre étrange [8] ; l'insanité lui est permise, il peut à son gré divaguer et mentir ; il n'attaque après tout que le goût, et l'artiste modéré peut se consoler en le jetant après la troisième page. Mais dès qu'il se mêle de prêcher, dès qu'il veut devenir un enseignement et un catéchisme, il attaque le vrai, et on est en droit de lui demander un peu de raison et de mesure, sous peine de n'être pas écouté par les gens sérieux. Avez-vous jamais vu un échappé de Charenton [9] rendant des arrêts sur la place publique ?

Oui, si l'on veut, M. Barbey d'Aurevilly avait le droit d'écrire la partie romanesque de l'œuvre, telle qu'il l'a écrite. Mais j'affirme qu'il n'avait pas le droit d'écrire la partie que j'ai appelée dogmatique, à moins de changer totalement de procédé. Lorsqu'on a à discuter, à l'aide du roman, des problèmes philosophiques et religieux, le premier soin de l'écrivain devrait être de se placer dans un milieu réel ; il ne lui est pas permis de sortir de son temps pour résoudre une question contemporaine, de sortir de l'humanité pour résoudre une question humaine. J'ai dit qu'*Un prêtre marié* était un plaidoyer maladroit en faveur du célibat des prêtres, justement à cause du peu de vérité de l'œuvre. Un homme raisonnable ne saurait s'arrêter à cette création bizarre qui s'agite dans un monde qui n'existe pas. Si vous êtes catholique et que vous vouliez défendre vos croyances, prenez le monde moderne corps à corps, luttez avec lui sur son propre terrain, en plein Paris ; mais n'allez pas opposer un savant à plusieurs centaines de Normands ignorants ; en un mot, heurtez le présent contre le présent [10]. Vous vous assurez une victoire trop facile au fond de votre Normandie, et vous atteignez l'effet contraire à celui que vous espériez, en triomphant dans le rêve et dans le miracle.

M. Barbey d'Aurevilly, c'est une justice à lui rendre, a travaillé amoureusement la grande figure de Sombreval ; il en a fait un titan, une sorte de colosse tranquille dans son doute, dédaigneux du monde, gardant ses tendresses pour sa fille et la science. Ce personnage est un excellent portrait de l'incrédule moderne dont l'impiété est faite d'indifférence ; il croit en lui, il croit en ses volontés et en son savoir.

Pour l'auteur, c'est un damné qui a tué Dieu, meurtre que j'avoue ne pas trop comprendre ; c'est un assassin et un sacrilège, un fils révolté, qu'un père despote châtiera cruellement. Pour moi, tel que M. Barbey d'Aurevilly le peint, c'est un homme sanguin, d'un esprit positif, qui s'est fatigué un jour des mystères et des exigences d'une religion jalouse, et qui est tranquillement rentré dans la vie ordinaire, plus compréhensible et convenant mieux à sa nature. Il ne croit à rien, parce que rien de ce qu'on lui présente ne lui semble croyable ; il vit dans un temps de transition, se reposant dans ses affections et dans son intelligence, attendant la nouvelle philosophie religieuse qui, selon lui, remplacera certainement celle qu'il a cru devoir quitter par dégoût, par besoin d'amour humain et de saine raison ; il aide lui-même la venue de la vérité, penché sur ses creusets de chimiste, et travaillant à une œuvre de santé et de tendresse [11].

Certes, M. Barbey d'Aurevilly n'a pas entendu ainsi son personnage ; mais il a été entraîné malgré lui à dresser dans ce sens cette figure, qui est la seule vraie de l'ouvrage. L'amour que l'écrivain a pour la force et la réalité, l'a amené à doter si richement son héros, qu'il lui a conquis la sympathie de tous les lecteurs. On admire cette puissante intelligence, cette

nature calme et forte ; on aime ce père qui ne vit que pour
sa fille – et l'émotion profonde que cause cet amour pater-
nel tend à la condamnation du célibat des prêtres ; on est
tenté de battre ces paysans normands, si bêtement superstitieux, qui insultent cet homme de cœur et de conscience –
et cette sainte colère est comme un cri indigné qui réclame
la liberté de conscience, le droit pour tous à l'amour et à la
famille, la rupture des vœux qui lient l'homme à la divinité.

Sombreval est le seul être raisonnable et bien portant
parmi les poupées hallucinées et souffrantes de M. Barbey
d'Aurevilly ; il a la logique du bon sens et me paraît être le
plus honnête homme du monde. Je vais à l'instant le relever
de l'accusation de meurtre ; et, quant à son dernier sacrilège, lorsqu'il veut sauver Calixte, l'auteur prend lui-même
le soin d'expliquer qu'il ne pouvait y avoir profanation pour
cet incrédule, à communier avec l'hostie, qui n'était plus à
ses yeux qu'un peu de farine.

En face de ce père, de cette âme droite et honnête,
M. Barbey d'Aurevilly a placé deux autres figures de prêtres,
l'abbé Hugon et l'abbé Méautis. L'abbé Hugon est la bonne
âme qui revient de l'exil pour apprendre à la femme de
Sombreval, alors enceinte de Calixte, que son mari est un
prêtre ; l'abbé Méautis est le tendre cœur qui se demande
s'il doit tuer oui ou non Calixte, et qui finit par obéir au
Ciel et par dire à la jeune fille que son père la trompe, qu'il
profane l'hostie sainte. Ainsi le meurtrier de la femme de
Sombreval est l'abbé Hugon, le meurtrier de Calixte est
l'abbé Méautis, et tous deux ont conscience de l'assassinat
qu'ils vont commettre, et le dernier surtout, un véritable
ange de douceur, accomplit le crime avec préméditation !
M. Barbey d'Aurevilly a vraiment la main heureuse,
lorsqu'il choisit de fidèles ministres du Seigneur.
Qu'importe la créature, elle est faite pour souffrir et pour
mourir ; les intérêts du Ciel avant tout. Voilà certes une
religion humiliante pour l'âme et pour la volonté, injurieuse
pour Dieu lui-même. Tandis que Sombreval lutte nuit et

jour contre la maladie de Calixte, l'abbé Méautis se croise
tranquillement les bras et attend le bon plaisir du Ciel ;
tandis que le père se ment à lui-même, renie toute sa force
et toutes ses convictions, veut la vie de sa fille aux dépens
de son être entier, il y a là un prêtre qui frappe dans l'ombre
et que le Ciel, à l'aide d'un miracle, charge de tuer une
enfant innocente. Et M. Barbey d'Aurevilly vient nous dire
ensuite que Sombreval a tué Calixte. Alors, sans doute, c'est
l'abbé Méautis qui voulait la sauver. Vous êtes dans le vrai
d'ailleurs : certains prêtres ont souvent de ces avis du Ciel
qui plongent des familles dans le deuil, et les douces âmes
trouvent toujours quelque coupable pour expliquer la colère
de leur Dieu !

Cette Calixte ne vit pas en ce monde ; elle est fille de
l'extase et du miracle. Il s'échappe d'elle des senteurs fades
de mourante ; elle a la beauté froide et pâle de la mort. Les
yeux ouverts démesurément, ce large ruban rouge qui cache
la croix de son front, cette peau molle et transparente, tout
cet être dissous par la maladie, jeune sans jeunesse, a un
aspect chétif et malsain qui répugne. Elle a le tempérament
de sa foi ; la maladie nerveuse qui la secoue explique ses
extases ; il y a en elle assez d'hystérie pour faire vivre plusieurs douzaines de femmes dévotes. M. Barbey d'Aurevilly
a créé là une étrange fille dont personne ne voudrait être le
père ; la place de cette moribonde est dans une maison de
santé et non dans une église. Heureusement, Dieu, plus
doux que l'auteur, n'envoie pas de tels enfants aux hommes,
même comme châtiment. Calixte est le produit d'une imagination déréglée, un cas curieux de catalepsie et de som-
nambulisme qu'un médecin étudierait avec joie s'il se
présentait, une création artistique, si l'on veut, réussie
comme étrangeté. Mais que vient faire cette folle, cette
figure de légende, dans un livre qui a la prétention de discuter des faits contemporains ? On ne convainc personne avec
de pareils arguments.

Quant à Néel de Néhou, il est le frère, ou plutôt la sœur de Calixte. Ce jeune homme, à bien l'examiner, est une jeune fille nerveuse. Lui aussi porte au front un signe bizarre, la veine de colère qui se gonfle et noircit dans les moments de violence. Ce personnage est plus acceptable, parce qu'il est secondaire et qu'il ne prêche pas. Mais il est parfaitement ridicule. Pour se faire aimer de Calixte, il n'imagine rien de mieux que de se casser la tête sous sa fenêtre, en brisant contre le perron du Quesnay une légère voiture qu'il conduit tout exprès. Violent et passionné, beau comme une femme et fort comme un homme, d'une élégance morbide et d'une fierté chevaleresque, cet adolescent réalise sans doute le type idéal de l'amant et du gentilhomme pour M. Barbey d'Aurevilly. Pour moi, il ressemble à un page d'une gravure de modes. L'auteur aime à habiller ses personnages des costumes d'autrefois ; il a parfaitement réussi à nous donner, dans Néel de Néhou, un de ces chevaliers imaginaires, tout colère et tout tendresse, jeunes filles à fines moustaches blondes, ayant la taille mince et le bras invincible. Je vous assure que les amoureux de notre âge sont autrement bâtis et qu'ils aiment d'une tout autre façon.

J'ai dit que la grande Malgaigne représentait la fatalité dans l'ouvrage. Elle est fort bien drapée, cette Malgaigne, et le seul tort qu'elle ait est de prédire avec trop de succès et de certitude. Je me rappelle une sorcière de Walter Scott [12] qui a pu servir de modèle à l'auteur, mais celle-ci est franchement au service du diable, tandis que celle de M. Barbey d'Aurevilly communie et prophétise tout à la fois. J'aime assez rencontrer dans la lande cette vieille femme qui raconte des histoires à dormir debout ; elle est à son plan dans le paysage ; ses longues jupes aux plis droits et réguliers, sa démarche noble, ses paroles sinistres et désolées, ce cri de mort dont elle emplit l'œuvre, sont d'un bon effet dans le tableau. Mais au moins que l'auteur n'ait pas la naïveté de venir me donner cette folle comme un être vivant auquel je dois croire. S'il nous conte une légende, j'accepte la Malgaigne. S'il s'avise de me dire que cette légende est un récit vrai, s'il fait de cette hallucinée une messagère de l'autre monde, je lui ris au nez et je refuse la Malgaigne.

On le voit, après m'être arrêté de nouveau aux personnages, je n'accorde aucune portée au roman de M. Barbey d'Aurevilly. La fantaisie et le caprice, le prodige et le cauchemar règnent trop dans cette œuvre pour qu'elle soit une œuvre de discussion sérieuse. Elle se réfute par son emportement fiévreux, par ses créations monstrueuses, par le milieu étrange où elle s'agite. Tout en elle me paraît se tourner contre elle-même. Il n'est pas une personne de bon sens qui n'y trouve un pamphlet terrible contre le célibat des prêtres. On dirait que l'auteur, pris d'une rage soudaine, s'est mis à frapper à droite et à gauche, sans s'inquiéter s'il abattait ses dieux ou les dieux des voisins [13].

Que dirais-je maintenant de la partie artistique de l'œuvre ? On ne saurait nier que, sous ce point de vue, le livre ne ressemble pas à tous les autres ; et qu'il n'y ait en lui une vie chaude et particulière. Sombreval et Calixte, Néel et la Malgaigne, sont à coup sûr des figures hardiment posées, travaillées avec largeur et qui s'imposent à l'esprit ; la fille au bras du père, cette pâle tête appuyée à cette puissante épaule, l'adolescent frémissant et fier écoutant les paroles de mort de la voyante, me paraissent des oppositions et des rapprochements très réussis et mis en œuvre par un esprit vigoureux qui a le sens du pittoresque. Les paysages aussi ne manquent pas d'étendue ni de vérité ; la description de l'étang du Quesnay est une peinture grasse et solide, d'une ampleur remarquable. Chaque détail, dans le roman, a ainsi son relief fortement accusé ; chaque personnage, chaque objet est compris avec une vive intelligence artistique et se trouve rendu avec une grande allure. Mais M. Barbey d'Aurevilly compromet ses qualités d'écrivain original par une telle déraison, qu'il faut beaucoup aimer le tempérament chez un artiste pour découvrir, sous l'effrayant chaos de ses phrases, les horizons larges des campagnes, les silhouettes nettes et fermes des personnages. Il donne trop facilement raison à la critique timide et pédante, et je comprends qu'il y ait des gens qui le nient. Moi, je me contenterai de lui dire que l'effort n'est pas la force, que l'étrangeté n'est pas l'originalité. Ce ne peut être là la libre expression d'une personnalité d'artiste. Il tend ses nerfs, il arrive à la grimace et au balbutiement ; il exagère ses instincts, il tiraille son intelligence, et, dans cette tension, dans cette lutte de tout son être, il monte jusqu'à la démence. Ce grincement général de l'œuvre est d'autant moins agréable qu'il n'est pas naturel. Je voudrais lire un livre écrit sans parti pris par M. Barbey d'Aurevilly, et je suis certain qu'il y resterait encore assez de saveur personnelle pour en faire une œuvre très remarquable.

Un prêtre marié est écrit dans un jargon insupportable qui agace et qui exaspère ; le bas des pages est criblé de notes pour expliquer les mots patois qui encombrent le texte ; d'ailleurs on devrait y trouver des explications sur les phrases elles-mêmes. Que signifie, je vous prie : « … Elle souffla ce dernier mot comme si elle eût craint de casser le chalumeau de l'Ironie, en soufflant trop fort… » Et encore : « … Frappée aux racines de son être par la pile de Volta du front de son père… » Et encore : « … Mais un jour, la bonde enfoncée par la prudence par-dessus tous leurs étonnements, partit avec celle d'un tonneau mis en perce dans un des cabarets du bourg… » Je prends au hasard. Est-ce là parler français, et un peu de simplicité serait-il si regrettable, lorsqu'il s'agit de raconter des faits simples ? M. Barbey d'Aurevilly se moque de nous et de lui-même. Il maltraite plus que le goût, il maltraite son propre talent et tombe dans le radotage par parti pris d'originalité.

Je ne sais si on l'a compris, je me sens, au point de vue artistique, une sorte de sympathie pour l'œuvre que je viens de juger sévèrement et qui m'attire à elle par son audace.

Cette sympathie inavouée m'irrite encore davantage contre elle. Je suis désespéré de voir tant de hardiesse si mal employée. Je condamne *Un prêtre marié*, et pour être ce qu'il est, et pour n'être pas ce qu'il pourrait être.

LA LITTÉRATURE ET LA GYMNASTIQUE

Qu'il me soit permis de parler d'un sujet qui intéresse toute notre génération d'esprits affolés et hystériques[1]. Le corps, comme aux meilleurs temps du mysticisme, est singulièrement en déchéance chez nous. Ce n'est plus l'âme qu'on exalte, ce sont les nerfs, la matière cérébrale. La chair est endolorie des secousses profondes et répétées que le cerveau imprime à tout l'organisme. Nous sommes malades, cela est bien certain, malades de progrès. Il y a hypertrophie du cerveau, les nerfs se développent au détriment des muscles, et ces derniers, affaiblis et fiévreux, ne soutiennent plus la machine humaine. L'équilibre est rompu entre la matière et l'esprit[2].

Il serait bon de songer à ce pauvre corps, s'il en est encore temps. Cette victoire des nerfs sur le sang[3] a décidé de nos mœurs, de notre littérature, de notre époque tout entière. Je ne veux examiner que les résultats littéraires, pour ainsi dire. Il est évident que, toute œuvre étant fille de l'esprit et devant ressembler à son père, l'état de crise ou de santé paisible de l'intelligence fait l'œuvre calme ou l'œuvre passionnée. Les périodes classiques se présentent, lorsque sang et nerfs ont une égale puissance et donnent ainsi des tempéraments mesurés et pondérés ; lorsque, au contraire, les nerfs ou le sang l'emportent, naissent des œuvres de belles brutes florissantes ou de fous de génie[4].

Étudiez notre littérature contemporaine, vous verrez en elle tous les effets de la névrose qui agite notre siècle ; elle est le produit direct de nos inquiétudes, de nos recherches âpres, de nos paniques, de ce malaise général qu'éprouvent nos sociétés aveugles en face d'un avenir inconnu. Nous ne sommes pas, vous le sentez tous, à cet âge solennel où la tragédie déclamait ses vers dans une paix un peu lourde, où la littérature entière marchait royalement, sans une révolte, sans un cri de douleur. Nous en sommes à l'âge des chemins de fer et des comédies haletantes, où le rire n'est souvent qu'une grimace d'angoisse, à l'âge du télégraphe électrique et des œuvres extrêmes, d'une réalité exacte et triste. L'humanité glisse, prise de vertige, sur la pente raide de la science ; elle a mordu à la pomme, et elle veut tout savoir. Ce qui nous tue, ce qui nous maigrit, c'est que nous devenons savants, c'est que les problèmes sociaux et divins vont recevoir leur solution un de ces jours. Nous allons voir Dieu, nous allons voir la vérité, et vous pensez alors quelle impatience nous tient, quelle hâte fébrile nous mettons à vivre et à mourir. Nous voudrions devancer les temps, nous faisons bon marché de nos sueurs, nous brisons le corps par la tension de l'esprit. Tout notre siècle est là. Au sortir de la paix monarchique et dogmatique, lorsque le monde et l'humanité ont été remis en question, il est arrivé que l'on a repris le problème sur de nouvelles bases, plus justes et plus vraies. L'équation posée et quelques inconnues ayant été trouvées, il y a eu ivresse, joie folle. On a compris qu'on était sans doute sur le chemin de la vérité, et on s'est précipité en masse, démolissant, poussant et criant, faisant de nouvelles découvertes à chaque pas, de plus en plus fouetté par le désir d'aller en avant, d'aller à l'infini et à l'absolu. Si j'osais hasarder une comparaison, je dirais que nos sociétés sont comme une meute lancée contre une bête fauve. Nous sentons la vérité qui court devant nous, et nous courons [5].

Sans vouloir établir ici une relation intime entre le milieu et l'œuvre qui y est produite[6], il est aisé de comprendre que les œuvres de cette meute d'hommes lâchés dans le champ de la science, vont avoir toutes les ardeurs, tous les effarements de la chasse âpre et terrible. Notre littérature contemporaine, avec ses élans généreux, ses chutes profondes, est née directement de nos aspirations ardentes et de nos affaissements soudains. Je l'aime, cette littérature, je la trouve vivante et humaine, parce qu'elle est pleine de sanglots et que je trouve dans l'anarchie qui la trouble une vivante image de notre siècle, qui sera grand parmi les siècles, car il est l'enfantement des fortes sociétés de demain. Je le préfère à ces autres époques de calme et de perfection, d'une maturité complète, qui nous ont donné des œuvres pleines et savoureuses. En nos temps de recherches et de révoltes, d'écroulement et de reconstruction, je sais que l'art est barbare[7] et qu'il ne saurait contenter les délicats mais cet art tout personnel et tout libre a d'étranges délices, je vous assure, pour ceux qui se plaisent aux manifestations de l'esprit humain, et qui ne voient dans une œuvre que l'accident d'un homme mis en face du monde. Moi, j'aime notre anarchie, le renversement de nos écoles, parce que j'ai une grande joie à regarder la mêlée des esprits, à assister aux efforts individuels, à étudier un à un tous ces lutteurs, les petits et les grands[8]. Mais on meurt vite dans cet air ; les champs de bataille sont malsains, et les œuvres tuent leurs auteurs. Puisque la maladie vient de ce fait que le corps est diminué au profit des nerfs, puisque si nos œuvres sont telles, si notre esprit s'exalte, c'est uniquement parce que nous laissons s'amollir nos muscles, le remède est dans la guérison, dans la culture intelligente et fortifiante de la chair. Notre cerveau se développe par trop d'exercice ; exerçons notre corps, et peu à peu l'équilibre se rétablira.

Ces réflexions, très graves à mon sens, me sont suggérées par un petit volume que vient de publier M. Eugène Paz. Ce volume, qui a pour titre : *La Santé de l'esprit et du corps par la gymnastique*, porte ces mots en épigraphe : *Mens sana in corpore sano*. C'est là tout le livre. Que les éléments sanguins et nerveux soient en équilibre ; que l'esprit et la chair marchent de bonne compagnie : le corps jouira d'une paix profonde, l'intelligence créera dans le calme des œuvres fortes et paisibles. En présence de l'éréthisme [9] nerveux qui nous secoue, le remède indiqué par M. Eugène Paz est le remède logique des exercices corporels. Il envoie toute notre génération au gymnase [10].

J'applaudis sans réserve aux conclusions du livre ; je voudrais que tout Paris, comme l'ancienne Lacédémone, se portât au champ de Mars et s'y exerçât à la course, au jet du javelot et du disque [11]. Mais qu'il me soit permis de dire combien une pareille éducation est en dehors de nos mœurs, en dehors de notre âge et de nos aspirations. Sans doute, il faut faire appel au peuple, le pousser dans les gymnases, au risque de n'être pas entendu. Pour réussir toutefois à faire de nous de nouveaux Grecs, et de Paris une nouvelle Athènes, il serait nécessaire de nous transporter de deux mille ans en arrière, de nous donner le ciel bleu et les chauds horizons de l'Orient, et de nous procurer l'oubli de notre science. Nous ne pouvons être ce que la Grèce, ce que Rome, ce que le Moyen Âge [12] ont été. L'humanité a marché depuis lors.

Il ne s'agit pas de conclure simplement que les exercices du corps sont nécessaires, il faut dire quelle peut être aujourd'hui la mission de ces exercices, et dans quelle mesure nous sommes prêts à les accepter. Je m'explique.

Imaginez [13] des peuples enfants, vivant sous un soleil ami, ivres de lumière. Les villes blanches s'ouvrent toutes larges. Elles se gouvernent, se défendent, grandissent en liberté. Les peuples de ces villes jouissant du matin de l'humanité, aiment la vie pour elle-même ; ils sont intelligents, d'une intelligence saine et forte, délicats et ingénieux dans leurs goûts, parce qu'ils ont du soleil autour d'eux et qu'ils sont eux-mêmes beaux et nobles. La chair l'emporte ;

ils la divinisent, ils cherchent la vérité dans la beauté ; leur esprit, pleinement contenté par les objets visibles, ne cherche pas à en pénétrer l'essence, ou se plaît à matérialiser les pensées abstraites qui se trouvent au fond de toutes choses. Il y a équilibre, santé, épanouissement du corps. Tout les invite à la culture de ce dernier : le climat qui a des douceurs caressantes, leur état social qui demande des soldats vigoureux, leur goût personnel qui les conduit à admirer un beau membre, un muscle ferme et gracieux. Ils vivent demi-nus, se connaissent à la forme excellente d'une jambe ou d'un bras, comme nos dames d'aujourd'hui se connaissent à la coupe plus ou moins élégante d'une robe[14]. Leur grande affaire est d'être beaux et forts ; ils n'ont pas d'autres occupations ; ils ne naissent pas pour résoudre des problèmes ni trouver des vérités, ils naissent pour se battre, pour grandir en vigueur et en grâce[15]. Les influences réunies du climat et des mœurs ont fait de ces peuples des lutteurs et des coureurs, des soldats et des dieux. La Grèce, au début, n'a été qu'un vaste gymnase où filles et garçons, hommes et femmes, cherchaient la beauté et la force.

Plus tard, aux temps de la Rome impériale, il n'en est déjà plus de même. Le luxe est venu, et la corruption, et la volupté paresseuse. Les corps s'amollissent, les exercices n'ont plus leur rudesse salutaire. Il y a alors des gens qui font métier de se battre ; ce n'est plus la nation entière qui descend au gymnase, et, si quelque grand lutte encore, c'est par passion malsaine. Il y avait, à Lacédémone, une véritable grandeur dans l'ensemble des exercices : le peuple allait là, avec dévotion, simplement et pudiquement, comme le Moyen Âge allait à l'église. À Rome, les exercices sont devenus des jeux ; l'élégance est sacrifiée à la brutalité ; on se bat parce qu'on se tue, et que le sang est doux à voir couler, quand on a usé toutes les autres voluptés. On ne saurait comparer les champs de Mars de la Grèce aux cirques romains : là, il n'y avait pas de spectateurs, le peuple entier luttait et se fortifiait ; ici, tandis que les gladiateurs énormes, aux muscles de fer, s'assommaient à coups de poing, sur les gradins s'étalaient les efféminés et les courtisanes aux chairs molles et dissoutes par les orgies.

Puis vient le mysticisme, le dédain du corps, et les muscles s'affaissent dans l'extase ; il y a une réaction terrible contre le matérialisme des premiers âges. L'humanité serait morte peut-être, si elle n'avait eu à se défendre. La féodalité, le droit de chacun contre tous, fit de nouveau une nécessité de la force corporelle. La gymnastique ressuscita sous une nouvelle forme. Les climats n'étaient plus les mêmes, les mœurs non plus. On dépouillait autrefois le corps pour l'assouplir. Au Moyen Âge, on le chargea de fer, on l'arma de tout un arsenal. Il fallut être fort, mais il fallut aussi être adroit. Puis, ce ne fut là que l'éducation d'une caste : les nobles seuls avaient leurs tournois, leur adolescence entièrement consacrée à l'étude de l'équitation et du maniement des armes. Le peuple n'avait d'autre exercice que le labeur incessant qui le tenait courbé sur sa besogne. Les beaux jours de la Grèce ne sont jamais revenus.

J'ai rapidement étudié, avec M. Eugène Paz, les exercices corporels chez les différents peuples, pour arriver à conclure ce qu'ils peuvent être chez nous. Si j'avais eu le temps, je me serais plu à montrer que les œuvres de l'esprit ont, dans leurs diverses manifestations, constamment suivi l'état de santé ou de maladie du corps. C'est donc ici une véritable question littéraire [16].

Nous voici, avec nos habits modernes, régis par des idées de civilisation, constamment protégés par les lois, portés à remplacer l'homme par la machine, ivres de savoir et d'adresse. Je le demande, quel besoin avons-nous d'être forts, d'avoir des muscles d'une forme parfaite et d'une extrême vigueur ? Nos vêtements nous cachent si bien que l'homme le plus grêle et le plus mal tourné a souvent une réputation d'élégance et de distinction qu'il ne changerait certes pas pour une réputation de force et de beauté solide.

D'autre part, les sergents de ville sont là, et on ne se bat plus à coups de poing que dans les cabarets des barrières ; les messieurs tirent l'épée, jouent du pistolet ; enfin, dans les batailles, nos soldats ne sont que des machines à porter des fusils et à mettre le feu aux canons. Nous n'avons que faire vraiment de gymnases. Nous vivons dans les laboratoires et dans les cabinets de travail ; nos distractions, nos exercices purement intellectuels, sont de lire les journaux et les nouveaux ouvrages. Puis, nous sentons tous que nous n'avons pas longtemps à travailler ; la science est là qui fournit des machines, le labeur humain tend à disparaître, l'homme n'aura bientôt plus qu'à se reposer et à jouir de la création. De là, la grande indifférence ; rien ne nous sollicite aux exercices corporels, ni le climat ni les mœurs. Nous pouvons nous passer parfaitement d'être forts et d'être beaux. Aussi nous laissons notre corps s'alanguir, puisqu'on a rendu notre corps inutile, et nous cultivons notre esprit, nous en forçons les ressorts jusqu'au grincement, parce que notre esprit nous est nécessaire pour la solution des problèmes qui nous sont posés.

Avec un pareil régime, nous allons tout droit à la mort. Le corps se dissout, l'esprit s'exalte : il y a détraquement de toute la machine. Les œuvres produites en arriveront à la démence. La gymnastique sera donc purement médicale. Voilà ce qu'il faut dire. Elle sera médicale, puisqu'une question de santé seule nous l'impose, que nous n'allons pas à elle par goût. Elle a été une nécessité sociale, presque une religion, pendant la période grecque et le Moyen Âge ; elle a été un amusement, une passion honteuse, sous l'Empire romain, elle doit être chez nous un simple remède, un préservatif contre la folie [17]. Telle est la mission que lui laisse à remplir l'époque où nous vivons.

Je suis malheureusement certain que l'on est de son âge et que nous sommes en ce moment poussés bon gré mal gré vers un état de choses inconnu. Il est difficile d'arrêter une société dans sa marche ; je crois que, pendant des années encore, les gymnases resteront vides [18]. J'ai dit que cette époque de transition me plaisait, que je goûtais une étrange joie à étudier nos fièvres. Parfois, cependant, il me prend des frayeurs à nous voir si frissonnants et si hagards, et c'est alors, comme aujourd'hui, après avoir lu le volume de M. Eugène Paz, que je voudrais avoir un trapèze pour me durcir les bras et me dégager le cerveau.

L'épigraphe est là, sur la muraille, toute flamboyante en face de moi : *Mens sana in corpore sano* [19].

GERMINIE LACERTEUX

par MM. Ed. et J. de Goncourt

———————

Je dois déclarer, dès le début, que tout mon être, mes sens et mon intelligence me portent à admirer l'œuvre excessive et fiévreuse que je vais analyser. Je trouve en elle les défauts et les qualités qui me passionnent : une indomptable énergie, un mépris souverain du jugement des sots et des timides, une audace large et superbe, une vigueur extrême de coloris et de pensée, un soin et une conscience artistiques rares en ces temps de productions hâtives et mal venues. Mon goût, si l'on veut, est dépravé ; j'aime les ragoûts littéraires fortement épicés, les œuvres de décadence où une sorte de sensibilité maladive remplace la santé plantureuse des époques classiques. Je suis de mon âge.

Je me plais à considérer une œuvre d'art comme un fait isolé qui se produit [1], à l'étudier comme un cas curieux qui vient de se manifester dans l'intelligence de l'homme. Un enfant de plus est né à la famille des créations humaines ; cet enfant a pour moi une physionomie propre, des ressemblances et des traits originaux. Le scalpel à la main, je fais l'autopsie du nouveau-né, et je me sens pris d'une grande joie, lorsque je découvre en lui une créature inconnue, un organisme particulier. Celui-là ne vit pas de la vie de tous ; dès ce moment, j'ai pour lui la curiosité du médecin qui est mis en face d'une maladie nouvelle. Alors je ne recule devant aucun dégoût ; enthousiasmé, je me penche sur l'œuvre, saine ou malsaine, et, au-delà de la morale, au-delà des pudeurs et des puretés, j'aperçois tout au fond une grande lueur qui sert à éclairer l'ouvrage entier, la lueur du génie humain en enfantement [2].

Rien ne me paraît plus ridicule qu'un idéal en matière de critique. Vouloir rapporter toutes les œuvres à une œuvre modèle, se demander si tel livre remplit telles et telles conditions, est le comble de la puérilité à mes yeux. Je ne puis comprendre cette rage de régenter les tempéraments, de faire la leçon à l'esprit créateur. Une œuvre est simplement une libre et haute manifestation d'une personnalité, et dès lors je n'ai plus pour devoir que de constater quelle est cette personnalité. Qu'importe la foule ? J'ai là, entre les mains, un individu ; je l'étudie pour lui-même, par curiosité scientifique. La perfection à laquelle je tends est de donner à mes lecteurs l'anatomie rigoureusement exacte du sujet qui m'a été soumis. Moi, j'aurai eu la charge de pénétrer un organisme, de reconstruire un tempérament d'artiste, d'analyser un cœur et une intelligence, selon ma nature ; les lecteurs auront le droit d'admirer ou de blâmer, selon la leur.

Je ne veux donc pas ici de malentendu entre moi et le public. J'entends lui montrer, dans toute sa nudité, l'œuvre de MM. de Goncourt, et lui faire toucher du doigt les plaies saignantes qu'elle découvre hardiment. J'aurai le courage de mes admirations. Il me faut analyser page par page les amours honteuses de Germinie, en étudier les désespoirs et les horreurs. Il s'agit d'un grave débat, celui qui a existé de tous temps entre les fortifiantes brutalités de la vérité et les banalités doucereuses du mensonge.

Imaginez une créature faite de passion et de tendresse, une femme toute chair et toute affection, capable des dernières hontes et des derniers dévouements, lâche devant la volupté au point de quêter des plaisirs comme une louve affamée[3], courageuse devant l'abnégation au point de donner sa vie pour ceux qu'elle aime. Placez cette femme frémissante et forte dans un milieu grossier qui blessera toutes ses délicatesses, s'adressera à tout le limon qui est en elle, et qui, peu à peu, tuera son âme en l'étouffant sous les ardeurs du corps et l'exaltation des sens. Cette femme, cette créature maudite sera Germinie Lacerteux.

L'histoire de cette fille est simple et peut se lire couramment. Il y a, je le répète, dualité en elle : un être passionné et violent, un être tendre et dévoué[4]. Un combat inévitable s'établit entre ces deux êtres ; la victoire que l'un va remporter sur l'autre dépend uniquement des événements de la vie, du milieu. Mettez Germinie dans une autre position, et elle ne succombera pas ; donnez-lui un mari, des enfants à aimer, et elle sera excellente mère, excellente épouse. Mais si vous ne lui accordez qu'un amant indigne, si vous tuez son enfant, vous frappez dangereusement sur son cœur, vous la poussez à la folie[5] ; l'être tendre et dévoué s'irrite et disparaît, l'être passionné et violent s'exalte et grandit. Tout le livre est dans la lutte entre les besoins du cœur et les besoins du corps, dans la victoire de la débauche sur l'amour. Nous assistons au spectacle navrant d'une déchéance de la nature humaine ; nous avons sous les yeux un certain tempérament, riche en vices et en vertus, et nous étudions quel phénomène va se produire dans le sujet au contact de certains faits, de certains êtres. Ici, je l'ai dit et je ne saurais trop le redire, je me sens l'unique curiosité de l'observateur ; je n'éprouve aucune préoccupation étrangère à la vérité du récit, à la parfaite déduction des sentiments, à l'art vigoureux et vivant qui va me rendre dans sa réalité un des cas de la vie humaine, l'histoire d'une âme perdue au milieu des luttes et des désespoirs de ce monde. Je ne me crois pas le pouvoir de demander plus qu'une œuvre vraie et énergiquement créée.

Germinie, cette pauvre fille que les délicats vont accueillir avec des marques de dégoût, a cependant des

sentiments d'une douceur exquise, des noblesses d'âme
grandes et belles. Justement – voyez quelle est notre
misère – ce sont ces sentiments, ces noblesses, qui en font
plus tard la rôdeuse de barrières, l'amante insatiable. Elle
tombe d'autant plus bas que son cœur est plus haut. Mettez
à sa place une nature sanguine, une grosse et bonne fille au
sang riche et puissant, chez qui les ardeurs du corps ne sont
pas contrariées par les ardeurs de l'âme : elle acceptera sans
larmes les amours grossières de sa classe, les baisers et les
coups ; elle perdra un enfant et quittera le père sans que
son cœur saigne ; elle vivra tranquillement sa vie en pleine
santé, dans un air vicié et nauséabond. Germinie a des nerfs
de grande dame ; elle étouffe au milieu du vice sale et répu-
gnant ; elle a besoin d'être aimée dans sa chair et dans son
âme ; elle est entraînée par sa nature ardente, et elle meurt
parce qu'elle ne peut que contenter cette chair de feu, sans
jamais pouvoir apaiser cette âme avide d'affection.

Germinie, pour la caractériser d'un mot, aime à cœur et
à corps perdus : le jour où le cœur est mort, le corps s'en
va droit au cimetière, tué sous des baisers étouffants, brûlé
par l'ivresse, endolori par des cilices volontaires.

Le drame est terrible, vous le voyez ; il a l'intérêt puissant
d'un problème physiologique et psychologique, d'un cas de
maladie physique et morale, d'une histoire qui doit être
vraie. Le voici, scène par scène ; je désire le mettre en son
entier sous les yeux du lecteur, pour qu'il soit beaucoup
pardonné à Germinie, qui a beaucoup aimé et beaucoup
souffert [6].

Elle vient à Paris à quatorze ans. Son enfance a été celle
de toutes les petites paysannes pauvres, des coups et de la
misère ; une vie de bête chétive et souffrante [7]. À Paris, elle
est placée dans un café du boulevard, où les pudeurs de ses
quinze ans s'effraient au contact des garçons. Tout son être
se révolte à ces premiers attouchements ; elle n'a encore que
des sens, et le premier éveil de ces sens est une douleur.

C'est alors qu'un vieux garçon de café la viole et la jette à la vie désespérée qu'elle va mener. Ceci est le prologue [8].

Au début du roman, Germinie est entrée comme domestique chez Mlle de Varandeuil, vieille fille noble qui a sacrifié son cœur à son père et à ses parents [9]. Le parallèle entre la domestique et la maîtresse s'impose forcément à l'esprit ; les auteurs n'ont pas mis sans raison ces deux femmes en face l'une de l'autre, et ils ont fait preuve de beaucoup d'habileté dans l'opposition de ces deux figures qui se font valoir mutuellement, qui se complètent et s'expliquent. Mlle de Varandeuil a eu le dévouement de Germinie, sans en avoir les fièvres ; elle a pu faire abnégation de son corps, vivre par la seule affection qu'elle portait aux gens qui l'entouraient ; elle a vieilli dans le courage et l'austérité, sans grandes luttes, ne faiblissant jamais, trouvant un pardon pour toutes les faiblesses. Germinie reste vingt ans au service de cette femme, qui ne vit plus que par le souvenir. Une moitié du roman se passe dans la chambre étroite, froide et recueillie, où se tient paisiblement assise la vieille demoiselle, ignorante des âpretés de l'amour, se mourant avec la tranquillité des vierges ; l'autre moitié court les rues, a les frissons et les cris de la débauche, se roule dans la fange. Les auteurs, en plein drame, ouvrent parfois une échappée sur le foyer à demi éteint, auprès duquel sommeille Mlle de Varandeuil, et il y a je ne sais quelle douceur infinie à passer des horreurs de la chair à ce spectacle d'une créature plus qu'humaine, qui s'endort dans sa chasteté. Cette figure de vieille fille a plus de hauteur que celle de la jeune bonne hystérique ; toutefois, elle est également hors nature, elle se trouve placée à l'autre extrémité de l'amour ; il y a eu, devant le désir, abus de courage chez elle, de même qu'il y a eu chez Germinie abus de lâcheté. Aussi souffrent-elles toutes deux dans leur humanité : l'une est frappée de mort à quarante ans, l'autre traîne une vieillesse vide, n'ayant pour amis que des tombeaux.

Ainsi Germinie va avoir deux existences [10] ; elle va, pendant vingt ans, épuiser sa double nature, contenter les deux besoins qui l'aident à vivre : se dévouer, aimer sa maîtresse comme une mère, et se livrer aux emportements de sa passion, aux feux qui la brûlent. Elle vivra ses nuits dans les transports de voluptés terribles ; elle vivra ses jours dans le calme d'une affection prévenante et inépuisable. La punition de ses nuits sera précisément ses jours ; elle tremblera toute sa vie de perdre l'amitié de sa maîtresse, si quelque bruit de ses amours venait jusqu'à elle ; et, dans son agonie, elle emportera comme suprême châtiment, la pensée que la pauvre vieille, en apprenant tout, ne viendra pas prier sur sa tombe.

Au premier jour, avant toute souillure volontaire, lorsqu'elle ne connaît encore de l'homme que la violence, Germinie devient dévote. « Elle va à la pénitence comme on va à l'amour [11]. » Ce sont là les premières tendresses de toutes les femmes sensuelles. Elles se jettent dans l'encens, dans les fleurs, dans les dorures des églises, attirées par l'éclat et le mystère du culte [12]. Quelle est la jeune fille qui n'est pas un peu amoureuse de son confesseur ? Germinie trouve dans le sien un bon cœur qui s'intéresse à ses larmes et à ses joies ; elle aime éperdument cet homme qui la traite en femme. Mais elle se retire bientôt, dévorée de jalousie, le jour où elle rencontre un prêtre au lieu de l'homme qu'elle cherchait.

Elle a besoin de se dévouer, si ce n'est d'aimer. Elle donne ses gages à son beau-frère, qui spécule sur elle, en l'apitoyant sur le sort d'une de ses nièces qu'elle lui a confiée. Puis, elle apprend que cette nièce est morte, et son cœur est vide de nouveau [13].

Elle rencontre enfin l'homme qui doit tuer son cœur, lui mettre sur les épaules la croix qu'elle portera la vie entière. Cet homme est le fils d'une crémière voisine, Mme Jupillon ; elle le connaît presque enfant et se met à l'aimer sans en avoir conscience. Par la jalousie irraisonnée [14], elle le sauve des caresses d'une autre femme, et demeure tremblante sous le premier baiser qu'il lui donne. C'en est fait ; le cœur et le corps ont parlé. Mais elle est forte encore. « Elle écarte sa chute, elle repousse ses sens [15]. » L'amour lui rend la gaieté et l'activité ; elle se fait la domestique de la crémière, elle se voue aux intérêts de la mère et du fils. Cette époque est l'aube blanche de cette vie qui doit avoir un midi et un soir si sombres et si fangeux. Germinie, bien que souillée par une première violence, dont on ne saurait lui demander compte, a alors la pureté d'une vierge par son affection profonde, par son abnégation entière. Le mal n'est pas en elle, il est dans la mère et le fils, dans ces affreux Jupillon, canailles qui suent le vice et la honte. La mère a des tolérances calculées, des spéculations ignobles [16] ; le fils considère l'amour comme la « satisfaction d'une certaine curiosité du mal, cherchant dans la connaissance et la possession d'une femme le droit et le plaisir de la mépriser [17] ». C'est à ce jeune coquin que se livre la pauvre fille ; « elle se laisse arracher par l'ardeur du jeune homme ce qu'elle croyait donner d'avance à l'amour du mari [18] ». Est-elle si coupable, et ceux qui seront tentés de lui jeter la pierre, devront-ils négliger de suivre pas à pas les faits qui la conduisent à la chute, en lui en cachant l'effroi ?

Germinie est bientôt abandonnée. Son amant court les bals des barrières, et, conduite par son cœur, elle le suit, elle va l'y chercher. La débauche ne veut pas d'elle ; elle est trop vieille. Ce que son orgueil et sa jalousie ont à souffrir, est indicible. Puis, lorsqu'elle est admise, on lui facilite la honte par la familiarité qu'on lui témoigne. Dès lors, elle a jugé Jupillon, elle sent qu'elle ne peut se l'attacher que par des présents, et, comme elle n'a pas la force de la séparation, elle consacre toutes ses épargnes, tous ses bijoux, à lui acheter un fonds de ganterie [19]. Sans doute il y a dans ce don l'emportement et les calculs de la passion, mais il y a aussi le plaisir de donner, le besoin de rendre heureux.

Un instant on peut croire Germinie sauvée. Elle a un enfant. La mère va sanctifier l'amante. Puisqu'il faut un amour à ce pauvre cœur en peine, il aura l'amour d'un fils [20], il vivra en paix dans cette tendresse. L'enfant meurt, Germinie est perdue.

Ses affections tournent à la haine, sa sensibilité s'irrite, ses jalousies deviennent puériles et terribles. Repoussée par son amant, elle cherche dans l'ivresse l'oubli de ses chagrins et de ses ardeurs. Elle s'avilit, elle se prépare à la vie de débauches qu'elle va mener tout à l'heure. On tue le cœur, la chair se dresse et triomphe [21].

Mais Germinie n'a pas épuisé tous ses dévouements. Elle a donné ses derniers quarante francs à Jupillon, lorsqu'elle était sur le point d'accoucher, se condamnant ainsi à se rendre à la Bourbe [22]. Elle accomplit maintenant un dernier sacrifice. Les Jupillon, qui l'ont chassée de chez eux, l'attirent de nouveau, lorsque le fils est tombé au sort [23]. Ils la connaissent. Elle emprunte à droite et à gauche, sou à sou, les deux mille trois cents francs nécessaires pour racheter le jeune homme [24]. Sa vie entière est engagée, elle se doit à sa dette ; elle a donné à son amant plus que le présent, elle a donné l'avenir.

C'est alors qu'elle acquiert la certitude complète de son abandon ; elle rencontre Jupillon avec une autre femme, et n'obtient des rendez-vous avec lui qu'à prix d'argent. Elle boit davantage, elle a horreur d'elle-même ; mais elle ne peut s'arrêter dans le sentier sanglant qu'elle descend. Un jour, elle vole vingt francs à Mlle de Varandeuil pour les donner à Jupillon. C'est ici le point extrême, Germinie ne saurait aller plus loin [25]. Elle ment par amour, elle se dégrade par amour, elle vole par amour. Mais elle ne peut voler deux fois, et Jupillon la fait mettre à la porte par une de ses maîtresses.

Les chutes morales suivent les chutes physiques. L'intelligence abandonne Germinie, la pauvre fille devient malpropre et presque idiote. Elle serait morte vingt fois, si elle n'avait à son côté une personne qui pût encore la respecter et la chérir. Ce qui la soutient, c'est l'estime de Mlle de Varandeuil. Les auteurs ont bien compris que l'estime lui était nécessaire, et ils lui ont donné pour compagne une femme qui ignore. Je ne puis m'empêcher de citer quelques lignes qui montrent combien Germinie se débattait dans son avilissement. « Elle cédait à l'entraînement de la passion ; mais aussitôt qu'elle y avait cédé, elle se prenait en mépris. Dans le plaisir même, elle ne pouvait s'oublier entièrement et se perdre. Il se levait toujours dans sa distraction l'image de mademoiselle avec son austère et maternelle figure. À mesure qu'elle s'abandonnait et descendait de son honnêteté, Germinie ne sentait pas l'impudeur lui venir. Les dégradations où elle s'abîmait ne la fortifiaient point contre le dégoût et l'horreur d'elle-même [26]. »

Enfin se joue le dernier acte du drame, le plus terrible et le plus écœurant de tous. Germinie ne peut vivre avec le souvenir de son amour enseveli ; la chair la tourmente et l'emporte. Elle prend un second amant, et les voluptés qui la secouent alors ont tous les déchirements de la douleur. Une seule chose reste dans les ruines de son être, son affection pour Mlle de Varandeuil. Elle quitte Gautruche [27], qui lui dit de choisir entre lui et sa vieille maîtresse, et dès lors elle appartient à tous. Elle va le soir, dans l'ombre des murs ; elle rôde les barrières, elle est toute impureté et scandale [28]. Mais le hasard veut bien lui accorder une mort digne ; elle rencontre Jupillon, elle se purifie presque dans l'amour qui s'éveille de nouveau et lui monte du cœur ; elle le suit, et, une nuit, par un temps d'orage, elle reste au volet du jeune homme, écoutant sa voix, laissant l'eau du ciel la pénétrer et lui préparer sa mort.

Son énergie ne l'abandonne pas un instant. Elle lutte, elle essaie de mentir à la mort. Elle se refuse à la maladie, voulant mourir debout. Lorsque ses forces l'ont trahie et qu'elle expire à l'hôpital, son visage demeure impénétrable. Mlle de Varandeuil, en face de son cadavre, ne peut deviner

quelle pensée terrible a labouré sa face et dressé ses cheveux.
Puis, lorsque, le lendemain, la vieille fille apprend tout, elle
se révolte contre tant de mensonges et tant de débauches ;
le dégoût lui fait maudire Germinie. Mais le pardon est
doux aux bonnes âmes. Mlle de Varandeuil se souvient du
regard et du sourire de la pauvre morte ; elle se rappelle
avoir vu en elle une telle tristesse, un tel dévouement,
qu'une immense pitié lui vient et qu'elle se sent le besoin de
pardonner, se disant que les morts que l'on maudit doivent
dormir d'un mauvais sommeil. Elle va au cimetière, elle qui
a la religion des tombeaux, et cherche une croix sur la fosse
commune ; ne pouvant trouver, elle s'agenouille entre deux
croix portant les dates de la veille et du lendemain de
l'enterrement de Germinie. « Pour prier sur elle, il fallait
prier au petit bonheur entre deux dates – comme si la destinée de la pauvre fille avait voulu qu'il n'y eût, sur la terre,
pas plus de place pour son corps que pour son cœur [29]. »

Telle est cette œuvre, qui va sans doute être vivement
discutée. J'ai pensé qu'on ne pouvait bien la juger que sur
une analyse complète [30]. Elle contient, je l'avoue, des pages
d'une vérité effrayante, les plus remarquables peut-être
comme éclat et comme vigueur ; elle a une franchise brutale
qui blessera les lecteurs délicats. Pour moi, j'ai déjà dit combien je me sentais attiré par ce roman, malgré ses crudités,
et je voudrais pouvoir le défendre contre les critiques qui
se produiront certainement.

Les uns s'attaqueront au genre lui-même, prononceront
avec force soupirs le mot réalisme et croiront du coup avoir
foudroyé les auteurs. Les autres, gens plus avancés et plus
hardis, ne se plaindront que de l'excès de la vérité, et
demanderont pourquoi descendre si bas. D'autres, enfin,
condamneront le livre, l'accusant d'avoir été écrit à un
point de vue purement médical et de n'être que le récit
d'un cas d'hystérie [31].

Je ne sais si je dois prendre la peine de répondre aux
premiers. Ce que l'on se plaît encore à appeler réalisme,

l'étude patiente de la réalité, l'ensemble obtenu par l'observation des détails, a produit des œuvres si remarquables, dans ces derniers temps, que le procès devrait être jugé aujourd'hui. Eh oui ! bonnes gens, l'artiste a le droit de fouiller en pleine nature humaine, de ne rien voiler du cadavre humain, de s'intéresser à nos plus petites particularités, de peindre les horizons dans leurs minuties et de les mettre de moitié dans nos joies et dans nos douleurs.

Par grâce, laissez-le créer comme bon lui semble ; il ne vous donnera jamais la création telle qu'elle est ; il vous la donnera toujours vue à travers son tempérament [32]. Que lui demandez-vous donc, je vous prie ? Qu'il obéisse à des règles, et non à sa nature, qu'il soit un autre, et non lui ? Mais cela est absurde. Vous tuez de gaieté de cœur l'initiative créatrice, vous mettez des bornes à l'intelligence, et vous n'en connaissez pas les limites. Il est si facile pourtant de ne pas s'embarrasser de tout ce bagage de restrictions et de convenances [33]. Acceptez chaque œuvre comme un monde inconnu, comme une terre nouvelle qui va vous donner peut-être des horizons nouveaux. Éprouvez-vous donc un si violent chagrin à ajouter une page à l'histoire littéraire de votre pays ? Je vous accorde que le passé a eu sa grandeur ; mais le présent est là, et ses manifestations, si imparfaites qu'elles soient, sont une des faces de la vie intellectuelle. L'esprit marche, vous en étonnez-vous ? Votre tâche est de constater ses nouvelles formes, de vous incliner devant toute œuvre qui vit. Qu'importent la correction, les règles suivies, l'ensemble parfait ; il est telles pages écrites à peine en français qui l'emportent à mes yeux sur les ouvrages les mieux conduits, car elles contiennent toute une personnalité, elles ont le mérite suprême d'être uniques et inimitables. Lorsqu'on sera bien persuadé que le véritable artiste vit solitaire, lorsqu'on cherchera avant tout un homme dans un livre, on ne s'inquiétera plus des différentes écoles, on considérera chaque œuvre comme le langage particulier d'une âme, comme le produit unique d'une intelligence.

À ceux qui prétendent que MM. de Goncourt ont été trop loin, je répondrai qu'il ne saurait en principe y avoir de limite dans l'étude de la vérité. Ce sont les époques et les langages qui tolèrent plus ou moins de hardiesse ; la pensée a toujours la même audace. Le crime est donc d'avoir dit tout haut ce que beaucoup d'autres pensent tout bas. Les timides vont opposer Mme Bovary à Germinie Lacerteux. Une femme mariée, une femme de médecin, passe encore ; mais une domestique, une vieille fille de quarante ans, cela ne se peut souffrir. Puis les amours des héros de M. Flaubert sont encore des amours élégantes et raffinées, tandis que celles des personnages de MM. de Goncourt se traînent dans le ruisseau. En un mot, il y a là deux mondes différents : un monde bourgeois, obéissant à certaines convenances, mettant une certaine mesure dans l'emportement de ses passions, et un monde ouvrier, moins cultivé, plus cynique, agissant et parlant. Selon nos temps hypocrites, on peut peindre l'un, on ne saurait s'occuper de l'autre. Demandez pourquoi, en faisant observer qu'au fond les vices sont parfaitement les mêmes. On ne saura que répondre. Il nous plaît d'être chatouillés agréablement, et même ceux d'entre nous qui prétendent aimer la vérité, n'aiment qu'une certaine vérité, celle qui ne trouble pas le sommeil et ne contrarie pas la digestion.

Un reproche fondé, qui peut être fait à Germinie Lacerteux, est celui d'être un roman médical, un cas curieux d'hystérie. Mais je ne pense pas que les auteurs désavouent un instant la grande place qu'ils ont accordée à l'observation physiologique [34]. Certainement leur héroïne est malade, malade de cœur et malade de corps ; ils ont tout à la fois étudié la maladie de son corps et celle de son cœur. Où est le mal, je vous prie ? Un roman n'est-il pas la peinture de la vie, et ce pauvre corps est-il si damnable pour qu'on ne s'occupe pas de lui ? Il joue un tel rôle dans les affaires de ce monde, qu'on peut bien lui donner quelque attention, surtout lorsqu'il mène une âme à sa perte, lorsqu'il est le nœud même du drame.

Il est permis d'aimer ou de ne pas aimer l'œuvre de MM. de Goncourt ; mais on ne saurait lui refuser des mérites rares. On trouve dans le livre un souffle de Balzac et de M. Flaubert ; l'analyse y a la pénétrante finesse de l'auteur d'*Eugénie Grandet* ; les descriptions, les paysages y ont l'éclat et l'énergique vérité de l'auteur de *Madame Bovary*. Le portrait de Mlle de Varandeuil, un chapitre que je recommande, est digne de *La Comédie humaine*. La promenade à la chaussée Clignancourt, le bal de la Boule Noire [35], l'hôtel garni de Gautruche, la fosse commune, sont autant de pages admirables de couleur et d'exactitude [36]. Cette œuvre fiévreuse et maladive a un charme provocant ; elle monte à la tête comme un vin puissant ; on s'oublie à la lire, mal à l'aise et goûtant des délices étranges.

Il y a, sans doute, une relation intime entre l'homme moderne, tel que l'a fait une civilisation avancée, et ce roman du ruisseau, aux senteurs âcres et fortes. Cette littérature est un des produits de notre société, qu'un éréthisme nerveux secoue sans cesse. Nous sommes malades de progrès, d'industrie, de science ; nous vivons dans la fièvre, et nous nous plaisons à fouiller les plaies, à descendre toujours plus bas, avides de connaître le cadavre du cœur humain. Tout souffre, tout se plaint dans les ouvrages du temps ; la nature est associée à nos douleurs, l'être se déchire lui-même et se montre dans sa nudité. MM. de Goncourt ont écrit pour les hommes de nos jours ; leur Germinie n'aurait pu vivre à aucune autre époque que la nôtre ; elle est fille du siècle. Le style même des écrivains, leur procédé a je ne sais quoi d'excessif qui accuse une sorte d'exaltation morale et physique ; c'est tout à la fois un mélange de crudité et de délicatesses, de mièvreries et de brutalités, qui ressemble au langage doux et passionné d'un malade.

Je définirai l'impression que m'a produite le livre, en disant que c'est le récit d'un moribond dont la souffrance a agrandi les yeux, qui voit face à face la réalité, et qui nous la donne dans ses plus minces détails, en lui communiquant la fièvre qui agite son corps et les désespoirs qui troublent son âme.

Pour moi, l'œuvre est grande, en ce sens qu'elle est, je le répète, la manifestation d'une forte personnalité, et qu'elle vit largement de la vie de notre âge. Je n'ai point souci d'autre mérite en littérature. Mlle de Varandeuil, la vieille fille austère, a pardonné ; je vais m'agenouiller à son côté, sur la fosse commune, et je pardonne comme elle à cette pauvre Germinie, qui a souffert [37] dans son corps et dans son cœur.

GUSTAVE DORÉ

L'artiste dont je viens d'écrire le nom est à coup sûr une des personnalités les plus curieuses et les plus sympathiques de notre temps. S'il n'a pas la profondeur, la solidité des maîtres, il a la vie et la rapide intuition d'un écolier de génie. Sa part est si large, que je ne crains pas de le blesser en l'étudiant tel qu'il est, dans la vérité de sa nature. Il a assez de méchants amis qui l'accablent sous le poids de lourdes et indigestes louanges, pour qu'un de ses véritables admirateurs l'analyse en toute franchise, fouille son talent, sans lui jeter au nez un encens dans lequel il ne s'aperçoit peut-être plus lui-même.

Gustave Doré, pour le juger d'un mot, est un improvisateur, le plus merveilleux improvisateur du crayon qui ait jamais existé. Il ne dessine ni ne peint : il improvise ; sa main trouve des lignes, des ombres et des lumières, comme certains poètes de salon trouvent des rimes, des strophes entières. Il n'y a pas incubation de l'œuvre ; il ne caresse point son idée, ne la cisèle point, ne fait aucune étude préparatoire. L'idée vient, instantanée ; elle le frappe avec la rapidité et l'éblouissement de l'éclair, et il la subit sans la discuter, il obéit au rayon d'en haut. D'ailleurs, il n'a jamais attendu ; dès qu'il a le crayon aux doigts, la bonne muse ne se fait pas prier ; elle est toujours là, au côté du poète, les mains pleines de rayons et de ténèbres, lui prodiguant les douces et les terribles visions qu'il retrace d'une main

prompte et fiévreuse. Il a l'intuition de toutes choses, et il
crayonne des rêves, comme d'autres sculptent des réalités.

Je viens de prononcer le mot qui est la grande critique
de l'œuvre de Gustave Doré. Jamais artiste n'eut moins que
lui le souci de la réalité. Il ne voit que ses songes, il vit dans
un pays idéal dont il nous rapporte des nains et des géants,
des cieux radieux et de larges paysages. Il loge à l'hôtellerie
des fées, en pleine contrée des rêves. Notre terre l'inquiète
peu : il lui faut les terres infernales et célestes de Dante [1],
le monde fou de don Quichotte, et, aujourd'hui, il voyage
en ce pays de Chanaan, rouge du sang humain et blanc des
aurores divines.

Le mal en tout ceci est que le crayon n'entre pas, qu'il
effleure seulement le papier. L'œuvre n'est pas solide ; il n'y
a point, sous elle, la forte charpente de la réalité pour la
tenir ferme et debout. Je ne sais si je me trompe, Gustave
Doré a dû abandonner de bonne heure l'étude du modèle
vivant, du corps humain dans sa vérité puissante. Le succès
est venu trop tôt ; le jeune artiste n'a pas eu à soutenir la
grande lutte, pendant laquelle on fouille avec acharnement
la nature humaine. Il n'a pas vécu ignoré, dans le coin d'un
atelier, en face d'un modèle dont on analyse désespérément
chaque muscle ; il ignore sans doute cette vie de souffrances, de doute, qui vous fait aimer d'un amour profond
la réalité nue et vivante. Le triomphe l'a surpris en pleine
étude, lorsque d'autres cherchent encore patiemment le
juste et le vrai. Son imagination riche, sa nature pittoresque
et ingénieuse lui ont semblé des trésors inépuisables dans
lesquels il trouverait toujours des spectacles et des effets
nouveaux, et il s'est lancé bravement dans le succès, n'ayant
pour soutiens que ses rêves, tirant tout de lui, créant à
nouveau, dans le cauchemar et la vision, le ciel et la terre
de Dieu.

Le réel, il faut le dire, s'est vengé parfois. On ne se renferme pas impunément dans le songe ; un jour vient où la
force manque pour jouer ainsi au créateur. Puis, lorsque les

œuvres sont trop personnelles, elles se reproduisent fatalement ; l'œil du visionnaire s'emplit toujours de la même
vision, et le dessinateur adopte certaines formes dont il ne
peut plus se débarrasser. La réalité, au contraire, est une
bonne mère qui nourrit ses enfants d'aliments toujours
nouveaux ; elle leur offre, à chaque heure, des faces différentes ; elle se présente à eux, profonde, infinie, pleine
d'une vitalité sans cesse renaissante.

Aujourd'hui, Gustave Doré en est à ce point : il a fouillé,
épuisé son trésor en enfant prodigue ; il a donné avec puissance et relief tous les rêves qui étaient en lui, et il les a
même donnés plusieurs fois. Les éditeurs ont assiégé son
atelier ; ils se sont disputé ses dessins que la critique tout
entière a accueillis avec admiration. Rien ne manque à la
gloire de l'artiste, ni l'argent, ni les applaudissements. Il a
établi un vaste chantier, où il produit sans relâche ; trois,
quatre publications sont là, menées de front, avec une égale
verve ; le dessinateur passe de l'une à l'autre sans faiblir,
sans mûrir ses pensées, ayant foi en sa bonne muse qui lui
souffle le mot divin au moment propice. Tel est le labeur
colossal, la tâche de géant que sa réussite lui a imposée, et
que sa nature particulière lui a fait accepter avec un courage insouciant.

Il vit à l'aise dans cette production effrayante qui donne-
rait la fièvre à tout autre. Certains critiques s'émerveillent
sur cette façon de travailler ; ils font un éloge au jeune
artiste de l'effroyable quantité de dessins qu'il a déjà produits. Le temps ne fait rien à l'affaire, et, quant à moi, j'ai
toujours tremblé pour ce prodigue qui se livrait ainsi, qui
épuisait ses belles facultés, dans une sorte d'improvisation
continuelle. La pente est glissante : l'atelier des artistes en
vogue devient parfois une manufacture ; les gens de commerce sont là, à la porte, qui pressent le crayon ou le pinceau, et l'on arrive peu à peu à faire, en leur collaboration,
des œuvres purement commerciales. Qu'on ne pousse donc
pas l'artiste à nous étonner, en publiant chaque année une

œuvre qui demanderait dix ans d'études ; qu'on le modère plutôt et qu'on lui conseille de s'enfermer au fond de son atelier pour y composer, dans la réflexion et le travail, les grandes épopées que son esprit conçoit avec une si remarquable intuition.

Gustave Doré a trente-trois ans. C'est à cet âge qu'il a cru devoir s'attaquer au grand poème humain, à ce recueil de récits terribles ou souriants que l'on nomme la Sainte Bible. J'aurais aimé qu'il gardât cette œuvre pour dernier labeur, pour le travail grandiose qui eût consacré sa gloire. Où trouvera-t-il maintenant un sujet plus vaste, plus digne d'être étudié avec amour, un sujet qui offre plus de spectacles doux ou terrifiants à son crayon créateur ? S'il est vrai que l'artiste soit fatalement forcé de produire des œuvres de plus en plus puissantes et fortes, je tremble pour lui, qui cherchera en vain un second poème plus fécond en visions sublimes. Lorsqu'il voudra donner l'œuvre dans laquelle il mettra tout son cœur et toute sa chair, il n'aura plus les légendes rayonnantes d'Israël, et je ne sais vraiment à quelle autre épopée il pourra demander un égal horizon.

Je n'ai pas, d'ailleurs, mission d'interroger l'artiste sur son bon plaisir. L'œuvre est là, et je dois seulement l'analyser et la présenter au public.

Je me demande, avant tout, quelle a été la grande vision intérieure de l'artiste, lorsque, ayant arrêté qu'il entreprendrait le rude labeur, il a fermé les yeux pour voir se dérouler le poème en spectacles imaginaires. Étant donné la nature merveilleuse et particulière de Gustave Doré, il est facile d'assister aux opérations qui ont dû avoir lieu dans cette intelligence : les légendes se sont succédé, les unes claires et lumineuses, toutes blanches, les autres sombres et effrayantes, rouges de sang et de flammes. Il s'est abîmé dans cette immense vision, il a monté dans le rêve, il a eu une suprême joie en sentant qu'il quittait la terre, qu'il laissait là les réalités et que son imagination allait pouvoir vagabonder à l'aise dans les cauchemars et dans les apothéoses.

Toute la grande famille biblique s'est dressée devant lui ; il a vu ces personnages que les souvenirs ont grandis et ont mis hors de l'humanité ; il a aperçu cette terre d'Égypte, cette terre de Chanaan, pays merveilleux qui semblent appartenir à un autre monde ; il a vécu en intimité avec les héros des anciens contes, avec des paysages emplis de ténèbres et d'aubes miraculeuses. Puis, l'histoire de Jésus, plus adoucie, tendre et sévère, lui a ouvert des horizons recueillis, dans lesquels ses rêves se sont élargis et ont pris une sérénité profonde. C'était là le champ vaste qu'il fallait au jeune audacieux. La terre l'ennuie, la terre bête que nous foulons de nos jours, et il n'aime que les terres célestes, celles qu'il peut éclairer de lumières étranges et inconnues. Aussi a-t-il exagéré le rêve ; il a voulu écrire de son crayon une Bible féerie, une suite de scènes semblant faire partie d'un drame gigantesque qui s'est passé on ne sait où, dans quelque sphère lointaine.

L'œuvre a deux notes, deux notes éternelles qui chantent ensemble : la blancheur des puretés premières, des cœurs tendres, et les ténèbres épaisses des premiers meurtres, des âmes noires et cruelles. Les spectacles se suivent, ils sont tout lumière ou tout ombre. L'artiste a cru devoir appuyer sur ce double caractère, et il est arrivé que son talent se prêtait singulièrement à rendre les clartés pures de l'Éden et les obscurités des champs de bataille envahis par la nuit et la mort, les blancheurs de Gabriel et de Marie dans l'éblouissement de l'Annonciation, et les horreurs livides, les éclairs sombres, l'immense pitié sinistre du Golgotha.

Je ne puis le suivre dans sa longue vision. Il n'a mis que deux ou trois ans pour rêver ce monde, et sa main a dû, au jour le jour, improviser les mille scènes diverses du drame. Chaque gravure n'est, je le répète, que le songe particulier que l'artiste a fait après avoir lu un verset de la Bible ; je ne puis appeler cela qu'un songe, parce que la gravure ne vit pas de notre vie, qu'elle est trop blanche ou trop noire, qu'elle semble être le dessin d'un décor de théâtre, pris lorsque la féerie se termine dans les gloires rayonnantes de l'apothéose. L'improvisateur a écrit sur les marges ses impressions, en dehors de toute réalité et de toute étude, et son talent merveilleux a donné, à certains dessins, une sorte d'existence étrange qui n'est point la vie, mais qui est tout au moins le mouvement.

J'ai encore devant les yeux le dessin intitulé *Achan lapidé*[2] : Achan est étendu, les bras ouverts, au fond d'un ravin, les jambes et le ventre écrasés, broyés sous d'énormes dalles, et du ciel noir, des profondeurs effrayantes de l'horizon, arrivent lentement, un à un, en une file démesurée, les oiseaux de proie qui vont se disputer les entrailles que les pierres ont fait jaillir. Tout le talent de Gustave Doré est dans cette gravure qui est un cauchemar merveilleusement traduit et mis en relief. Je citerai encore la page où l'arche, arrêtée sur le sommet du mont Ararat, se profile sur le ciel clair en une silhouette énorme, et cette autre page qui montre la fille de Jephté[3] au milieu de ses compagnes, pleurant, dans une aurore douce, sa jeunesse et ses belles amours qu'elle n'aura point le temps d'aimer.

Je devrais tout citer, tout analyser, pour me mieux faire entendre. L'œuvre part des douceurs de l'Éden ; son premier cri de douleur et d'effroi est le déluge, cri bientôt apaisé par la vie sereine des patriarches, dont les blanches filles s'en vont aux fontaines, dans leur sourire et leur tranquille virginité. Puis vient l'étrange terre d'Égypte, avec ses monuments et ses horizons ; l'histoire de Joseph et celle de Moïse nous sont contées avec un luxe inouï de costumes et d'architectures, avec toute la douceur du jeune enfant de Jacob, toute l'horreur des dix plaies et du passage de la mer Rouge. Alors commence l'histoire rude et poignante de cette terre de Judée, qui a bu plus de sang humain que d'eau de pluie : Samson et Dalila, David et Goliath, Judith et Holopherne, les géants bêtes et les femmes cruelles, les terreurs de la trahison et du meurtre. La légende d'Élie est le premier rayon divin et prophétique trouant cette nuit

sanglante ; puis viennent les doux contes de Tobie et
d'Esther et ce sanglot de douleur, ce sanglot si profondément humain dans sa désespérance, que pousse Job raclant
ses plaies sur le fumier de sa misère. Les vengeurs se dressent
alors, la bouche pleine de lamentations et de menaces, ces
vengeurs de Dieu, Isaïe, Jérémie, Ézéchiel, Baruch, Daniel,
Amos, sombres figures qui dominent Israël, maudissant
l'humanité féroce, annonçant la Rédemption.

La Rédemption est cette idylle austère et attendrie qui
va des rayonnements de l'Annonciation aux larmes du Cal-
vaire. Voici la Crèche et la Fuite en Égypte, Jésus dans le
Temple, disant ses premières vérités, et Jésus aux noces de
Cana, faisant son premier miracle. J'aime moins cette
seconde partie de l'œuvre ; l'artiste avait à lutter contre la
banalité de sujets traités par plus de dix générations de
peintres et de dessinateurs, et il paraît s'être plu, par je ne
sais quel sentiment, à atténuer son originalité, à nous
donner le Jésus, la Sainte Vierge, les Apôtres de tout le
monde. Sa femme adultère, son Hérodiade, sa Transfigura-
tion, toutes ces scènes et tous ces types connus se présentent
à nous comme de vieilles gravures aimées de notre enfance,
que nous reconnaissons et que nous accueillons volontiers.
Il ne s'est pas assez affranchi de la tradition. Lorsque commence le drame de la Croix, Gustave Doré se retrouve avec
ses larges ombres, ses terreurs noires et raides traversées
d'éclairs livides. Au dénouement, l'artiste retrace les visions
de saint Jean, et le coup de trompette solennel et terrible
du Jugement dernier termine l'œuvre dont le début a été le
geste large de Jéhovah emplissant le monde de lumière.

Telle est l'œuvre. J'espère que ce résumé rapide la fera
connaître à ceux qui sont familiers avec le talent de Gustave
Doré. Ce talent consiste surtout dans les qualités pitto-
resques et dramatiques de la vue intérieure. L'artiste, dans
son intuition rapide, saisit toujours le point intéressant du
drame, le caractère dominant, les lignes sur lesquelles il faut
appuyer. Cette sorte de vision est servie par une main

habile, qui rend avec relief et puissance la pensée du dessinateur à l'instant même où elle se formule. De là ce mouvement tragique ou comique qui emplit les gravures ; de là
ces fortes oppositions, ces belles taches qui s'enlèvent sur le
fond, cette apparence étrange et attachante des dessins, qui
se creusent et s'agitent dans une sorte de rêve bizarre et
grandiose.

De là aussi les défauts. L'artiste n'a que deux songes : le
songe pâle et tendre qui emplit l'horizon de brouillards,
efface les figures, lave les teintes, noie la réalité dans les
visions du demi-sommeil, et le songe cauchemar, tout noir,
avec des éclairs blancs, la nuit profonde éclairée par de
minces jets de lumière électrique. On dirait par instants, je
l'ai déjà dit, assister au cinquième acte d'une féerie, lorsque
l'apothéose resplendit aux lueurs des feux de Bengale. Du
noir et du blanc, par plaques ; un monde de carton, sinistre,
il est vrai, et animé par d'effrayantes hallucinations.

L'effet est terrible, les yeux sont charmés ou terrifiés,
l'imagination est conquise ; mais n'approchez pas trop de
la gravure, ne l'étudiez pas, car vous verriez alors qu'il n'y
a que du relief et de l'étrangeté, que tout n'est qu'ombres
et reflets. Ces hommes ne peuvent vivre, parce qu'ils n'ont
ni os ni muscles ; ces paysages et ces cieux n'existent pas,
parce que le sommeil seul a ces horizons bizarres peuplés
de figures fantastiques, ces pays merveilleux dont les arbres
et les rocs ont une majestueuse ampleur ou une raideur
sinistre. La folle du logis est maîtresse ; elle est la bonne
muse qui, de sa baguette, crée les terres que l'artiste rêve en
face des poèmes.

S'il me fallait conclure – ce dont Dieu me garde – je
supplierais Gustave Doré d'avoir pitié de son étrange talent,
de ses facultés merveilleuses. Qu'il ne les surmène pas, qu'il
prenne son temps et travaille ses sujets. Il est certainement
un des artistes les plus singulièrement doués de notre
époque ; il pourrait en être un des plus vivants, s'il voulait
reprendre des forces dans l'étude de la nature vraie et

puissante, autrement grande que tous ses songes. S'il est tellement en dehors de la vie qu'il se sente mal à l'aise en face des vérités, qu'il s'en tienne à son monde menteur, et je l'admirerai comme une personnalité curieuse et particulière. Mais s'il pense lui-même que l'étude du vrai doive le grandir, qu'il se hâte de rendre son talent plus solide et plus profond, et il gagnera en génie ce qu'il aura gagné en réalité.

Tel est le jugement d'un réaliste sur l'idéaliste Gustave Doré [4].

J'ai encore des éloges à donner. Un autre artiste s'est mis de la partie et a enrichi la Bible d'entre-colonnes, de culs-de-lampe [5] et de fleurons d'une délicatesse exquise. M. Giacomelli [6] n'est point précisément un inconnu : il a publié, en 1862, une étude sur Raffet [7], dans laquelle il a parlé avec enthousiasme de ce dessinateur, d'une vérité si originale ; cette année même, il a illustré d'une façon charmante un livre de M. de La Palme [8]. Il y a un contraste étrange entre la pureté de son trait et la ligne fiévreuse et tourmentée de Gustave Doré. Ce ne sont là, je le sais, que de simples ornements, mais ils témoignent d'un véritable sentiment artistique plein de goût et de grâce. Je voudrais le voir faire son œuvre à part. Le grand visionnaire, l'improvisateur, qui a déjà parlé la langue de Dante et de Cervantès, qui parle aujourd'hui la langue de Dieu, l'écrase de toute la tempête de son rêve.

LES CHANSONS DES RUES ET DES BOIS

Étant donné Victor Hugo et des sujets d'idylles et d'églogues [1], Victor Hugo ne pouvait produire une œuvre autre que *Les Chansons des rues et des bois*.

Tel est le théorème que je me propose de démontrer.

Je répondrai ainsi aux étonnements de certains critiques, aux attaques singulières dont le poète est l'objet en ce moment [2]. On ne tient nul compte de son passé poétique, on ne s'est point interrogé sur la tournure de son esprit, et chaque lecteur semble vouloir exiger de lui l'œuvre particulière qu'il a rêvée [3]. Le titre du nouveau volume de poésies étant connu, les têtes ont travaillé : chacun a imaginé, selon son tempérament, des tableaux traités d'une certaine façon ; chacun a construit de toutes pièces un recueil contenant telles et telles choses. Puis, lorsqu'on a lu le volume, il y a eu forcément déception ; on s'est irrité contre ce livre, dont le titre mentait ; contre ce chansonnier, qui ne rimait pas de chansons ; contre ce poète, qui se promenait dans les rues et dans les bois, ne voyant pas ce que voient les autres et voyant ce que les autres ne voient pas.

Je ne cesserai de le répéter, la critique, telle qu'elle est exercée, me paraît être une monstrueuse injustice. En dehors de l'observation, de la simple constatation du fait, en dehors de l'historique et de l'analyse exacte des œuvres, tout n'est que bon plaisir, fanatisme ou indifférence. Il ne doit pas y avoir de dogme littéraire ; chaque œuvre est indépendante et demande à être jugée à part. La science du beau est une drôlerie inventée par les philosophes pour la plus grande hilarité des artistes. Jamais on n'obtiendra une vérité absolue, en cette matière, parce que l'ensemble de toutes les vérités passées ne peut constituer qu'une vérité relative que viendra rendre fausse la vérité de demain. C'est dire que l'esprit humain est infini dans ses créations et que nous ne pouvons le réglementer ; certes, je ne crois pas qu'il y ait progrès, mais je crois qu'il y a enfantement perpétuel et dissemblance profonde entre les œuvres enfantées. La création qui se continue en nous change l'humanité à chaque heure ; les sociétés sont autres, les artistes voient et pensent différemment. C'est ainsi que l'art marche dans les siècles, toujours mis en œuvre par des hommes nouveaux, ayant toujours des expressions nouvelles au milieu de nouvelles sociétés.

En présence de cet enfantement continu, en présence de ces milliers d'œuvres qui toutes sont filles uniques, je vous demande un peu s'il n'est pas puéril de monter en chaire et de dicter gravement des préceptes. Songez donc au ridicule personnage que vous jouez, lorsque vous vous écriez : « Moi, je n'aurais pas fait ainsi – ce n'est pas le ton de l'idylle –, j'espérais tout autre chose… » Et que nous importe ce que vous auriez fait, ce que vous espériez ! Vous comprenez étrangement le métier de critique, à mon avis. Nous ne vous demandons pas vos impressions ; chacun de nous a les siennes qui valent les vôtres et qui ne prouvent rien de plus que les vôtres. Vous êtes juge, vous n'êtes plus homme ; vous avez la seule mission d'étudier dans une œuvre un certain état du génie humain ; vous devez accepter toutes les manifestations artistiques avec un égal amour, comme le médecin accepte toutes les maladies, car dans chacune de ces manifestations vous trouverez un sujet à analyse et à étude physiologique et psychologique. Le grand intérêt n'est pas telle œuvre ou tel auteur ; il s'agit, avant tout, de la vérité humaine, il s'agit de pénétrer l'esprit et la chair, de reconstruire dans sa vérité un homme aux facultés particulières et puissantes. Contentez-vous, pour l'amour de Dieu ! de cette simple besogne d'anatomiste ; ne vous fatiguez pas à vouloir changer une créature pour la créer de nouveau au gré de vos caprices ; étudiez-la telle qu'elle est, montrez-la-nous dans sa réalité, n'ayez pas la sotte pensée de croire que le Ciel, en nous la donnant plus parfaite, nous l'aurait donnée plus grande.

Chaque fois que je vais rendre compte d'un livre, je me sens l'impérieux besoin de faire ma profession de foi, tellement je crains qu'on ne se trompe sur mes intentions. Je ne me donne la mission ni d'approuver ni de blâmer ; je me contente d'analyser, de constater, de disséquer l'œuvre et l'écrivain, et de dire ensuite ce que j'ai vu. Je suis simplement un curieux impitoyable qui voudrais démonter la machine humaine, rouage par rouage, pour voir un peu comment le mécanisme fonctionne et arrive à produire de si étranges effets.

Pour quiconque a étudié cette machine puissante, sujette à des détraquements grandioses, qui nous a donné *Les Feuilles d'automne* et *Les Misérables*, *Hernani* et *Les Contemplations*, il n'y a pas dû avoir de surprise dans la lecture des *Chansons des rues et des bois*. Victor Hugo, marchant dans les prairies de Tibulle [4], devait y marcher d'un pas étrange, avec la violence contenue et un effarement déguisé à grandpeine. Le livre est, je le répète, le produit logique, inévitable, d'un certain tempérament mis en présence d'un certain sujet. Je ne me prononcerai pas sur le mérite absolu de l'œuvre, puisque je ne crois pas qu'une œuvre d'art puisse avoir un mérite absolu ; mais j'expliquerai la production d'un tel livre, pourquoi et surtout comment il est né.

Et maintenant je commence la démonstration du théorème que j'ai posé au début de cet article.

Dans sa jeunesse, Victor Hugo fut un enfant prodige, un rhétoricien habile et puissant. Il écrivit ses *Odes* beaucoup avec sa tête, presque point avec son cœur. Il s'annonçait

ainsi comme un rude dompteur de mots, comme un versifi-
cateur colossal qui tirait des figures de rhétorique de surpre-
nants effets. Déjà perçaient dans ces jeunes œuvres
académiques l'amour de l'énorme[5], le continuel besoin de
l'infiniment petit et de l'infiniment grand ; il y avait de
l'effarement en germe dans ces beaux vers froids et sonores,
qui frissonnaient par instants. Depuis ces premières œuvres,
le poète a grandi dans le sens qu'elles indiquaient. Je le
comparerais volontiers à un homme qui resterait pendant
vingt années les yeux fixés sur le même horizon ; peu à peu,
il y a hallucination, les objets s'allongent, se déforment ;
tout s'exagère et prend de plus en plus l'aspect idéal que
rêve l'esprit éperdu. On peut suivre, dans les trente volumes
qu'il a publiés, le chemin qu'a suivi Victor Hugo pour aller
de certaines pièces des *Odes* à certaines pièces des *Contemplations*. Je ne puis malheureusement faire ici ce travail
instructif ; je me contente de constater que le poète, ou
plutôt le prophète d'aujourd'hui, est le produit direct de
l'enfant et de l'homme d'hier. Il n'y a pas eu de secousses ;
l'esprit s'est lentement développé et a parcouru la route qu'il
devait fatalement parcourir.

Je viens d'employer le mot prophète, c'est le seul que je
trouve pour désigner nettement Victor Hugo, à cette heure.
Il prêche et il prédit ; il dit voir au-delà de la matière, voir
jusqu'à Dieu ; il a des tristesses, des colères, des amertumes
bibliques ; il nous promet de terrasser Satan et de nous
ouvrir le Ciel. Nous ne l'avons plus parmi nous, et, du haut
de son rocher, il se dresse, plus grand et plus terrible ; il a
rendu sa parole confuse, étrange, heurtée ; il se plaît dans
les obscurités, dans le trivial grandiose, dans le laisser-aller
de l'inspiration divine. Je ne sais si je rends bien l'attitude
prise par ce puissant esprit, d'une façon inconsciente sans
doute. C'est là un fait qui à lui seul me servira à constater
de quelle manière sont nées *Les Chansons des rues et des bois*.

Imaginez-vous le poète dans sa solitude, dans son exil.
Il est là en révolté, ayant secoué les dogmes littéraires et

politiques. Il a conscience de sa force, il s'exalte dans son repos, il regarde fixement le monde qui s'étale devant lui. C'est alors que se produit l'hallucination dont j'ai parlé. Le poète n'aperçoit plus le monde réel qu'au travers de ses propres visions. De tout temps, il s'est peu soucié de la réalité ; il a puisé en lui toute son œuvre. Il a créé une terre imaginaire que son sens créateur, excité par la lutte, a rendue de plus en plus bizarre. En outre, il est très savant, et il ne peut oublier sa science ; il s'est fait une philosophie étrange, une philosophie de poète, et il l'applique à l'explication de l'univers, en révélateur infaillible. Ses sens n'ont plus la simplicité des nôtres ; il va apercevoir une foule de choses dont nous ne nous doutons seulement pas ; puis il expliquera l'invisible, il donnera un corps à ses rêveries les plus vagues. Je voudrais le dresser debout devant le lecteur, tel que je le comprends, avec son bagage de rhétoricien, avec ses draperies de prophète ; je voudrais le montrer délirant à froid, les yeux démesurément ouverts sur ce qui est, pour arriver à distinguer ce qui n'est pas ; je voudrais faire voir en lui le mécanisme de la vision intérieure et faire comprendre ainsi que son œuvre n'est jamais que l'effort puissant d'un esprit qui crée un nouveau monde à sa fantaisie, sans presque se servir de l'ancien.

Vous vous imaginez bien que, lorsqu'un pareil homme va aux champs, il n'y va pas, comme vous ou moi, en bon enfant qui n'entend point malice aux naïvetés de la nature. Il y porte tous les effarements dont sa tête est pleine ; il est un Ézéchiel campagnard. D'ailleurs, il le dit lui-même, il a dompté Pégase pour marcher au pas le long des sentiers fleuris de l'idylle [6], et il est encore tout essoufflé du terrible effort qu'il a dû faire pour soumettre le grand cheval aux allures modestes d'un bidet de campagne. Vous ou moi, nous serions sortis à pied, nous aurions chanté les bois tels qu'ils sont, sans les transfigurer en édens, sans les voir en pleine lumière idéale. Le poète, monté sur l'effrayant coursier, qui se cabre, toujours prêt à s'envoler, regarde le ciel et chante une terre de son invention, sans voir celle qui est à ses pieds.

Nos mondes, à nous poètes et romanciers, sont toujours des mondes de création humaine ; il y a sans cesse un voile entre les objets et nos yeux, si mince soit-il, et nous ne peignons les objets que vus à travers ce voile[7]. C'est même en cela que consiste la personnalité, l'art tout entier. Le voile de Victor Hugo est tissu de rayons, et il donne des auréoles à chaque chose. Mettez le poète au milieu d'un paysage ; là un coin de forêt, ici un filet d'eau, puis de larges prairies avec des rideaux de peupliers, et, tout autour, des collines basses, bleuâtres ou violettes. Ces divers détails frapperont l'œil du poète, mais ils vont éprouver de singulières transformations en passant par cet œil pour aller au cerveau : les uns grandiront, les autres rapetisseront, tous se modifieront d'une certaine façon, et le paysage décrit ne ressemblera pas plus au paysage réel, que le rêve ne ressemble à la vérité.

Il est facile de s'expliquer maintenant pourquoi les torchons que voit Victor Hugo sont des torchons *radieux*[8]. Il descend du ciel, et il a encore les yeux tellement aveuglés de clarté, qu'il donne de la lumière à chaque détail. L'idylle devient une hymne, une sorte de vision lumineuse. Les arbres et les moutons sont des personnages importants, le brin d'herbe cause amicalement avec la montagne. Il y a une orgie de rosée et de parfums. La fantaisie en débauche taille à plaisir dans le monde vrai, et invente de nouveaux soleils, de nouvelles campagnes.

Au fond, on trouve toujours l'effarement du prophète. Pégase est mal à l'aise dans cette nature de lait. Ses rudes pieds ne savent galoper que sur le roc, ils glissent sur la mousse. Il n'a plus ses allures libres, et dès lors, lui, le noble cheval, qui hennit si fièrement, il prend un petit trot maniéré qui fait peine à voir. Vous souvenez-vous du grand Corneille, pataugeant dans les déclarations d'amour, dans ces scènes de politesse et d'étiquette que lui imposait le mauvais goût du temps ? Je songeais à cette maladresse ridicule du vieux tragique, en lisant certaines pièces des *Chansons des rues et des bois*. On ne vit pas impunément les yeux fixés sur les mystérieuses horreurs de l'inconnu. Lorsqu'on veut ensuite parler simplement des choses simples, il arrive que l'on dépasse le but et que la simplicité devient de la recherche.

L'œuvre entière est ainsi la vision étrange qu'un prophète, qu'un poète savant et puissant, a faite devant les campagnes. Il s'y est donné tel qu'il est, excessif et obscur parfois, hasardant tout, cherchant les audaces, les trivialités, même les grosses plaisanteries. Il parle de la banlieue de Paris comme Dante a parlé du ciel et de l'enfer ; il s'est largement installé dans l'idylle, bousculant tout, mettant à contribution les astres et les fleurs, faisant une dépense effrayante de lumière et d'ombre, apportant dans l'églogue les cris et les grands mots de l'ode, changeant de sujet sans changer de manière, restant prophète quand même, et parlant du moindre brin de mousse avec des solennités écrasantes.

Les Chansons des rues et des bois sont une des faces nécessaires et fatales de ce génie tumultueux, plein de clartés et de ténèbres, que je désirerais pouvoir étudier patiemment, fibre par fibre. Je dois avouer que j'ai goûté de véritables joies à la lecture de ces Chansons, qui étaient telles que je les avais déduites, par raisonnement, des œuvres précédentes. Les gens curieux me demanderont peut-être ce que je pense du livre, en somme. Je leur répondrai que le livre est la manifestation particulière d'un certain état d'esprit, le produit intéressant d'une intelligence qui n'a jamais rien enfanté de commun ni de banal. Je suis heureux que Victor Hugo se soit décidé à se faire berger, et pour rien au monde je ne voudrais que le livre fût autre. Il est le résultat et le complément de tout ce que le poète a écrit ; il développe sa personnalité, il complète sa pensée, il achève de nous donner dans son entier cette individualité qui a empli notre temps. Je me soucie peu de perfection, je ne crois pas à un idéal absolu. Je n'ai que le désir âpre d'interroger la vie, d'avoir entre les mains des œuvres vivantes. C'est pourquoi je me plais au spectacle de ces grands hommes qui se confessent à nous, sans le vouloir, qui se livrent dans leur nudité, qui, chaque jour, ajoutent une page à leurs confidences. Peu à peu, je puis ainsi reconstruire un être, cœur et chair ; je recueille tous les aveux, je prends acte de chaque nouvelle phase, je fais l'analyse et la synthèse, et j'arrive ainsi à avoir le sens de chaque geste, de chaque parole. Dans *Les Chansons des rues et des bois*, Victor Hugo a poussé les confidences très loin, sa physionomie s'est accentuée, et nous avons eu l'explication de bien des détails qui nous avaient échappé jusqu'à ce jour. On comprend maintenant avec quel intérêt j'ai dû lire l'œuvre ; je m'y suis plu, parce que, au-delà des mots, je voyais l'homme agir et parler, se dresser devant moi dans sa vérité ; chaque vers était un aveu, chaque pièce venait me dire que le poète, mis en face de la nature, s'était comporté comme je m'y attendais. J'ai joui profondément de la petite joie d'avoir eu raison et de la grande joie de pénétrer les secrets rouages d'une machine, toute de bronze et d'or, dont j'ai admiré le labeur colossal avec les extases d'un homme du métier.

Il y a des gens – je ne puis m'empêcher d'y revenir avant de terminer –, il y a des gens à qui le titre avait fait rêver une œuvre tout autre. Ils croyaient trouver, dans le recueil, les cris des rues, les refrains populaires, puis les chansons des champs, les naïvetés de la campagne. Ils se plaisaient à penser que le poète allait les faire vivre en pleine forêt, simplement, avec les bouvreuils et les aubépines ; ils seraient ensuite rentrés avec lui dans la ville, ils auraient marché sur les larges trottoirs, regardant la fumée des cheminées et écoutant les bruits sourds des égouts. Ils s'attendaient, en un mot, à une harmonie exquise, faite des rires de la forêt et des sanglots de la ville, à des chants joyeux et tristes, joyeux comme une aurore dans les jeunes feuillages, tristes comme les brouillards qui se traînent dans les carrefours obscurs. Le poète les a trompés, le poète est resté lui-même, énorme, géant, ne voyant que son rêve, cueillant les fleurs avec une délicatesse maniérée, oubliant complètement la ville, dont il avait promis de nous parler, et se promenant dans les campagnes, monté sur son grand Pégase, qui se cogne à tous les arbres. Et cela était fatal, je le répète ; l'étrange aurait été que le prophète quittât son large manteau biblique pour vêtir la simple blouse moderne. Il ne vit pas de notre vie, il est perdu ailleurs, dans le ciel bleu, dans les abîmes noirs ; il parle de notre monde comme en parlerait un habitant de Sirius ; il est trop haut pour bien voir, et il n'a même plus conscience de ce qui nous touche et nous fait pleurer. Victor Hugo n'est plus un homme ; Victor Hugo est un exilé et un prophète.

Je me résume. Victor Hugo, en écrivant *Les Chansons des rues et des bois*, a obéi à tout son passé, à tout son génie. Il ne pouvait les écrire autrement, parce qu'il se serait alors menti à lui-même et qu'il nous aurait donné une œuvre dont rien n'aurait expliqué la naissance.

C'est ce qu'il fallait démontrer.

LA MÈRE

par M. Eug. Pelletan

Je ne sais pas d'étude plus attachante que l'étude de la femme dans les annales de l'humanité [1]. L'homme, depuis le premier jour, a eu à son côté un être qui, bien que subissant les événements, a participé aux faits de toute la force de sa nécessité, de toute la puissance de son cœur. Cet être implacable et modeste, courbant la tête et acceptant sa prétendue infériorité, se tient dans l'ombre de l'histoire, force dédaignée, terrible dans le mal, et qu'un peuple intelligent et fort devrait appliquer au triomphe de la liberté et de la justice. On ne parle pas de la femme, qui a créé notre monde tel qu'il est ; elle a accepté la position que nous lui avons faite, et elle nous a donné en échange de nos soupçons, de nos mépris et de nos amours malsaines, un foyer désert et froid, une vie solitaire, une société oisive et fiévreuse. Lorsque l'homme abaisse sa compagne, il tombe avec elle ; celle qui, pour lui, ne compte pas dans les affaires de ce monde, est justement celle qui, en dehors même de sa volonté, mène les peuples à la grandeur ou à la décadence. Tout historien qui néglige l'étude de la femme, néglige l'étude du grand ressort, ressort caché et inconscient, qui a poussé fatalement les nations dans les voies douloureuses qu'elles ont parcourues.

L'homme naît, Dieu lui donne une créature qui doit le suivre, ne faire qu'un avec lui. Dès lors, du berceau à la tombe, l'homme et la femme devront marcher d'un pas égal, et l'histoire sera faite, non pas de l'étude de l'homme seul, mais de l'étude du couple. Il est arrivé que l'homme a dominé et que la femme s'est effacée. Aujourd'hui, dans nos temps de curiosité, on se souvient de la pauvre oubliée, on interroge les âges, on se demande quelle a été sa véritable mission et quel a été le rôle que nous lui avons fait jouer. Lorsque je songe à ce mouvement qui amène nos penseurs à l'étude de la femme, je m'explique parfaitement leurs inquiétudes et leurs plaidoyers. Ils ont compris que chacun de nous a près de lui un être que nos mœurs et nos coutumes ont rendu inutile et même nuisible ; ils ont lu dans le passé l'immense malentendu qui a régné de tout temps entre l'époux et l'épouse ; ils ont craint pour l'avenir, et ils ont voulu rétablir le couple, selon la pensée créatrice, en employant la femme au bien et à l'amélioration de l'homme.

Tout le livre de M. Eugène Pelletan est contenu dans cette idée. C'est à la fois un ouvrage historique et critique, un réquisitoire et une défense, l'exposé brutal d'une maladie et l'indication d'un remède. L'auteur, qui est un poète pratique, n'exalte pas la femme ; il se contente de la déclarer égale à l'homme, et il réclame dès lors pour elle la place que la nature lui a donnée au soleil. Il l'étudie dans l'histoire, à toutes les époques, il fouille énergiquement le passé et en étudie les misères [2] ; puis, arrivé à notre âge, il montre ce que nous sommes, ce que sont nos compagnes, et, en vue d'un avenir meilleur, il pose la grande loi d'amour qui doit régir les sociétés futures. Son livre, je le répète, a deux parties bien distinctes : l'une historique, dans laquelle il appuie son raisonnement des exemples que les siècles lui fournissent ; l'autre d'enseignement et de guérison, dans laquelle il rétablit la famille sur une base logique et forte, et crée ainsi une société d'autant plus puissante que ses membres sont plus unis.

Toute théorie repose sur une base, tout raisonnement juste doit reposer sur une vérité. M. Pelletan pose en principe que l'homme et la femme, créés de la même argile, ont certainement une mission égale et commune dans l'œuvre ; leurs rôles, sans se ressembler, doivent avoir une même importance, se compléter l'un par l'autre. Au début, l'époux et l'épouse sont partis du berceau commun, se soutenant, liés fatalement. Ils ont marché dans les âges, tendant à un but unique. Mais de quel pas ont-ils marché, et ce bel accord du départ a-t-il duré ? Ces deux créatures ont-elles avancé sur la même ligne, cordialement, toujours aussi puissantes l'une que l'autre ?

C'est ici que commence la navrante histoire. L'homme, au bout de quelques heures de marche, ivre de pouvoir et de force, ne s'est plus inquiété de cet être doux et aimant qu'il portait au bras ; il a doublé le pas, se laissant suivre et finissant par prendre plaisir à être suivi ; il a dédaigné sa compagne, qui n'avait ni sa brutalité ni son égoïsme, et il ne s'est souvenu d'elle que lorsqu'il a eu besoin d'un fils ou d'un verre d'eau. La femme a courbé la tête ; elle a d'abord pleuré son abandon, puis elle s'est vengée. Et c'est ainsi que le couple a marché dans les siècles. Les deux époux, au sortir de la terre, s'étaient mis en route en amants et en camarades ; ils nous arrivent en maître et en esclave, l'un devant l'autre. Le maître ordonne, jure, se déclare supérieur, et pleure de misère et de solitude ; la servante accepte son infériorité, sourit méchamment ou sanglote comme une niaise, rampe à terre et n'est plus qu'un fardeau pour l'homme, qui la traîne et qu'elle devrait soutenir. Il me semble voir un géant ridicule que suit un nain malicieux ; à eux deux, ils vaincraient le monde, mais s'ils s'amusent à se quereller en route, ils n'ont plus qu'à s'asseoir dans le fossé et à se désespérer l'un et l'autre.

Telle est l'histoire de l'humanité. Le couple n'a jamais marché que découplé. La femme a été vendue, la femme a été emprisonnée, la femme a été mise en commun, comme l'eau des citernes. L'homme a d'abord volé sa compagne ; puis l'honnêteté lui venant, il a consenti à l'acheter ; il en a acheté une, il en a acheté deux, trois, quatre, et, comme c'était là une marchandise coûteuse, il a mis la marchandise en magasin, sous de triples verrous. Dans d'autres pays, il y a eu accord entre les hommes ; ils ont pris la mesure économique de ne pas acheter de femmes, mais d'avoir un fonds commun, une sorte de grenier d'abondance sur lequel vivait la nation. Nous sommes loin, vous le voyez, du couple idéal qui naissait pour vivre libre et égal dans son union.

Nous nous trouvons encore ici en pleine barbarie. La femme n'est qu'une denrée, qu'une nécessité. Les peuples se civilisent et la femme devient un jouet. Toutefois, l'homme ne l'achète plus, et dès lors elle a une existence personnelle. C'est en Grèce qu'elle est affranchie ; l'Olympe, avec sa Vénus, sa Junon, toutes ses déesses humaines, donne à la terre la beauté et l'amour, la puissance et la volonté de l'épouse. Mais qu'on ne s'y trompe pas, il y a ici poésie et belles manières, rien de plus ; au fond, l'épouse n'est toujours qu'un objet de première nécessité, l'amante n'est qu'un objet de plaisir et de luxe. Il y eut cependant, à Sparte, une tentative de délivrance ; la femme fut faite homme, ce qui tua l'amour et fit naître la débauche.

À Athènes, on trouve, au contraire, la véritable femme grecque ; là, l'épouse est muselée, le sérail existe presque ; ce n'est plus une marchandise, c'est encore un meuble qui doit rester chez lui sous peine de se détériorer. Lorsque la vie active est arrêtée, lorsqu'on étouffe l'intelligence, lorsqu'on force une créature à se croiser les bras, il y a sûrement chez cette créature des heures de folie, des moments où elle échange sa tranquillité contre ce que la débauche a de plus monstrueux. Les bacchanales naissent directement de la réclusion[3]. D'autre part, l'hétaïre tua la femme légitime, l'amante l'emporta sur l'épouse, de toute sa beauté et de toute son intelligence. Les Grecs n'avaient pas de foyers ; ils possédaient au logis une machine à reproduction, niaise et lourde, qui était là pour leur donner des enfants ; ils avaient au-dehors des amantes, toutes blanches et toutes lumineuses, belles et savantes, dont la mission était de les charmer et de les retenir près d'elles. Changez ces amantes et ces machines de lieu, mettez l'épouse dans la rue et l'hétaïre au foyer, et chaque foyer deviendra un centre, la famille se constituera, la société sera plus grande et plus forte.

À Rome, l'histoire est la même. L'homme, comme en Grèce, y tient la femme pour une erreur de la nature. Il l'accepte à titre de compagne, parce qu'il ne peut faire autrement, et il se hâte de lui témoigner sa haine et son mépris. Cependant, il y a progrès ; la matrone est plus libre. Mais toutes les grâces et toutes les séductions d'Athènes passent la mer, et Messaline[4] naît du luxe et des arts. Le monde romain s'écroule dans une effroyable débauche.

Le christianisme vient alors et se méfie de la femme ; il l'accueille comme adepte, il la renie comme épouse. Elle est, après tout, un instrument de perdition ; elle n'a pas d'âme, les saints doivent s'écarter d'elle et la maudire. Qu'elle prie, qu'elle s'humilie, qu'elle habite les églises ; tel est son rôle. Le mariage chrétien est une dernière concession faite à la nature ; l'état de pureté est le célibat. C'est alors que la femme chrétienne rencontre la femme barbare, la fille du Nord, que le mari achetait. Après avoir longtemps fermenté ensemble, selon l'expression de M. Eugène Pelletan, le christianisme et la barbarie engendrent la féodalité, et l'auteur ajoute : « La chevalerie fut simplement un système de bigamie patronné par le clergé et consacré par l'opinion[5]. » La femme est reine, sans avoir plus de liberté ni plus de moralité. Le progrès est celui-ci : elle essaie son empire, elle se sent forte de beauté et de grâce, et elle pourra vaincre demain.

Le lendemain elle vainquit. Elle vainquit à l'hôtel de Rambouillet ; elle vainquit dans le boudoir de Ninon de Lenclos ; elle vainquit sur l'échafaud en face de la statue de la Liberté. La marquise de Rambouillet, Ninon de Lenclos, Mme Roland [6], telles sont les trois grandes victorieuses : la première donna une intelligence à la beauté de la femme ; la seconde se fit homme et prit acte de sa liberté ; la troisième se fit citoyen, et mourut pour le vrai et le juste. Depuis lors, la femme est devenue notre égale en fait, comme elle l'était en théorie. Elle a une âme, elle a une intelligence, elle est notre compagne, notre ami et notre soutien.

Je le sais, dans le rude sentier, le couple ne s'avance pas encore d'un pas ferme, et c'est justement pour cela que M. Pelletan a écrit son livre. L'épouse a rejoint l'époux, elle ne marche plus derrière lui en servante ; mais son allure est chancelante encore, et elle n'est pas tellement unie à son compagnon qu'elle puisse avoir abandon et confiance. La maladie est connue, il ne s'agit plus que de la guérir entièrement.

Le remède est simple, étant donné la mission de la femme. Cette mission est, je le répète, d'être la collaboratrice de l'homme dans l'œuvre commune, la compagne fidèle, l'appui certain, l'égale conciliante et dévouée. Il faut donc, avant tout, libérer la femme, libérer son corps, libérer son cœur, libérer son intelligence.

Il faut l'instruire, la rendre notre sœur par la pensée. Là est la grande rédemption [7]. Que la femme au foyer ne soit pas seulement une ménagère et une machine à reproduction, qu'elle soit une âme qui comprenne l'âme de l'époux, une pensée qui communie avec la pensée de l'homme choisi et aimé. La famille sera fondée dès que la mère et le père seront unis jusque dans leur intelligence. Alors, il y aura vraiment mariage, il y aura pénétration complète. Tout le mal vient de la sottise dans laquelle nous maintenons volontairement nos compagnes ; nous ne pouvons sympathiser avec elles, nous en faisons des êtres différents de nous, nous les dédaignons ensuite, et nous désertons nos demeures. Je demande formellement que l'on démolisse tous les pensionnats de jeunes filles existants, et que, sur leurs ruines, on bâtisse des collèges où nos filles seront élevées comme nos fils [8]. Au sortir des collèges, filles et garçons se tendront la main en camarades et se comprendront.

Après avoir libéré l'intelligence, il faut libérer le cœur et le corps. Il faut donner à la femme l'égalité devant la loi et rétablir le divorce [9]. La question des enfants est secondaire ; on trouvera une loi qui sauvegardera leurs intérêts. Mais ce qu'il est absolument nécessaire de briser, c'est ce lien de fer qui unit éternellement deux êtres l'un à l'autre. Il est de toute nécessité que l'homme et la femme soient libres dans leur union, et que ce ne soit pas un article du Code qui les rende fidèles.

Dès lors, le couple marchera fermement. Il sera uni par le corps et par l'âme, par la liberté même du mariage. L'union sera plus digne, plus haute, plus pénétrante. Le couple ne fera plus qu'un seul être qui accomplira dans son unité tous les actes de la vie sociaux et privés.

Tel est le livre de M. Eugène Pelletan. J'accepte les conclusions de l'auteur, tout en sachant que les rieurs ne sont pas de notre côté. La femme savante, la femme citoyenne, c'est là un si beau sujet de risées ! Riez et laissez-nous espérer.

M. Eugène Pelletan est un poète pratique, ai-je dit. Je ne saurais mieux le définir. Je songeais, en lisant son livre, aux belles rêveries de M. Michelet, qui est un poète poétisant. M. Michelet tombe à genoux, s'incline et adore ; la femme est un dieu, une idole douce et poignante, maladive et céleste ; il faut l'aimer et l'aimer encore, se perdre dans sa contemplation, vivre de son haleine et de ses tendresses. M. Eugène Pelletan, au contraire, n'a pas le moindre baiser ;

il traite la femme en camarade, il la relève pour qu'elle marche en homme à notre côté ; il l'aime et veut en être aimé ; mais il désire surtout que femme et homme aiment la liberté, la vérité et le droit. Là, des prières passionnées, des extases, un monde de lumières et de parfums, un ciel en plein idéal et en pleine félicité ; ici, des conseils rudes et salutaires, un amour franc et libre, un monde juste et vrai. Je lirai M. Michelet, je me bercerai dans sa large et suave poésie, lorsque, l'âme saignante, j'aurai besoin d'un beau mensonge pour me consoler du réel ; mais je lirai M. Eugène Pelletan, lorsque, l'esprit sain et ferme, je voudrai le possible et que je me sentirai la force de la réalité.

L'ÉGYPTE IL Y A TROIS MILLE ANS

Il y a, dans l'histoire, des questions, des problèmes pour mieux dire, qui ont toujours singulièrement piqué ma curiosité d'homme ignorant. Je sais des annales humaines ce que tout le monde sait ; mais je voudrais en savoir plus que tout le monde, avoir l'intuition des anciens âges, car je ne connais rien de plus irritant que ces éternelles énigmes que nous pose le passé. C'est ainsi que la grande figure de Jeanne d'Arc est une souffrance pour moi ; je ne puis comprendre cette jeune fille, et tous ceux qui ont prétendu l'avoir comprise, ont été amenés à de pures explications poétiques et littéraires. Elle est là, muette devant moi, ayant toute la réalité de l'histoire et tout le merveilleux de la légende : elle irrite ma raison, exaspère ma curiosité.

Plus loin dans les âges, se dresse une autre grande figure, celle de tout un peuple, maintenant endormi dans le silence du désert ; cette figure, chaque fois qu'elle s'est levée devant mon imagination, a éveillé mes désirs de science sans jamais les satisfaire ; elle est restée voilée, immobile, souriant mystérieusement, un doigt sur la bouche. L'Égypte est une de ces énigmes du passé dont je cherche le mot avec désespoir. Je sais que nos savants et nos romanciers prétendent avoir levé les voiles de la déesse, nous l'avoir rendue réelle et vivante. Je me défie beaucoup des romanciers, parce que je suis leur confrère et que je connais nos licences dans les descriptions ; je crains les savants qui ne s'accordent pas entre eux et qui tiraillent ma raison et ma foi en tous sens.

J'ai lu des récits de poètes sur cette terre aujourd'hui silencieuse, et je me suis dit avec méfiance que c'était là de belles pages, trop fines et trop poétiques ; j'ai feuilleté de doctes ouvrages, très épais et très graves, traduisant et interprétant les monuments et les inscriptions, et je me suis dit, avec non moins de méfiance, que c'était là la lettre morte, le cadavre disséqué et méconnaissable de l'Égypte. Ce qui m'échappe est justement ce que je voudrais connaître : la physionomie, le degré exact de civilisation, les mœurs vraies de ce peuple si raffiné et si malade déjà de science et de progrès, aux premiers pas de l'humanité. Je suis certain que nous ne le voyons pas nettement, que nous le faisons à la fois trop grand et trop petit ; le passé ne nous apparaît toujours que déformé, l'Égypte des romanciers et celle des savants doivent être des Égyptes de convention.

Je songeais à ces choses, lorsque, ces jours derniers, M. Ferdinand de Lanoye a bien voulu me communiquer en épreuves un petit livre qu'il va publier sur Ramsès le Grand. Il a pris ce conquérant comme type de la puissance égyptienne, et a fait de son histoire l'histoire de l'Égypte, aux heures de grandeur et de force. L'ouvrage est mince [1], mais il m'a paru gros de conscience et de bon sens. L'auteur semble partager mes doutes sur la foi qu'on doit accorder aux paroles des savants et des poètes ; les uns sont des commentateurs bien trop habiles, qui forcent les pierres à parler, lors même qu'elles désirent se taire ; les autres sont des écervelés qui créent, pour le plus grand amusement du public, une Égypte de fantaisie bonne à mettre sous verre. M. de Lanoye est sceptique, il doute des gens graves et des gens gais, il veut toucher du doigt les vérités, il se hasarde avec prudence, rendant la vie aux seules choses qui lui paraissent avoir vécu : un pareil sceptique est mon homme, et je me sens tout prêt à accepter son Égypte et ses Égyptiens.

Ce qui m'a tout d'abord donné confiance en lui, c'est la façon aisée dont il traite les savants épigraphistes, ceux qui lisent toute l'histoire sur les vieux murs. Certes, sans les inscriptions, nous saurions peu de chose sur l'Égypte ; les quelques détails certains que nous connaissons viennent de ces vastes manuscrits de pierre que les pluies et les soleils n'ont pu entamer. Mais il y a un écueil dans la lecture de ces livres ouverts en plein ciel : les phrases sont courtes, et les commentaires ont les marges grandes ; puis, l'histoire entière n'est pas là ; c'est là l'histoire officielle, très pompeuse, très embrouillée, se contredisant souvent elle-même. L'historien qui voudra tout lire, tout interpréter, tout coordonner, arrivera inévitablement à des erreurs énormes et grossières. Les documents ne manquent pas, mais ils sont en bien mauvais état ; on peut mal lire, on peut comprendre plus mal encore. C'est ainsi que M. Ampère [2], voulant concilier tout ce qu'il avait déchiffré, a conclu à l'absence de castes chez les Égyptiens. C'est là blasphémer, paraît-il. Et tout cela, parce que les murs ont menti, parce qu'ils ont été mal lus sans doute, mal interprétés. Il faut faire un usage modeste des inscriptions, et les commenter avec prudence. M. de Lanoye n'accepte que les phrases complètes, les assertions claires. Il est savant tout juste assez pour n'être pas romancier.

Son livre est divisé en quatre parties : *L'Égypte avant Ramsès*, *Ramsès II*, *Campagnes de Ramsès*, *Monuments de Ramsès*. Le grand roi est l'incarnation de l'Égypte puissante et forte ; il résume les temps antérieurs et annonce les temps futurs.

Les origines d'un peuple sont presque toujours un prétexte aux hypothèses des esprits ingénieux. On ne peut faire, ce me semble, que des conjectures plus ou moins vraisemblables. M. de Lanoye, qui croit à la création d'une seule race humaine, modifiée ensuite par les milieux et les moments, ne paraît pas s'inquiéter outre mesure des origines du peuple égyptien ; il donne les différentes hypothèses sans

en créer une nouvelle. Il est à présumer que l'Égypte fut
peuplée, à de certains intervalles, par des bandes venues du
nord et de l'est. La nation se forma ainsi lentement ; elle
fut d'abord composée d'industriels et de cultivateurs vivant
paisibles dans cette contrée grasse et riche. Les sols féconds
ont fait les grands peuples, et toute l'histoire est dans le
limon fertile qui fixe les habitants, ou dans les sables mou-
vants qui les font voyager, en quête de l'ombrage des oasis.
Ainsi grandit et s'enrichit la nation ; c'est dans le bien-être
physique, dans la paix du corps, que se forment les civilisa-
tions. Lorsque Ramsès naquit, l'Égypte instruite, saine de
chair et d'esprit, était tout élevée pour conquérir le monde
connu. Il est bon que les âges guerriers viennent après les
âges de commerce et d'abondance ; le conquérant qui naît
alors n'est plus un barbare qui plie le monde sous ses
genoux, c'est un capitaine habile et ingénieux, un politique
savant, un homme d'art et de bonnes manières. Ramsès le
Grand, quatorze cents ans avant Jésus-Christ, fut plutôt un
Charlemagne qu'un Attila.

L'Égypte, à cette époque, avait toute sa saveur originale
et étrange. Elle était à ce point de maturité exquise des
nations, lorsque les éléments des origines se sont fondus
en un seul tout ; il y a floraison, senteur pénétrante, éclat
particulier. Je l'ai dit, je ne crois pas que nous ayons une
idée bien nette de cette civilisation égyptienne dont nous
nous plaisons à outrer l'originalité, la délicatesse et la splendeur. J'ai lu très attentivement le long récit que M. de
Lanoye fait du sacre de Ramsès, d'après les documents
connus, et j'ai vu dans cette cérémonie une comédie
emphatique, dont la mise en scène ne vaut certainement pas
celles des féeries de nos théâtres [3]. L'art était rudimentaire,
grossier, quoi qu'on dise ; les bijoux, les étoffes, qu'on peut
voir dans les musées, n'approchent, comme délicatesse de
travail, ni de notre orfèvrerie, ni de nos tissus modernes.
Qu'on s'émerveille devant l'habileté, l'esprit ingénieux, la
patience de ces ouvriers primitifs, je le veux bien ; ils ont

créé leurs arts, et nous n'avons fait que profiter du labeur des siècles. Mais il me déplaît qu'on tombe en admiration devant des œuvres que ne commettraient pas les apprentis de notre temps.

Je ne veux pas être trop dur pour les Égyptiens. Ils nous offrent encore, du fond des âges, le spectacle grandiose d'un peuple transportant les montagnes avec la seule aide des bras de l'homme. Seulement, je voudrais qu'on n'exagérât pas l'élégance ni la finesse de leur luxe ; pour moi, c'étaient des barbares riches et nombreux, qui ont usé de leur force et de leur richesse. L'art où ils excellèrent fut la sculpture, l'architecture ; la nationalité égyptienne trouva son expression, comme toutes les nationalités primitives, dans les statues et les monuments. Là, ainsi que je le disais au sujet du livre de Proudhon, ce fut le peuple entier qui signa les œuvres. L'architecture et la sculpture furent des arts nationaux qui exprimèrent l'âme de l'Égypte, ses croyances et ses mœurs. Aussi, après quatre mille ans, y a-t-il encore une saveur particulière et pénétrante dans ces blocs de granit qui vivent de la vie d'une nation morte aujourd'hui. Ce marbre vit, tout raide et monstrueux qu'il soit ; il vit, parce que, à un moment, il a été la pensée d'une foule, la parole d'un peuple. On prétend que certaines lois hiératiques imposaient des formes réglementaires aux ouvriers du temps ; ce doit être vrai, car la maigreur et la raideur sont évidemment voulues ; certaines parties offrent trop de délicatesse pour faire supposer que ce sont là des fautes d'ignorance et d'inhabileté. D'ailleurs, l'attitude sèche et émaciée de ces marbres concourt sans doute à l'étrange impression qu'ils nous causent aujourd'hui ; ils sont là, graves, mystérieux, éternellement raides et muets, et nous sentons, dans leur silence et leur pose hautaine et impénétrable, toute une civilisation morte, toute une foi disparue.

L'Égypte philosophique et religieuse est encore plus voilée, plus inconnue. Comme toujours, je crains d'être dupe, je n'ose croire à ces prêtres égyptiens qui, dans le silence de leurs temples, avaient trouvé, dit-on, le secret de toutes choses, et qui sont morts ensuite, emportant la vérité avec eux. La vérité ne s'emporte pas comme cela. J'aime à croire que nous avons retrouvé toutes les vérités que les anciens peuples ont égarées le long du chemin. Je préfère penser que ces symboles de mystère, ces sphinx, ces hiéroglyphes étaient une simple manœuvre sacerdotale ; le merveilleux, aux commencements des temps, les allures mystérieuses et solennelles ont dû être une excellente machine à gouverner. Les francs-maçons sont les descendants directs de ces prêtres égyptiens qui s'enfermaient sans doute pour faire croire qu'ils avaient quelque chose à cacher ; les adeptes d'autrefois y mettaient peut-être un peu plus de foi que les adeptes de nos jours, ayant la naïveté suffisante pour se tromper eux-mêmes. On sait que les francs-maçons réclament d'ailleurs l'Égypte pour patrie première, ce qui me fait supposer que cette philosophie, ces vérités perdues étaient un simple dogme social et religieux plus ou moins parfait. Ce dont on ne peut douter, c'est que le peuple égyptien a eu, un des premiers, la notion d'un Dieu unique et de l'immortalité de l'âme. Les pratiques du peuple étouffaient la haute notion ; mais elle existait pour les savants et les riches, car c'est chez ce peuple idolâtre, qui adorait des légumes, disent certains livres, que les Juifs ont pris leur Jéhovah et leur paradis. La Bible a dû, en grande partie, être écrite en Égypte, ou tout au moins à l'aide de souvenirs rapportés d'Égypte. Le pharaon de l'Écriture, celui qui persécuta les Juifs et éleva Moïse, pour le plus grand malheur de son peuple, ne fut autre que Ramsès le Grand. La petite tribu se révolta et fut chassée ; elle s'en alla, emportant avec elle les croyances et les mœurs, la civilisation du pays, et alla créer ailleurs une nationalité faite des débris de cette civilisation. C'est ainsi que nos sociétés modernes, en matière de philosophie religieuse, appartiennent encore à la nation qui vivait sur les bords du Nil, il y a trois mille ans.

Ramsès le Grand régna en conquérant et en législateur. Il soumit les peuples voisins et disciplina le sien. Il couvrit l'Égypte de constructions géantes pendant les longues années de son règne et mourut plein de gloire et de tristesse, devant sa grande œuvre que personne ne continuerait.

Je ne saurais suivre M. de Lanoye dans l'histoire courte et serrée qu'il a faite du grand roi. Il y a certainement là de longues recherches, une étude patiente et consciencieuse des documents. Je n'ai pu rapporter de cette lecture qu'une impression générale et personnelle. J'ai lu le livre avec la pensée d'y trouver au moins un des mots de l'énigme embrouillée que nous pose ce désert silencieux, encombré des ruines de villes muettes et mystérieuses. Sans doute, je ne suis guère plus savant aujourd'hui ; mais j'ai eu plaisir à étudier le problème avec un esprit droit et juste, qui expose clairement le résultat des travaux modernes sur l'Égypte. Le Nil coule paisiblement dans le silence des ruines, et le bruit de ses flots, qui nous content peut-être l'histoire du passé, n'a pas encore été compris. On a tant bien que mal reconstruit les cités écroulées et on a essayé d'emplir les rues des foules mortes. Mais le ressort intérieur, le mécanisme secret de ce peuple ne me paraît pas avoir encore été trouvé. Il y a des lacunes dans son histoire, des obscurités dans l'état véritable de son âme et de son cœur. Nous avons vaguement la vision des dehors, nous ne pouvons pénétrer jusqu'à l'esprit. Mais, si mystérieuse qu'elle soit, avec ses sphinx aux lèvres éternellement fermées, cette terre, faite des poussières d'une civilisation, est une leçon haute et grave pour nos sociétés modernes qui parlent bien haut de leur éternité. Elle leur dit par son silence : « Les peuples, comme l'individu, passent sur la terre, et le vent efface leurs traces ; je n'ai pas même laissé le souvenir de ma réalité, et tout ce que l'on sait de moi est une légende que racontent mes ruines. »

Comme le dit M. de Lanoye, il y a pour nous, peuples modernes, une pensée de sympathie dans le souvenir des anciennes sociétés. Nous jouissons de leurs travaux, nous profitons de leurs souffrances. Il y aurait mauvaise grâce à ne pas aller nous agenouiller sur le sol de la grande nécropole. Ramsès est l'aïeul de notre Charlemagne et de notre Napoléon.

LA GÉOLOGIE ET L'HISTOIRE

L'histoire du monde date du jour où deux atomes se sont rencontrés. Pour l'historien, les annales d'une contrée commencent aux origines d'une nationalité ; pour le penseur et le philosophe, ces annales remontent jusqu'à Dieu, la force première, et embrassent l'histoire de la formation du sol et celle de la création et des perfectionnements de l'être.

M. Victor Duruy a pris nos annales nationales à la naissance de la terre. Il a voulu qu'il n'y ait pas de lacunes dans son récit, et il a commencé par le commencement. La préface qu'il nous donne raconte la création depuis le grain de sable jusqu'à la montagne, depuis l'animal infusoire jusqu'à l'homme ; elle est le complément indispensable de toute l'histoire, le premier chapitre contenant les différentes phases par lesquelles la terre a passé avant de constituer le sol que nous habitons, les différentes transformations que l'être a subies avant de devenir homme. Ainsi, nous aurons l'exposé de l'œuvre entière : les époques antérieures, dont nos royaumes et nos peuples ne sont que les conséquences, ne seront plus négligées ; l'histoire ira du premier jour du monde au dernier déluge, racontant rapidement les faits de ces siècles que la science commence à connaître ; puis elle étudiera les hommes, les derniers êtres créés, depuis Adam jusqu'aux sociétés modernes.

Toutefois, avant d'entreprendre l'étude d'un peuple, elle examinera le sol qu'il habite, tel que le dernier déluge le lui a laissé. Car, selon l'expression de M. Victor Duruy : « L'homme, formé du limon de la terre, garde toujours quelque chose de son origine, et les nations effacent bien tard, si elles le font jamais, l'empreinte de leur berceau [1]. » La géographie physique et morale viendra au secours de l'histoire ; elle expliquera les mœurs et le caractère du peuple, elle donnera les raisons de ses victoires et de ses défaites, de l'unité de l'esprit national et de la vie large et solide du royaume. Il y a un lien intime entre une nation et la contrée où elle s'est développée : étudier la contrée, c'est déjà étudier la nation.

Tel est le sujet de l'*Introduction générale à l'histoire de France* : une première partie est consacrée à l'histoire géologique du sol français, une seconde partie consacrée à la description de ce sol, à sa géographie physique et morale [2]. Cette étude doit servir d'introduction à une histoire de France en dix ou douze volumes, depuis longtemps préparée.

Ce sont de terribles annales que celles de la terre dans les époques antérieures à l'âge présent. Nous datons notre âge de six mille ans ; les êtres qui nous ont précédés dataient les leurs de plusieurs millions d'années, années d'incendies et de convulsions qui secouaient à toute heure les entrailles du monde. Nous avons derrière nous un passé effrayant de profondeur, vingt et quelques terres différentes, des milliards de peuples, une histoire inconnue et terrifiante. La création, pour arriver à nous, a longtemps vécu, se transformant et se perfectionnant. Là, sans doute, est la grande histoire : nos quelques siècles de troubles humains ne sont rien, comparés aux éternités que les êtres et la terre ont traversées au milieu des flammes et des écroulements. Que doit être devant Dieu la période humaine, lorsqu'il considère les âges antérieurs ? Il est bon de songer à cette longue préface de notre histoire : notre orgueil tombe et la vérité se dégage.

Je vois dans l'étude de la géologie une croyance nouvelle, croyance philosophique et religieuse. Sans doute, nous sommes ici en pleine hypothèse ; mais cette hypothèse a plus de vraisemblance que les autres hypothèses acceptées comme des vérités. Les théodicées, les religions humaines rapportent le monde entier à l'homme ; elles font de lui le centre, le but de la création. Une pensée d'orgueil nous a guidés dans les explications que nous avons données de l'univers, et ce qui prouve que les religions sont nos œuvres, c'est que, toutes, elles tendent à l'exaltation de l'homme et qu'elles sacrifient l'œuvre entière à son profit. Dieu doit être autrement juste envers cette terre qui lui a déjà coûté tant de siècles. Nous, nés d'hier, nous disparaissons dans l'immense famille des créatures et nous devenons l'être du moment, le plus parfait si l'on veut, mais non le dernier peut-être.

Au lieu d'affirmer que le ciel et la terre ont été créés uniquement à notre usage, nous devons penser plutôt que nous avons été créés à l'usage du grand Tout, de l'œuvre qui s'élabore depuis le commencement des temps. Nous allons ainsi vers l'avenir, simple manifestation de la vie, phase de la créature, faisant avancer d'un pas la création vers le but inconnu. Il y a je ne sais quelle grandeur, quelle paix suprême, quelle joie profonde, dans cette idée que Dieu travaille en nous, que nous préparons la terre et l'être de demain, que nous sommes un enfantement et qu'au dernier jour nous assisterons, avec l'univers entier, à l'achèvement de l'œuvre.

On ne saurait, au début d'une histoire des hommes, éveiller de plus grandes pensées. J'aime à voir mettre, en face de nos luttes orgueilleuses, notre commencement et notre fin, ce qui nous a précédés et ce qui nous suivra sans doute. Les annales des âges antérieurs viennent nous assigner notre véritable place dans la création, et les hypothèses que l'on peut faire sur les âges futurs, sont un appel à la justice et au devoir, à la paix universelle.

M. Victor Duruy raconte, bouleversement par bouleversement, l'histoire des anciennes terres. Il étudie à la fois le monde et les êtres, suivant pas à pas la formation du sol et celle de l'homme. Chaque cataclysme apporte son fragment de continent, chaque race qui se montre apporte sa part de vie. Peu à peu, la France se forme, l'homme naît. Il a fallu des siècles et des siècles. Parfois, les terres s'abîmaient de nouveau au fond des océans, les créatures périssaient, la vie devenait languissante. Enfin, un peu avant le dernier déluge, la contrée que nous nommons la France prit la configuration qu'elle a maintenant, « l'homme parut *et Dieu se reposa* ».

Non, Dieu ne se reposa pas. Hier, aujourd'hui, à toute heure, il travaille en nous, autour de nous. La création continue, l'œuvre marche, grandit. Le labeur des mondes est éternel. Nous sentons la terre en enfantement tressaillir sous nos pieds, nous sentons la matière s'épurer en nous. Il y a encore de nouvelles contrées dans le sein de notre globe, il y a encore dans notre être, dans nos vagues aspirations et nos désirs d'infini, de nouveaux êtres plus purs et plus parfaits. C'est là une absurde croyance de croire que Dieu peut prendre du repos et qu'il vit, oisif, dans quelque coin du ciel, se contemplant dans notre image, satisfait de son œuvre et ignorant les besoins de perfection qui nous agitent nous-mêmes.

L'histoire des mondes antérieurs nous fait donc espérer des mondes futurs. Nous qui sommes le présent, nous devons puiser, je le répète, une grande force dans cette croyance, car si le passé nous abaisse au rang de créatures de transition, l'avenir promet à la terre dont nous faisons partie, un progrès indéfini dans la suite des âges [3].

L'homme est né, le sol français est formé. Dès lors, M. Victor Duruy aborde la seconde partie de son introduction, la description du sol. Il nous donne un plan en relief de la France, étudiant les montagnes, les vallées et les fleuves, décrivant la scène de ce théâtre gigantesque sur lequel il va tout à l'heure faire agir tout un peuple et le heurter au monde entier. D'abord, il s'occupe de l'intérieur ; il décrit les Vosges et les Cévennes, la Seine et la Loire, ces montagnes et ces fleuves essentiellement français ; puis il parcourt les plaines, la contrée entière. Le côté intéressant et original de ce travail, ce qui distingue cette étude d'un simple traité de géographie, c'est la continuelle relation que l'auteur établit entre la nature, la disposition du sol et l'histoire [4]. Londres est une ville grise et triste, parce qu'elle a été bâtie dans un pays de marne et d'argile qui n'a fourni que de mauvais matériaux ; Paris, au contraire, construit en pleine contrée de gypse et de pierre meulière, est toute blancheur et toute gaieté.

La région a ainsi partout influé sur les œuvres des hommes. M. Victor Duruy insiste surtout sur cette influence que les lieux ont eue sur un peuple. Il explique la prospérité, la grandeur de la France par son merveilleux système de montagnes et de fleuves ; les montagnes y répartissent admirablement les eaux, les fleuves font d'une immense vallée une seule cité, selon le mot de Napoléon, qui disait que, de Paris au Havre, il n'y avait qu'une ville, dont la Seine était la grande rue. Les villes, d'ailleurs, ne sont pas jetées à l'aventure ; l'auteur montre qu'elles devaient être fondées où elles s'élèvent. Il nous donne ainsi un tableau raisonné de la France intérieure, cherchant dans la conformation du sol l'explication des faits, ou du moins tâchant de nous dire dans quelle mesure la scène a agi sur les établissements et sur les actes des personnages. On peut affirmer, sans crainte d'avancer un paradoxe, que, si la scène avait été autre, l'histoire aurait également changé en grande partie.

L'écrivain étudie ensuite les frontières : les Pyrénées, ces murs de granit « qui font que Berlin, Varsovie, même Saint-Pétersbourg, sont plus près de nous, malgré l'éloignement,

que ne l'étaient naguère Saragosse, Madrid ou Grenade » ;
les Alpes, tout aussi hautes et implacables, mais percées de
nombreuses portes, montagnes géantes qui séparent à peine
« la France et l'Italie, deux sœurs s'il y en eut jamais parmi
les nations » ; le Jura, autre muraille inexpugnable, et cette
plaine de malheur qui va de Lauterbourg à Dunkerque et
qui a laissé passer toutes les invasions ; enfin, la longue ligne
de nos côtes, du Var aux Pyrénées et de l'Adour à Dunkerque, les rochers d'Antibes, les bords terribles des golfes
du Lion et de Gascogne, les landes et les dunes, les sables
et les récifs. Ici, le sol a encore fait l'histoire : les Pyrénées,
les Alpes et le Jura ont vu grandir notre puissance à leur
ombre ; la plaie béante que la France a au nord l'a maintes
fois conduite à l'agonie ; nos côtes nous ont donné une des
premières marines du monde, sans nous accorder cependant
les ports magnifiques de notre voisine l'Angleterre. Un
Français sent une véritable joie à suivre sur la carte les frontières de son pays, et le seul regret qu'il éprouve est de voir
au nord la plaie béante. Les peuples nous doivent la ligne
du Rhin, que la nature a certainement créée pour nous.

  Le dernier chapitre du livre est le plus délicat et le plus
discutable. M. Victor Duruy y étudie les régions naturelles
et historiques, et y fait ce qu'il nomme la géographie morale
de la France. Ici, nous sommes en pleine physiologie.
L'auteur obéit à la direction générale des esprits de notre
temps, qui cherchent dans le monde physique et matériel
l'explication des faits moraux ; il renouvelle les tentatives
de M. Taine et de M. Deschanel [5]. On ne saurait, d'ailleurs,
avancer avec plus de prudence et de discrétion sur ce terrain
glissant. Il explique d'abord la prépondérance de Paris par
sa position géographique ; il établit ensuite, à l'aide du
même procédé, ce qu'il nomme les points obscurs et les
points lumineux de la France. Personne, jusque-là, n'oserait
l'accuser de système ; par exemple, son explication de la
prospérité commerciale de la Flandre est excellente : « Un
pays, dit-il, qu'il fallut couper de canaux pour le rendre

habitable, n'était pas favorable aux évolutions de la lourde cavalerie des seigneurs. » D'autre part, cette assertion que les montagnes de nos frontières nous donnent d'excellents soldats, tandis que nos côtes nous fournissent nos meilleurs marins, n'a rien de paradoxal et me paraît même un peu puérile. Mais l'écrivain va plus loin : il établit des ressemblances entre différents plateaux, entre différentes vallées ; il compare l'Auvergne à la Vendée, le bassin de la Seine au bassin de la Garonne, et il veut que ces pays, de natures et de terrains semblables, produisent des hommes semblables.

M. Victor Duruy frise là le système qui a été reproché si durement à l'auteur de l'*Histoire de la littérature anglaise*[6]. Il dresse toute une carte morale : le Midi produit des artistes, l'Ouest, au contraire, en est pauvre ; les architectes et les rédacteurs de nos coutumes viennent du Nord, les savants se trouvent un peu partout. Il en arrive même à écrire cette phrase, en parlant de nos provinces : « Toutes ont leur culture propre, et donnent à leurs habitants des usages et un caractère différents, même une constitution médicale particulière. » Et plus bas : « Changez le milieu où l'homme vit, et vous changerez, au bout de quelques générations, sa constitution physique, ses mœurs, avec bon nombre de ses idées. » M. Victor Duruy s'aperçoit alors qu'il va appeler sur sa tête les foudres des spiritualistes, et il se hâte d'apporter au système quelques restrictions. Il adoucit sa pensée. « Nous croyons, conclut-il, que les mœurs, par conséquent la tournure d'esprit et l'aptitude générale d'une population, dépendent, *pour le commun des hommes*, des circonstances physiques et morales au milieu desquelles ils naissent et vivent. Mais, si la foule se laisse docilement marquer d'une même empreinte, les hommes supérieurs résistent. » Ainsi, tout est sauvé ; la liberté de l'âme est conquise – pour les hommes supérieurs. Ce ne sera plus que la masse, le peuple, qui obéira aux influences du sol ; le génie naîtra et se développera en tous lieux, il sera indépendant de la terre. M. Victor Duruy est un homme prudent.

L'œuvre entière est une glorification de la France, et c'est surtout à ce point de vue qu'elle est saine et fortifiante. Il se dégage des pages un amour profond du pays, une admiration sans bornes pour sa beauté et sa puissance. La France est l'unité dans la variété ; elle est grande par l'admirable solidarité qui existe entre ses provinces et par sa position unique au monde. L'écrivain parle avec enthousiasme de ce sol français, qui a tous les terrains, tous les végétaux et tous les climats de la vieille Europe ; de ce peuple français, si divers de types et de tempéraments, qui vit de contrastes et de mutuelle dépendance. Nous sommes la grande route des idées entre le Nord et le Midi ; nous élaborons les pensées de tout un monde. De là viennent cette prépondérance intellectuelle et cette puissante nationalité dont M. Victor Duruy a cherché les causes en philosophe historien.

UN LIVRE DE VERS
ET TROIS LIVRES DE PROSE

———————

I

La préface est ce que je lis avant tout dans l'œuvre d'un jeune poète. Là est la fanfare triomphante, le cri de l'âme, la foi ardente des vingt ans [1]. Il y a parfois dans ces quelques pages de prose, plus de véritable poésie que dans toutes les strophes qui suivent. Les uns avec une gravité naïve, parlent de leur sacerdoce ; les autres exposent leur poétique et déclarent que l'art est perdu, si leurs confrères ne l'adoptent pas ; d'autres encore expliquent leur œuvre, qui en a véritablement besoin, et croient devoir nous mettre en la main un fil conducteur pour que nous ne nous perdions pas dans leur immensité. Mes meilleurs sourires sont nés de la lecture de pareilles pages : je ne connais rien de plus sain, de plus fortifiant, que la vue de ce jeune enthousiasme qui ne craint pas le ridicule. Les braves enfants ont veillé leurs nuits et usé leur encre ; ils nous présentent le fruit de leur travail avec une candeur si complaisante et une foi si ingénue, que notre expérience est vaincue par tant de naïveté ; on se sent jeune en présence de cette jeunesse, et on ne peut que pardonner.

Je ne dis pas ceci pour M. André Lefèvre, qui n'est pas, Dieu merci, ce que l'on nomme ironiquement *un jeune poète.* Mais il a mis une préface à son nouveau recueil, et, – qu'il me pardonne, – la lecture de cette préface m'a fait faire les réflexions que je viens de donner. M. André Lefèvre n'a pas eu foi dans notre intelligence, et c'est là tout mon reproche. J'estime, en général, que le vers doit se présenter seul, dans son ampleur ou sa grâce, sans aucune annotation.

Le poète avait chanté la matière, tout ce qui s'étale largement sous le soleil, la beauté pure et immobile des campagnes et du ciel, le ravissement des oreilles et des yeux ; il a voulu chanter l'âme, la vie intérieure, la splendeur de tout ce qui aime, ce que voit et ce qu'entend le cœur. Après nous avoir donné les harmonies de la grande nature dans *La Flûte de Pan* [2], il vient de nous faire entendre les mélodies de l'être dans *La Lyre intime*, les plaintes et les caresses amoureuses de la créature, symphonie éternelle qui berce les générations. Aujourd'hui, le poème est complet, le concert est universel. Là les voix des arbres et des torrents, les soupirs des plaines et les vagues murmures de l'espace ; ici la musique tourmentée de l'âme humaine, les passions sifflant aigrement comme des vents d'orage, les affections aux voix douces et caressantes. M. André Lefèvre, en deux volumes, a noté tous les chants de la création. Une seule voix manque encore, celle de Dieu, pour que soit reproduit dans son entier le trio suprême que l'être, la divinité et la terre chantent depuis les premiers jours

En ce moment, nous n'avons à écouter que le chant de la créature. M. André Lefèvre considère l'amour comme le motif harmonique de toute la partition. « Tous nos héros, dit-il, sont, ou ont été, ou seront amoureux. » Ainsi, chaque poème de *La Lyre intime* est un cri d'amour, cri désespéré ou triomphant. Je désire examiner rapidement chacun de ces poèmes, m'arrêtant plus ou moins. Puis je tâcherai de définir le talent de l'auteur.

Louise, la pièce qui ouvre le recueil, raconte la lutte entre la femme et la nature, dans l'âme du poète. Il est un âge, en poésie, où les prés et les montagnes, le chêne et le brin

d'herbe, ont des charmes pénétrants, des appels amoureux
auxquels les jeunes cœurs ne sauraient résister. La campagne
est la première maîtresse ; on aime avec des frissons de
volupté sa belle chevelure de feuillages, sa poitrine large et
féconde, ses hanches superbes, ses larmes et ses sourires[3].
Mais ce n'est là qu'un amour d'enfant ; la femme se montre,
le cœur éprouve une angoisse inexprimable, l'enfant devenu
homme jette un regard désolé sur la nature qu'il va trahir,
et il se laisse aller dans les bras de sa compagne, échangeant
l'idylle pour le drame, les tranquilles caresses des brises de
mai contre les baisers âpres et douloureux de la créature[4].
Au seuil de son œuvre, M. André Lefèvre nous conte sa
défaite, comme quoi, un soir qu'il chantait les grands bois
sur la flûte de Pan, il entendit les accords passionnés de la
lyre intime dans la poitrine d'une jeune fille. Les grands
bois disparurent, et il n'eut plus devant lui que la femme,
haute et puissante, maîtresse insatiable qui veut pour elle
toutes nos joies et toutes nos tendresses.

La femme est le grand mystère dont le désir et la possession donnent également la mort. Lisez *Les Aventures de
Ramon et de la vierge aux yeux bleus*. Dès le second pas, le
poète, qui vient de quitter les paisibles tendresses des
sources et des aubépines, se perd dans l'amour d'une vierge.
Ramon las de la vie, las de la gloire et des combats, a vu,
dans le rêve et le prodige, la jeune fille aux yeux bleus, et
le voilà courant le monde, cherchant l'amante qui fuit
devant lui, tuant les monstres et fendant les roches, ne pouvant assouvir ses lèvres que brûle un éternel baiser. Il
demande la femme à la terre, au ciel et aux eaux ; puis,
lorsqu'il la découvre dans la profondeur des océans, il roule
dans l'abîme, qui se referme largement sur lui.

La question est délicate, et je n'ai pas l'harmonie du
rythme, comme le poète, pour voiler les audaces d'*Un mystère*. Nous sommes en pleine antiquité, dans cette aube pure
où les idées prenaient la blancheur et la vie divine des
grands marbres. Hermès et Aphrodite se sont rencontrés

dans le crépuscule, au-dessus d'une cité, Hermès réunissant les âmes des morts, Aphrodite secouant sa ceinture et donnant à la terre des frissons de désir. La vie ne peut être sans la mort. Aphrodite est la sœur d'Hermès : elle unit les lèvres des époux, et il met une âme dans ce baiser ; elle apporte de l'Olympe la volupté des frissons divins, il amène des Enfers l'être qu'une caresse va rendre à la lumière du jour. Les divinités gagnent la chambre de deux jeunes époux, et là s'accomplit le mystère. L'enfant sera-t-il poète, général ? l'enfant se nommera-t-il Périclès ou Alcibiade ? Aphrodite renferme les âmes dans un pan du voile nuptial, et en tire une au hasard. Les dieux eux-mêmes adorent le Destin. L'enfant est conçu. Hermès a fécondé les voluptés d'Aphrodite. Les époux, à la clarté de la lampe, ont vu sans doute, au pied de leur couche, les dieux calmes et purs, pénétrant leur chair du regard et les secouant d'un frémissement céleste. Leurs yeux se sont fermés, et c'est alors que le ciel est entré en eux.

Le mystère de la naissance est profond, et parfois l'enfant qui naît apporte des signes évidents de prodige. Dans *Une double famille*, M. André Lefèvre raconte l'étrange histoire d'une femme qui donne naissance à un fils, dont le visage ressemble à celui du premier, du seul homme qu'elle ait aimé. Ici, les liens de l'amour sont plus forts que ceux de la chair ; la femme va, par-delà le mari, embrasser un souvenir, et l'enfant est conçu dans un baiser donné à une ombre [5].

Le poète, d'ailleurs, n'a pas voulu que tout soit dans son livre courses vaines, défaites, désirs inassouvis. Il y a lutte dans *Julie et Trébor*, mais il y a victoire. Trébor est un jeune poète ayant beaucoup de génie et peu de fortune. Julie a toute la grâce et toute la bonté de sa richesse ; elle veut donner son cœur et non le faire acheter. Entre deux belles âmes, l'amour vient vite ; on va marier les jeunes gens, lorsque le père de Julie meurt. La mère, que les libres pensées de Trébor effraient, refuse dès lors son consentement ;

elle combat sa fille et brise son cœur. Lorsque la dévote est, à son tour, étendue sur son lit de mort, Julie la maudit, et à chaque plainte du cadavre, lui montre avec colère les blessures de son pauvre cœur meurtri. Mais la mort a ses vengeances, le cadavre triomphe et verse tant d'amertume dans les pensées de la jeune fille que ses traits se flétrissent et que sa blonde chevelure devient blanche. Alors, désespérée, se croyant un objet d'épouvante, elle fuit Trébor et se cache dans un château de la campagne de Rome, maison jeune encore et délabrée, jeune ruine comme elle. Là, l'amour dont son cœur est plein monte à sa face, en dissipe la pâleur, met des rougeurs tendres aux joues ; il y a guérison, la jeunesse et la beauté fleurissent de nouveau ; l'amour a été plus fort que la mort. La chevelure reste blanche, mais c'est un charme de plus que cette couronne de neige sur ce front de vingt ans ; rien n'est plus touchant que cette pâle beauté, pure, innocente, toute blancheur et toute jeunesse. Trébor retrouve Julie, les jeunes ruines sourient au soleil, les amants s'oublient dans leur amour et leur tranquillité.

Ceci, je l'ai dit, est le chant triomphant des tendresses humaines. Dans *Les Spectres de la coupe*, le poète évoque les désespoirs de l'homme qui a méconnu les désirs de son cœur et qui s'est menti à lui-même. Au dernier jour, dans son dernier festin, Fergus voit se dresser, du fond de sa dernière coupe, les fantômes de sa jeunesse, tout ce qu'il n'a pas possédé et qu'il a perdu à jamais : puis un affaissement soudain le jette à la vieillesse, et, de sa tombe, il voit ses amis qui se partagent ses dépouilles en chantant.

Le Départ d'Ixion est encore l'histoire du poète avide du ciel et se jetant hardiment dans l'espace. Ixion a baisé Héra sur le sein, et le voilà fou d'immortalité. Il monte dans l'Olympe pour aller disputer à Zeus son épouse céleste. Le poète ne nous conte que le départ ; la route est longue et les dieux sont gens violents. Les Ixions rencontrent tous la colère d'un immortel et le supplice de la roue.

Maintenant, et pour la dernière étape, nous nous trouvons en plein Moyen Âge. Un chevalier chevauche dans la
forêt en compagnie d'un page. Le page est une belle dame
qui cherche un cœur à sauver. Le cœur du chevalier est en
danger de mort ; le pauvre cœur ne croit pas. Que vous
dirai-je ? Il y a salut ; tout finit dans un baiser.

Je me suis attardé à vous conter les poèmes de M. André
Lefèvre. Vous le voyez, un lien subtil les unit les uns aux
autres.

Ces poèmes m'ont un peu réconcilié avec les vers. Je
n'étais pas précisément fâché contre eux, mais certaine
école, en vogue de nos jours, m'avait irrité[6] : j'étais las
d'entendre parler pour ne rien dire, et je me prenais à dédaigner profondément un instrument qui se changeait en
simple jouet entre les mains de certains hommes. Le vers
de M. André Lefèvre est plein et sonore ; il marche carrément, peut-être avec un peu de lourdeur parfois, mais avec
une santé et une franchise qui font plaisir à voir. Nous
n'avons pas ici devant nous un fantaisiste qui fait danser les
étoiles et marie les fleurs aux papillons ; nous ne sommes
pas en pays étrange, en pleine campagne de carton ou en
compagnie d'amoureux maladifs, d'enfants qui se fardent
et feignent la vieillesse. Nous marchons au côté d'un
homme de raison et de goût, qui a compris qu'il était sage
d'obéir à sa nature, d'être sain lorsqu'on a un tempérament
sain, d'être clair et simple lorsque le ciel, dans la distribution des facultés littéraires, vous a donné la simplicité et la
clarté. J'aime l'étrange, le bizarre, j'aime même l'obscur,
mais il faut que ces qualités extrêmes, qui sont des défauts,
soient le produit d'une organisation puissante, qu'elles se
dégagent naturellement du génie et se présentent comme
l'ombre inévitable que fait toute clarté[7]. La jeune école
lyrique, qui m'a fait prendre les vers en mépris, a ceci de
profondément ridicule, qu'elle fuit l'ombre sans avoir la
clarté. Eh ! pauvres enfants, soyez gais, riez et dansez,
puisque vous avez la gaieté ; soyez prudents et raisonnables,

puisque vous avez la prudence et la raison. Laissez aux grandes âmes tourmentées les désespoirs, les amertumes qui s'échappent en cris inconnus, et ne venez point répandre des pleurs que vous n'avez pas dans les yeux.

M. André Lefèvre n'est pas un lyrique, mais plutôt un philosophe songeur, une âme contemplative qui pense et rêve tout à la fois. Il a le sentiment inné de la beauté ; il est Grec, et caresse avec amour les fables antiques. L'idée, chez lui, se matérialise ; il aime à sentir la chair sous ses doigts, il se plaît à regarder en artiste les belles femmes nues. Certes, la pensée veille ; elle grandit le sujet et donne un sens au poème ; mais il y a un frisson voluptueux qui anime chaque vers. D'ailleurs, tout est mesuré ici ; la couleur est tranquille, le mouvement a une allure lente et gracieuse. Le recueil est dans une teinte douce et discrète ; ce qui domine, c'est en quelque sorte la possession que l'auteur a de ses élans. Je définis le talent de M. André Lefèvre, en disant que ce poète est un André Chénier né cinquante ans après le premier, plus habile et moins ému peut-être, l'emportant en vivacité et en variété, mais ayant perdu de sa grâce naïve et de ce charme indicible qui accompagne toute renaissance. Notre siècle devient vieux, et nos poètes vieillissent avec lui.

II

Il y a un vilain mot que je voudrais effacer sur la couverture du nouveau roman de M. Adolphe Belot, *L'Habitude et le Souvenir*. Ne vous semble-t-il pas que ce mot *habitude* et que cet autre mot *souvenir* jurent ensemble ? L'habitude, c'est l'instinct, c'est le fait machinal et irréfléchi, la force inconsciente et purement mécanique qui vous pousse à faire aujourd'hui ce que vous avez fait hier ; le souvenir, c'est l'ange ailé, c'est le chant de l'âme qui nous conte tout bas le passé, c'est le meilleur de nous-même, toutes nos

tendresses et toute notre intelligence[8]. M. Adolphe Belot
affirme que l'habitude est fille du souvenir, que nous faisons
une chose cette semaine parce que nous nous rappelons
l'avoir faite la semaine dernière. C'est là de la mémoire, si
l'on veut, mais ce n'est pas le souvenir. Le souvenir est toute
notre vie, si on y joint l'espérance. Nous ne vivons pas dans
le présent, nous vivons dans le passé et dans l'avenir. Nous
souhaitons et nous regrettons. Les soirs d'hiver, en temps
de pluie et de tristesse, on songe à ce qui n'est plus, on
évoque les mortes aimées, les premières amours et les premières larmes. Il y a langueur, et une volupté douloureuse
pénètre l'âme et le corps. Ce sont des heures poignantes et
douces, pleines de charme et d'angoisse. L'être entier pleure
et sourit. On se souvient.

Vous avez aimé une femme, et votre amour vous est resté
au cœur, silencieux, mais vivant encore. Depuis deux ans,
vous n'avez pas vu celle qui a toujours une puissance terrible
sur vous. Vous songez à elle, vous la caressez dans vos souvenirs. C'est ici un roman de cœur.

Imaginez, maintenant, que vous n'aimez plus cette
femme et que pourtant, un soir, vous retournez la serrer
dans vos bras, sans trop savoir pourquoi, parce que sans
doute vos pieds se sont rappelé un chemin bien connu jadis.
C'est ici un roman vulgaire, une étude purement physique
et mécanique.

Le héros de M. Adolphe Belot se souvient tout à la fois
et n'aime plus. Je veux dire qu'il revient à ses anciennes
amours par habitude et par souvenir. J'avais tort de vouloir
effacer un mot sur la couverture. Le titre est bien tel qu'il
doit être. Il est difficile de savoir quelle quantité d'âme et
de matière est en nous, et si M. Adolphe Belot n'a pas
désiré écrire le poème du souvenir, les chants doux et tristes
du blond chérubin, il n'a pas désiré non plus nous donner
la vérité brutale d'un homme qui retourne, comme la brute,
au gîte où il a eu chaud. Il a donc mis dans un être du
souvenir et de l'habitude ; il a fait de cet être un personnage

mixte, un homme attaché par la chair et par l'âme à d'anciennes affections. Son héros a la réalité des cœurs faibles, qui sont faits de bonnes et de mauvaises passions.

L'histoire est émouvante, pleine de larmes contenues. Vous la connaissez tous, cette histoire de jeunesse, cette lutte du présent avec le passé. Maurice Deville a aimé la belle Hélène de Brionne, et leurs amours ont duré des printemps. Il n'est pas de si douce saison qui ne finisse. Les amants en sont à cette heure cruelle où l'amour agonise dans les querelles et les impatiences. Un soir, ils se quittent ; Hélène s'enferme dans la douleur, Maurice s'en va épouser Thérèse Desroche. Il s'en va le cœur libre, aimant sa jeune femme, et voilà qu'en pleine lune de miel l'image d'Hélène se dresse devant lui ; il relit les lettres de l'abandonnée, il s'enivre des parfums d'autrefois, il a un besoin cuisant du passé. À ce moment, je voudrais pouvoir lire dans ce cœur, savoir combien d'amour il a pour Thérèse, combien pour Hélène. M. Adolphe Belot affirme qu'il n'aime pas cette dernière. Il l'aime, vous dis-je, je ne sais de quelle façon, mais il faut qu'il l'aime, si vous ne voulez pas en faire une brute. Ce n'est pas l'habitude seulement qui le ramène aux pieds de Mme de Brionne ; c'est une force particulière, faite de souvenance et d'instinct, une nécessité de vivre encore une heure la vie de jadis, un effet de cet âpre désir que l'homme a de revenir sans cesse sur ses pas. Maurice n'aime plus Hélène dans le présent, si l'on veut, mais il l'aime dans le passé, et il a cette faculté de rajeunir et d'aimer encore. Thérèse a bien compris qu'elle n'a pas de rivale, et qu'Hélène n'est qu'une ombre. Son mari ne lui a pas été infidèle ; l'amour dont il se souvient a précédé l'amour qu'il a pour elle. Aussi au dénouement, c'est elle qui va demander à Hélène d'être généreuse. Celle-ci, la première amante, qui n'est plus aimée que dans les jours à jamais écoulés, achève de tuer le passé en s'éloignant.

Tel est le livre : la lutte courtoise et digne entre deux tendresses, entre deux femmes qui sont fortes, l'une d'être, l'autre d'avoir été. Rien n'est plus humain, plus pénétrant, que ce drame simple qui se passe au fond des cœurs. Il y a là des délicatesses féminines, des nuances exquises, des sourires et des pleurs doux et navrés. On me dit que le roman a eu un grand succès auprès des femmes. Ce fait était à prévoir. Le souvenir, qui n'est que la rêverie du passé, est un hôte bien-aimé des cœurs de femmes. On ne saurait toucher à ces histoires de souvenance amoureuse, de regrets, de tendresses mortes et ressuscitées, sans éveiller une grande curiosité chez nos compagnes. Elles sont filles d'Ève, et elles aiment l'angoisse des âmes, ces mille petits sentiments fugitifs et poignants, ces études profondes et fines des différentes amours d'un même cœur. Aussi ont-elles accueilli avec faveur Maurice et Hélène, Maurice et Thérèse ; elles se sont plu dans ce récit d'un homme qui aime deux femmes, et de deux femmes qui aiment un homme de diverses façons ; elles se sont perdues au fond de leurs rêveries, en lisant ces chants du souvenir, se souvenant peut-être elles-mêmes d'un passé qui n'est plus.

L'œuvre, pour se compléter, contient encore trois autres personnages qui se souviennent, trois vieillards vivant des jours d'autrefois. À côté de Maurice qui a la mémoire du cœur, à côté d'Hélène qui a pris le deuil de son amour, il y a le baron de Livry, un vieil ami de Mme de Brionne ; le baron est comme un enfant gâté vivant dans les jupes d'Hélène, il a besoin de sa vue, et l'habitude le ramène, le cloue chaque soir dans le salon où elle respire. Au dénouement, ce sera lui qui accompagnera l'abandonnée dans son exil. Les deux autres vieux enfants dont les cœurs refusent le présent, sont un marquis et un vicomte qui ne peuvent échanger deux paroles sans que des souvenirs communs se pressent en foule sur leurs lèvres ; ils ont vingt ans, en dépit de leurs cheveux blanchis.

M. Adolphe Belot a conté simplement cette histoire simple ; il a eu le rare bonheur de tomber sur un sujet humain et émouvant, et il a eu le talent de ne pas gâter ce sujet. L'action est rapide : on sent que la plume qui a écrit ces pages est celle d'un homme ayant fait le rude apprentissage du théâtre. L'auteur applaudi du *Testament de César Girodot*[9] se reconnaît dans cette franchise d'allures, dans cette netteté des scènes et cette marche prompte des faits vers le dénouement. Le livre est comme divisé en actes, on trouve au fond du volume le drame qui pourrait en sortir. La vérité est que ce drame est tout fait, et qu'il est même à l'étude, au théâtre du Vaudeville, je crois. Je compte plus encore sur la pièce que sur le roman ; le sujet est un de ceux qui me paraissent devoir obtenir un grand succès à la scène.

Il est des œuvres plus fortes, il n'en est pas de plus pénétrantes, de plus émues. Lisez, et toute votre jeunesse se dressera devant vous, et tous vos souvenirs se mettront à chanter dans votre mémoire. Le livre de M. Adolphe Belot a éveillé mes souvenances qui dormaient. Je le remercie de la bonne rêverie qu'il m'a procurée.

III

Il y a dans l'amour une idée d'éternité qui emplit les cœurs de vingt ans. On croit aimer comme on meurt, pour toujours. Une première passion est un éblouissement, une splendeur ; le ciel s'ouvre, les profondeurs de l'infini se creusent, on entre dans l'éternité et dans l'absolu. Allez dire à un amant que l'amour est sujet aux lois humaines, qu'on aime aujourd'hui pour ne plus aimer demain, il rira de mépris et de colère, il vous dira que son cœur parle et qu'il croit en son cœur ; il vous fera hausser les épaules, à vous homme pratique, qui avez déjà vécu plusieurs éternités amoureuses.

Le lendemain, l'amant n'aime plus. Il s'interroge, étonné. Rien ne répond ; alors, il se fâche, il déclare qu'il y a duperie, il dit que son cœur l'a trompé, que l'amour a menti.

Lui était de bonne foi, l'amour est un imposteur. Parfois, rarement, il arrive que l'amant, après avoir aimé ailleurs, en revient à ses premières amours qu'il a abandonnées et qu'il ne peut plus reprendre. Ce jour-là, il crie encore plus haut à la duperie, il ne comprend rien aux caprices de la destinée, il ne se comprend plus lui-même, il souffre et il sanglote.

Telle est l'histoire, telle est la duperie de l'amour que M. Ernest Daudet nous conte dans la seconde nouvelle de son livre, *Les Duperies de l'amour*. Je ne m'occuperai que de cette nouvelle : *Les Fiançailles sans lendemain*, laissant de côté les deux autres récits : *Les Erreurs d'Esther* et *Une adoption dangereuse* ; il faut savoir se borner. J'ai pris un âpre plaisir à cette histoire de désillusion, à ce jeu du sort qui se plaît à faire saigner les cœurs. Après tout, la grande affaire en ce monde est d'aimer, et si le destin s'amuse à nous déranger dans nos tendresses, le monde ne sera bientôt plus habitable. L'amour vient et s'en va, ainsi qu'il lui convient, en enfant malicieux, et il laisse du sang sur son passage ; il se promène en pleine humanité, frappant à l'aventure comme un fléau terrible, tordant ses blessés sur un lit de douleur, nous donnant une courte joie pour des sanglots éternels. Il se moque de nous, nous sommes ses dupes, ses jouets. L'homme, en échange de cette crise, de ce sentiment capricieux et railleur, demande au ciel une passion profonde et durable sur laquelle il puisse compter et qui ne le rende point parjure à ses serments. Il veut être sûr de lui-même et donner son cœur sans craindre d'avoir à le reprendre.

Car c'est une chose terrible que d'aller dire à une femme : « Je vous ai aimée ; je vous ai promis de toujours vous aimer ; aujourd'hui, je ne sais pourquoi, je ne vous aime plus, j'en aime une autre. »

Raoul Dessertines a été fiancé à Delphine Vauzelles ; il a laissé son amante dans le Gard, près de Nîmes, et il est venu à Paris, plein d'amour et de foi, pour lutter et se faire un nom. Il rencontre la Léonti, une chanteuse italienne, et il succombe dans la lutte ; il ne réussit qu'à se faire un nouvel amour. Désespéré, il court se réfugier auprès de Delphine, qui vient de perdre son père, voulant étouffer la voix de son cœur et accomplir sa promesse au prix de ses tendresses. Il ne peut feindre, et, lorsque Léonti vient le chercher jusque dans les bras de la jeune fille, il suit la chanteuse, emporté par la force de la destinée. Là est le premier désaveu de son cœur, le premier mensonge de l'amour. Raoul semble dire à sa fiancée : « Écoute, j'ai lutté et j'ai succombé, je t'ai aimée et je ne t'aime plus. L'amour nous a dupés. »

Delphine se venge, et elle se venge en femme et en artiste. Elle monte, pour un soir seulement, sur le théâtre où chante la Léonti ; elle l'emporte sur elle. Elle a compris qu'elle atteint Raoul dans ce qu'il a de plus cher. Plus tard, le cœur de ce dernier est de nouveau secoué, la Léonti en sort pour y faire place à Delphine. L'amour qui est venu est parti, l'amour qui s'en est allé est de retour. Le hasard a de ces jeux cruels. Mais Delphine n'est plus libre, elle est mariée, et c'est elle qui peut dire maintenant à son ancien fiancé : « Écoutez, mon cœur a imité le vôtre, il est vide de vous. La destinée est dure à votre égard. Elle aurait dû se contenter de mes larmes et vous laisser vos secondes affections. Maintenant, vous pleurerez tout seul. »

Au dénouement, la Léonti meurt et Raoul sanglote. La mort et les larmes sont les fruits amers des mensonges de la passion.

Cette histoire de M. Ernest Daudet est un peu la sœur de celle que nous a contée M. Adolphe Belot [10]. Il s'agit encore ici des luttes du cœur, du choc des passions, et il y a des deux côtés analyse délicate et étude approfondie.

Le récit de M. Ernest Daudet s'adresse aussi aux femmes. Elles aimeront cette histoire des misères d'un cœur. Cette histoire est écrite pour elles, naïvement et franchement. Je conseille aux belles oisives qui attendent novembre pour quitter leurs résidences d'été, de lire les livres de mes deux auteurs, et de se préparer par cette lecture à leur campagne de l'hiver prochain. Elles sauront se protéger contre les passions d'un jour, et distinguer les amours durables ; elles veilleront sur leurs souvenirs et sur les souvenirs des personnes qui leur sont chères.

IV

Les modes, en littérature, passent vite ; tel genre en faveur il y a vingt-cinq ans se meurt aujourd'hui de sa belle mort, de vieillesse et d'épuisement. Nous avons peine, nous, nés d'hier, à comprendre et à estimer à leur juste valeur certains ouvrages qu'un grand succès a accueillis autrefois. Je me reporte en pensée à l'époque où fut créé, dans les journaux, le roman-feuilleton [11]. Les lecteurs avaient besoin d'émotions fortes ; ils demandaient surtout des récits intéressants, vifs et interminables. Des hommes de bonne volonté se mirent à l'œuvre ; ils dépensèrent des qualités immenses pour le plus grand amusement du public ; ils voulurent seulement être des conteurs adorables, et ils réussirent à avoir du génie sans qu'il soit même possible aujourd'hui de leur accorder du talent. Le nom de conteurs est vraiment celui qu'ils méritent ; leurs œuvres sont surtout des récits simples et francs, où le personnage agit beaucoup et pense peu ; point d'étude psychologique, un complet oubli de la science des cœurs, mais une sorte de mécanisme convenu qui suffit pour faire marcher toute la machine ; point d'âme, un simple mouvement d'horlogerie.

Et cependant, quel charme attachant présentent ces marionnettes : comme on s'oublie à les suivre dans leur cercle éternel, bien qu'elles reviennent toujours sur elles-mêmes et qu'elles passent par où elles ont passé ! C'est que les mains qui les ont fait mouvoir ont eu un don suprême, le don de la vie, non pas de la vie réelle, mais d'une vie faite de bruit et de mouvement, qui vous entraîne dans son tourbillon [12].

Aujourd'hui le cœur humain a réclamé ses droits. Il a voulu être étudié patiemment et fibre par fibre ; le spectacle de ses plaies et de ses misères, lorsqu'on l'a ouvert au grand jour, a paru si navrant que toute la jeune génération en a frémi et qu'elle a déclaré ne plus vouloir lire que les descriptions des maladies du pauvre blessé. Les chirurgiens se sont mis à l'œuvre, le scalpel à la main, et nous nous sommes apitoyés devant chacune de leurs découvertes. Ici le talent s'est hautement affirmé ; le désir d'amuser a fait place au désir d'être vrai, et la littérature française y a gagné des œuvres d'une puissance extrême et d'un relief saisissant [13].

Nous avons donc, en nos jours de psychologie et de naturalisme, un certain dédain pour ces contes en dix volumes que nos mères [14] ont dévoré et dévorent encore, je crois. Toutefois, ces écrivains légers, ces hommes d'esprit qui ont prodigué leur talent, sont d'une étude curieuse pour la critique. Il y aurait un livre singulier et intéressant à écrire sur les conteurs célèbres ; on trouverait parmi eux de fortes personnalités, des natures originales, et rien ne serait plus attachant que l'histoire de ces grands amuseurs qui ont tenu en haleine toute une époque ; on aurait là une des faces de notre histoire littéraire, un coin plein de fantaisie et de caprice du vaste champ de l'imagination humaine.

Je veux présenter un seul de ces conteurs. M. Alexandre de Lavergne est un de ceux qui ont créé le roman-feuilleton ; il a obtenu des succès au théâtre, ce qui l'élève au-dessus de certains de ses rivaux ; mais je désire aujourd'hui ne voir en lui que le romancier. Il n'a pas la verve intarissable, l'esprit, ni les gasconnades de Dumas, la fièvre ni la sensibilité nerveuse de Féval [15], la bonne grosse bourgeoisie de Berthet [16]. Il a une distinction, une mesure et un tact qui lui appartiennent en propre ; s'il était né vingt ans plus tard, il aurait écrit des nouvelles comme Feuillet [17] ; son temps seul en a fait un conteur, un écrivain, veux-je dire, qui s'est donné pour devoir de récréer honnêtement le public. Ce que j'aime en lui, c'est une élégance et une douceur natives ; il

écrit en gentilhomme, noblement et fièrement, si je puis
m'exprimer ainsi, ne voulant escalader aucune hauteur, mais
restant droit et ferme sur le degré qu'il a choisi. De là, il
cause avec esprit, ému ou souriant, d'une voix un peu basse,
mais claire et agréable à entendre. Ses récits sont ceux d'un
homme qui connaît le monde, qui fait partie lui-même des
hautes classes et qui raconte la vie, sans trop fouiller et en
se contentant d'une mise en scène habile et charmante.
Qu'on ne s'y trompe pas, ce n'est pas ici la grâce préten-
tieuse, l'aristocratique médiocrité d'un écrivain titré ; c'est
simplement l'humeur excellente et saine d'un honnête
homme, auquel l'âge où il a vécu n'a pas demandé son
cœur, et qui a gardé pour lui ses sanglots et ses rires, ne
donnant à la foule que des pages volantes, étrangères à sa
vie, écrites pour la distraction de tous.

M. Alexandre de Lavergne, dans deux de ses dernières
œuvres, *L'Aîné de la famille* et *Le Chevalier du silence*, a
côtoyé de bien près la nouvelle simple et attendrie, telle que
l'entendent mes contemporains. Je recommande ces petits
volumes, surtout le second, à ceux qui aiment les récits
courts et délicats. Ce n'est pas là que je puis aller chercher
le conteur. Mais je le trouve nettement dessiné dans *La
Famille de Marsal*.

La Famille de Marsal est un long récit qui a paru dans
Le Siècle[18] et qu'il a fallu couper pour qu'il pût tenir dans
un volume ; encore le volume est-il très épais. L'idée première est dramatique ; la charpente d'un pareil livre doit
toujours présenter une certaine solidité pour pouvoir supporter toutes les constructions capricieuses qu'il plaira à
l'écrivain de bâtir. L'amiral de Marsal a deux filles, Georgina
et Emmeline. Un jour, après avoir vieilli dans l'amour de
ses enfants, il apprend qu'Emmeline n'est pas sa fille ; que
sa femme, jeune alors, a été surprise dans son sommeil et
qu'elle a ainsi introduit une étrangère au sein de la famille.
La douleur du père et de l'époux est tragique ; le foyer est
brisé, la paix sereine de la vieillesse est morte. Il y a un

second drame qui se noue à côté du premier ; Georgina est
jalouse d'Emmeline, et elle triomphe lorsqu'elle apprend
que cette dernière n'a pas droit aux baisers de M. de
Marsal ; elle lui vole son fiancé, se plaît à briser son cœur
et grandit l'œuvre du désespoir dans cette famille qu'une
main de colère a touchée. Nous assistons ainsi à deux spectacles poignants : aux recherches folles d'un pauvre vieillard
qui veut se venger de ses jours d'ignorance, et à une lutte
entre Emmeline, douce et éplorée, et Georgina, implacable
et froide.

Telle est la charpente de l'œuvre. C'est dans l'amplifica-
tion, dans les épisodes dont l'auteur va recouvrir la nudité
de l'intrigue, que le critique peut surprendre les secrets de
ce genre de composition. Il s'agit de faire long, d'obtenir la
plus grande variété et le plus grand intérêt possible. On
prend donc l'histoire à sa naissance, on multiplie sans
crainte le nombre des actes, on déplace le lieu de la scène,
on met chaque fait en action. Tout devient épisode. Puis
on a l'immense ressource des personnages secondaires ; une
armée de figures se dressent à l'appel du conteur ; elles se
meuvent dans le récit, avec des rires ou des pleurs, et leur
passage sert en quelque sorte d'intermède entre la dispari-
tion et le retour des véritables héros [19]. Je citerai deux de
ces personnages secondaires dans *La Famille de Marsal* :
Chateaugodard, l'employé au ministère de la Marine, capitaine du *Cormoran*, en rade à Asnières, marin d'eau douce,
qui jure comme un vieux loup de mer ; et Marius, le jardi-
nier de Provence, celui qui connaît seul le secret de la naissance d'Emmeline, un coquin doublé d'un sournois, lâche
et avide au point de vendre à M. de Marsal la honte de la
comtesse, sa femme.

Quant aux épisodes, si nombreux et si divers, je ne puis
en signaler qu'un seul ; mais il joint à un charme pénétrant
un véritable intérêt dramatique. Il s'agissait de mettre en
présence Emmeline et celui qu'elle doit aimer plus tard,
Maxime de Saint-Pons. Tous les moyens de ces sortes de

rencontres sont bien usés. M. A. de Lavergne en a imaginé
un tout neuf. Le choléra vient de s'abattre sur la Provence.
Une pauvre vieille femme, Madeleine, nourrice d'Emmeline, est malade, et la jeune fille, obéissant à son cœur, va
la visiter. Les paysans, rendus féroces par la peur, et s'imagi-
nant que Madeleine est atteinte du fléau, refusent de laisser
l'enfant sortir de la chaumière, voulant arrêter l'épidémie
en l'isolant. C'est alors que Maxime se présente et entre
courageusement aider Emmeline dans sa bonne œuvre.
L'amour naît ici aux pieds d'une moribonde ; la connaissance entre les deux jeunes cœurs se fait pendant une capti-
vité forcée, sous les ailes de la charité, peut-être en face de
la mort. Je ne connais rien de plus touchant que cette
entrevue.

Vous me demandez sans doute le dénouement de *La
Famille de Marsal*. Ne l'avez-vous pas deviné ? Un seul personnage gêne dans tout ceci. Georgina morte, Emmeline
peut épouser Maxime, M. de Marsal peut oublier et aimer
de nouveau l'enfant qui est à lui par le cœur, sinon par la
chair. M. A. de Lavergne tue Georgina sans pitié, mais il la
tue d'une façon poétique et originale, en l'asphyxiant par
le parfum de certaines fleurs des Açores.

Tel est le conte qui m'a fortement intéressé. Je l'ai lu
d'une seule haleine, ayant hâte de le finir, ne pouvant rester
sous le coup de tant de larmes, sans savoir si elles seraient
essuyées. Mes croyances littéraires se révoltaient, je lisais
toujours, et en dépit, de moi-même, je prenais plaisir à
cette lecture. Je ne saurais mentir à mes sensations, et je
croirais être ingrat, si je ne reconnaissais un véritable mérite
à une œuvre qui a eu le don de me passionner pendant
trois ou quatre heures. Accordez-lui les plus minces qualités
que vous voudrez, vous ne pourrez lui refuser la vie, et, dès
lors, cette œuvre vivra entre vos mains, ne fût-ce qu'un jour.

Il est de bon ton, à propos du livre le plus modeste, de
jeter un coup d'œil sur la littérature contemporaine, d'étudier son passé et de lui prédire un avenir plus ou moins

fortuné. Qu'il me soit donc permis, en terminant, de dire que l'ouvrage de M. A. de Lavergne ne me paraît pas appelé à changer la face de notre littérature ; il a une mission moins haute, dont il s'acquitte à merveille, celle d'apporter aux travailleurs de ce monde une demi-journée d'oubli.

LES MORALISTES FRANÇAIS

(M. Prévost-Paradol)

———————

Imaginez un salon à la décoration sévère, bronze et marbre noir, larges rideaux ne laissant entrer qu'une clarté douce et grave, tapis épais étouffant le bruit des pas. Ce salon est hexagone ; contre chaque paroi se trouve attaché un médaillon richement encadré. La main du peintre est une main souple et habile, exquise dans certains contours délicats, un peu raide et pédante dans certains autres. À parler au point de vue de l'art pur, je n'aime pas sa manière ; la couleur a je ne sais quelles pauvretés dans les lumières qui me font préférer les teintes plus ternes et plus vraies des ombres du tableau ; les lignes sont régulières, larges, un peu uniformes, sans aucune cassure qui égaie le regard. En somme, beaucoup de talent et pas assez de défauts.

Le salon n'est autre que l'œuvre que nous allons visiter ensemble : *Les Moralistes français*, par M. Prévost-Paradol. Les médaillons portent, en lettres d'or, sur leurs cadres noirs, les noms de Montaigne, La Boétie, Pascal, La Rochefoucauld, La Bruyère, Vauvenargues.

Je vais de médaillon en médaillon. Chacun de ces visages me retient longtemps, éveillant dans ma tête un monde de réflexions. Je songe que la sagesse française est là, la sagesse officielle et dûment reconnue. Un frisson me glace à la pensée de tant de folie. Quel est le septième moraliste qui viendra juger ceux-ci et les convaincre de néant ? Ils sont là, indifférents ou passionnés, simplement curieux des misères de Dieu et des hommes, ou secoués eux-mêmes par les horreurs de la vie ; ils nous ont regardés passer, nous tous qui vivons de l'existence commune, nous jetant des paroles de dédain ou d'amitié ; et, avec leur immense talent, ils n'ont réussi qu'à se montrer nos dignes frères. La vérité n'a pas fait un pas, leurs œuvres ne sont que de brillantes théories, de beaux morceaux de style qui tiennent en joie les lettrés. L'humanité, dans ces hommes exceptionnels, semble se révolter contre son ignorance ; les autres hommes font galerie et regardent les transports de ces fous qui se fâchent de ne pas comprendre ; puis, tout s'apaise, personne n'a compris, et cependant un nouveau venu risquera demain ses os sur la place publique et se donnera en spectacle à la foule.

La lecture des *Moralistes français* a produit en moi cette sorte de malaise que l'on éprouve à la vue d'un danseur de corde qui chancelle à chaque pas. On détourne la tête en frémissant, on craint de voir le malheureux tomber et venir se briser le crâne à vos pieds. À quoi bon ces sauts périlleux, lorsque l'on peut rester tranquillement assis à son foyer ; de tels exercices devraient être défendus par la police. Et, cependant, le spectacle a un attrait étrange, une fascination qui ramène vos regards sur cet homme en danger de mort. Il y a de la grandeur dans le sacrifice qu'une créature fait de sa vie. Lorsqu'un philosophe, un moraliste perd pied et se noie dans l'eau trouble qu'il a imprudemment remuée, la foule court sur le lieu du sinistre et prend une étrange volupté à entendre ses cris de désespoir ; on le plaint et on l'admire ; on se sent, comme lui, la folie de la mort ; on reste là, sur le bord du gouffre, demi-penché, regardant avec un frémissement sauvage les derniers bouillonnements de l'eau.

Pauvres et chères créatures, celles qui souffrent pour l'humanité souffrante ! Tous nos moralistes n'ont pas eu ce tempérament excessif ; ils sont allés plus ou moins avant dans le désespoir ; mais tous ont également marché dans le doute, tous ont également conclu à leur aveuglement et à leur impuissance. C'est une marche funèbre, je vous assure, que celle de ces hommes intelligents et forts au début, insensibles ou saignants au bout de la carrière. Lorsqu'on s'est arrêté devant six d'entre eux et qu'on a lu sur leurs visages la même histoire de doute et de souffrance, on est tenté de tomber à genoux, les mains jointes, et de demander pardon en sanglotant.

Eh quoi ! toute la sagesse aboutit au « que sais-je » de Montaigne, à l'« abêtissement » de Pascal, à l'« égoïsme » de La Rochefoucauld ! Ils déclarent avoir fouillé la nature humaine et affirment n'avoir trouvé que néant ou que passions mauvaises. Ces hommes, toutefois, sont les premiers d'entre nous ; ils nous dominent par leur génie, et nous devons les croire, au nom de l'intelligence. Même si notre esprit secoue le joug de leur puissant esprit, nous ne pouvons nous empêcher d'être profondément troublés par les terribles hypothèses qu'ils nous donnent comme des vérités. Quel va donc être l'effet de leurs œuvres sur l'âme de leurs lecteurs ?

Cet effet me paraît devoir être double. Il y a d'abord, pour les tempéraments inquiets, ce vertige que nous éprouvons toutes les fois que l'on nous prouve notre misère et notre folie ; pendant une heure, nous perdons notre orgueil, cet orgueil qui seul nous aide à vivre ; nous nous avouons notre nudité, nous nous sentons si seuls et si désespérés que les larmes nous montent aux yeux. C'est là l'impression mauvaise, l'impression décourageante, qui rend périlleuse la lecture des moralistes et des philosophes. Au fond, soyez certains que ces gens-là ne croient à rien ; leur foi elle-même est presque toujours une négation d'une des facultés de la nature humaine. L'incertitude éternelle dans laquelle ils vivent n'est bonne qu'à troubler les âmes simples. Mais, à côté de ce découragement qu'inspirent ces grandes intelligences vaincues par l'inconnu, il y a un sentiment sain et fortifiant dans le spectacle de la lutte engagée, depuis le premier jour du monde, entre l'homme et la vérité ; il y a l'intime satisfaction de nous voir libres et courageux, toujours sur la brèche, avec la secrète espérance d'une victoire. On se dit que ceux-ci ont été vaincus, mais on ajoute qu'ils ont combattu bravement, qu'ils ont même arraché quelques lambeaux du voile de la vérité ; on se sent fier de leur lutte, fier même de leur défaite, défaite de Jacob terrassé par l'ange ; et, tout au fond de soi, on s'avoue que l'homme est un rude adversaire et qu'un jour peut-être il vaincra à son tour ; l'orgueil renaît, et l'on est consolé.

Lisons-les donc, ces moralistes qui nous déchirent et nous caressent à la fois. Ils nous versent le doute d'une main, le courage de l'autre ; ils se lèvent du milieu de la foule pour témoigner que la pensée de l'humanité veille toujours, ils nous émeuvent par le spectacle grandiose de leurs combats, et leur parole répond au plus profond de nos entrailles ; ils nous secouent, ils nous tirent du sommeil de la matière, en faisant passer dans notre chair des frissons glacés de terreur, des espérances folles de lumière et de vérité. Ils nous tiennent en haleine devant Dieu.

Les six médaillons de M. Prévost-Paradol sont sous mes yeux. Je m'arrête devant chacun d'eux et vous communique mon impression franche.

Le premier nous montre la face calme de Montaigne ; les yeux doux et bons, le sourire grave et un peu ironique par instants, le front large, la physionomie faite tout à la fois de curiosité et d'indifférence. C'est un vieil ami. J'ai vécu deux hivers avec lui, ayant son livre pour toute bibliothèque [1] ; on ne saurait croire quel charme il y a à ne fréquenter qu'une seule intelligence pendant deux années. Montaigne fait de l'art pour l'art, de la morale pour la morale ; il ne cherche à persuader personne ; c'est un simple

curieux lâché dans les champs de l'observation et de la philosophie. Selon les heureuses expressions de M. Prévost-
Paradol : « Il veut savoir, s'il se peut, ce que c'est que
l'homme, prêt à prendre son parti et à se consoler s'il
l'ignore, bien plus à trouver dans cette incertitude même je
ne sais quel sentiment de pleine indépendance et d'entier
détachement. » Ses conclusions philosophiques sont celles
d'un honnête homme qui désire vivre en paix avec lui-
même ; il a reconnu notre néant et ne s'est pas fâché ; il a
reconnu l'antipathie qui existe entre notre raison et la
vérité, et il a tâché cependant de concilier les intérêts de
Dieu et les nôtres : « Convenir, dit M. Prévost-Paradol, de
notre incertitude et en reconnaître les causes, voilà, selon
Montaigne, le dernier terme de notre raison ; en prendre
notre parti et vivre dans la modération que l'incertitude
conseille, voilà le dernier effort de notre sagesse. »

On le voit, Montaigne n'est pas l'homme des décisions
extrêmes ; pure question de tempérament ; il vit grassement
dans le doute et y trouve une santé morale ; il s'y étale avec
complaisance, y fait avec amour des miracles d'équilibre.
Jamais le gouffre sur lequel il se trouve suspendu, ne lui
arrache un cri d'effroi parti du cœur ; il a l'âme ainsi faite
que la foi ou que la négation serait pour lui une souffrance,
et qu'il se trouve seulement à l'aise dans un éternel balance-
ment entre ces deux points opposés. Nous verrons tout à
l'heure l'effet du doute dans l'âme de Pascal ; ce qui a fait
la santé de l'auteur des *Essais* a fait la mort de l'auteur des
Pensées. Je ne puis ni ne veux donner ici une étude du génie
de Montaigne ; M. Prévost-Paradol, pour la centième fois
peut-être, vient de refaire cette étude avec une grande sou-
plesse de style et de pensée. Je désire seulement, restant au
point de vue où je me suis placé dans cet article, dire quelle
me paraît devoir être l'influence des *Essais* sur l'esprit des
lecteurs. Cette influence est à la fois très faible et très forte,
bonne et mauvaise. On lit les *Essais* sans éprouver de
grands troubles intérieurs ; l'allure calme, la tranquillité du

moraliste, son indifférence suprême laissent en paix votre
âme que pourrait effrayer la hardiesse de ses opinions. De
là provient le charme pénétrant de Montaigne ; on devient
peu à peu familier avec lui ; on aime à le rencontrer souvent ; on sait que sa conversation n'aura rien d'amer, et qu'il
parlera avec une audace extrême, sans cependant élever la
voix et sans paraître souffrir les maux dont il vous entretien-
dra ; son excellente santé morale en fait un ami d'un commerce facile et agréable. Mais vous vous apercevez bientôt
que la colère et le désespoir vaudraient mieux pour vos
croyances que cette bonne humeur sceptique, que ce doute
profond et souriant.

On se donne peu à peu à cet ami dont l'âme paraît si
bien équilibrée ; il a la force de sa tranquillité, et vous per-
suade par cela même qu'il ne prêche pas ; il est si heureux
de ne croire à rien qu'on finit par tenter ce bonheur de la
certitude dans l'incertitude. Je me rappelle qu'au bout de
quelques mois, je lui appartins tout entier ; je m'étais donné
sans avoir eu conscience, et justement parce que rien ne
m'avait averti, dans mes longues conversations, qu'il prenait
possession de moi. Un seul cri de terreur échappé de ses
lèvres, et j'aurais peut-être reculé. J'accuse hautement Montaigne de voler les cœurs. Je vois en lui le sceptique le plus
à craindre, car il est le sceptique le mieux portant et le plus
allègre. Toute la sagesse que le Ciel lui avait accordée a été
employée par lui à faire du doute une nourriture saine et
d'une digestion facile.

Ce n'est pas quitter Montaigne que de passer à La Boétie.
Ce dernier a le profil plus fier, plus énergique ; il y a de
l'ardeur juvénile dans son regard, des croyances plus fermes
dans son sourire. Les deux amis dorment aujourd'hui côte
à côte dans la mémoire des hommes ; leur amitié a été si
profonde, qu'elle leur a servi de linceul à tous deux, et les
a faits presque d'égale taille sur la pierre de leur tombeau.
Quel est le chef-d'œuvre de La Boétie ? Les quelques pages
qu'il a laissées sur la servitude ou l'amitié dont il a été

jugé digne de la part de Montaigne ? Certes, il vit encore
davantage par le chapitre où l'auteur des *Essais* parle de
lui[2], que par le chapitre qu'il a écrit lui-même contre la
tyrannie. La Boétie n'est pas, selon moi, un moraliste ; il
est, si l'on veut, un pamphlétaire et un poète. Mais personne n'osera reprocher à M. Prévost-Paradol de lui avoir
donné asile dans son livre, au côté de Montaigne. On prend
plaisir à retrouver partout ensemble deux hommes qui se
sont aimés jusque dans leur intelligence. D'ailleurs, nous
gagnons à ceci une étude remarquable, une critique plutôt,
sur le traité *De la servitude volontaire*. M. Prévost-Paradol
étend l'horizon de La Boétie, et arrive à cette définition qui
est excellente : « Être tenu éloigné de la liberté dont on est
capable ou privé de celle dont on a joui, voilà les signes
constants de la servitude[3]. »

Je regrette de ne pouvoir expliquer plus au long les idées
de l'auteur, qui est ici sur son véritable terrain. Certainement, La Boétie n'envisageait pas le sujet sous le même
aspect. Son œuvre est le cri indigné d'un honnête homme
à la vue de la lâcheté des courtisans et de la vanité cruelle
du despote ; un matin, la lumière s'est faite, et le voilà
plongé dans le plus profond étonnement, parce qu'il a
songé à cet effrayant prodige de plusieurs millions
d'hommes se courbant sous le caprice d'un seul homme. Le
traité *De la servitude volontaire* est simplement une révolte
du bon sens et de la dignité humaine.

Le médaillon suivant est celui de Pascal. Ici la face est
inquiète et tourmentée ; on sent sous le calme du regard
une lutte de chaque minute, dans laquelle la victoire est
achetée au prix des plus grandes souffrances. La croyance,
dans cette pauvre âme déchirée, a été la fille du doute.
Montaigne a pu se maintenir, paisible et fort, en plein scepticisme ; Pascal s'est jeté dans la foi qui l'a tué, parce que
l'incrédulité le menaçait également de mort. Je ne connais
pas de figure plus haute ni plus douloureuse. Nerveux à
l'excès, il croit avec toute la fougue de son tempérament. Il

se déchire lui-même ; il va toujours plus avant dans l'abîme de sa pensée. Il proclame le néant de la créature ; puis, épouvanté de l'ombre qu'il fait autour de lui, il demande à grands cris une lueur qui se refuse à ses yeux ; il nous conte avec des sanglots le drame terrible de la raison aux prises avec la foi. Je crains moins pour mon âme la lecture des *Pensées* que celle des *Essais* ; les cris de désespoir sont salutaires à entendre, et jamais je ne me donnerai à un homme qui ne se possède pas lui-même. J'ai pitié, je ne puis fraterniser. Une telle lecture peut m'émouvoir jusqu'aux larmes ; elle ne me convaincra jamais. Je tremblerai à la vue des immenses profondeurs qu'un mot va ouvrir sous mes pieds, mais je me rejetterai en arrière ; et, en aucun cas, je ne consentirai à me précipiter dans le gouffre, les yeux fermés. Je voudrais, en deux mots, au risque de passer pour une pauvre intelligence, dire l'effet que m'a toujours produit une page de Pascal. Je me suis senti effrayé de mon incrédulité, et plus encore de ses croyances ; il m'a donné des sueurs, en me montrant toutes les horreurs de mon doute, et cependant je n'aurais pas échangé mes frissons contre les frissons de sa foi. Pascal me prouve ma misère sans pouvoir me décider à partager la sienne. Je reste moi en tout ceci, bien que troublé et l'âme saignante. Le moraliste joue le rôle glorieux dont j'ai parlé, de l'homme en lutte avec Dieu ; il a donné au monde le spectacle d'un grand esprit trouvant, au milieu de ses erreurs, des cris sublimes de vérité. Il compte des milliers d'admirateurs, je ne puis croire qu'il ait des disciples.

La Rochefoucauld a l'abord froid et ironique ; sa physionomie n'inspire aucune sympathie ; on sent en lui un ennemi déclaré, un observateur persévérant qui ne vous étudie que pour vous prendre en faute. C'est un grand égoïste, non pas un égoïste bon enfant et naïf comme Montaigne, mais un égoïste qui semble se consoler de ses souffrances en analysant les souffrances des autres. Certes, il a eu ses larmes ; mais on ne trouve pas en lui la grandeur des désespoirs de Pascal ; on ne saurait le plaindre, car ses chagrins ne sont que les mesquines déceptions d'un ambitieux trompé dans ses espérances. La Rochefoucauld est un homme du monde qui, peu à peu, a perdu ses illusions en amour et en politique : il se montre chagrin, mécontent de tout ; lorsque la maladie le force à se retirer, il devient décidément misanthrope, et, cherchant alors un mobile aux actions des hommes, il les explique toutes par l'amour-propre ; sa morale est celle de l'égoïsme et de l'orgueil. M. Prévost-Paradol s'attache avec raison à nous montrer par où pèche son système. On ne peut nier que l'intérêt ne nous guide en toute chose ; mais il est des points extrêmes où l'intérêt prend les noms de sacrifice et de dévouement ; l'être s'élève au-dessus de lui-même et contente ses aspirations vers le bien et le beau, en faisant des actions nobles, dégagées de toutes basses préoccupations. La Rochefoucauld triomphe en confondant sans cesse l'égoïsme et la vertu, l'intérêt et le devoir ; il se plaît à ne montrer qu'un côté de la vérité, et, ce côté étant vrai, il nous abuse à force d'art et nous fait accepter, comme une certitude entière, une moitié, un tiers seulement de certitude. On ne saurait trop se défier de ce moraliste qui a toute la sournoiserie des gens chagrins. Heureusement, il n'a ni le charme qui attache, ni la passion qui émeut. C'est un grand talent qui s'est privé de toute affection, en niant la franchise des affections humaines.

Le cinquième médaillon est fin et délicat. M. Prévost-Paradol a compris qu'il s'adressait plus à un écrivain qu'à un penseur. L'étude qu'il a consacrée à La Bruyère est avant tout littéraire. Non pas que ce dernier ait manqué de profondeur dans ses observations, de largeur dans certains de ses aperçus ; mais il vaut surtout par le style, par la mise en scène, la nouveauté du tour. La Bruyère, selon sa propre expression, « ne tend qu'à rendre l'homme raisonnable, mais par des voies simples et communes ». Je trouve, pour ma part, cette phrase plus hardie que tous les effarements de Pascal, qui déclarait que la grâce frappait où elle voulait. Il est inutile que j'appuie ici sur le talent de l'auteur des *Caractères* ; tout le monde connaît l'art excessif qu'il met à dramatiser la moindre de ses observations. Mais il est un point sur lequel M. Prévost-Paradol me paraît trop insister. Il assure que La Bruyère n'était pas un réformateur, et je le crois sans peine. Il ajoute qu'il était trop éloigné de la Révolution pour la pressentir, trop bien enchaîné lui-même à sa place, dans la hiérarchie sociale, pour croire qu'il fût jamais possible de la remanier de fond en comble. Tout cela est vrai. Mais j'aurais aimé à voir M. Prévost-Paradol dire que La Bruyère est déjà du XVIIIe siècle par la chaleureuse indignation qu'il éprouve à la vue des injustices sociales, par la clairvoyance qu'il a des maux de l'humanité. Certes, il n'a pas eu la prétention de préparer 93, mais, malgré lui, il a presque commencé, avec Saint-Simon, qui en avait moins conscience encore, ce grand mouvement de réaction qui renversa l'ancienne monarchie, ébranlée par ses propres vices. Il a étudié les mœurs de la cour et en a tracé une satire où l'ironie est pleine d'audace et d'amertume ; il parle de cette cour comme d'un pays lointain, non point tout à fait barbare, mais où l'ivrognerie, la débauche, une plate servilité, une fausse dévotion sont les moindres défauts ; il raille jusqu'au roi lui-même, jusqu'à l'idole qui, dans sa chapelle de Versailles, recevait l'encens destiné à Dieu.

Somme toute, La Bruyère raille les hommes, mais sans les troubler ni leur donner des leçons de foi ou de scepticisme. Il cherche vraiment à nous rendre meilleurs, et essaie d'accomplir sa tâche de la façon la plus agréable possible. La lecture des *Caractères* fait réfléchir, sourire plus encore ; on s'émerveille des finesses, parfois des pensées profondes de l'écrivain ; on l'aime parce qu'il est sans parti pris, sans système, et qu'il se contente d'enseigner la vertu en peignant nos travers.

Le dernier portrait est celui de Vauvenargues. Le visage est fier, la tête un peu basse, comme sous le poids d'une disgrâce éternelle. On sent qu'il a souffert, comme La Rochefoucauld, des misères de l'ambition ; mais sa douleur est plus jeune, plus sympathique. Il ne s'est pas vengé des hommes en les déchirant ; il a réclamé, au contraire, les droits de la liberté humaine contre le fatalisme de Pascal, et a résumé, en quelque sorte, son œuvre et raconté sa vie dans ce titre qu'il a donné à une partie de ses écrits : Aimer les passions nobles. Vauvenargues, en somme, est une figure élégiaque, comparé aux cinq autres moralistes étudiés par M. Prévost-Paradol. Il y a une sorte de grâce douloureuse dans cet homme, qui « nous raconte son ambition souffrante, et, en même temps, son effort admirable et impuissant pour prendre une bonne fois en dédain tous les biens qu'il eût voulu conquérir ». Lui-même a écrit quelque part : « Si la vie n'avait point de fin, qui désespérerait de sa fortune ? La mort comble l'adversité. » Son adversité fut comblée ; il mourut jeune, sans avoir le temps de faire cette fortune qui fut le tourment de sa vie. L'œuvre de Vauvenargues est courte et personnelle ; il a lutté plus contre la destinée que contre la vérité, on le lit sans entamer son âme, en donnant un regret et une affectueuse sympathie à cette triste et noble existence.

Les voilà donc tous les six, avec leurs physionomies diverses, ayant un même souci, mais différemment blessés dans la lutte qu'ils ont soutenue. Ils ont cherché à lire le livre sombre de la vie, ils ont voulu savoir le dernier mot de la destinée de l'homme. Leur recherche a été vaine ; ils n'ont rien trouvé, si ce n'est l'admiration de la postérité. Leur pensée a eu beau se grandir, elle n'a pu atteindre la vérité. Ce sont des géants d'intelligence devant lesquels nous nous inclinons ; mais ce ne sont pas des prophètes, et leurs paroles sont presque toujours vaines et mensongères. Je le répète, quel moraliste viendra juger ceux-ci et trouver enfin le mot de l'énigme divine ?

Je ne sais si je suis parvenu à vous donner une idée du livre de M. Prévost-Paradol. L'écrivain, en réunissant côte à

côte les six moralistes français, a eu sans doute l'intention
de nous offrir en quelques pages tout le fruit de l'observation et de la science de l'homme en France pendant deux
siècles. J'ai cru ne pouvoir mieux faire que de vous présenter
successivement les grandes figures qu'il a évoquées.
D'ailleurs, je ne pense pas qu'il ait eu la prétention d'apporter dans le dessin de ces grandes figures de nouveaux traits
oubliés par l'histoire ; il s'est contenté de prendre les mêmes
modèles et de les copier d'un crayon fin et délicat, avec des
lumières et des ombres nouvelles, de sorte que ces visages
si connus ont, dans ses médaillons, un air de jeunesse et de
fraîcheur qui pique la curiosité et fixe l'attention. On
s'oublie à les regarder, on les prend pour des amis que l'on
ne se connaissait pas ; puis la connaissance a lieu, et l'on
reste charmé de la façon imprévue et neuve dont ils se sont
présentés à vous.

M. Prévost-Paradol a fait suivre les six études que je viens
d'examiner de quelques réflexions sur divers sujets. Je ne
puis que citer les titres de ces chapitres, qui rappellent de
loin certains chapitres des *Essais* : *De la chaire à propos de
La Bruyère*, *De l'ambition*, *De la tristesse*, *De la maladie et
de la mort*. Là surtout l'écrivain donne sa note personnelle.
Ce qui me paraît caractériser sa manière, c'est le talent qu'il
possède de détailler avec art ses pensées ; il procède par
longues phrases, un peu rondes et monotones, mais admirablement emmanchées les unes dans les autres. Les images
sont rares et me paraissent ne pas faire assez corps avec le
pur raisonnement. Mais les horizons sont toujours larges ;
il y a, à chaque page, des échappées qui découvrent des
coins de terre nouveaux. On éprouve une sorte de charme
grave et austère à voyager en compagnie de cet esprit savant,
qui fait pardonner les allures professorales de son langage
par la hauteur de ses idées et la liberté de ses jugements [4].

LE SUPPLICE D'UNE FEMME
ET
LES DEUX SŒURS

────────────

I

25 juin 1865

L'incident qui s'est produit à propos du *Supplice d'une femme*, entre MM. de Girardin et Dumas fils [1], me paraît si plein d'enseignements, que je ne puis résister au désir d'en dire quelques mots à mon tour. Souvent je me suis demandé quel avenir était promis à notre théâtre ; je me suis inquiété des destinées de la forme dramatique, et j'ai vainement cherché parmi nos hommes habiles un homme franc et hardi. Aujourd'hui, une circonstance imprévue me permet de donner mon avis en pareille matière. Je désire prendre la question au point de vue purement général ; il y a eu deux brochures publiées, et ce sont ces deux brochures que je vais examiner [2].

Même, je ne veux m'attacher qu'à une partie de ces brochures, la partie, pour ainsi dire, de dogme et de discussion littéraires. On trouve en elles une question personnelle aux auteurs et une question d'art intéressant tout le public intelligent. Je ne m'occuperai que de cette dernière. Je comprends parfaitement que M. de Girardin ait pensé devoir

expliquer aux lecteurs quelles étaient les raisons qui lui
avaient fait refuser la paternité d'une œuvre que tout le
monde savait lui appartenir. Je comprends de même que
M. Dumas fils, attaqué et mécontent des explications four-
nies par son collaborateur, ait répondu à ses explications
par d'autres explications. Je ne vois simplement en ceci que
deux hommes amenés par les circonstances à vider publi-
quement un différend qu'ils auraient, à coup sûr, préféré
terminer dans la solitude du cabinet. Ils défendent leur
dignité ; ils tirent à eux l'opinion publique ; en un mot, ils
plaident leur cause et semblent dire tour à tour à la foule :
« Puisque notre querelle n'est plus un secret et que de
méchants bruits courent sur notre compte, voici notre querelle, nous nous accusons tout haut, nous nous fâchons en
pleine place publique, écoutez-nous et jugez-nous. »

Tout au fond de moi, je juge peut-être MM. de Girardin
et Dumas fils ; je pourrais dire quel est celui des deux qui
s'est montré le plus digne et le plus délicat, bien que l'affaire
soit terriblement embrouillée et qu'il soit difficile de savoir
à quoi s'en tenir devant les affirmations contraires de deux
hommes honorables. Mais si ces messieurs en ont appelé à
la foule, je crois qu'ils ont désiré que chacun se fît une
opinion et la gardât pour lui. Ce n'est pas mon devoir de
critique que de me prononcer dans une question de délicatesse. Je sens que la partie personnelle de leur procès ne
m'appartient pas, car je croirais faire preuve d'un étrange
mauvais goût, en disant à l'un ou à l'autre qu'il n'a pas agi
d'une façon digne. On ne doit donc que lire, juger et se
taire ; il m'est permis ici de regretter la querelle, il ne m'est
pas permis de la discuter. Je ne puis et ne veux, je le répète,
examiner que la question littéraire soulevée par les
brochures [3].

Il est nécessaire, avant tout, de bien poser cette question,
ainsi que je la comprends. M. de Girardin dit à M. Dumas
fils : « Je vous ai donné des caractères et des développements, je vous ai remis une œuvre vraie et logique, et vous

me rendez une pièce dont les personnages sont effacés et les scènes adoucies, un drame de convention qui n'a plus que la vérité misérable des planches. » M. Dumas fils répond : « Votre pièce était dangereuse et impossible, elle aurait été sifflée, et je l'ai fait applaudir, j'ai mis assez de talent pour en faire un grand succès, remerciez-moi. »

J'avoue, pour ma part, que ce n'est pas là répondre. Ce que j'ai cherché dans la brochure de M. Dumas fils et ce que je n'y ai pas trouvé, c'est une critique, une suite d'arguments qui prouvât en règle que M. de Girardin ne lui avait donné ni caractères ni développements, et que l'œuvre qu'il lui avait remise n'était ni vraie ni logique. À peine dit-il en un endroit, sans appuyer d'ailleurs sur ce point capital, que les caractères ne se soutenaient pas. Il ne fallait pas, selon moi, répondre : « Vous m'avez fourni de la vérité, je vous rends de l'habileté. » Mais il fallait crier bien haut : « Votre logique et vos caractères ne valaient rien, et je les ai remplacés par des caractères plus vrais et une logique plus rigoureuse. » M. de Girardin, recherchant la collaboration de M. Dumas fils, déclarait par là même qu'il trouvait sa pièce mal faite ; il la confiait simplement à un habile metteur en scène – je suis certain que telle était sa pensée –, et il le priait de faire les changements que les planches exigeaient. Mais jamais il n'a pu avoir la pensée de s'adjoindre quelqu'un qui dénaturât complètement son œuvre, qui en créât une nouvelle de toutes pièces. Il tenait à son drame, bon ou mauvais ; il désirait conserver son idée entière. Devant le drame nouveau, il était en droit de garder l'anonyme et de demander à son collaborateur ce qu'il avait fait de ses personnages. C'est alors que le collaborateur paraît éluder la question : « Vos personnages, dit-il, étaient périlleux et impossibles, j'ai préféré les remplacer par de charmantes petites poupées qui font la joie de la foule. » Je répète que ce n'est pas là répondre et qu'il était nécessaire, avant tout, de montrer combien la nouvelle pièce était plus vraie et plus forte que la pièce sacrifiée.

Je ne défends nullement ici M. de Girardin. Je n'ai pas encore dit que l'œuvre qui lui appartient soit bonne. Je tiens seulement à établir que cette œuvre, fût-elle détestable, M. Dumas fils aurait dû ou refuser la collaboration ou mieux comprendre la pièce de l'auteur, et, en tout cas, s'en tenir simplement au rôle que ce dernier désirait lui voir jouer. D'ailleurs, M. Dumas fils aura raison devant le public ; il a pour lui le succès, l'esprit et la convention, trois grandes puissances [4]. Sa brochure est leste et méchante, écrite de verve et tout à fait convaincante. Ce n'est pas M. de Girardin qui a cette habileté de plume ; il pense juste, mais il ne flatte pas l'esprit de ses contemporains ; sa préface, d'ailleurs, a l'immense tort de renfermer des idées neuves, et cela seul le condamne aux rires des honnêtes gens. La question est jugée, je le sais ; sur dix personnes, neuf raillent agréablement M. de Girardin. Je ne viens pas juger à nouveau un procès si compromis ; je désire seulement dire mon mot en cette affaire, et je demande pardon à l'avance aux personnes qui peuvent ne pas être de mon opinion.

Voici tout le procès, tel que je le comprends : d'un côté, un novateur, un penseur qui n'a pas l'expérience des planches et qui fait une tentative pour y porter la vérité brutale et implacable, le drame de la vie avec tous ses développements et toutes ses audaces [5] ; de l'autre côté, un auteur dramatique de mérite, un maître qui a remporté de grands succès, un homme habile et expérimenté, qui déclare que la tentative est maladroite, que la vérité brutale et implacable est impossible au théâtre et qu'on ne saurait y jouer le drame de la vie dans sa réalité. Je le déclare, avant tout, je suis *a priori* pour le penseur, le novateur ; mon instinct me pousse à applaudir les esprits avides de franchise.

La question me semble admirablement posée, et je ne sais si l'on en voit bien les conséquences. Il s'agit nettement de savoir ce que deviendra notre théâtre, si l'on pourra appliquer à la scène cet amour d'analyse et de psychologie qui nous donne en ce moment une génération nouvelle de romanciers[6]. L'homme pratique, l'auteur qui connaît son public, M. Dumas fils, déclare que l'entreprise est insensée et que tout drame vrai, n'obéissant pas à certaines conventions, sera sifflé impitoyablement. L'homme théorique, au contraire, l'auteur dramatique d'occasion qui ignore l'art de mentir à propos, M. de Girardin, croit que la vérité subjuguera la foule, la serrera si fortement à la gorge, qu'elle étouffera les sifflets dans les pleurs. Moi, je pense que M. Dumas fils a malheureusement raison : mais j'admire M. de Girardin et je me plais à espérer par instants que sa tentative réussira.

M. Dumas fils, aujourd'hui, est dans le succès et l'habitude. Les sens d'un homme comme lui, qui a vécu dans ce monde de carton que l'on appelle le théâtre, doivent forcément être émoussés ; il n'a plus conscience de la convention, ou, du moins, il lui obéit sans révolte. Malgré toute la force âpre de quelques-unes de ses œuvres, il a le respect du public, il le connaît et n'ose pas trop lui déplaire. C'est donc, jusqu'à un certain point, le public qui fait ses pièces ; ce n'est pas la vie, la vérité. Sans doute, la foule pour laquelle on écrit a le droit de refuser ce qui la choque, et, quand on travaille pour elle, il faut la consulter. L'œuvre produite dans ces conditions est une œuvre de vérité moyenne, adoucie toujours, flatteuse et surtout coulée dans le moule accepté. Toute assemblée nombreuse a du respect humain, une sorte de timidité niaise. J'ai vu au théâtre rougir des viveurs en entendant un mot leste. Il y a dans une salle de spectacle, dans cet amas d'hommes, de femmes et d'enfants de tous caractères et de toutes moralités, une pudeur mal comprise, un besoin de mensonge, de vertu et de grandeur fausses qui poussent les spectateurs à protester, lorsque l'auteur ose être vrai et fouiller hardiment la vie. Cette pensée que le public fait la pièce est si juste, que nous voyons chaque génération d'auteurs dramatiques avoir ses

audaces et ses timidités. Il y a dans Molière une liberté de
langage que nous ne supporterions plus ; il y a dans notre
théâtre contemporain des études vulgaires et franches que
le dix-septième siècle aurait sifflées.

Pour moi, ce fait est profondément regrettable ; je ne
puis m'accoutumer à cette idée qu'une œuvre d'art dépende
d'une mode, du plus ou moins d'hypocrisie d'une époque.
Je proteste contre ce sentiment étrange qui nous fait accepter dans la solitude du cabinet le roman le plus risqué, et
qui nous pousse à la révolte, à la moindre scène forte et
vraie que nous voyons à deux ou trois mille. Nous voulons
de la vérité brutale, de la franchise impitoyable, lorsque
nous sommes seuls ; dès que nous sommes plusieurs, nous
avons sans doute honte de nous-mêmes et nous aimons
qu'on nous flatte, qu'on mente, qu'on voile tout ce que
notre nature a d'emporté et de mauvais. De là naît ce que
l'on nomme l'expérience de la scène ; l'expérience de la
scène consiste à savoir mentir, à savoir donner au public le
faux qui lui plaît. C'est tout un métier ; il y a mille petites
roueries, mille sous-entendus, mille adoucissements ; on
finit par connaître les personnages sympathiques, les situations aimées, les mots à effet. Dès lors, dès que l'on sait tout
cela, on entre en plein dans la convention et la banalité ; le
talent surnage quelquefois, mais il n'y a plus jet spontané.
On est à la merci d'un public qui ne vous permet pas de
lui dire tout ce que vous savez et qui vous force à rester
médiocre. Entre les derniers venus, M. Dumas fils est un
de ceux qui ont le plus osé ; mais, je le répète, il doit en
être arrivé forcément au respect des décisions du public et
peut-être même aux croyances de la foule en matière
théâtrale.

Maintenant, imaginez un homme qui n'a pas du tout
l'expérience des planches. Il ignore le public, écrit dans son
cabinet, pour lui-même, et croit naïvement que ce qui le
contente, lui penseur isolé, va être accepté avec enthousiasme par tout un peuple. Il ne se soucie pas des mille et

une ficelles du métier ; il procède carrément, sans rien adoucir, sans rien sous-entendre, sans s'inquiéter des sympathies de la foule. Il désire seulement être vrai, logique et puissant [7]. Il compose ainsi une pièce qui fait hausser les épaules aux hommes du métier, une pièce toute franche, toute maladroite. Je vous demande un peu l'effet que va produire une pareille œuvre devant le public dont je parlais tantôt. Je suis certain que le drame tombera à plat, et que le malheureux auteur servira pendant un mois aux gorges chaudes de la France entière.

Et cependant, absolument parlant, quelle sera l'œuvre forte et originale, de l'œuvre habile ou de l'œuvre vraie ? Je l'ai dit, j'ai tellement foi dans la réalité, que par instants je me prends à espérer, comme M. de Girardin, qu'une action logique et franche pourra, à un moment donné, saisir la foule à ce point qu'elle lui fera oublier son culte pour le convenu et le banal. Ce jour-là, les gens habiles seront vaincus ; ils n'auront plus la suprême ressource de répondre à ceux qui les accuseront de banalité : « Nous sommes bien forcés de contenter le public, nos défauts sont ceux de la foule et non les nôtres. » On leur répondra que ce sont eux qui maintiennent le théâtre dans la routine, en se laissant, crainte d'une chute, guider par le public au lieu de le guider.

Lorsque les hommes pratiques déclarent une pièce dangereuse, il faut entendre qu'elle peut être sifflée. On ne dit point qu'elle ne soit pas vraie, qu'elle manque de talent. On dit simplement : « Elle est dangereuse [8] », et on se hâte de la rendre innocente, de la museler, de la mettre à la dernière mode, afin que les spectateurs, en reconnaissant une vieille amie, soient disposés à lui faire bon accueil. On ne saurait croire combien le monde théâtral est différent du monde réel. Prenez n'importe quelle œuvre dramatique, et examinez-la : vous serez surpris, en réfléchissant, d'avoir pu croire un instant à un monde si étrange. C'est là ce monde ridicule et impossible dont il faut faire un apprentissage, si on veut être un auteur dramatique accepté. Dès lors, on n'écrit plus des pièces dangereuses, on écrit des pièces que le talent grandit quelquefois, mais qui se meuvent dans un cercle adopté.

Je crois inutile d'examiner maintenant les trois versions du *Supplice d'une femme*. J'avoue qu'en elle-même la pièce m'importe peu. Que M. de Girardin soit un maladroit, que M. Dumas fils soit un homme habile, là n'est pas le point intéressant. Je préfère rester dans la généralité, et je crois avoir eu raison de prendre l'affaire de haut et de l'avoir changée en une question de principes dramatiques. Je ne puis descendre au cas particulier, ayant envisagé l'avenir tout entier de notre théâtre. Dans nos temps de pièces amusantes et lestement tournées, j'ai cru comprendre que M. de Girardin faisait hardiment une tentative qui pouvait ouvrir de nouveaux horizons à notre littérature. Ces tentatives répondaient justement à une pensée que j'avais depuis long-temps et que je formulerai sous ce titre : *De la réalité au théâtre* [9]. On s'expliquera ainsi que j'aie pris instinctivement le parti de M. de Girardin, sans même vouloir juger sa pièce, en pure théorie et en dehors de tout exemple.

Je ne puis, en finissant, m'empêcher de lui souhaiter bon courage et bonne chance au sujet de la pièce annoncée par lui sous le titre des *Deux Sœurs*. Il faudrait montrer une fois pour toutes au public que la vérité seule est grande, et que l'art n'est fait que de vérité.

II

16 septembre 1865

Je viens maintenant, en critique de la dernière heure[10], dire mon avis sur *Les Deux Sœurs* et sur les orages que cette œuvre a soulevés. Nous sommes en plein apaisement : l'auteur a publié une préface conciliante, la petite presse a changé de hochet, la grande procède à d'autres condamnations[11], la pièce elle-même ne tient plus les applaudissements et les sifflets en haleine. C'est le moment de porter un jugement définitif, de mettre une dernière fois en question l'auteur et la pièce, la critique et le public. Imaginez que je suis un curieux qui a tout écouté et qui éprouve une furieuse démangeaison de dire ce que personne n'a dit, de résumer les débats, d'écrire la conclusion de cette singulière histoire. Si j'entretiens encore les lecteurs de cette légende, d'une aventure qui a un grand mois de date, c'est que j'espère, non pas apporter aux débats quelques bons arguments, mais tirer une morale de mes appréciations et en finir une fois pour toutes en criant bien haut ce que je crois être la vérité. J'ai parlé du *Supplice d'une femme*, je dois parler des *Deux Sœurs*.

Avant d'examiner la pièce, je m'occuperai de la critique, de ce public des premières représentations qui a accueilli l'œuvre d'une façon si bruyante. Ce public est étrangement mêlé ; il y a là des gens étrangers à toute querelle littéraire, il y a des journalistes, des amis, des hommes instruits et du meilleur monde, attirés par la notoriété plus ou moins grande du nom de l'auteur. La salle, ainsi composée, est intelligente et fine, apte à goûter dans leur saveur les fruits les plus délicats de l'intelligence ; je ne dis pas que cette assemblée n'ait point une préférence marquée pour les vaudevilles[12] épicés et les comédies sentimentales de notre époque, mais je ne lui fais pas non plus l'injure de la croire insensible aux belles et fortes choses. Donc, elle était parfaitement capable de comprendre et d'applaudir *Les Deux Sœurs*. Elle a ri et murmuré devant ce drame que, sans le juger encore, je trouve poignant et énergique. Il doit y avoir une cause à ces rires et à ces murmures du premier jour. J'écarte la pensée d'une cabale, dans l'acception stricte de ce mot ; il serait puéril de croire que ces deux milliers de personnes se sont entendues, ont conspiré dans quelque coin perdu pour venir assassiner une pauvre pièce. Lorsque M. de Girardin a parlé de cabale, il a donné certainement un autre sens à ce mot ; il a entendu la cabale tacite, magnétique, si je puis m'exprimer ainsi, celle qui naît du sentiment commun. Il y a eu certainement cabale, si l'on veut dire par là que la salle était très mal disposée pour l'auteur, qu'elle souhaitait un insuccès, que, sans en avoir conscience peut-être, elle se trouvait là pour rire, pour aider à la chute. Je m'explique.

Je suppose que le public qui a murmuré aux *Deux Sœurs* se soit trouvé exactement le même que le public qui a applaudi *Le Supplice d'une femme*. Vous voyez que je parais me rendre la besogne franchement difficile. Au Théâtre-Français, la salle est pleine, on sait que la pièce est d'un débutant, et que ce débutant est M. Émile de Girardin ; on applaudit à tout rompre. Au Vaudeville, trois ou quatre mois après, les mêmes spectateurs, devant une seconde pièce du même auteur, se moquent, haussent les épaules, se mettent à siffler. Évidemment, la pièce est mauvaise. Point du tout. Seulement les conditions de succès ont changé, il y a eu, pendant les quelques mois d'intervalle, toute une petite révolution qui devait forcément amener la chute du second drame.

Je voudrais pouvoir analyser avec délicatesse les divers sentiments des spectateurs qui se trouvaient au Vaudeville, le 12 août. Ces mêmes gens qui étaient allés au Théâtre-Français sans arrière-pensée, désireux d'applaudir, avaient certainement, le 12 août, une clé dans leur poche, se promettant de saisir la moindre inhabileté pour commencer le tapage. Ils étaient agacés par la personnalité envahissante de M. de Girardin ; en France, on a la moquerie facile pour les esprits personnels, qui ont la singulière manie d'avoir du talent et l'inexorable naïveté de chercher et d'appliquer des idées neuves. L'auteur était bien ridicule en effet ; il voulait exploiter une nouvelle veine dramatique ; il tentait courageusement d'accomplir sans apprentissage une rude besogne ; il avait la sottise profonde de tenir à ses pensées ; il venait de faire toute une campagne pour les défendre et leur assurer la victoire. Un tel homme méritait d'être sifflé d'importance, il devenait gênant, il prenait trop de place. Donc, en premier lieu, la salle était irritée, portée à railler cet homme qui lui semblait bien trop vaniteux. Mais le grand crime se trouvait surtout dans la rare imprudence d'un journaliste, d'un simple publiciste, qui se permettait de faire une pièce de théâtre, cette chose terrible. Ceux qu'on nomme les princes de la critique [13], certains de ces gens autorisés qui chaque lundi émettent leurs oracles, fruits d'une longue expérience, déclaraient qu'ils n'avaient jamais rien vu de pareil et que cela devait être atroce. Toute la petite presse se tenait les côtes. Rien n'était plus comique, en vérité, que cette loyale et franche bataille livrée par une main puissante aux idées reçues et immuables.

Ce qui m'a navré dans cette histoire, c'est l'accueil ironique et brutal à la fois que nous avons fait à la tentative d'un homme de talent [14]. Admettons que l'œuvre soit médiocre, elle n'en est pas moins un essai sérieux, tenté avec conscience dans le but d'agrandir l'horizon dramatique, et qui dès lors méritait une étude calme, un jugement motivé. L'art seul était en question, et non les personnes. Si l'auteur même avait donné l'exemple, la critique ne devait pas l'imiter ; elle avait la seule mission de déclarer la pièce, la tendance, bonne ou mauvaise. Il y a eu effarement et risée ; je n'ai pas lu un seul compte rendu qui attaquât le drame de front ; j'ai trouvé beaucoup de plaisanteries plus ou moins spirituelles, quelques critiques de détail justes et convenables, mais pas une appréciation entière, convaincue de la pièce. Cela m'a fait songer que ces gens d'expérience qui se plaignent de la longueur des scènes, de la brutalité du dénouement, ont une singulière façon d'employer leur expérience : ils se pâment devant un vaudeville ; ils discutent sérieusement trois méchants actes, et, lorsqu'ils ont devant eux une œuvre forte, peut-être étrange et inexpérimentée, ils s'ingénient à y trouver des sujets de moquerie. Serait-ce qu'ils ont trop d'expérience, que les couplets les ont gâtés, qu'ils ont une telle habitude de la convention et de la banalité, que tout détail vrai leur paraisse d'une gaieté folle ?

Je voudrais en finir avec cette question de l'expérience des uns et de l'inexpérience des autres. Ma foi, en cette matière, est qu'un homme inexpérimenté vaut souvent deux hommes expérimentés. Il s'agit d'avoir du talent, oui ou non, d'avoir son mot à dire et de le dire franchement. Qu'importent les quelques bégaiements du début ; ils ont plus de grâce et plus de loyauté que cette perfection désespérante de la médiocrité. Je suis pour les hommes courageux qui se sentent l'audace de tout, qui écriraient aussi bien un roman qu'une pièce de théâtre, un feuilleton qu'une élégie, et qui trouveraient moyen de se mettre tout entiers dans la moindre page sortie de leur plume. Je suis pour les hommes courageux qui ont la brutalité du vrai, qui enjambent les règles reçues, qui ne savent pas et qui imposent cependant leurs idées, parce que ces idées ont une grande force de volonté. Je suis enfin pour les hommes courageux qui sont vaillants dans la lutte, qui paient de leur personne, qui ont un grand dédain pour la foule des railleurs.

On s'imagine maintenant les murmures du public, lors de la première représentation. Il y avait là un mélange bizarre de sentiments : l'étonnement causé par les allures nouvelles et irrégulières du drame, la répugnance du vrai, le désir intime de voir tomber la pièce, le besoin d'un peu rire de l'auteur. Mêlez tout cela, ajoutez mille petits préjugés, mille petites influences indirectes, et vous obtiendrez cet esprit d'hostilité très évidente avec lequel on a écouté *Les Deux Sœurs*. Qu'on ne dise pas : l'œuvre est tombée parce qu'elle était radicalement mauvaise. Mais qu'on dise : l'œuvre est tombée parce qu'elle déplaisait au public, parce qu'elle était trop forte pour lui, et que ce bon public, nourri de grivoiseries et de parades, ne peut digérer encore une nourriture, mal servie et mal apprêtée peut-être, mais saine et savoureuse. Un soir, on a sifflé *Les Deux Sœurs*, on a applaudi à tout rompre un acte de grosse plaisanterie que l'on jouait pour la première fois. Je ne veux pas parler de cet acte, qui peut être très drôle et amuser certaines gens ; mais je dis hautement qu'il est indigne d'un public intelligent d'accueillir avec enthousiasme une véritable parade, et de se moquer d'une tentative sérieuse qui importe à l'avenir de notre théâtre. Les critiques du lundi, ceux qui avaient été les plus durs pour le drame de M. de Girardin, ont trouvé quelques mots d'éloge en parlant du petit acte drôle. Les critiques du lundi faisaient donc partie de la manifestation ? Le soir même de cette manifestation honteuse, un des pistolets du dénouement a raté. Vous pensez quels rires et quels sifflets. Là est toute la morale de l'aventure. En France, faites un chef-d'œuvre, mais priez le chef des accessoires de bien veiller à l'amorce de vos pistolets. M. de Girardin a l'immense tort de ne pas connaître son public, et de le traiter en grand garçon, lorsqu'un hochet le contente.

Que veut-il, après tout, ce débutant, cet auteur dramatique nouveau-né ? Il est las des habiletés du jour, las des banalités, et il veut tenter à la scène l'examen des grands problèmes sociaux. On lui dit que le théâtre n'est qu'action et émotion, et il peut répondre qu'il le sait bien, que ses personnages agiront et seront assez vivants pour toucher et émouvoir. Ce dont il ne veut plus, c'est la peinture étriquée d'un travers du jour, c'est la comédie d'intrigue, où la grande question est de savoir si M. A*** épousera

Mlle B*** ; c'est tout ce théâtre contemporain, mélodrames et vaudevilles, pièces prétendues littéraires et tableaux vivants, ce pauvre théâtre qui ne compte qu'une demi-douzaine au plus d'œuvres fortes. Ce dont il veut, c'est l'étude franche du cœur humain, c'est le drame vivant qui naît des fatalités sociales, c'est la moralisation indirecte par l'exposé logique et puissant de la vérité, c'est le théâtre agrandi, le théâtre doté de mille sujets nouveaux [15]. On feint de ne pas entendre, on s'attaque à l'auteur dramatique, on ne parle pas du novateur, de l'homme qui cherche à ouvrir une voie. Parlez de l'idée ; condamnez l'application, si elle vous semble malheureuse ; mais prononcez-vous sur la nécessité de renouveler notre théâtre, et sur l'utilité qu'il y aurait à s'adresser à la réalité humaine ; dites s'il y a une féconde source d'émotions et d'action dans l'étude des problèmes sociaux réduits en drame, étudiés dans la vie de chaque jour, dans les rapports que les hommes ont entre eux. Vous n'êtes pas si riches pour que vous fermiez les yeux et les oreilles. Il s'agit de conclure, de savoir si des tentatives d'originalité et de nouveaux sujets ne sont pas nécessaires, oui ou non ; il ne s'agit pas d'applaudir *Le Supplice d'une femme*, ni de siffler *Les Deux Sœurs*. J'aurais voulu qu'un de ces hommes d'expérience traitât la question à ce point de vue. Il m'aurait peut-être converti à aller huer le drame. Mais, tant qu'on ne me prouvera pas qu'une œuvre médiocre, faite selon les règles, est préférable à une œuvre toute libre, tout imparfaite, mais tâchant d'ouvrir de nouvelles voies, j'applaudirai d'instinct cette dernière, je la défendrai, j'irai jusqu'à la trouver excellente. Je suis écœuré de médiocrité, j'ai en horreur les plaisanteries clichées, les jugements tout faits, les petitesses de l'esprit. J'ai besoin d'un homme qui pense en homme.

Je n'ai vu la pièce qu'à la seizième représentation. La soirée a été calme. Je me suis trouvé devant une action simple, rapide, logique, qui m'a paru d'une rare puissance et qui m'a causé une profonde émotion. Après tout, je suis peut-être sans expérience, comme l'auteur ; on dira que j'ai peu l'habitude du théâtre et que je me suis laissé gagner trop facilement par l'angoisse de cette lutte entre deux hommes qui ne peuvent sortir que par la mort d'une situation terrible. L'histoire est franche. Elles sont deux femmes : l'une, Cécile, le cœur paisible et droit, ferme dans le devoir et la volonté, a épousé un vieillard goutteux et impotent, qui récompense sa fidélité en lui créant une vie déserte et sombre ; l'autre, Valentine, a la chair faible, le cœur violent et passionné ; elle n'aime plus son mari qui l'adore et cherche à la rendre heureuse, elle aime ailleurs. Voilà le drame dans sa dualité ; le drame poignant et silencieux, plus effroyable peut-être, entre Cécile et ce vieux débauché qui n'a réussi qu'à lui donner de nouveaux tourments, en la rendant mère d'une pauvre petite fille scrofuleuse et mourante ; puis le drame scandaleux, le drame au grand jour, entre Valentine et son mari, Robert, entre Robert et Armand, l'amant de Valentine. Un jour, les deux hommes se trouvent en présence, l'amant et le mari, sachant tout, acculés tous deux dans cette position effroyable que leur font leurs cœurs, les lois, les mœurs du pays qu'ils habitent. Ils sont comme en dehors du monde, face à face, et ils comprennent qu'ils n'ont plus qu'à mourir. Ils meurent donc, et la leçon est complète [16].

Ce qui a révolté le public, c'est que cette histoire, ces personnages sont trop vrais. On a eu l'impudente hypocrisie de feindre le doute sur l'existence de Valentine dans le monde réel. Ouvrez les yeux, pauvres aveugles ; l'adultère est ici et là, partout ; les larrons d'honneur sont toute une foule. Il est vrai que vous trouverez fort peu de Cécile. Sauf cette jeune femme qui tient ses deux mains serrées sur son cœur pour l'étouffer, tous les personnages sont mauvais, gâtés par le milieu où ils vivent. Armand, qui a le courage de la mort, n'a pas le courage de son amour ; il est lâche devant Valentine qui s'est donnée à lui. Robert punit Armand d'un crime qu'il a commis dix fois lui-même. Les maris et les amants qui se trouvaient dans la salle n'ont pas voulu se reconnaître, et ils ont murmuré.

Les gens d'expérience ont déclaré que ce n'était pas là une pièce, mais un fait divers dialogué. Je ne comprends pas bien. Est-ce que tout drame n'est pas un événement de la vie mis en dialogue ? Il y a des règles, dites-vous, pour faire une bonne pièce. Il n'y a pas de règles pour émouvoir, pour s'adresser à la raison et au cœur. J'accorde que la pièce de M. de Girardin aurait pu être mieux équilibrée ; certaines scènes auraient gagné à être plus courtes ; des détails manquent, des détails sont de trop. J'accorde tout cela, mais là n'est pas la question. Le drame existe-t-il ou n'existe-t-il pas ? Comment se fait-il que vous, gens d'expérience qui prétendez connaître les rouleries du métier, vous donniez tant d'importance à de simples questions de facture ? Cherchez l'idée, voyez si elle est dramatique, ne venez pas dire que le drame n'est qu'un fait divers, attendu qu'un fait divers peut parfaitement être un drame complet. Le talent, pour vous, consiste à rendre ce fait divers scénique ; il consiste pour moi à choisir, à inventer le fait divers, à prendre le sujet le plus puissant et le plus humain, et à jeter bravement ce sujet sur la scène, avec maladresse peut-être, mais avec énergie et volonté. Nous avons assez de faiseurs habiles, pour souhaiter un maladroit qui sache créer.

Ce Donzac, cette Louise Campbel, les deux personnages secondaires qui ont déplu, ne sont certainement pas meilleurs que les personnages secondaires des pièces applaudies, mais ils ne sont pas plus mauvais. Quant au dénouement, il a égayé le public ; ces morts fatales ont paru prodigieusement comiques. Quant à moi, j'avoue que les deux coups de pistolet me contentent pleinement. Le quatrième acte était inutile, et l'auteur a bien fait de le supprimer. Toute la pièce marche au meurtre et au suicide de la fin ; les règles, je crois, ne prescrivent pas autre chose ; un dénouement n'est jamais que le résultat nécessaire d'une action. La leçon est terrible pour Valentine, terrible pour le

public, et je jurerais, quoi qu'on dise, que bien des spectateurs et bien des spectatrices ont été troublés par cette pièce
qui met en scène un des drames intimes les plus fréquents
de nos jours.

En somme, je m'explique parfaitement la chute des *Deux
Sœurs*. La pièce est tombée plus par le public que par elle-
même. Pour faire passer cette vérité brutale, il aurait fallu
l'envelopper dans du papier doré, avec une jolie petite
devise de mirliton. Et voilà pourquoi un drame qui contient
des situations puissantes, qui, je le répète, m'a paru plein
d'une émotion forte, a sombré dans l'esprit de vaudeville,
dans l'amour des choses admises, dans l'hostilité inconsciente d'un public venu pour assister à un insuccès.

On n'a pas besoin de conseiller le courage à M. de Girardin. Il est de ces hommes que les chutes grandissent, que
les polémiques rendent plus âpres et plus jeunes. Il a voulu
dans *Le Supplice d'une femme*, dans la première version, étudier le pardon accordé par le mari à la femme coupable ; il
a voulu dans *Les Deux Sœurs* examiner le duel entre le mari
et l'amant, et en montrer l'impossibilité ; dans une troisième pièce qu'il annonce, il montrera l'assassinat permis,
excusé par la loi, lorsque l'époux outragé surprend l'épouse
et le complice en flagrant délit. Je ne sais si l'auteur réussira
à apaiser le public irrité contre lui ; je lui souhaite une telle
volonté, une telle réalité, qu'il y ait mauvaise grâce à se
refuser à l'émotion et aux applaudissements. D'ailleurs,
qu'il en soit certain, il a jeté les graines d'une semence qui
germera. Si je n'applaudissais le drame des *Deux Sœurs* pour
lui-même, je l'applaudirais pour les pièces justes et vraies
qui en naîtront tôt ou tard.

ERCKMANN-CHATRIAN

I

J'aime à considérer chaque écrivain comme un créateur qui tente, après Dieu, la création d'une terre nouvelle. L'homme a sous les yeux l'œuvre divine ; il en étudie les êtres et les horizons, puis il essaie de nous dire ce qu'il a vu, de nous montrer dans une synthèse le monde et ses habitants. Mais il ne saurait reproduire ce qui est dans sa réalité ; il n'a aperçu les objets qu'au travers de son propre tempérament ; il retranche, il ajoute, il modifie, et, en somme, le monde qu'il nous donne est un monde de son invention. C'est ainsi qu'il existe, en littérature, autant d'univers différents qu'il y a d'écrivains ; chaque auteur a ses personnages qui vivent d'une vie particulière, sa nature dont les paysages se déroulent sous des cieux étrangers.

Dès qu'un écrivain de quelque mérite a écrit huit à dix volumes, il est aisé de déterminer quel monde nouveau nous est donné. Le critique ne tarde pas à découvrir le lien de parenté unissant entre eux les êtres qui se meuvent dans ces huit ou dix volumes [1] ; il a vite sondé leur organisme, fait l'anatomie de leur âme et de leur corps, et, désormais, chaque fois qu'ils passeront devant lui, il les reconnaîtra sûrement, à certains signes caractéristiques, défauts ou qualités. De même, les horizons n'auront bientôt plus de secrets pour lui. Le critique assistera ainsi à la vie d'une création dont il pourra juger la grandeur et la réalité, en la comparant à la création de Dieu.

Pour me faire mieux comprendre, je citerai *La Comédie humaine*, de Balzac. Cet homme de génie dut, à un certain moment, regarder autour de lui et s'apercevoir qu'il avait des yeux excellents, allant droit à l'âme, fouillant les consciences, saisissant admirablement aussi les grandes lignes extérieures, voyant tout à la fois et le dedans et le dehors de la société contemporaine. À son appel, un monde entier sortit de terre, un monde de création humaine, n'ayant pas la grandeur du monde de Dieu, mais lui ressemblant par tous les défauts et par quelques-unes des qualités. Il y a là une société complète, depuis la courtisane jusqu'à la vierge, depuis le coquin suant le vice jusqu'au martyr de l'honneur et du devoir. La vie de ce monde, il est vrai, est factice parfois ; le soleil ne s'y joue pas librement ; on étouffe dans cette foule où l'air manque ; mais il s'en échappe des cris de passion, des sanglots et des rires d'une telle vérité humaine, que l'on croit avoir devant soi des frères en douleur et que l'on pleure avec eux[2].

Ayant à examiner aujourd'hui les œuvres d'un écrivain dont le nom a acquis, dans ces derniers temps, une juste renommée, je crois devoir m'inquiéter, avant tout, du monde qu'il a créé. J'espère que cette méthode critique m'aidera puissamment à communiquer au public les résultats de mon analyse, à lui faire connaître dans son entier le talent que j'ai à juger.

Le monde d'Erckmann-Chatrian est un monde simple et naïf, réel jusqu'à la minutie, faux jusqu'à l'optimisme. Ce qui le caractérise, c'est tout à la fois une grande vérité dans les détails purement physiques et matériels, et un mensonge éternel dans les peintures de l'âme, systématiquement adoucies. Je m'explique.

Erckmann-Chatrian n'a pas écrit de romans, si on entend par ce mot une étude franche et hardie du cœur humain.

La créature chez lui est une poupée faisant aller les bras et les jambes avec une merveilleuse perfection. Cette poupée sait pleurer ou sourire au moment voulu ; elle parle sa langue avec justesse, elle vit même d'une vie douce et lente. Faites défiler devant vos yeux une dizaine de ces pantins, et vous serez frappé de leur ressemblance morale. Chacun d'eux a, il est vrai, les gestes de son âge et de son sexe ; mais tous, jeunes et vieux, hommes et femmes, ont le même cœur, la même naïveté, la même bonté. Sans doute, çà et là on trouve un coquin ; mais quel pauvre coquin, et comme on voit que l'auteur n'est pas habitué à peindre de telles natures ! Là est, selon moi, la grande lacune dans le monde d'Erckmann-Chatrian. Il n'y a pas création d'âmes différentes, et, par conséquent, lutte entre les passions humaines. L'écrivain a pétri de ses mains un personnage suivant ses instincts, et ce personnage, à l'aide de quelques légères modifications, lui a servi à peupler tous ses livres. D'ailleurs, l'être lui importe peu ; le drame n'est pas dans la créature, mais plutôt dans les événements. Dès lors, on comprend cette insouciance des individualités. Les figures qu'il crée sont surtout remarquables par leur vérité physique ; elles agissent toutes sous l'empire d'un sentiment simple et nettement accusé ; en un mot, elles sont surtout là pour supporter ou déterminer une action. Mais jamais l'auteur n'étudie la créature pour elle-même, jamais il ne va jusqu'à son âme, afin d'en analyser les désespoirs et les espérances. Lorsqu'il risque l'étude d'un cœur, il semble perdre tout à coup la finesse d'observation qu'il possède à l'égard des détails extérieurs ; il est poussé fatalement à faire une peinture fade et doucereuse, d'une grande bonhomie, si l'on veut, mais radicalement fausse dans sa généralité. Son monde n'est pas assez mauvais pour vivre de la vie réelle.

Placez maintenant dans une nature vraie et énergiquement peinte ces poupées taillées en plein bois, tantôt avec une délicatesse exquise, tantôt avec une grande largeur de ciseau, vous aurez dans son ensemble le monde d'Erckmann-Chatrian, tel qu'il s'est montré à moi. Monde consolant d'ailleurs, pour lequel on ne tarde pas à se sentir une profonde sympathie. On aime ces êtres pâles et souriants, ces types de bonté, de souffrance, de grandeur morale ; on les aime dans leur tranquillité sainte, dans leur naïveté d'enfant. Ils ne vivent pas de notre vie, ignorent nos passions. Ce sont des frères plus purs, plus tendres que nous, et, à les regarder, nous gagnons en douce impression ce que nous perdons en réalité. Je me refuse à croire que ce sont là des hommes ; mais je me plais à vivre quelques heures avec ces merveilleux pantins tout à la fois plus grands que moi par leur perfection, plus petits par leur mensonge. Puis, quel beau pays que le leur, et ici quelle vérité dans les horizons ! Dans nos théâtres, ce sont les campagnes qui sont de carton et de bois ; ici, ce sont les personnages. Les champs vivent, pleurent et sourient ; le soleil luit largement, et la grande nature s'étale avec puissance, admirablement résumée en quelques traits justes et forts. Rien ne saurait rendre la sensation singulière que m'a fait éprouver ce mélange bizarre de mensonge et de vérité ; je l'ai dit, il y a là l'inverse de l'effet produit par notre monde théâtral. Imaginez des automates se promenant au milieu de la création de Dieu.

La vérité des détails physiques et matériels ne suffirait pas pour rendre grandes les œuvres d'Erckmann-Chatrian ; il y a un autre mérite en elles. Ces pantins dont je viens de parler seraient de pauvres bonshommes, s'ils ne savaient que reproduire mathématiquement nos gestes et les inflexions de notre voix. Mais, à défaut de cœur, l'auteur leur a donné une pensée morale. Ils marchent poussés par un souffle puissant de justice et de liberté. Dans toute l'œuvre circule un air sain et fortifiant. Chaque livre est une idée ; les personnages ne sont que les différents arguments qui se combattent, et la victoire est toujours la victoire du bien. C'est ce qui explique la faiblesse de l'élément romanesque ; l'écrivain est d'une gaucherie remarquable lorsqu'il touche aux passions ; il ne sait rien imaginer de mieux qu'un amour frais et souriant, délicat, il est vrai, mais d'une douceur trop égale. Lorsque, au contraire, il s'agit de réclamer les droits de la liberté humaine, alors, n'ayant plus à s'inquiéter de nos cœurs, il se sert de nous comme de jouets, il dédaigne l'individualité de l'être, il écrit son plaidoyer, sorte de dissertation historique et philosophique dans laquelle le personnage n'est plus qu'un type ou qu'une machine à joies ou à douleurs, à blâme ou à approbation.

Le fantastique joue aussi un grand rôle dans les œuvres d'Erckmann-Chatrian. Ce premier amour pour les histoires merveilleuses explique un peu le dédain de l'auteur pour l'étude vraie de l'homme. D'ailleurs, les récits du monde invisible acquièrent chez lui plus de puissance par la qualité qu'il possède de peindre dans sa réalité le monde visible. Il va par-delà la vie, et l'on ne sait l'instant où il quitte la veille pour le rêve. La vérité des observations se continue même dans ce qui n'existe pas. Toutefois, le personnage est encore ici un pur caprice, un croque-mitaine lorsqu'il veut être méchant, un petit saint lorsqu'il veut être bon. Il est évident que l'auteur, en pleine fantaisie, s'est encore moins inquiété de la réalité humaine. Sans doute, il peint une des faces de notre âme, mais il y a un tel parti pris et une telle monotonie dans cette peinture, que les héros finissent par être fatigants. Erckmann-Chatrian, et dans ses contes fantastiques, et dans ses récits historiques, a refusé le drame humain, en négligeant de mettre aux prises les sentiments et les personnalités.

Ce n'est pas sans intention que j'ai tout à l'heure nommé Balzac. J'ai choisi notre plus grand romancier, non pas pour écraser l'auteur que je juge, mais pour mieux faire ressortir le genre de son talent, en opposant ce talent à un talent complètement différent. Il me déplairait que l'on vît dans mon choix cette manœuvre critique peu délicate qui consiste à se servir d'un grand mérite pour nier un mérite moindre[3]. On comprend quel abîme sépare le monde de

Balzac du monde d'Erckmann-Chatrian, et je puis me faire mieux entendre en rapprochant ces deux créations.

Nous avons, d'une part, toute une société, un peuple ondoyant et divers, une famille humaine complète dont chaque membre a des allures particulières, un cœur qui lui appartient. Cette famille habite la France entière, Paris et la province ; elle vit la vie de notre siècle, souffre et jouit comme nous, est, en un mot, l'image de notre propre société. L'œuvre a la sécheresse d'une analyse exacte ; elle ne prêche ni n'encourage ; elle est uniquement le compte rendu brutal de ce que l'écrivain a observé. Balzac regarde et raconte ; le choix de l'objet sur lequel tombent ses regards lui importe peu, il n'a que le souci de tout regarder et de tout dire [4].

D'autre part, nous avons un groupe choisi d'âmes tendres. Tous les vivants de ce monde tiennent dans le creux de la main : un garçon naïf et amoureux, une fillette fraîche et souriante, un bon vieux moraliste et paterne, une bonne vieille grondeuse et dévouée, puis quelque beau sentiment personnifié dans une figure héroïque. Ce petit peuple vit dans un petit coin de la France, dans le fond de l'Alsace, ayant des mœurs d'une autre époque et vivant une vie qui n'est pas la nôtre. Il est en plein âge d'or. Les vieux travaillent, boivent et fument ; les jeunes sont soldats, musiciens ou fainéants ; les filles, servantes d'auberge, fermières ou bourgeoises, sont des modèles d'ordre et de propreté, aimant dans toutes les conditions et ne trompant jamais. Aucun de ces êtres n'est secoué par nos passions ; ils habitent à des millions de lieues de Paris, et vous ne trouverez en eux rien de moderne.

Peut-être certains de ces bonshommes sont-ils d'excellentes études de paysans et d'ouvriers alsaciens ; sans doute des modèles ont posé ; mais de pareils portraits ne peuvent être que des curiosités d'artiste, et, lorsqu'ils emplissent onze volumes, ils ennuient par leur monotonie ; on regrette l'entêtement mis par l'écrivain à ne nous montrer qu'un petit coin d'une société, lorsqu'il pourrait nous montrer cette société tout entière. Chaque récit semble une légende que raconterait un enfant, avec son parler naïf et son âme candide ; tout y est pur et simple, tout pourrait sortir d'une bouche de douze ans. On devine ce que devient notre monde fiévreux en passant par une telle innocence. Les créatures qui peuplent ces histoires adoucies ont une blancheur particulière. Et même, au risque de me contredire, je finis par m'apercevoir qu'il n'y a pas là plusieurs êtres, à proprement parler, qu'il n'y a pas un monde, mais une créature unique et typique, faite de douceur, de simplicité et de justice, d'un peu d'égoïsme peut-être, qui engendre tous les personnages en changeant d'âge, de sexe et d'attitude. Hommes et femmes, jeunes et vieux sont une même âme. Balzac a résumé les passions en fortes individualités. Erckmann-Chatrian a délayé deux ou trois sentiments en plusieurs douzaines de poupées coulées dans le même moule.

Je ne puis donner le nom de romans aux ouvrages d'Erckmann-Chatrian. Ce sont des contes, si l'on veut, des légendes, des nouvelles, et encore des récits historiques, des scènes détachées de la vie militaire. Il m'est aisé maintenant de dire un mot de chacun d'eux et de justifier ainsi par des exemples le jugement que je viens de porter.

Pour plus de clarté, je diviserai en deux catégories les onze volumes qu'Erckmann-Chatrian a déjà produits : les contes proprement dits et les récits historiques.

II

Il y a, dans l'œuvre, jusqu'à trois volumes de contes fantastiques : les *Contes fantastiques*, les *Contes des bords du Rhin* et les *Contes de la montagne*. C'est là, selon moi, la partie faible. La qualité la plus saillante que l'auteur y ait déployée est cette précision de détails dont j'ai parlé, qui ne permet pas au lecteur de fixer le point juste où la veille cesse, où le rêve commence. Mais ces récits ne valent ni ceux d'Edgar Poe, ni même ceux d'Hoffmann [5], les maîtres du genre. Le conteur américain a, dans l'hallucination et le prodige, une logique et une déduction mathématique autrement puissantes ; le conteur allemand a plus de verve, plus de caprice, des créations plus originales. En somme, les contes d'Erckmann-Chatrian sont des légendes délicatement travaillées, dont le principal mérite est une couleur locale très réussie, mais fatigante à la longue. On dirait de ces estampes au dessin archaïque, enluminées naïvement, un peu effacées par le temps. Sans doute il y a des inventions ingénieuses, des fantaisies philosophiques finement paradoxales, il y a des histoires où le terrible et l'étrange ont une grande allure d'un effet saisissant et profond. Toutefois, dans ce domaine de l'imagination pure, l'œuvre, pour être vraiment remarquable, demande des qualités supérieures. Je suis loin de nier le talent d'Erckmann-Chatrian en ce genre difficile, et je reconnais même qu'il est un des rares écrivains qui ont réussi de nos jours le conte fantastique. Mais comme il a écrit ensuite des pages meilleures et plus personnelles, il est permis au critique de passer rapidement, sans grands éloges, sur ces œuvres de début qui, certes, ne promettaient pas les récits historiques publiés plus tard. Je ne puis analyser aucun de ces contes très courts et très nombreux, dont quelques-uns, je le répète, méritent de fixer l'attention. Nos fils les liront avec plaisir, surtout parce qu'ils sont de l'auteur de *Madame Thérèse*.

Les *Confidences d'un joueur de clarinette* se composent de deux récits : *La Taverne du jambon de Mayence* et *Les Amoureux de Catherine*. Ici j'admire, je ne puis mentir à mon émotion, à la saine et douce sensation qui me pénètre. Ce sont deux nouvelles, si discrètes et si naïves, que je n'ose y toucher, crainte d'en faner les couleurs et d'en dissiper les parfums. L'une est l'histoire d'un pauvre diable de musicien qui aime et qui perd son cher amour. L'autre, peut-être plus pénétrante encore, est le récit des tendresses d'un jeune maître d'école pour la belle Catherine, la riche cabaretière. Au dénouement, Catherine plante là tous les gros bonnets du pays et va donner un baiser au maître d'école, lui apportant sa richesse et son amour en récompense de ses longs regards rêveurs. Cette histoire est certainement la plus émue qu'ait écrite Erckmann-Chatrian ; pour moi, c'est là son chef-d'œuvre de sentiment. Il y a mis sa personnalité, cette personnalité que je me suis efforcé d'analyser, sa douceur, sa bonhomie et sa naïveté, son souci des détails, sa santé plantureuse et riante. Le jour où il a écrit *Les Amoureux de Catherine*, il a donné le dernier mot de ce que j'appellerai sa première manière. Le cadre étroit, les justes proportions accordées à cette nouvelle, en font la perle de la collection, en ne lui laissant que l'importance nécessaire et en la faisant bénéficier de toute sa modestie.

J'aime peu *L'Illustre Docteur Mathéus*. Cette histoire d'un savant qui s'en va par monts et par vaux, prêchant la palingénésie [6], traînant sur ses talons le ménétrier Coucou Peter, est une fantaisie littéraire et philosophique, qui aurait pu donner lieu à une vingtaine de pages agréables ; délayée en un volume, elle rappelle trop *Don Quichotte* et semble vouloir prendre une importance qu'elle ne saurait avoir. Elle contient de jolis détails, mais elle pèche par cette monotonie que j'ai reprochée à Erckmann-Chatrian, elle prouve que l'écrivain reste un conteur, quelle que soit la longueur de ses ouvrages.

C'est surtout dans *L'Ami Fritz* que cette vérité est frappante. Une nouvelle est une nouvelle, qu'elle ait cinquante pages ou qu'elle en ait trois cents. *L'Ami Fritz* est une nouvelle de trois cents pages qui gagnerait à être réduite au moins de deux tiers. L'auteur a eu le bon esprit de donner de justes dimensions aux *Amoureux de Catherine*, et il a écrit un petit chef-d'œuvre. A-t-il espéré écrire un roman en élargissant le cadre sans y mettre une action plus large, plus approfondie ? On tolère la simplicité, l'observation

superficielle, la répétition des mêmes gestes et des mêmes
paroles, lorsqu'on ne doit vivre que quelques minutes avec
un livre. Mais lorsque le récit prend l'espace suffisant à une
œuvre sérieuse et complète, on est fâché de ne trouver
qu'une bluette. Les qualités se changent forcément en
défauts. Ainsi, pour emplir tout un volume, nous avons
l'histoire d'un célibataire, Fritz Kobus, un bon vivant qui a
horreur du mariage et qui est converti au dénouement par
les yeux bleus de la petite Suzel, la fille de son fermier. Le
sujet étant trop mince, l'auteur s'attarde en longues descriptions ; il refait le tableau qu'il a fait cent fois, il vous montre
tout ce peuple alsacien, ivrogne et travailleur, que nous
connaissons maintenant aussi bien que lui. Si encore il étudiait humainement la lutte entre l'égoïsme et l'amour de
Fritz ; mais ce Fritz est un grand enfant que je ne puis
prendre au sérieux. Il aime Suzel comme il aime la bière.
Je ne vois dans l'œuvre qu'une fantaisie sentimentale et puérile, trop en dehors de mon âge et de moi-même pour pouvoir m'intéresser. Elle mérite un sourire.

J'ai gardé *Maître Daniel Rock*, car cette œuvre-là est
grosse de révélations sur le talent d'Erckmann-Chatrian.
Maître Daniel est un forgeron, un amant du passé qui vit
dans l'amour des choses d'autrefois. Entouré de ses fils et
de sa fille, il se retire pas à pas devant l'esprit moderne
qui monte et détruit ses chères croyances. Au dernier jour,
désespéré et sentant la victoire lui échapper, il forge des
piques de fer ; puis il va avec ses fils attendre un train sur
une voie ferrée que l'on vient d'ouvrir ; ils attaquent la locomotive qui passe sur eux et qui broie leurs corps. C'est ainsi
que le progrès écrasera les anciennes ignorances. Sans doute,
comme homme, Erckmann-Chatrian est pour l'esprit
moderne ; mais, comme artiste, il est malgré lui pour le
passé. Son maître Daniel est un colosse, une grande figure
amoureusement travaillée, tandis que l'ingénieur qu'il lui
oppose est un pantin ridicule. Nous touchons, ici, au secret
du talent de l'écrivain.

Je puis affirmer maintenant qu'Erckmann-Chatrian connaît et aime tous les grands sentiments de notre âge, mais qu'il ignore et dédaigne l'homme moderne. Il est seulement à l'aise avec les géants d'autrefois ou les habitants naïfs d'une province perdue ; il ne saurait toucher à notre monde parisien. S'il lui arrive, par malheur, de mettre en scène un de nos frères, il ne sait ni le comprendre ni le peindre. En un mot, il est l'homme de la légende, il refuse le roman contemporain.

Lorsqu'il veut exalter quelque grande pensée moderne, il n'a garde de choisir ses personnages dans notre société, mais il va choisir quelque héros de conte bleu ; il crée de toutes pièces une figure allégorique, il emploie comme il peut son monde alsacien. Ainsi, nous assistons à ce singulier spectacle dont j'ai parlé, de créatures étrangères à notre vie et animées cependant des sentiments de l'époque. Je le répète, ces créatures sont des poupées qui représentent des pensées et non des cœurs.

III

Dans les quatre volumes qui me restent à examiner, Erckmann-Chatrian a étudié notre histoire à une époque grandiose et sanglante, à l'heure de nos plus grandes gloires et de nos plus grands châtiments. L'enseignement qui se dégage de ces livres peut être exprimé par ce précepte : « Ne faites pas aux autres ce que vous ne voulez pas que l'on vous fasse. » C'est-à-dire restez tranquilles à vos foyers, ne portez pas le fer et le feu chez vos voisins, ou les voisins viendront à leur tour ravager vos champs et s'asseoir dans vos villes. L'auteur montre les peuples aux prises ; il fait un tableau horrible de la guerre, et il réclame par là la paix universelle ; il demande qu'on laisse le paysan à la charrue, l'ouvrier à son outil. Il n'a d'ailleurs tiré aucun autre parti de l'époque historique qu'il a choisie ; il y a vu seulement une grande effusion de sang, des morts et des blessés, et il a demandé grâce pour les humbles et les travailleurs. C'est là de l'histoire populaire, naïve, égoïste, ignorante des grands courants supérieurs, s'attachant surtout à l'effet et ne montant jamais à la cause. Les gens instruits pourront reconstruire la France à l'aide de la peinture d'une petite ville ; mais je doute que le peuple, pour lequel les livres semblent écrits, y prenne des leçons justes et vraies. Il les lira avec intérêt, trouvant en eux les sentiments qui l'animent, l'amour de la patrie mêlé à l'amour de la propriété, les instincts de violence et le besoin de repos, la haine du despotisme et l'élan vers la liberté. Mais il n'y apprendra pas l'histoire, cette science sévère ; il condamnera les événements, sans les comprendre, emporté seulement par sa sensibilité et par son égoïsme.

Il y a deux faces bien distinctes dans les ouvrages dont je parle : une partie romanesque d'une grande faiblesse, une partie descriptive admirable.

La méthode d'Erckmann-Chatrian est simple : il prend un enfant et lui fait conter une bataille qui a eu lieu devant lui ; il écrit les mémoires d'un soldat et il décrit seulement les scènes auxquelles ce soldat a assisté. Il arrive ainsi à une puissance de description extrême ; il ne s'égare pas dans l'aspect de l'ensemble, il concentre toutes ses forces d'observation sur un point, et il réussit à nous donner un tableau exact, grand comme la main, qui, par une force merveilleuse, nous fait deviner tout ce qui devait l'entourer. Il n'est pas jusqu'à la naïveté du récit qui ne soit ici un attrait de plus ; la vérité brutale des détails, l'impitoyable réalité prend je ne sais quel air de franchise qui en grandit encore l'horreur. Puis, dès que l'auteur en revient aux amours de ses héros, toute sa force l'abandonne, il balbutie, sa main tremble et il ne trouve plus un seul trait énergique. Ses œuvres gagneraient à n'être que de simples annales, une suite de tableaux détachés.

Je veux analyser les quatre ouvrages selon leur ordre historique, et non selon leur date de publication. Tous quatre se tiennent, se suivent et s'expliquent.

Madame Thérèse est le chef-d'œuvre de la seconde manière d'Erckmann-Chatrian, de même que *Les Amoureux de Catherine* est le chef-d'œuvre de la première. Ici il y a presque roman. La partie descriptive et la partie romanesque ne font qu'une et constituent par leur union un véritable livre. Tout est pondéré, rien ne domine, et cet équilibre exquis des divers éléments d'intérêt contente le cœur et l'imagination. L'œuvre est vraiment originale ; elle est une création, le fruit mûr et savoureux d'une personnalité douce et forte à la fois. Elle a, en un mot, le mérite d'être l'expression la plus nette et la plus complète d'un tempérament. La naïveté y sied à merveille, car le récit sort de la bouche d'un enfant ; les combats y ont une allure franche et généreuse, car ce sont les combats d'une nation libre qui est riche de sang et de courage ; l'amour y est grand, sinon vivant, car il naît dans la poitrine d'une fille héroïque, un des types les plus nobles de l'écrivain. Heureuses les œuvres qui viennent au monde dans la floraison du talent de leur auteur ! Puis, quel héroïsme, quel patriotisme, quels souffles larges et puissants ! Mme Thérèse est tout à la fois la France et la liberté, la patrie et le courage. Cette jeune femme qui suit aux frontières son père et ses frères, qui tombe blessée dans un petit village des Vosges, et qui, sauvée par le docteur Jacob Wagner, l'épouse au dénouement, c'est la jeune liberté qui défend le sol et s'unit au peuple. L'heure est solennelle dans notre histoire, lorsque les peuples menaçaient nos libres institutions acquises au prix de tant de larmes. La défense alors était sacrée, la guerre devenait sainte. Erckmann-Chatrian est ici pour les combats ; il verse le sang avec un enthousiasme qui est presque un applaudissement. Tout me plaît dans *Madame Thérèse*, la jeunesse et l'ardeur, la bonhomie et l'élan, les tableaux d'intérieur qui font mieux valoir les scènes guerrières, même les personnages secondaires, ces éternels Alsaciens qui sont ici à leur véritable plan. Je le répète, ce livre est un chef-d'œuvre par l'admirable harmonie des parties, par le juste mélange des éléments qui le composent.

Dans l'*Histoire d'un conscrit de 1813* et dans *Waterloo*, l'époque historique a changé ; l'Empire en est à ses derniers râles. Le premier de ces livres nous conte les batailles de Lützen et de Leipzig [7], lorsque les nations, fatiguées de nos conquêtes, s'unirent et nous demandèrent compte du sang versé ; le second est le récit de l'écroulement du colosse, l'acte suprême de cette sanglante tragédie qui rejette Napoléon à l'exil et à la mort. Ici la partie descriptive et historique, la peinture des batailles est plus navrante, plus énergique encore que dans *Madame Thérèse*. L'écrivain a trouvé des couleurs admirables de vérité et de vigueur pour peindre cette lutte dernière d'un homme contre tous les peuples ; il a rencontré, dans la simplicité et dans la réalité, des accents déchirants et nous a donné, par fragments, le poème épique moderne. Je ne saurais trop louer Erckmann-Chatrian sur cette partie de son œuvre, moi qui me montre si sévère pour les autres parties.

Les deux livres sont en quelque sorte les mémoires du fusilier Joseph Bertha, l'ouvrier horloger, le pauvre boiteux que la conscription prend et jette aux hasards de la guerre ; ils nous content la douleur qu'il éprouve à quitter sa chère Catherine et son maître, le bon et sage M. Goulden, ses combats, ses blessures et ses souffrances, ses pensées et ses tristesses. Nous le suivons dans ses campagnes, sur les champs de bataille, et c'est là que l'œuvre est admirable. Il y a création réelle, et la guerre est rendue dans toute sa sombre et grandiose vérité.

Ce soldat, lorsqu'il se bat, qu'il espère ou qu'il pleure, n'est plus une poupée ; c'est un ouvrier, un simple d'esprit, un égoïste, si l'on veut, qui se révolte de servir lorsque la loi devait l'exempter. Il nous conduit à la victoire, à la défaite, à l'hôpital et à l'ambulance, dans les champs humides et glacés, dans les enivrements du combat et dans les mornes terreurs de la retraite, – et sa parole naïve et triste ne nous permet pas de douter de sa franchise. Tout est vrai, car le mensonge ne saurait avoir cette émotion ni cette terrible exactitude. C'est la gloire du capitaine jugée par le soldat. Le sang coule, les entrailles se répandent, les cadavres emplissent les fossés ; puis, parmi les morts, dans la plaine rouge et navrante, passe par instants une rapide apparition, Napoléon, gris et froid, pâle au milieu de la pourpre du combat, la face éclairée comme par la lumière blanche des baïonnettes. Je ne connais pas de plus beau plaidoyer contre la guerre que ces pages émouvantes. Mais quelle pauvreté dans la partie romanesque ! Comme ces ouvrages sont mal agencés et mal distribués !

Ce n'est plus l'heureux équilibre de *Madame Thérèse* ; il n'y a plus de livre, mais seulement de beaux fragments. Les amours de Joseph Bertha et de Catherine sont puériles ; elles se mêlent gauchement à la trame du récit. Dans *Waterloo* surtout, cette complète séparation des deux éléments est très sensible. Le volume est séparé en deux parties : la première qui se passe en pleine idylle, la seconde en pleine épopée. Pendant cent cinquante pages, nous assistons aux soupirs et aux sourires de Joseph et de Catherine, aux sages discours de M. Goulden ; pendant cent cinquante autres pages, nous courons les champs de bataille. Il y a là deux histoires. L'ouvrage pèche par un manque d'harmonie. Je préfère, à ce point de vue, l'*Histoire d'un conscrit de 1813*, où le récit commence plus vite.

Enfin, *Le Fou Yégof* est un épisode de la grande invasion de 1814, la suite naturelle de Waterloo. Ce récit, écrit le premier, me paraît plus faible que les autres ; il contient d'excellentes peintures de combats, mais il s'y mêle un fantastique mal réussi et des velléités de roman d'aventures qui me gâtent cette belle simplicité qui est le talent même d'Erckmann-Chatrian. On dirait un mauvais pastiche des contes de Walter Scott. Les grandes figures que l'auteur y fait mouvoir sont des figures purement légendaires ; nous n'avons même plus ces braves Alsaciens que leur belle humeur rend parfois supportables. Les personnages se perdent dans le songe, et c'est grâce à quelque description vigoureuse et technique que les événements prennent une date.

IV

J'ai voulu seulement étudier, en toute franchise et en toute hardiesse, la personnalité, le tempérament d'Erckmann-Chatrian ; j'ai voulu faire l'anatomie littéraire d'un artiste qui a déjà beaucoup produit et qui a réussi à fixer l'attention publique. Mais je déclare, malgré mes restrictions, que cet auteur m'est très sympathique. L'importance que j'ai donnée à cette étude prouve le cas que je fais d'un écrivain sincère et consciencieux dont les ouvrages sont pleins de pages justes et vraies.

Si j'ai été trop sévère, j'ai péché par ignorance. Je ne connais pas ce monde alsacien qui emplit l'œuvre ; il se peut qu'il existe, qu'il ait trop de naïveté, trop de douceur, et que chez lui tous les hommes se ressemblent moralement, presque physiquement. Erckmann-Chatrian est de cette bienheureuse contrée où règne encore l'âge d'or ; il en a parlé savamment. Quant à moi, mes instincts ne me permettent pas d'accepter de tels personnages, lorsqu'ils doivent être éternels. Je ne puis, après avoir vécu en bonne intelligence avec Germinie Lacerteux, me sentir à l'aise avec l'ami Fritz.

Si Erckmann-Chatrian consentait à changer ses poupées pour des personnes vivantes, nous serions les meilleurs amis du monde. Je me trouve si bien dans ses campagnes, je respire si largement dans les horizons qu'il ouvre ! Il est vrai dans le détail, il peint avec largeur et énergie, il a un style simple, peut-être un peu négligé ; en un mot, je n'aurais pas assez d'éloges pour lui, s'il se décidait à étudier les hommes de nos jours dont il prend les sentiments pour les donner à des pantins.

On me dit qu'Erckmann-Chatrian travaille en ce moment à un récit en faveur de l'instruction obligatoire. Voilà un beau sujet pour prêcher. Je tremble de voir reparaître les Alsaciens. La société moderne est là qui attend ses historiens. Pour l'amour de Dieu, quittez l'Alsace et étudiez la France, étudiez l'homme moderne tel qu'il est, étudiez ses pensées et ses besoins, et surtout n'oubliez pas son cœur.

M. H. TAINE, ARTISTE

Chez tout historien, tout philosophe, il y a un littérateur, un artiste, s'accusant dans ses œuvres avec un relief plus ou moins puissant. C'est dire qu'il y a un homme, un tempérament fait d'esprit et de chair, qui voit à sa façon les vérités philosophiques et les faits historiques, et qui nous donne ces vérités et ces faits tels qu'il les perçoit, d'une façon toute personnelle.

Je veux, aujourd'hui, dégager l'artiste de la personnalité de M. Taine, historien, critique et philosophe. Je veux n'étudier en lui que la face purement littéraire et esthétique. Ma tâche est de connaître son tempérament, ses goûts et ses croyances artistiques. J'aurai ainsi à l'envisager dans ses œuvres et dans la philosophie qu'il s'est faite de l'art. Je sens que souvent, malgré moi, j'aurai affaire au penseur ; tout se tient dans une intelligence. Mais je ne remonterai jamais au philosophe que pour mieux expliquer l'artiste.

On a fait grand bruit autour de M. Taine, critique et historien. On n'a vu en lui que le révolutionnaire, armé de systèmes, venant porter le trouble dans la science de juger le beau. Il a été question du novateur qui procédait carrément par simple analyse, qui exposait les faits avec brutalité, sans passer par les règles voulues et sans tirer les préceptes nécessaires. À peine a-t-on dit qu'il y avait en lui, avant tout, un écrivain puissant, un véritable génie de peintre et de poète. On a semblé sacrifier le littérateur au penseur. Je ne désire pas faire le contraire, mais je me sens porté à admirer l'écrivain aux dépens du philosophe, et j'essaierai ainsi de compléter la physionomie de M. Taine, déjà si étudié comme physiologiste et comme positiviste [1].

Un système philosophique m'a toujours effrayé. Je dis système, car toute philosophie, selon moi, est faite de bribes ramassées çà et là dans les croyances des anciens sages. On se sent le besoin de la vérité, et, comme on ne trouve la vérité entière nulle part, on s'en compose une pour son usage particulier, formée de morceaux choisis un peu partout. Il n'est peut-être pas deux hommes qui aient le même dogme, la même foi. Chacun apporte un léger changement à la pensée du voisin. La vérité n'est donc pas de ce monde, puisqu'elle n'est point universelle, absolue. On comprend mon effroi, maintenant : c'est une chose difficile que de pénétrer les secrets ressorts d'une philosophie individuelle, d'autant plus que le philosophe a presque toujours délayé sa pensée dans un grand nombre de volumes. J'ignore donc quelle peut bien être la vraie philosophie de M. Taine ; je ne connais cette philosophie que dans ses applications. Derrière le système littéraire et esthétique de l'auteur, il y a certainement une croyance qui lui donne toute sa force, mais aussi toutes ses faiblesses. Il a dans la main un outil puissant, dont on ne voit pas bien le manche ; cet outil, comme tous ceux que se créent les hommes, lorsqu'il est dans la vérité, pénètre profondément et fait une besogne terrible ; mais, lorsqu'il est dans l'erreur, il porte à faux et ne fait que de méchant travail.

Nous verrons cet outil à l'œuvre. C'est justement de l'ouvrier dont je parlerai, de sa main rude et forte qui taille en plein chêne, cloue ses jugements, construit des pages solides et sobres, un peu âpres.

M. Taine n'est pas l'homme de son temps ni de son corps. Si je ne le connaissais, j'aimerais à me le représenter carré des épaules, vêtu d'étoffes larges et splendides, traînant quelque peu l'épée, vivant en pleine Renaissance. Il a l'amour de la puissance, de l'éclat ; il semble à l'aise dans les ripailles, parmi les viandes et les vins, au milieu des réceptions de cour, en compagnie de riches seigneurs et de belles dames étalant leurs dentelles et leurs velours. Il se vautre avec joie dans les emportements de la chair, dans toutes les forces brutales de l'homme, dans la soie comme les guenilles, dans tout ce qui est extrême. C'est le compagnon de Rubens et de Michel-Ange, un des lurons de la *Kermesse*[2], une de ces créatures puissantes et emportées tordant leurs membres de marbre sur le tombeau des Médicis. À lire certaines de ses pages, on s'imagine un grand corps riche de sang et d'appétits, aux poings énormes, une opulente nature menant une vie de festins et de fêtes, mettant sa joie dans la splendeur insouciante de son luxe et dans la conscience de sa force herculéenne.

Et cependant, tout au fond, il y a de la fièvre. Cette santé plantureuse est factice ; cet amour du luxe large et magnifique n'est qu'un regret. On sent que l'auteur est notre frère, qu'il est faible et nu, qu'il appartient bien à notre siècle de nerfs. Ce ne peut être là une nature sanguine, c'est un esprit malade et inquiet, qui a des aspirations passionnées vers la force et la vie libre. Il y a un côté maladif et souffrant dans les peintures grasses et hautes en couleur qu'il nous donne. Il n'a pas le bel abrutissement de ces Saxons et de ces Flamands dont il parle avec tant de complaisance ; il ne vit pas en paix dans sa graisse et dans sa digestion, riant d'un rire épais. Il vit de notre vie nerveuse et affolée, il frissonne, il a l'appétit léger et l'estomac étroit, il porte le vêtement sombre et étriqué de notre âge. Et c'est alors qu'il se plaît à parler de mangeaille et de manteaux royaux, de mœurs brutales et d'existence luxueuse et libre. Il se lâche en aveugle dans ces jours d'autrefois où s'étalaient les beaux hommes, et il me semble l'entendre, tout au fond, se plaindre vaguement de lassitude et de souffrance.

Par un contraste étrange, il y a encore un autre homme
en lui, un homme sec et positif, un mathématicien de la
pensée, qui fait le plus singulier effet à côté du poète prodigue dont je viens de parler. L'éclat disparaît ; par instants,
le froissement des belles étoffes et le choc des verres
s'éteignent ; la phrase, resserrée et raide, n'est plus que le
langage d'un démonstrateur qui explique un théorème.
Nous assistons à une leçon de géométrie, de mécanique. La
carcasse de chacune de ses œuvres est ainsi fortement
forgée ; elle est l'ouvrage d'un mécanicien impitoyable, qui
ajuste chaque pièce avec un soin particulier, qui dresse sa
charpente selon des mesures exactes, ménageant de petits
casiers pour chacune des pensées, et liant le tout avec des
crampons puissants. La masse est effrayante de solidité.
M. Taine est d'une sécheresse extrême dans le plan et dans
toutes les parties de pur raisonnement, il ne se livre, il n'est
poète que dans les exemples qu'il choisit pour l'application
de ses théories. Aussi dit-on de ses livres qu'ils fatiguent
un peu à la lecture ; on voudrait plus de laisser-aller, plus
d'imprévu ; on est irrité contre cet esprit altier, qui vous
ploie brutalement à ses croyances, qui vous saisit comme
un engrenage et vous attire tout entier, si vous avez le malheur de vous laisser pincer le bout des doigts. Le poète n'est
plus ; on a devant soi un esprit systématique, qui obéit à
une idée unique et qui emploie toute sa puissance à rendre
cette idée invincible.

Ouvrez n'importe quel livre de M. Taine, et vous y trouverez les trois caractères que je viens de signaler : une grande
sécheresse, une prodigalité sanguine, une sorte de faiblesse
fiévreuse. Qu'il donne une relation de voyage, qu'il étudie
un écrivain, qu'il écrive l'histoire d'une littérature, il reste
le même, sec et rigide dans le plan, prodigue dans le détail,
vaguement faible et inquiet au fond. Pour moi, il est trop
savant. Toutes ses allures systématiques lui viennent de sa
science. Je préfère le poète, l'homme de chair et de nerfs,
qui se révèle dans les peintures. Là est la vraie personnalité

de M. Taine, ce qui lui appartient en propre, ce qui lui vient de lui, et non de l'étude. Le système qu'il a construit serait un bien mauvais instrument dans des mains moins puissantes et moins ingénieuses que les siennes. L'artiste a grandi le philosophe à ce point qu'on n'a plus vu que le philosophe. D'autres appliqueront les mêmes théories, modifieront et amélioreront la loi mathématique qu'il affirme avoir trouvée. Mais, cette personnalité forte, cette énergie de couleurs, cette intuition profonde, ce mélange étonnant d'âpreté et de splendeur, voilà ce qui ne nous sera peut-être pas donné une seconde fois et ce qu'il faut admirer aujourd'hui.

Le style de M. Taine a des insouciances et des richesses de grand seigneur. Il est inégal et heurté sciemment. Il est le produit direct de ce mathématicien et de ce poète qui ne font qu'un. Les répétitions importent peu ; la phrase marche fortement, insoucieuse de la grâce et de la régularité ; çà et là, il y a des trous noirs. Les descriptions, les citations abondent, unies entre elles par de petites phrases sèches. On sent que l'auteur a voulu tout cela, qu'il est maître de sa plume, qu'il sait l'effet produit. On est en présence d'un artiste qui, connaissant les plus minces secrets de son art, se permet toutes choses et se donne entier, sans jamais atténuer sa personnalité. Il écrit comme il pense, en peintre et en philosophe, sobrement et à outrance.

Je citerai deux de ses œuvres pour me faire mieux comprendre. Il en est une, le *Voyage aux Pyrénées*[3], qui sous la plume de tout autre aurait été une suite de lettres écrites un peu à l'aventure, une relation libre et courante. Ici, nous avons des divisions exactes, nettement indiquées, de petits chapitres coupés avec une précision mathématique. Et chacun de ces casiers, que l'on pourrait numéroter, contient un paysage splendide, ou une observation profonde, ou encore une vieille légende de sang et de carnage. L'auteur a rangé méthodiquement tout ce que sa riche imagination lui a inspiré de plus exquis et de plus grandiose en face des vaux et des monts. Il est resté systématique jusque dans l'émotion que lui ont causée les horizons terribles ou charmants. Là est l'empreinte d'un des caractères de son esprit. Son amour de la force se trouve aussi amplement indiqué ; il est dans l'amitié qu'il témoigne aux grands chênes, dans son admiration profonde pour les vieilles Pyrénées ; il est encore dans le choix des anecdotes qu'il raconte, anecdotes des mœurs cruelles et libres d'un autre âge. L'œuvre a une saveur étrange : elle est forte et tourmentée. Ce n'est plus là un récit de voyage, c'est un homme, un artiste qui nous conte ses tressaillements en face de l'Océan et des montagnes. Certaines pages, *Vie et opinions philosophiques d'un chat*, m'ont toujours fait désirer de voir M. Taine écrire des nouvelles, des contes [4] ; il me semble que son imagination, sa touche sobre et éclatante feraient merveille dans les travaux de pure fantaisie. N'a-t-il pas quelque roman en portefeuille [5] ?

L'*Histoire de la littérature anglaise* compte quatre gros volumes [6]. Le cadre s'agrandit, le sujet devient plus large, mais l'esprit reste le même, l'artiste ne change pas. Ici encore, la main qui a élevé la charpente, disposé les détails, construit la masse à chaux et à sable, est cette main systématique et prodigue à la fois, frappant fort. L'*Histoire de la littérature anglaise* est d'ailleurs l'œuvre maîtresse de M. Taine ; toutes celles qui ont précédé ont tendu vers elle, et toutes celles qui viendront en découleront sans doute. Elle contient la personnalité entière de l'auteur, sa pensée unique dans son application la plus exacte ; elle est le fruit mûr et pleinement développé du mathématicien et du poète, elle est l'expression complète d'un tempérament et d'un système [7]. M. Taine se répétera forcément ; il peut multiplier à l'infini les applications de sa théorie, étudier chaque époque littéraire et artistique ; les expressions et les conclusions changeront, mais la charpente demeurera la même, les détails viendront se ranger et se classer dans le même ordre.

Tandis que toute la presse discutait le système de l'auteur, je m'extasiais devant ces quatre gros volumes, devant cette vaste machine si délicatement et si solidement construite ; j'admirais les marqueteries irrégulières et bizarres de ce style, l'ampleur de certaines parties et la sécheresse des attaches ; je jouissais de cette joie que tout homme du métier prend à considérer un travail précieux et étrange, d'une barbarie savante ; je goûtais un plaisir tout plastique, et je trouvais l'artiste qui me convenait, froid dans la méthode et passionné dans la mise en scène, tout personnel et tout libre.

Maintenant, il est facile d'imaginer quelles vont être les préférences de cet artiste, son esthétique et ses tendresses littéraires. S'il est trop savant et trop raffiné pour pécher lui-même contre le goût, s'il a trop d'exactitude dans l'esprit pour se livrer à une débauche de pensée et de style, s'il est, en un mot, trop de notre époque pour s'abandonner à la brutalité saxonne ou à l'exubérance italienne, il va toutefois témoigner ses sympathies aux écrivains, aux peintres, aux sculpteurs, qui se sont laissés aller aux ardeurs de leur sang et de leurs nerfs. Il aimera la libre manifestation du génie humain, ses révoltes, ses démences mêmes ; il cherchera la bête dans l'homme [8], et il applaudira lorsqu'il entendra le cri de la chair. Sans doute, il n'applaudira pas tout haut, il tâchera de garder le visage impassible du juge ; mais il y aura un certain frémissement dans la phrase qui témoignera de toute la volupté qu'il prend à écouter la voix âpre de la réalité. Il aura des sourires pour les écrivains et les artistes qui se sont déchirés eux-mêmes, montrant leurs cœurs sanglants, et encore pour ceux qui ont compris la vie en belles brutes florissantes. Il aimera Rubens et Michel-Ange, Swift et Shakespeare. Cet amour, chez lui, sera instinctif, irréfléchi. Ayant le profond respect de la vie, il déclarera d'ailleurs que tout ce qui vit est digne d'étude, que chaque époque, chaque homme méritent d'être expliqués et commentés.

Aussi, lorsqu'il arrivera à parler de Walter Scott, le traitera-t-il de bourgeois [9].

Tel est l'esprit qui, l'année dernière, a été appelé à professer le cours d'esthétique à l'École des beaux-arts. Je laisse, dès maintenant, l'écrivain de côté, et je ne m'occupe plus que du professeur, qui enseigne une nouvelle science du beau. D'ailleurs, je ne désire examiner que ses premières leçons, que sa philosophie de l'art. Il applique cette année ses théories, il étudie les écoles italiennes. Ses théories seules m'intéressent aujourd'hui, et je n'ai pas à voir avec quelle compétence et quelle autorité il parle des trésors artistiques de cette Italie qu'il a visitée dernièrement. Ce qui m'importe, c'est de saisir le mécanisme de sa nouvelle esthétique, c'est d'étudier en lui le professeur. Nous aurons ainsi son tempérament artistique dans son entier.

Professeur n'est pas le véritable mot, car ce professeur n'enseigne pas ; il expose, il dissèque. Tout à l'heure, je disais qu'un des caractères distinctifs de cette nature de critique était d'avoir la compréhension largement ouverte, d'admettre en principe toutes les libres manifestations du génie humain. Le médecin se plaît à toutes les maladies ; il peut avoir des préférences pour certains cas plus curieux et plus rares, mais il se sent également porté à étudier les diverses souffrances. Le critique est semblable au médecin ; il se penche sur chaque œuvre, sur chaque homme, doux ou violent, barbare ou exquis, et il note ses observations au fur et à mesure qu'il les fait, sans se soucier de conclure ni de poser des préceptes. Il n'a pour règle que l'excellence de ses yeux et la finesse de son intuition ; il n'a pour enseignement que la simple exposition de ce qui a été et de ce qui est. Il accepte les diverses écoles ; il les accepte comme des faits naturels et nécessaires, au même degré, sans louer les unes aux dépens des autres, et, dès lors, il ne peut plus qu'expliquer leur venue et leur façon d'être. En un mot, il n'a pas d'idéal, d'œuvre parfaite qui lui serve de commune mesure pour toiser toutes les autres. Il croit à la création continue du génie humain, il est persuadé que l'œuvre est le fruit d'un individu et d'une époque, qui pousse à l'aventure, selon le bon plaisir du soleil, et il se dispense ainsi de donner les recettes pour obtenir des chefs-d'œuvre dans des conditions déterminées.

Il a dit cette année aux élèves de l'École des beaux-arts : « En fait de préceptes, on n'en a encore trouvé que deux ; le premier qui conseille de naître avec du génie : c'est l'affaire de vos parents, ce n'est pas la mienne ; le second qui conseille de travailler beaucoup, afin de bien posséder votre art : c'est votre affaire, ce n'est pas non plus la mienne. » Étrange professeur, qui vient, contre toutes les habitudes, déclarer à ses élèves qu'il ne leur donnera pas le moyen pratique et mis à la portée de tous de fabriquer de belles œuvres ! Et il ajoute : « Mon seul devoir est de vous exposer des faits et de vous montrer comment ces faits se sont produits [10]. » Je ne connais pas de paroles plus hardies ni plus révolutionnaires en matière d'enseignement. Ainsi, l'élève est désormais livré à ses instincts, à sa nature ; il est seulement mis à même par la science, par l'histoire comparée du passé, de mieux lire en lui-même, de se connaître et d'obéir sciemment à ses inspirations. Je voudrais citer toute cette page où M. H. Taine parle superbement de la méthode moderne : « Ainsi comprise, la science ne proscrit ni ne pardonne ; elle constate et elle explique… Elle a des sympathies pour toutes les formes de l'art et pour toutes les écoles, même pour celles qui semblent les plus opposées ; elle les accepte comme autant de manifestations de l'esprit humain ; elle juge que plus elles sont nombreuses et contraires, plus elles montrent l'esprit humain par des faces nouvelles et nombreuses [11]. » L'art, entendu de la sorte, est le produit des hommes et du temps ; il fait partie de l'histoire ; les œuvres ne sont plus que des événements résultant de diverses influences, comme les guerres et les paix. Le beau n'est fait ni de ceci ni de cela : il est dans la vie, dans la libre personnalité ; une œuvre belle est une œuvre vivante,

originale, qu'un homme a su tirer de sa chair et de son
cœur ; une œuvre belle est encore une œuvre à laquelle tout
un peuple a travaillé, qui résume les goûts et les mœurs
d'une époque entière. Le grand homme n'a besoin que de
s'exercer ; il porte son chef-d'œuvre en lui. De telles idées
ont une franchise brutale, lorsqu'elles sont exprimées par
un professeur devant des élèves. Le professeur semble dire :
« Écoutez, je ne me sens pas le pouvoir de faire de vous de
grands peintres, si vous n'avez pas le tempérament nécessaire ; je ne puis que vous conter l'histoire du passé. Vous
verrez comment et pourquoi les maîtres ont grandi ; si vous
avez à grandir, vous grandirez vous-mêmes, sans que je m'en
mêle. Ma mission se borne à venir causer avec vous de
ceux que nous admirons tous, à vous dire ce que le génie a
accompli, pour vous encourager à poursuivre la tâche de
l'humanité [12]. »

Je le dis tout bas, en fait d'art, je crois que tel est le
seul enseignement raisonnable. On apprend une langue, on
apprend le dessin, mais on ne saurait apprendre à faire un
bon poème, un bon tableau. Poème et tableau doivent sortir
d'un jet des cœurs du peintre et du poète, marqués de
l'empreinte ineffaçable d'une individualité. L'histoire littéraire et artistique est là pour nous dire quelles œuvres le
passé nous a léguées. Elles sont toutes les filles uniques d'un
esprit ; elles sont sœurs, si l'on veut, mais sœurs de visages
différents, ayant chacune une origine particulière, et tirant
précisément leur beauté suprême de leurs traits inimitables.
Chaque grand artiste qui naît vient ajouter son mot à la
phrase divine qu'écrit l'humanité ; il n'imite ni ne répète, il
crée, tirant tout de lui et de son temps, augmentant d'une
page le grand poème ; il exprime, dans un langage personnel, une des nouvelles phases des peuples et de l'individu.
L'artiste doit donc marcher devant lui, ne consulter que son
cœur et que son époque ; il n'a pas mission de prendre au
passé, çà et là dans les âges, des traits épars de beauté, et
d'en créer un type idéal, impersonnel et placé hors de

l'humanité ; il a mission de vivre, d'agrandir l'art, d'ajouter des chefs-d'œuvre nouveaux aux chefs-d'œuvre anciens, de faire œuvre de créateur, de nous donner un des côtés ignorés du beau [13]. L'histoire du passé ne sera plus pour lui qu'un encouragement, qu'un enseignement de sa véritable mission. Il emploiera le métier acquis à l'expression de son individualité, saura qu'il a existé un art païen, un art chrétien, pour se dire que le beau, comme toutes les choses de ce monde, n'est pas immuable, mais qu'il marche, se transformant à chaque nouvelle étape de la grande famille humaine.

Une telle vérité, je le sais, est le renversement des écoles. Meurent les écoles, si les maîtres nous restent. Une école n'est jamais qu'une halte dans la marche de l'art, de même qu'une royauté est souvent une halte dans la marche des sociétés. Chaque grand artiste groupe autour de lui toute une génération d'imitateurs, de tempéraments semblables, mais affaiblis. Il est né un dictateur de l'esprit ; l'époque, la nation se résument en lui avec force et éclat ; il a pris en sa puissante main toute la beauté éparse dans l'air ; il a tiré de son cœur le cri de tout un âge ; il règne, et n'a que des courtisans. Les siècles passeront, il restera seul debout ; tout son entourage s'effacera, la mémoire ne gardera que lui, qui est la plus puissante manifestation d'un certain génie. Il est puéril et ridicule de souhaiter une école ; lorsque j'entends nos critiques d'art, chaque année dans leurs comptes rendus du Salon, geindre et se plaindre de ce que nous n'avons pas une pauvre petite école qui régente les tempéraments et enrégimente les facultés, je suis tenté de leur crier : « Eh ! pour l'amour de Dieu, souhaitez un grand artiste et vous aurez tout de suite une école ; souhaitez que notre âge trouve son expression, qu'il pénètre un homme qui nous le rende en chefs-d'œuvre, et aussitôt les imitateurs viendront, les personnalités moindres suivront à la file : il y aura cohorte et discipline. Nous sommes en pleine anarchie, et, pour moi, cette anarchie est un spectacle curieux et intéressant. Certes, je regrette le grand homme absent, le dictateur, mais je me plais au spectacle de tous ces rois se faisant la guerre, de cette sorte de république où chaque citoyen est maître chez lui. Il y a là une somme énorme d'activité dépensée, une vie fiévreuse et emportée. On n'admire pas assez cet enfantement continu et obstiné de notre époque ; chaque jour est signalé par un nouvel effort, par une nouvelle création. La tâche est faite et reprise avec acharnement. Les artistes s'enferment chacun dans son coin et semblent travailler à part au chef-d'œuvre qui va décider de la prochaine école ; il n'y a pas d'école, chacun peut et veut devenir le maître. Ne pleurez donc pas sur notre âge, sur les destinées de l'art ; nous assistons à un labeur profondément humain, à la lutte des diverses facultés, aux couches laborieuses d'un temps qui doit porter en lui un grand et bel avenir. Notre art, l'anarchie, la lutte des talents, est sans doute l'expression fidèle de notre société ; nous sommes malades d'industrie et de science, malades de progrès ; nous vivons dans la fièvre pour préparer une vie d'équilibre à nos fils ; nous cherchons, nous faisons chaque jour de nouveaux essais, nous créons pièce à pièce un monde nouveau. Notre art doit nous ressembler : lutter pour se renouveler, vivre au milieu du désordre de toute reconstruction pour se reposer un jour dans une beauté et dans une paix profondes. Attendez le grand homme futur, qui dira le mot que nous cherchons en vain ; mais, en attendant, ne dédaignez pas trop les travailleurs d'aujourd'hui qui suent sang et eau et qui nous donnent le spectacle magnifique d'une société en travail d'enfantement. »

Donc, le professeur, admettant toutes les écoles comme des groupes d'artistes exprimant un certain état humain, va les étudier au simple point de vue accidentel ; je veux dire qu'il se contentera d'expliquer leur venue et leur façon d'être. Ce ne seront plus que des faits historiques, comme je l'ai dit tout à l'heure, des faits physiologiques aussi. Le professeur se promènera dans les temps, fouillant chaque âge et chaque nation, ne rapportant plus les œuvres à une œuvre typique, les considérant en elles-mêmes, comme des produits changeant sans cesse et puisant leur beauté dans la force et la vérité de l'expression individuelle et humaine. Dès lors, il entrera dans le chaos, s'il n'a en main un fil qui le conduise au milieu de ces mille produits divers et opposés ; il n'a plus de commune mesure, il lui faut des lois de production.

C'est ici que M. Taine, le mécanicien que vous savez, pose sa grande charpente. Il affirme avoir trouvé une loi universelle qui régit toutes les manifestations de l'esprit humain. Désormais, il expliquera chaque œuvre, en en déterminant la naissance et la façon d'être ; il appliquera à chacune le même procédé de critique ; son système va être en ses mains un instrument de fer impitoyable, rigide, mathématique. Cet instrument est d'une simplicité extrême, à première vue ; mais on ne tarde pas à y découvrir une foule de petits rouages que l'ingéniosité du professeur met en mouvement dans certains cas. En somme, je crois que M. Taine se sert en artiste de ce compas avec lequel il mesure les intelligences, et que des doigts moins délicats et moins fermes ne feraient qu'une besogne assez triste. Je n'ai pas encore dit quelle était la nouvelle théorie, sachant qu'il n'est personne à cette heure qui ne la connaisse et ne l'ait discutée au moins avec lui-même. Cette théorie pose en principe que les faits intellectuels ne sont que les produits de l'influence sur l'homme de la race, du milieu et du moment [14]. Étant donné un homme, la nation à laquelle il appartient, l'époque et le milieu dans lesquels il vit, on en déduira l'œuvre que produira cet homme. C'est là un simple problème, que l'on résout avec une exactitude mathématique ; l'artiste peut faire prévoir l'œuvre, l'œuvre peut faire connaître l'artiste. Il suffit d'avoir les données en nombre nécessaire, n'importe lesquelles, pour obtenir les inconnues à coup sûr. On voit qu'une pareille loi, si elle est juste, est un des plus merveilleux instruments dont on puisse se servir en critique. Telle est la loi unique avec laquelle M. Taine, qui ne se mêle ni d'applaudir ni de siffler, expose méthodiquement et sans se perdre l'histoire littéraire et artistique du monde.

Il a formulé cette loi devant les élèves de l'École des beaux-arts, d'une façon complète et originale ; il n'avait encore été nulle part aussi catégorique. Je n'ai bien compris tout son système que le jour où j'ai lu ses leçons d'esthétique, qu'il vient de publier sous le titre de *Philosophie de l'art*. Toutes les écoles, a-t-il dit, sont également acceptables ; la critique moderne se contente de constater et d'expliquer[15]. Voici maintenant la loi qui lui permet de constater et d'expliquer avec méthode.

L'amour de l'ordre, de la précision, n'est jamais aussi fort chez M. Taine que lorsqu'il est en plein chaos. Il adore l'emportement, les forces déréglées, et plus il entre dans l'anarchie des facultés et des tempéraments, plus il devient algébrique, plus il cherche à classer, à simplifier.

Il imagine une comparaison pour nous rendre sensible sa croyance sur la formation et le développement des instincts artistiques. Il compare l'artiste à une plante, à un végétal qui a besoin d'un certain sol, d'une certaine température pour grandir et donner des fruits. « De même qu'on étudie la température physique pour comprendre l'apparition de telle ou telle espèce de plantes, le maïs ou l'avoine, l'aloès ou le sapin, de même il faut étudier la température morale pour comprendre l'apparition de telle espèce d'art, la sculpture païenne ou la peinture réaliste, l'architecture mystique ou la littérature classique, la musique voluptueuse ou la poésie idéaliste. Les productions de l'esprit humain, comme celles de la nature vivante, ne s'expliquent que par leur milieu[16]. » Donc, il y a une température morale faite du milieu et du moment ; cette température influera sur l'artiste, trouvera en lui des facultés personnelles et des facultés de race qu'elle développera plus ou moins.

« Elle ne produit pas les artistes ; les génies et les talents sont donnés comme les graines ; je veux dire que, dans le même pays, à deux époques différentes, il y a très probablement le même nombre d'hommes de talent et d'hommes médiocres... La nature est une semence d'hommes... Dans ces poignées de semence qu'elle jette autour d'elle en arpentant le temps et l'espace, toutes les graines ne germent pas. Une certaine température morale est nécessaire pour que certains talents se développent ; si elle manque, ils avortent. Par suite, la température changeant, l'espèce des talents changera ; si elle devient contraire, l'espèce des talents deviendra contraire, et, en général, on pourra concevoir la température morale comme faisant un choix entre les différentes espèces de talents, ne laissant se développer que telle ou telle espèce, excluant plus ou moins complètement les autres [17]. »

J'ai tenu à citer cette page entière. Elle montre tout le mécanisme du système. Il ne faut pas craindre avec M. Taine de tirer les conclusions rigoureuses de sa théorie. Il est lui-même disposé à l'appliquer avec la foi la plus aveugle, la précision la plus mécanique. Ainsi on peut poser comme corollaires : toutes les œuvres d'une même époque ne peuvent exprimer que cette époque ; deux œuvres produites dans des conditions semblables doivent se ressembler trait pour trait. J'avoue ne point oser aller jusqu'à ces croyances. Je sais que M. Taine est d'une subtilité rare, qu'il interprète les faits avec une grande habileté. C'est justement cette habileté, cette subtilité qui m'effraient. La théorie est trop simple, les interprétations sont trop diverses. Là apparaissent cette foule de petits rouages dont j'ai parlé ; cet artiste a obéi aux idées de son temps ; cet autre a réagi, toute action nécessitant une réaction ; cet autre représente le passé qui s'en va ; cet autre annonce l'avenir qui vient.

Adieu la belle unité de la théorie. Ce n'est plus l'application exacte d'une loi simple et claire ; c'est la libre intuition, le jugement délié et ingénieux d'une intelligence savante.

Mettez un esprit lourd à la place de cette pensée rapide qui fouille chaque homme et en tire les éléments dont elle a besoin, et vous verrez si cet esprit saura accomplir sa tâche d'une façon si aisée. Voilà qui me donne des inquiétudes ; je me défie de M. Taine, comme d'un homme aux doigts prestes, qui escamote tout ce qui le gêne et ne laisse voir que les éléments qui le servent ; je me dis qu'il peut avoir raison, mais qu'il veut avoir trop raison, qu'il se trompe peut-être lui-même, emporté par son âpre recherche du vrai. Je l'aime et je l'admire, mais j'ai une effroyable peur de me laisser duper, et il y a je ne sais quoi de raide et de tendu dans le système, de généralisé et d'inorganique, qui me met en méfiance et me dit que c'est là le rêve d'un esprit exact et non la vérité absolue. Tout homme qui veut classer et simplifier tend à l'unité, augmente ou diminue malgré lui certaines parties, déforme les objets pour les faire entrer dans le cadre qu'il a choisi. Sans doute, le vrai doit être au moins pour les trois quarts dans la vérité de M. Taine. Il est certain que la race, le milieu, le moment historique, influent sur l'œuvre de l'artiste. Le professeur triomphe lorsqu'il examine les grandes époques et les indique à larges traits : la Grèce divinisant la chair, avec ses villes nues au soleil et ses nations fortes et souples, revit tout entière dans le peuple de ses statues ; le Moyen Âge chrétien frissonne et gémit au fond de ses cathédrales, où les saints émaciés rêvent dans leur extase douloureuse ; la Renaissance est l'anarchique réveil de la chair, et nous entendons encore aujourd'hui du fond des âges ce cri du sang, cette explosion de vie, cet appel à la beauté matérielle et agissante ; enfin, toute la tragédie est dans Louis XIV et dans ce siècle royalement majestueux qu'il sut façonner à son image. Oui, ces remarques sont justes, ces interpréta-tions sont vraies, et il faut en conclure que l'artiste ne peut vivre en dehors de son temps, et que ses œuvres reflètent son époque, ce qui est presque puéril à énoncer. Mais nous n'en sommes pas à cette sécheresse du problème par lequel, dans n'importe quel cas, on déduit l'œuvre de la simple connaissance de certaines données. Je sais d'ailleurs que je ne puis accepter le système en partie, qu'il me faut le prendre ou le refuser en entier ; tout se tient ici, et déranger la moindre colonne, ce serait faire écrouler la charpente. Je ne viens pas non plus chercher noise à l'auteur, au nom des dogmes littéraires, philosophiques et religieux ; je n'ignore point que ces croyances artistiques cachent des croyances positivistes, une négation des religions admises, mais je déclare ne m'occuper que d'art et n'avoir souci que de vérité. Je dis seulement en homme à M. Taine : « Vous marchez dans le vrai, mais vous côtoyez de si près la ligne du faux, que vous devez certainement l'enjamber quelquefois. Je n'ose vous suivre. »

Veut-on mon opinion entière sur M. Taine et son système ? J'ai dit que j'avais souci de vérité. Tout bien examiné, j'ai encore plus souci de personnalité et de vie. Je suis, en art, un curieux qui n'a pas grandes règles, et qui se penche volontiers sur toutes les œuvres, pourvu qu'elles soient l'expression forte d'un individu ; je n'admire et je n'aime que les créations uniques, affirmant hautement une faculté ou un sentiment humains. Je considère donc la théorie de M. Taine et les applications qu'il en fait comme une manifestation curieuse d'un esprit exact et fort, très flexible et très ingénieux. Il s'est rencontré dans cette nature les qualités les plus opposées ; et la réunion de ces qualités, servies par un tempérament riche, nous a donné un fruit étrange, d'une saveur particulière. Le spectacle d'un individu rare est assez intéressant, je pense, pour que nous nous perdions dans sa contemplation, sans trop songer au péril que peut courir le vrai. Je me plais à la vue de cette intelligence nouvelle, et j'applaudis même son système, puisque ce système lui permet de se développer en entier dans toute sa richesse, et prête singulièrement à faire valoir ses défauts et ses qualités. J'en arrive ainsi à ne plus voir en lui qu'un artiste puissant. Je ne sais si ce titre d'artiste le flatte ou le fâche ; peut-être est-il plus délicatement chatouillé lorsqu'on lui donne celui de philosophe ; l'orgueil de l'homme a ainsi ses préférences. M. Taine tient sans doute beaucoup à sa théorie, et je n'ose lui dire que j'ai non moins d'indifférence pour cette théorie que d'admiration pour son talent. S'il m'en croyait, il serait très fier de ses seules facultés artistiques.

Tout indifférent que je me prétende, il y a dans le système un oubli volontaire qui me blesse. M. Taine évite de parler de la personnalité ; il ne peut l'escamoter tout à fait, mais il n'appuie pas, il ne l'apporte pas au premier plan où elle doit être. On sent que la personnalité le gêne terriblement. Dans le principe, il avait inventé ce qu'il appelait la faculté maîtresse ; aujourd'hui, il tend à s'en passer. Il est emporté, malgré lui, par les nécessités de sa pensée, qui va toujours se resserrant, négligeant de plus en plus l'individu, tâchant d'expliquer l'artiste par les seules influences étrangères. Tant qu'il laissera un peu d'humanité dans le poète et dans le peintre, un peu de libre arbitre et d'élan personnel, il ne pourra le réduire entièrement à des règles mathématiques. L'idéal de la loi qu'il dit avoir trouvée serait de s'appliquer à des machines. Aujourd'hui, M. Taine n'en est encore qu'à la comparaison des semences, qui poussent ou qui ne poussent pas, selon le degré d'humidité et de chaleur. Ici, la semence, c'est l'individualité. J'ai des larmes en moi, M. Taine affirme que je ne pourrai pleurer, parce que tout mon siècle est en train de rire à gorge déployée. Moi, je suis de l'avis contraire, je dis que je pleurerai tout mon soûl si j'ai besoin de pleurer. J'ai la ferme croyance qu'un homme de génie arrive à vider son cœur, lors même que la foule est là pour l'en empêcher. J'ai l'espoir que l'humanité n'éteint jamais un seul des rayons qui doivent faire sa gloire. Lorsque le génie est né, il doit grandir forcément dans le sens de sa nature. Je ne défends encore qu'une croyance consolante, mais je réclame plus hautement une large place pour la personnalité, lorsque je me demande ce que deviendrait l'art sans elle. Une œuvre, pour moi, est un homme ; je veux retrouver dans cette œuvre un tempérament, un accent particulier et unique. Plus elle sera personnelle, plus je me sentirai attiré et retenu. D'ailleurs, l'histoire est là, le passé ne nous a légué que les œuvres vivantes, celles qui sont l'expression d'un individu ou d'une société. Car j'accorde que souvent l'artiste est fait de tous les cœurs d'une époque ; cet artiste collectif, qui a des millions de têtes et une seule âme, crée alors la statuaire égyptienne, l'art grec ou l'art gothique ; et les dieux hiératiques et muets, les belles chairs pures et puissantes, les saints blêmes et maigres sont la manifestation des souffrances et des joies de l'individu social, qui a pour sentiment la moyenne des sentiments publics. Mais, dans les âges de réveil, de libre expansion, l'artiste se dégage, il s'isole et crée selon son seul cœur ; il y a rivalité entre les sentiments, l'unanimité des croyances artistiques n'est plus, l'art se divise et devient individuel. C'est Michel-Ange dressant ses colosses en face des vierges de Raphaël ; c'est Delacroix brisant les lignes que M. Ingres redresse. On le sent, les œuvres des nations sont signées par la foule ; on ne saurait, à leur vue, nommer un homme, on nomme une époque ; tous les dieux de l'Égypte et de la Grèce, tous les saints de nos cathédrales se ressemblent ; l'artiste a disparu, il a eu les mêmes sentiments que le voisin ; les statues du temps sont toutes sorties du même chantier. Au contraire, il est des œuvres, celles qui n'ont qu'un père, des œuvres de chair et de sang, individuelles à ce point qu'on ne peut les regarder sans prononcer le nom de ceux dont elles sont les filles immortelles. Elles sont uniques. Je ne dis pas que les artistes qui les ont produites n'aient pas été modifiés par des influences extérieures, mais ils ont eu en eux une faculté personnelle, et c'est justement cette faculté poussée à l'extrême, développée par les influences mêmes, qui a fait leurs œuvres grandes en les créant seules de leur noble race. Pour les œuvres collectives, le système de M. Taine fonctionne avec assez de

régularité ; là, en effet, l'œuvre est évidemment le produit
de la race, du milieu, du moment historique ; il n'y a pas
d'éléments individuels qui viennent déranger les rouages de
la machine. Mais dès qu'on introduit la personnalité, l'élan
humain libre et déréglé, tous les ressorts crient et le mécanisme se détraque. Pour que l'ordre ne fût pas troublé, il
faudrait que M. Taine prouvât que l'individualité est soumise à des lois, qu'elle se produit selon certaines règles, qui
ont une relation absolue avec la race, le milieu, le moment
historique. Je crois qu'il n'osera jamais aller jusque-là. Il ne
pourra dire que la personnalité de Michel-Ange n'aurait pu
se manifester dans un autre siècle ; il lui sera permis tout
au plus de prétendre que, dans un autre siècle, cette personnalité se serait affirmée différemment ; mais ce n'est là
qu'une question secondaire, le génie étant la hauteur de
l'ensemble et non la relation des détails. Du moment où
l'esprit frappe où il veut et quand il veut, les influences ne
sont plus que des accidents dont on peut étudier et expliquer les résultats, agissant sur un élément de nature essentiellement libre, qu'on n'a encore soumis à aucune loi.
D'ailleurs, puisque j'ai fait mon acte d'indifférence, je ne
veux pas discuter davantage le plus ou le moins de vérité
du système. Je supplie seulement M. Taine de faire une part
plus large à la personnalité. Il doit comprendre, lui, artiste
original, que les œuvres sont des filles tendrement aimées,
auxquelles on donne son sang et sa chair, et que plus elles
ressemblent à leurs pères, trait pour trait, plus elles nous
émeuvent ; elles sont le cri d'un cœur et d'un corps, elles
offrent le spectacle d'une créature rare, montrant à nu tout
ce qu'il y a d'humain en elle. J'aime ces œuvres, parce que
j'aime la réalité, la vie.

Avant de finir, il me reste à donner la définition de l'art,
formulée par M. Taine. J'avoue avoir une médiocre affection pour les définitions ; chacun a la sienne, il en naît de
nouvelles chaque jour, et les sciences ou les arts que l'on
définit n'en marchent ni plus vite ni plus doucement. Une

définition n'a qu'un intérêt, celui de résumer toute la théorie de celui qui la formule. Voici celle de M. Taine : « L'œuvre d'art a pour but de manifester quelque caractère essentiel ou saillant, partant quelque idée importante plus clairement et plus complètement que ne le font les objets réels. Elle y arrive en employant un ensemble de parties liées, dont elle modifie systématiquement les rapports [18]. » Ceci a besoin d'être expliqué, étant énoncé d'une façon un peu sèche et mathématique. Ce que le professeur appelle caractère essentiel n'est autre chose que ce que les dogmatiques nomment idéal ; seulement, le caractère essentiel est un idéal beau ou laid, le trait saillant de n'importe quel objet grandi hors nature, interprété par le tempérament de l'artiste. Ainsi, dans la *Kermesse* de Rubens, le caractère essentiel, l'idéal, est la furie de l'orgie, la rage de la chair soûle et brutale ; dans la *Galatée* de Raphaël, au contraire, le caractère essentiel, l'idéal, est la beauté de la femme, sereine, fière, gracieuse. Le but de l'art, pour M. Taine, est donc de fixer l'objet, de le rendre visible et intéressant en le grandissant, en exagérant une de ses parties saillantes. Pour arriver à ce résultat, on comprend qu'on ne peut imiter l'objet dans sa réalité ; il suffit de le copier, en maintenant un certain rapport entre ses diverses proportions, rapport que l'on modifie pour faire prédominer le caractère essentiel. Michel-Ange, grossissant les muscles, tordant les reins, grandissant tel membre aux dépens de tel autre, s'affranchissait de la réalité, créait selon son cœur des géants terribles de douleur et de force.

La définition de M. Taine contente mes besoins de réalité, mes besoins de personnalité ; elle laisse l'artiste indépendant sans réglementer ses instincts, sans lui imposer les lois d'un beau typique, idée contraire à la liberté fatale des manifestations humaines. Ainsi, il est bien convenu que l'artiste se place devant la nature, qu'il la copie en l'interprétant, qu'il est plus ou moins réel selon ses yeux ; en un mot, qu'il a pour mission de nous rendre les objets tels qu'il les voit, appuyant sur tel détail, créant à nouveau. J'exprimerai toute ma pensée en disant qu'une œuvre d'art est un coin de la création vu à travers un tempérament.

En somme, que M. Taine se trompe oui ou non dans sa théorie, il n'en est pas moins une nature essentiellement artistique, et ses paroles sont celles d'un homme qui veut faire des artistes et non des raisonneurs. Il vient dire à ces jeunes gens que l'on tient sous la férule et que l'on tente de vêtir d'un vêtement uniforme, il vient leur dire qu'ils ont toute liberté ; il les affranchit, il les convie à l'art de l'humanité, et non à l'art de certaines écoles ; il leur conte le passé et leur montre que les plus grands sont ceux qui ont été les plus libres. Puis il relève notre époque, il ne la dédaigne pas, il y trouve au contraire un spectacle du plus haut intérêt ; puisqu'il y a lutte, effort continu, production incessante, il y a aussi un âpre désir d'exprimer le mot que tous croient avoir sur les lèvres et que personne n'a encore prononcé. N'est-ce pas là un enseignement fortifiant, plein d'espérance ? Si l'École des beaux-arts a choisi M. Taine, croyant qu'il l'aiderait à se constituer un petit comité, une coterie intolérante, elle s'est étrangement trompée. Je sais d'ailleurs que ce n'est pas elle qui a fait un pareil choix. La présence de M. Taine en ce lieu est un attentat direct aux vieux dogmes du beau. Il s'y opposera à la formation de toute école. Il ne fera certainement pas naître un grand artiste, mais s'il s'en trouve un dans son auditoire, il ne s'opposera pas à son développement, il facilitera même la libre manifestation de ses facultés.

Tel est M. Taine, telles sont, si je ne me trompe, sa propre individualité et ses préférences, ses opinions en matière artistique. Mathématicien et poète, amant de la puissance et de l'éclat, il a la curiosité de la vie, le besoin d'un système, l'indifférence morale du philosophe, de l'artiste et du savant. Il possède des idées positives très arrêtées, et il applique ces idées à toutes ses connaissances. Son propre tempérament se trahit dans son esthétique ; indépendant, il prêche la liberté ; homme de méthode, il classe et veut expliquer toutes choses ; poète âpre et brutal, il est sympathique à certains maîtres, Michel-Ange, Rembrandt, Rubens, etc. ; philosophe, il ne fait qu'appliquer à l'art sa philosophie. Je ne sais si j'ai été juste envers lui ; je l'ai étudié selon ma nature, faisant dominer l'artiste en lui. Ce n'est ici qu'une appréciation personnelle. J'ai essayé de dire en toute vérité et en toute franchise ce que je pense d'un homme qui me paraît être un des esprits les plus puissants de notre âge.

J'applique à M. Taine la théorie de M. Taine. Pour moi, il résume les vingt dernières années de critique ; il est le fruit mûr de cette école qui est née sur les ruines de la rhétorique et de la scolastique. La nouvelle science, faite de physiologie et de psychologie, d'histoire et de philosophie, a eu son épanouissement en lui. Il est, dans notre époque, la manifestation la plus haute de nos curiosités, de nos besoins d'analyse, de nos désirs de réduire toutes choses au pur mécanisme des sciences mathématiques. Je le considère, en critique littéraire et artistique, comme le contemporain du télégraphe électrique et des chemins de fer. Dans nos temps d'industrie, lorsque la machine succède en tout au travail de l'homme, il n'est pas étonnant que M. Taine cherche à démontrer que nous ne sommes que des rouages obéissant à des impulsions venues du dehors. Mais il y a protestation en lui, protestation de l'homme faible, écrasé par l'avenir de fer qu'il se prépare ; il aspire à la force ; il regarde en arrière ; il regrette presque ces temps où l'homme seul était fort, où la puissance du corps décidait de la royauté. S'il regardait en avant, il verrait l'homme de plus en plus diminué, l'individu s'effaçant et se perdant dans la masse, la société arrivant à la paix et au bonheur, en faisant travailler la matière pour elle. Toute son organisation d'artiste répugne à cette vue de communauté et de fraternité. Il est là, entre un passé qu'il aime et un avenir qu'il n'ose envisager, affaibli déjà et regrettant la force, obéissant malgré lui à cette folie de notre siècle, de tout savoir, de tout réduire en équations, de tout soumettre aux puissants agents mécaniques qui transformeront le monde.

HISTOIRE
DE
JULES CÉSAR [1]

HISTOIRE DE JULES CÉSAR

I
La préface

Je me sens l'esprit calme et la plume facile en présence de la page que j'ai aujourd'hui à juger. Le critique vit dans une sphère haute et sereine ; il est maître et roi dans le domaine de la pensée. Les œuvres sont toutes, à ses yeux, filles de l'intelligence humaine, et il ne s'incline que devant la royauté du génie et l'aristocratie du talent[2]. J'ai besoin d'appuyer sur ces pensées, me trouvant dans la délicate position de ne pouvoir ni louer ni blâmer, sans que mes éloges soient pris pour des flatteries de courtisan, mes blâmes pour des escapades de frondeur. Je veux faire bien comprendre que le confrère dont je parlerai dans cet article vient à moi plus que je ne vais à lui, et que je traite avec lui, pour une heure, d'égal à égal. J'oublie l'homme et ne vois que l'écrivain ; si je me prive ainsi de piquants rapprochements, de fines allusions, blessures plus ou moins vives ou chatouillements agréables, je gagne tout au moins le droit d'approuver et de désapprouver, sans que ma dignité ait à souffrir.

Je préférerais encore que l'on m'accusât de courtisanerie que d'être soupçonné un instant de jouer ici le rôle de l'insulteur antique qui suivait le char des triomphateurs.

Vraiment, il est trop facile, en cette circonstance, de se tailler un piédestal dans l'injure, et rien ne me déplairait comme d'être confondu avec les gens qui calculent le nombre de leurs lecteurs d'après le nombre de leurs critiques [3]. La sympathie est de bon goût, lorsque la sévérité peut être taxée de calcul.

D'ailleurs, je l'ai dit, je n'ai point souci de toutes ces considérations. Je me mets à part ; je n'ai ni encens ni orties dans les mains.

Peut-être les lecteurs auraient-ils désiré me voir monter de l'œuvre à l'auteur et trouver dans le livre un programme politique, l'explication d'un règne. J'avoue ne pas avoir le courage d'une pareille tâche ; la tête me tournerait dans ces régions qui ne sont plus les miennes. J'accorde d'ailleurs que mes appréciations pourront ne pas être complètes ; je comprends qu'il y a une face de l'œuvre que je laisserai volontairement de côté, me bouchant les oreilles chaque fois que l'historien se souviendra qu'il est prince et fera plus ou moins directement une allusion à sa propre histoire. Il doit y avoir, j'en conviens, une question pratique dans l'ouvrage ; mais, je le répète, je suis décidé à ne pas voir cette question ; je veux ne considérer absolument que la question théorique, juger l'historien et non le prince, étudier un tempérament de philosophe et non un tempérament de politique.

Si vous le voulez, j'écris cet article en 1815. J'ignore le présent, je ne songe qu'au passé. Je suis en pleine théorie, et je juge simplement le système historique d'un confrère. Je conjure le lecteur de bien se mettre à mon point de vue, de ne pas chercher le moindre sous-entendu dans mes paroles, et de monter avec moi encore plus haut que l'historien n'a monté, dans la sphère calme de l'idée, pure région où les spéculations philosophiques perdent tout côté personnel.

C'est à ces conditions seules que je me sens la liberté nécessaire pour parler de l'œuvre qui passionne en ce moment le public. Je n'examinerai d'abord que la préface.

Il y a, en histoire, deux façons de procéder. Les historiens choisissent l'une ou l'autre, selon leurs instincts [4].

Parmi eux, les uns négligent le détail et s'attachent à l'ensemble ; ils embrassent d'un coup d'œil l'horizon d'une époque, cherchent à simplifier les lignes du tableau. Ils se placent en dehors de l'humanité, jugent les hommes sous la seule face historique, et non dans leur être entier, et arrivent ainsi à formuler une vérité grave et solennelle qui ne saurait être toute la vérité. Le personnage devient entre leurs mains une loi et un argument ; ils le dépouillent de ses passions, de son sang et de ses nerfs ; ils en font une pensée, une simple force appliquée par la Providence au mouvement de la grande machine sociale. Ils nous donnent les âmes sans jamais nous donner les cadavres humains. Un événement, selon eux, est le produit volontaire et médité d'une de ces âmes. Ils communiquent à la machine un branle régulier, obéissant à des lois fixes. On comprend tout ce que ce système enlève de vie à l'histoire. Nous ne sommes plus, à vraiment parler, sur cette terre, mais dans un monde imaginaire, morne et froid ; les êtres de ce monde marchent mathématiquement, plus purs et plus grands que nous, car ils ont été débarrassés de leur corps, et on ne nous présente que leur être moral. Toutefois, ces corps ont vécu, et j'ose dire qu'ils devraient compter dans l'histoire ; j'ai beau me répéter que le génie n'obéit pas à la fange comme la médiocrité, je ne puis croire qu'à un moment donné tel fait n'a pas été produit par les seuls appétits d'un maître du monde. Il y a une pensée haute et consolante dans la croyance que tout grand événement a eu une grande cause, mais je refuse cette croyance dans sa généralité ; elle n'est pas humaine et ne saurait être toujours vraie. Montaigne dit quelque part que les rois mangent et boivent comme nous, et que nous nous trompons étrangement, lorsque nous donnons à leurs actes des mobiles plus élevés que ceux d'un père administrant les biens de sa famille[5]. J'aime cette bonhomie et cette franchise. Les grandes figures de l'histoire ne peuvent que gagner à nous être livrées dans leur entier, corps et âme ; si le type est moins pur, il est plus vivant ; si l'histoire y perd en solennité, elle y gagne certainement en vérité et en intérêt[6].

L'autre école historique est tout opposée ; elle vit du détail, de l'étude psychologique et physiologique, elle tente de nous rendre les hommes et les événements avec les vives couleurs de la réalité, l'esprit du temps, les vêtements et les mœurs. Quand elle nous donne un héros, elle s'inquiète autant de ses passions que de ses pensées, elle explique ses actes par son cœur et par son intelligence ; elle le dresse devant nous dans sa vérité, comme un homme et non comme un dieu. C'est une sorte de réalisme appliqué à l'histoire ; c'est l'observation patiente de l'individu, la reproduction exacte de tout son être, l'explication franche de son influence sur les affaires de ce monde[7]. Le héros de la légende perd sa hauteur merveilleuse ; il n'est plus qu'une créature de chair et d'os, bâtie comme nous, ayant nos instincts, mise seulement à même d'étendre sa personnalité sur un large théâtre. Le spectacle d'un empereur est plus curieux pour un philosophe que le spectacle d'un pauvre diable, en ceci seulement que plus un homme est puissant, plus la volonté se développe en lui, plus il étale au grand jour la nature humaine dans ses grandeurs et dans ses misères. L'histoire, contée ainsi d'homme à homme, a l'intérêt d'une confidence et d'une résurrection ; les âges anciens passent devant nous, nous vivons dans les époques antérieures, voyant et touchant les grands hommes ; si cette familiarité nous enlève un peu du respect que nous avions pour eux, nous gagnons à ce commerce intime une plus profonde connaissance de leur cœur, et nous sentons plus de fraternité entre eux et nous ; nous avons plaisir à découvrir un homme sous le héros, et l'histoire de l'humanité

nous devient sympathique, car nous entendons battre en
elle notre propre cœur, nous la voyons vivre de notre vie [8].
Je le sais, cette méthode historique n'a pas la gravité respectable de l'autre ; elle est brusque dans ses allures, et ne prétend pas trouver les lois d'après lesquelles s'accomplissent
les événements. Elle manque de solennité, elle se refuse à
formuler des systèmes, elle se contente d'étudier l'homme
pour l'homme, le fait pour le fait. Elle est analyse, et non
pas synthèse. Mais je l'aime pour sa verdeur et sa liberté
d'allures ; il me semble qu'elle est fille de notre siècle, qu'elle
est née parmi nous qui sommes affolés de réalité et de
franchise.

L'auteur de l'*Histoire de Jules César* appartient à la première école. « Il faut, dit-il, que les changements politiques
ou sociaux soient philosophiquement analysés, que l'attrait
piquant des détails sur la vie des hommes publics ne
détourne pas l'attention de leur rôle politique et ne fasse
pas oublier leur mission providentielle. » C'est là tout un
programme ; je comprends la grandeur de l'histoire ainsi
considérée, mais cette grandeur m'effraie presque ; je crains
que l'historien ne perde pied malgré lui, et qu'il n'exerce
son sacerdoce avec une austérité trop divine. S'il n'a aucun
talent, il va nécessairement tomber dans une gravité grotesque et devenir le Prudhomme [9] de l'histoire ; s'il y a en
lui l'étoffe d'un penseur et d'un écrivain, on doit redouter
qu'il ne monte dans l'idéal, dans la spéculation pure, qu'il
ne peigne des types, oubliant qu'il a, avant tout, à nous
peindre des hommes. Certes on peut philosopher sur les
annales humaines ; elles donnent matière à l'analyse et au
raisonnement, mais les faits ne sont jamais que le produit
des foules, et les foules ne sont composées que d'individus.
Nous en revenons toujours à l'homme, non pas à l'homme
providentiel, mais à l'homme tel que Dieu l'a créé, vous et
moi, le prince et le sujet. J'avoue que je m'inquiète peu de
« l'attrait piquant des détails sur la vie des hommes
publics » ; mais ce que je désire, c'est que les hommes

publics ne me soient pas présentés comme de pures abstractions ; je tiens à ce que leur conduite se trouve expliquée par leur être entier ; en un mot, je ne veux pas d'un beau mensonge, d'une figure drapée selon la convenance d'un goût personnel, je veux une créature vivante, à laquelle rien de ce qui est humain ne soit étranger. Les livres d'histoire ne sont pour moi que les mémoires de l'humanité, et j'entends trouver en eux la terre et ses instincts. Soyons réels d'abord, nous philosopherons ensuite. Ma façon d'envisager la muse sévère dont nos sculpteurs m'ont donné une si triste idée, paraîtra sans doute peu respectueuse, et l'on m'accusera d'avoir l'âme bien basse et l'intelligence bien étroite. Je ne puis me changer. Je suis fou de réalité, et je demande à toute œuvre, même à une œuvre historique, la vérité humaine, la vérité des passions et des pensées.

La préface de l'*Histoire de Jules César* n'a été faite que pour amener les lignes suivantes, elle se résume tout entière dans ce paragraphe : « Ce qui précède montre assez le but que je me propose en écrivant cette histoire. Ce but est de prouver que, lorsque la Providence suscite des hommes tels que César, Charlemagne, Napoléon, c'est pour tracer aux peuples la voie qu'ils doivent suivre, marquer du sceau de leur génie une ère nouvelle et accomplir, en quelques années, le travail de plusieurs siècles. Heureux les peuples qui les comprennent et les suivent ! malheur à ceux qui les méconnaissent et les combattent ! Ils font comme les Juifs, ils crucifient leur Messie : ils sont aveugles et coupables ; aveugles, car ils ne voient pas l'impuissance de leurs efforts à suspendre le triomphe définitif du bien ; coupables, car ils ne font que retarder le progrès, en entravant sa prompte et féconde application. » Voilà des paroles catégoriques, sur le sens desquelles il n'est pas permis d'hésiter ; elles sont à elles seules grosses de tempêtes, et je suis certain qu'elles seront les plus critiquées du livre, dont elles renferment, d'ailleurs, toute la pensée. Moi, je les aime pour leur hardiesse. Elles vont carrément au but et posent tranquillement

César à côté de Jésus, le soldat cruel auprès du doux conquérant des âmes. Je ne crois pas à ces messagers du Ciel qui viennent accomplir sur la terre leur mission de sang ; si Dieu parfois nous envoyait ses fils, je me plais à penser que ces créatures providentielles ressembleraient toutes au Christ, et feraient des œuvres de paix et de vérité ; elles viendraient, à l'heure dite, renouveler l'espérance, nous donner une nouvelle philosophie, imprimer au monde une direction morale plus ferme et plus droite. Les conquérants, au contraire, ne sont qu'une crise suprême dans les maladies des sociétés ; il y a amputation violente, et toujours le blessé en meurt. On ne peut venir du Ciel une épée à la main. César, Charlemagne, Napoléon, sont bien de la famille humaine ; ils n'ont rien de céleste en eux, car Dieu ne saurait se manifester vainement, et cependant, s'ils n'avaient pas été, l'humanité n'en serait ni plus heureuse ni plus malheureuse aujourd'hui. Ce sont des hommes qui ont grandi dans la volonté et dans l'idée fixe ; ils dominent leurs âges, parce qu'ils ont su se servir des forces que les événements mettaient entre leurs mains. Ils valent moins par eux que par l'heure de leur naissance. Transportez leurs personnalités dans une autre époque, et vous verrez ce qu'ils auraient été. La Providence doit prendre ici le nom de Fatalité.

Je n'ai point compris l'exclamation : « Heureux les peuples qui les comprennent et les suivent ! malheur à ceux qui les méconnaissent et les combattent ! » Il y a évidemment erreur ici. Les peuples, dans l'histoire, n'ont jamais compris les conquérants et ne les ont suivis que jusqu'à un certain moment ; ils les ont tous méconnus et combattus. Bien plus, les règnes de ces soldats ont toujours précédé des malheurs publics et des troubles. L'Empire succède à César, l'anarchie et le partage du sol français à Charlemagne, la Restauration et deux Républiques à Napoléon. Ce sont les grands capitaines eux-mêmes qui ont entravé « la prompte et féconde application du bien ». Si on les avait laissés agir, ils auraient peut-être pacifié le monde en le dépeuplant ;

mais on les a fait disparaître, et, chaque fois, les sociétés
ont avec peine repris respiration, se remettant peu à peu de
la terrible secousse. Ces hommes de génie se produisent
d'ordinaire dans les époques de transition et reculent les
dénouements ; ils arrêtent le mouvement des esprits,
donnent aux peuples pour quelques années une paix relative, puis leur laissent en mourant la difficulté de reprendre
le problème social au point délicat que la nation étudiait
avant leurs batailles et leurs conquêtes. Ils sont un arrêt
dans la marche de l'humanité, par leurs instincts despo-
tiques qui ne leur permettent pas de rester de simples guides
et qui les conduisent à devenir des maîtres tout-puissants [10].

Peut-être l'auteur a-t-il voulu donner une leçon aux
peuples de l'avenir, les conjurer de respecter les hommes
providentiels qui pourraient encore se produire, et de leur
laisser le temps d'accomplir leur mission entière. Hélas !
souhaitons de n'avoir pas à tenter cette épreuve. Vivons en
paix et entre hommes, s'il est possible. Point de dieu, parmi
nous, qui nous brise sous sa volonté céleste. Espérons que
l'humanité marchera d'un pas ferme vers la liberté, sans que
le Ciel ait à nous envoyer un de ses terribles archanges, qui
taillent nos sociétés au tranchant de leur épée, pour qu'elles
puissent entrer dans le moule social conçu par Dieu.

Qu'il me soit permis, maintenant, de témoigner un dernier regret. J'aurais préféré que l'auteur choisît une autre
époque dans l'histoire du monde. Il m'aurait donné plus de
liberté en se mettant plus en dehors. Il est presque juge et
partie à la fois, et bien que personne ne se permette de
soupçonner un instant sa bonne foi d'historien, il se trouve
dans la position fausse d'un homme qui fait par moments
sa propre apologie.

II

Le premier volume

Le premier volume de l'*Histoire de Jules César* est divisé en deux parties. La première contient le récit des temps antérieurs à César : Rome sous les rois, l'établissement de la République, la conquête de l'Italie ; un exposé de la prospérité du bassin de la Méditerranée, les guerres puniques, de Macédoine et d'Asie, les Gracques, Marius et Sylla. La seconde partie est consacrée à Jules César, et va de son enfance à sa nomination au gouvernement des Gaules : elle trace son portrait, raconte ses premiers actes, détaille les nombreux emplois qu'il occupa dans la République, appuie surtout sur son attitude lors de la conjuration de Catilina, dit quelques mots de sa campagne en Espagne, le loue sans réserve et le montre se révélant et affirmant peu à peu sa mission providentielle.

De la structure même du livre, on pourrait conclure que l'auteur fait aboutir à Jules César toute l'histoire romaine antérieure. Le grand homme est le messie annoncé par les prophètes, le dieu pour la venue duquel se succèdent les événements. La première partie du volume n'est là que pour expliquer la naissance du héros. Rome, pendant plus de quatre cents ans, est un enfantement de César ; le Ciel prépare la terre pour les couches divines, et Rome, au jour prescrit, lorsque la rédemption des peuples est nécessaire, met à la lumière l'enfant céleste.

Rome se fonde sous les rois, grandit avec la République et conquiert l'Italie. Alors, pendant un instant, elle se repose dans sa force et dans sa gloire. Certes, si Dieu créa une nation pour la mener à une heure de paix grandiose et de justice, il mit certainement au monde le premier Romain dans la prévision de cette heure unique où un peuple fut assez puissant pour rester libre. Si je voulais, par un caprice d'historien, ne voir qu'une époque dans l'histoire romaine, je m'arrêterais à cette époque merveilleuse, je me servirais des faits qui l'ont précédée pour l'expliquer et lui donner plus d'éclat, j'oublierais les événements qui ont pu suivre ; en un mot, je m'appliquerais à en faire la pensée de Dieu, et je n'aurais garde de monter jusqu'à César trouver des âges troubles et sanglants.

Je crois pouvoir dire que la vérité historique s'accommoderait mal de ce caprice. Je serais tenté malgré moi de forcer l'interprétation des événements, de grandir ou de diminuer l'importance des faits pour les besoins de ma cause. Je plaiderais, je ne raconterais plus. Je préfère considérer l'histoire comme une suite d'épisodes se liant les uns aux autres, s'expliquant mutuellement, mais ne se groupant pas autour d'un épisode principal. Que l'événement d'aujourd'hui soit la conséquence de l'événement d'hier, personne ne songe à le nier. Toutefois, quatre cents ans de faits ne s'acheminent pas vers un seul fait. César n'est pas le résultat immédiat et complet des premiers rois et de la République de Rome. Il n'est lui-même que l'anneau d'une chaîne qui s'allongera ; si la République le portait en elle, comme élément de sa propre dissolution, il porte en lui l'Empire, Néron et Caligula, les germes de la terrible maladie qui rongera le peuple romain. Il ne faut donc pas s'arrêter complètement à cette grande figure, et mettre en elle les desseins de Dieu. J'aurais tort de ne voir que la République dans l'histoire romaine ; c'est également un tort de n'y voir que la fondation de l'Empire.

Le premier livre de l'ouvrage est d'ailleurs celui que je préfère. L'auteur y semble plus libre, et y applique avec plus de discrétion son système historique. J'aime à l'entendre parler de la grandeur des institutions romaines. Ici l'avenir est le fruit du passé ; le présent travaille à garder et à augmenter, s'il est possible, les trésors de ce passé. Dès ses premières lois, Rome fonde sa puissance future. La République naît naturellement de la royauté, la conquête de l'Italie et des contrées environnantes naît de la République. Jamais peuple n'a su conquérir et conserver à ce point. Les législateurs, les administrateurs ont ici fait plus que les soldats. Le monde romain a ceci de grandiose qu'il ne contient, à un certain moment, qu'une seule famille. Sans doute, chaque chose porte sa mort en elle ; l'homme, dans la pleine santé, a en lui les germes de la maladie qui le tuera. Dès la seconde guerre punique, l'esprit romain perd de sa pureté républicaine et de sa tranquillité puissante et forte. Les éléments de dissolution se développent, le corps entier est ébranlé. Les institutions n'ont plus la même efficacité, la folie des conquêtes s'empare de la nation, qui risque sa liberté en menaçant celle des autres peuples. Les Gracques ne font qu'aggraver les désordres, en voulant tout sauver. Marius et Sylla, par leur rivalité, portent le dernier coup à l'État, et c'est alors, selon l'auteur, que « l'Italie demandait un maître ».

Il faudrait s'entendre sur ce maître que demandait l'Italie. C'est là le point délicat de la question. J'accorde, à la rigueur, que les Romains aient eu alors besoin d'un guide, d'un homme à la main sûre et ferme, qui les conduisît dans les circonstances difficiles où ils se trouvaient. La tâche de cet homme était grande : elle consistait à rendre à la République toute sa verdeur. Je ne puis m'expliquer autrement la mission de ce bienfaiteur. Évidemment, ce n'est pas sauver une république que de tenter la création d'un empire ; c'est faire succéder une forme à une autre forme de gouvernement.

Les circonstances demandaient-elles absolument un dictateur à vie, un empereur ? L'homme de génie qui avait compris son époque, ne devait-il pas se contenter de rétablir les institutions dans leur pureté, de n'employer son pouvoir qu'à refaire à la République une seconde jeunesse ? Combien il aurait été grand, le jour où, après avoir rendu à la nation la force de se gouverner elle-même, il lui aurait remis sa puissance entre les mains ! Le maître que demandait alors

l'Italie, si toutefois elle en demandait un, était un ami, un
conseiller, et non un empereur.

L'auteur paraît d'ailleurs avoir, en histoire, une croyance
que je ne puis accepter. Il fait des peuples des sortes de
troupeaux qui parfois marchent tranquillement dans le
chemin tracé par la Providence, qui d'autres fois s'écartent
et ont besoin de l'aiguillon. L'humanité, pour lui, est une
foule, frappée de folie, certains jours, et à qui Dieu passe
alors une camisole de force. Il crée tout exprès un maître
pour dompter la bête fougueuse et la lui remettre souple et
docile entre les mains. Ici, tout est fatal ; les crises de
démence se succèdent à des époques irrégulières ; les gouvernements suivent les gouvernements sans aucun ordre,
les institutions tombent les unes sur les autres, bonnes et
mauvaises ; en un mot, les nations ne gravissent pas une
échelle de perfection, elles marchent au hasard, aujourd'hui
libres, demain muselées, obéissant à la fatalité des faits.

Cependant l'auteur, par instants, parle de la marche des
événements ; il dit que César comprenait les besoins nouveaux de Rome, et que ce fut justement cette intuition qui
lui donna la toute-puissance. Il accorde donc que l'humanité s'avance à travers les âges vers un but quelconque. Mais
il ne laisse pas même entrevoir quel est ce but. Pour moi,
j'aime à m'imaginer que ce but est un but de liberté et de
justice, de paix et de vérité. Dès lors, je ne puis plus comprendre que César ait été dans les décrets de Dieu ; il est
venu faire rétrograder l'humanité, porter le dernier coup à
cette République romaine qui a été l'expression d'un des
états sociaux les plus parfaits. L'Empire, qui a succédé, n'en
a eu ni les vertus ni la tranquille grandeur. Ainsi, en admettant, comme l'auteur, que César soit l'envoyé de Dieu, voilà
Dieu qui fait reculer ses enfants, qui les retarde dans la
route qu'ils suivent, qui les châtie d'une faute inconnue en
les faisant tomber sous la volonté d'un seul. De deux choses
l'une : ou l'auteur ne croit pas au progrès, à la marche lente
des peuples, et alors il explique l'histoire par coups de

foudre, il ne voit en elle que des faits fatals dépendant du moment ; ou il croit au progrès, à l'échelle de perfection que monte l'humanité, et alors il ne peut plus voir en César un ministre du Ciel. Dans le premier cas, tout s'explique : le héros est un produit de l'époque, une simple manifestation du génie humain, très grande et très belle, un incident parmi cent incidents. Dans le second cas, je ne comprends plus rien à la passion de l'écrivain pour le personnage qu'il a choisi : ce n'est pas un progrès que d'aller de la République romaine à l'Empire romain, et c'est avoir bien peu de foi dans l'humanité que de la conduire de gaieté de cœur d'un bien en un mal, en invoquant la Providence. Je le demande, où tendait la liberté de Rome en passant au travers de César ? La logique ne veut-elle pas qu'un peuple libre reste libre, avant de tenter tout autre progrès ? César, pour un esprit droit, ne saurait être qu'un ambitieux qui a travaillé beaucoup plus dans ses intérêts que dans les intérêts de Dieu.

Je préfère considérer l'auteur comme un politique pratique, et non comme un historien philosophe. Laissons de côté, je vous prie, la Providence et le progrès, l'humanité en marche et les volontés du Ciel. Restons sur la terre, et n'étudions l'histoire qu'au point de vue du gouvernement des peuples. Je reconnais que César a été un habile et un rusé. Il a singulièrement compris son temps, et il a employé tout son génie à profiter de la sottise des autres. J'admets et je partage votre admiration. Dégagé de la mission que vous lui donnez, César devient plus vrai, plus humain. Il reste ce qu'il est réellement, un homme de génie, un grand capitaine et un grand administrateur. Mais toute ma foi, toutes mes croyances se refusent à voir en lui un messie qui devait régénérer Rome, un maître nécessaire à la liberté et à la paix du monde.

Le second livre, ai-je dit, contient l'histoire de Jules César, depuis son enfance jusqu'à sa nomination au gouvernement des Gaules. Le portrait que trace l'auteur est flatté ;

la main a appuyé sur les traits remarquables et a omis soigneusement les traits disgracieux. Ce Jules César est une belle médaille, une tête fine et exquise, un profil d'une rare pureté. J'aurais préféré une figure moins finie et plus vivante. Je prétends que l'homme est aussi intéressant à connaître que le héros. D'ailleurs, il y a évidemment dans le livre parti pris d'admiration. L'histoire ainsi comprise devient une réfutation, un plaidoyer. L'historien part de ce principe que César ne pouvait avoir que des mobiles élevés et n'obéissait qu'à l'inspiration d'un vrai patriotisme. Avec de tels axiomes, toute démonstration devient possible. Si vous vous créez un héros parfait de toutes pièces, vous arriverez sans peine à expliquer favorablement chacun de ses actes. Vous grandissez cette figure, vous abaissez celles qui l'entourent. La besogne devient de plus en plus facile.

Je ne puis entrer dans le détail de ces premières années de César. On le voit inquiet et habile, le nez au vent, attendant l'heure. Sans doute, l'auteur a raison, lorsqu'il défend son héros des interprétations données à sa conduite par la plupart des historiens ; je veux croire que César n'obéissait pas seulement à l'ambition, à l'amour des honneurs, à toutes sortes de motifs personnels et mesquins. Mais il doit être également faux d'expliquer tous ses actes par des pensées supérieures de devoir et de patriotisme, de les dégager de tout intérêt. Je préfère prendre la moyenne, certain de toucher ainsi la vérité de plus près.

Ainsi, lors de la conjuration de Catilina, est-ce bien le besoin unique de justice et d'humanité qui amena César à défendre les conjurés ? Non, certes. Il y a d'abord dans son discours de la prudence et beaucoup de ce sens pratique dont je parlais tout à l'heure. Il y a ensuite de la sympathie, une sorte d'intérêt caché pour ces hommes qui attaquaient un sénat qu'il devait attaquer lui-même plus tard. Je ne sais comment l'historien expliquera la conduite de César dans les Gaules ; mais l'humanité qu'il lui prête ici le gênera singulièrement alors. Ne vaudrait-il pas mieux ne tomber ni dans un excès ni dans un autre, laisser César tel qu'il est, chercher avec conscience ce que ses mobiles ont pu avoir de désintéressé et d'intéressé ? Il n'est pas très juste non plus de rabaisser ses adversaires politiques, Cicéron, Pompée, Caton, Crassus ; ces hommes-là, ce me semble, en valaient bien d'autres, et c'est un singulier procédé historique que de leur donner largement les petitesses, les calculs que vous enlevez à César. Tout ceci, qu'on ne s'y trompe pas, vient du système providentiel adopté par l'historien. Après avoir fait du héros un dieu, il est forcé de lui accorder toutes les grâces d'état de sa divinité, et de ne plus voir que de simples mortels autour de lui.

Le premier volume laisse César tout-puissant, irrévocablement maître du monde. Nous attendons les deux autres volumes pour assister à la marche fatale des événements qui porteront César à la dictature et qui le pousseront sous le poignard de Brutus.

L'*Histoire de Jules César* est très savamment composée. Les recherches ont dû être immenses, aucun document n'a été négligé, et l'auteur a loyalement indiqué les sources de chacun de ses emprunts. Le bas des pages se trouve ainsi comblé de notes. Il y a là un travail considérable, une besogne consciencieuse qu'on ne saurait trop louer. Malheureusement, on aimerait à voir, çà et là, telle citation d'un esprit contraire, ce qui permettrait d'établir un juste équilibre entre les diverses opinions. L'auteur a fait délicatement un choix de belles paroles en faveur de César ; j'aimerais à entendre les accusations portées contre le grand homme ; alors seulement on pourrait juger en toute équité.

Mais c'est surtout dans les chiffres, dans les détails statistiques et administratifs que l'auteur me paraît bien renseigné. Toute une académie a dû travailler pour lui [11]. Telle page est plus grosse de travail qu'un volume entier. Le chapitre dans lequel l'historien étudie la prospérité du bassin de la Méditerranée avant les guerres puniques, est une merveille de science et de brièveté. Là, il n'y a plus d'appréciation historique, il n'y a que de simples renseignements, très complets et très succincts, et je suis heureux de pouvoir admirer à mon aise. Si l'*Histoire de Jules César* n'avait pas pour vivre le nom de son auteur, elle aurait tout au moins la masse considérable des documents qu'elle renferme ; on la consulterait, attiré, non pas peut-être par la largeur et la vérité des vues, mais par l'abondance des matériaux.

Quant à la partie purement littéraire, au style, j'avoue ne pas goûter cette allure solennelle, un peu pesante, cette nudité de la phrase, cette grisaille effacée [12]. Je sais que dans les traités de rhétorique on trouve une recette particulière pour chaque style, et qu'il y est bien défendu de mettre les moindres épices dans le style historique. Toutefois Michelet m'a gâté ; j'aime la phrase vivante et colorée, même, surtout allais-je dire, lorsqu'il s'agit de ressusciter devant moi les hommes et les événements d'un autre âge. Je ne puis croire que la vérité de l'histoire demande absolument une gravité convenue. Je lis les livres qui se font lire, et rien n'est plus fatigant que la lecture d'un livre grave. D'ailleurs, c'est encore ici une question de relation. La vie du César providentiel demandait à être écrite sur le ton de l'épopée.

Pour me résumer et pour conclure, je répéterai ici l'opinion que j'ai déjà exprimée plus haut : l'auteur de l'*Histoire de Jules César,* malgré les prétentions qu'il paraît avoir, me paraît être plutôt un politique pratique qu'un historien philosophe.

FIN

NOTES

Pour les raisons exposées dans la Présentation (p. 28), nous avons choisi de reproduire l'édition originale de 1866, parue chez Achille Faure. Le lecteur trouvera dans les notices et notes qui suivent les circonstances de composition et de prépublication de chaque chapitre.

MES HAINES (PRÉFACE)

La préface de *Mes Haines* a d'abord joué le rôle d'une annonce de l'ouvrage à venir. Le texte en a été publié dans *Le Figaro* du dimanche 27 mai 1866 (p. 5), accompagné d'une note explicite : « Chapitre inédit d'un volume de causeries littéraires et artistiques qui va paraître avec cette épigraphe : *Si vous me demandez ce que je viens faire en ce monde, moi artiste, je vous répondrai : Je viens vivre tout haut.* » Cette citation figure effectivement sur la couverture de l'édition originale.

1. Cette vivacité de l'attaque frontale contre la bêtise et les idées reçues inscrit immédiatement Zola dans le camp des artistes réactifs qui prennent pour cibles le philistin, le « bourgeois », ce signifiant pléthorique du XIXᵉ siècle. Voir le nᵒ 17-18 (1977) de la revue *Romantisme* : *Le Bourgeois*.

2. Zola critique et romancier exploitera abondamment la syntaxe médicale et paramédicale en vogue du *sang* et des *nerfs*. Issue de l'ancienne théorie des humeurs et des tempéraments, accompagnant les progrès de la psychologie hospitalière et le traitement des « névroses », cette bipartition nourrit toutes sortes de spéculations, y compris pour rendre compte du *Zeitgeist* – « l'esprit du

temps ». Voir les chapitres consacrés à « La littérature et la gymnastique » (p. 85) et à « *Germinie Lacerteux* » (p. 93).

3. Cette référence montre que Zola est ici sous l'influence de Taine, qui présente Stendhal comme un esprit supérieur dans un important article de la *Nouvelle Revue de Paris* (1er mars 1864) recueilli dans la deuxième édition des *Essais de critique et d'histoire*, parue chez Hachette en 1866. De nombreux passages peuvent avoir inspiré Zola, comme nous l'avons indiqué dans notre Présentation, p. 16.

4. Écho de l'actualité des progrès techniques : le réseau de voies ferrées se développe considérablement sous le Second Empire. C'est en 1845 qu'a été instaurée la première ligne de télégraphe électrique entre Paris et Rouen.

5. Écho d'un célèbre vers par lequel La Fontaine met en abyme son recueil de *Fables* : « Une ample comédie à cent actes divers » (« Le Bûcheron et Mercure », V, 1). Zola connaissait bien les *Fables* de La Fontaine, qu'il avait étudiées au lycée. Entre janvier et mars 1860, il a écrit *Perrette*, un « proverbe » en un acte et en vers directement inspiré de « La Laitière et le Pot au lait ». Ce texte est resté inédit jusqu'à sa parution dans *OC*, t. XV, p. 17-43.

L'ABBÉ***

Article initialement paru dans *Le Salut public* de Lyon le 17 juin 1865, sous ce titre.

L'abbé Jean Hippolyte Michon (1806-1881), érudit, graphologue, se fit connaître en 1860 par son livre *De la rénovation de l'Église*, dans lequel est préconisé un retour de l'Église à la discipline de la chrétienté primitive : la fin du célibat obligatoire pour les prêtres, le retour à l'élection des évêques par le clergé et les fidèles, etc. Sanctionné pour cet ouvrage « contraire à la morale et à la religion », l'abbé Michon, contraint à l'anonymat, n'en poursuivit pas moins sa campagne contre les abus de l'ultramontanisme (défense de la souveraineté absolue du pape en matière religieuse) et en faveur du gallicanisme. (Voir Claude Savart, *L'Abbé Jean Hippolyte Michon (1806-1881). Contribution à l'étude du catholicisme libéral au XIXe siècle*, Les Belles Lettres, 1971.)

Le Maudit, paru en 1863, est un roman dont le héros, un jeune prêtre toulousain ouvert aux idées nouvelles, est poursuivi par la haine et la cupidité des jésuites. Le livre, inspiré par *Le Juif errant* (1844-1845) d'Eugène Sue et par *Jocelyn* (1836) de Lamartine, connut un succès extraordinaire. Tiré à vingt mille exemplaires, il bénéficia d'une deuxième édition en 1864, à la Librairie internationale d'Albert Lacroix, qui fut aussi l'éditeur des *Contes à Ninon* de Zola, publiés la même année.

1. Après *Le Maudit*, l'abbé Michon, peut-être en collaboration, comme Zola le pressent, a écrit *La Religieuse* (1864), *Le Jésuite* (1865) et *Le Moine* (1865), qui eurent effectivement moins de succès.

2. Préfiguration intéressante du personnage central du cycle zolien des *Trois Villes* (1894-1898), Pierre Froment.

3. En 1879, Zola corrige en : « il ne pratique plus, mais il a gardé la soutane ».

4. L'attaque est injuste. Interdit de sacerdoce, sans ressources, l'abbé Michon ne resta pas moins fidèle à l'Église, même s'il s'enfonça dans la protestation silencieuse.

5. Paragraphe ajouté par Zola pour la publication dans *Mes Haines*.

6. Ouvrage licencieux paru en 1864. Barbey d'Aurevilly concluait sa recension de cette œuvre – article repris dans *Les Œuvres et les Hommes* (t. IV : *Les Romanciers*) – par cette condamnation : « Commencé par des livres où le talent rayonnait encore, le mal de ces misérables romans, qu'on pourrait encore appeler la *Photographie de la fille au XIXᵉ siècle*, se continue par les livres mal faits et s'achève (comme ici) par les livres ineptes. Le sujet seul du livre suffit pour exciter la curiosité, et, le croira-t-on ? pour la satisfaire ! Eh bien ! ne craignons pas de l'affirmer, si la Critique, oubliant ses devoirs, n'intervient pas avec une cruauté salutaire et ne donne pas son coup de balai vengeur à cette dépravante littérature, non seulement l'instinct littéraire, mais aussi l'instinct moral dans l'appréciation des œuvres de l'esprit, seront avant peu, tous les deux, entièrement perdus », Barbey d'Aurevilly, *Œuvre critique*, t. I, Les Belles Lettres, 2004, p. 1240-1241.

7. Ce paragraphe était également absent du texte du *Salut public*. Le jeune critique Zola pratique ici un style en vogue dont il aura bientôt à subir lui-même les blessantes saillies, quand

s'ouvrira, après la parution de *Thérèse Raquin* (1867), la campagne contre la « littérature putride ». Voir aussi *infra*, p. 73, la polémique avec Barbey d'Aurevilly.

8. François Guillaume Ducray-Duminil (1761-1819) : écrivain à succès qui produisit surtout des romans édifiants à destination de la jeunesse, rédigés dans un style très accessible.

9. Joseph Prudhomme est un personnage de bourgeois sentencieux et caricatural, créé par l'écrivain Henri Monnier en 1830 dans ses *Scènes populaires* et réactivé dans plusieurs autres œuvres, notamment la pièce de théâtre *Grandeur et décadence de M. Joseph Prudhomme* (1852). Par antonomase, le mot désigne le type du bourgeois conformiste et borné.

10. Le père Lacordaire (1802-1861), prédicateur de talent, restaurateur de l'ordre des Prêcheurs, a voulu concilier le catholicisme, le libéralisme et les idéaux démocratiques issus de la Révolution de 1789.

11. Eugène Sue (1804-1857) est l'auteur des *Mystères de Paris* (1842-1843), dont le succès fut immense. Mais Zola fait ici allusion à un autre roman célèbre de Sue, *Le Juif errant* (1844-1845), dont toute l'intrigue tourne autour du complot ourdi par les jésuites pour capter l'héritage de la famille Rennepont. Les allusions à Eugène Sue sont rares dans son *corpus* critique, mais Zola, sur le modèle des *Mystères de Paris*, a écrit un roman-feuilleton, *Les Mystères de Marseille* (1867).

12. Expression latine utilisée autrefois dans les monastères, pour désigner la prison où l'on enfermait pour toujours ceux qui avaient commis une très grande faute.

PROUDHON ET COURBET

Ce texte important a d'abord paru en deux livraisons, sous ce titre, dans *Le Salut public* de Lyon, les 26 juillet (section I) et 31 août 1865 (section II).

Du principe de l'art et de sa destination sociale du philosophe Proudhon (1809-1865) est né de la défense organisée par le peintre Courbet de son tableau *Le Retour de la conférence* (1863, détruit), violemment anticlérical et antibonapartiste. Courbet, qui s'était alors rapproché de Proudhon, lui demanda d'écrire un opuscule de présentation de ce tableau contesté. Ce projet prit rapidement l'ampleur d'un traité d'esthétique, comme l'indique la généralité de son titre et cette déclaration liminaire : « Je crains d'abaisser à une question de personne un sujet qui intéresse l'art tout entier mais je croirai avoir bien mérité du public et des artistes, et servir le progrès, si, à propos d'un homme, je parviens à jeter les fondements d'une critique d'art rationnelle, et sérieuse » (*Du principe de l'art et de sa destination sociale*, Dijon, Presses du réel, 2002, p. 16). L'ouvrage parut en 1865 chez l'éditeur Garnier frères, quelques mois après la mort de son auteur.

Flaubert a réagi très violemment à cette parution dans une lettre aux frères Goncourt, datée du 12 août 1865 : « Je viens de lire le livre de Proudhon sur *L'Art* ! On a désormais le maximum de la Pignouferie socialiste. C'est curieux, parole d'honneur ! Ça m'a fait l'effet d'une de ces fortes latrines, où l'on marche à chaque pas sur un étron. Chaque phrase est une ordure. Le tout à la gloire de Courbet ! et pour la démolition du romantisme ! » (Flaubert, *Correspondance*, Gallimard, « Bibliothèque de la Pléiade », t. III, p. 454).

1. Charles Fourier (1772-1837), penseur et utopiste de « l'harmonie universelle », invoqué par Proudhon dans la dernière page de son livre : « Un jour, les merveilles produites par Fourier seront réalisées », *Du principe de l'art et de sa destination sociale, op. cit.*, chap. XI, p. 226.

2. Proudhon, hostile au capitalisme et au socialisme utopique, pacifiste, prônait le « fédéralisme autogestionnaire », c'est-à-dire une organisation économique et politique essentiellement mutualiste. Marx réfuta ces idées dans *Misère de la philosophie* (1847).

3. Comme Platon, évidemment, auquel il est fait ici allusion. Proudhon, comme tous les partisans d'un art « encadré », se situe dans la tradition platonicienne. Voir *La République*, livre III [Socrate à Adimante] : « Et, normalement, suppose qu'un personnage doué pour des métamorphoses indéfinies, capable de toutes les imitations, arrive dans notre cité, lui et ses créations, avec l'intention de s'y produire : nous nous inclinerons profondément devant ses talents divins, son air merveilleux, plaisant ; mais nous lui dirons qu'il n'y a personne de son espèce dans notre cité, que c'est même défendu, et nous l'enverrons dans une autre cité, la

tête dûment parfumée, couronnée du bandeau », trad. Jacques Cazeaux, Le Livre de poche, 1995, p. 112-113. Proudhon renvoie à Platon au chapitre XXIV de son livre : « Platon touchait juste quand il chassait les artistes et les poètes de la république ; je ne demande pas qu'on les mette hors la société, mais hors le gouvernement ; car si l'artiste, dans ce qu'il a de meilleur, est conduit et inspiré par la société, celle-ci, en revanche, est perdue si, à la fin, elle se laisse inspirer et mener par lui », *Du principe de l'art…, op. cit.*, p. 217.

4. Cette définition apparaît effectivement à la fin du chapitre III de l'ouvrage de Proudhon (« De l'idéal. – But et définition de l'art »). Elle est bien l'expression d'une subordination de l'art à une visée morale collective. Voir Dominique Berthet, *Proudhon et l'art*, L'Harmattan, 2001.

5. Cette idée clé de la poétique et de l'esthétique zoliennes est exposée dans la longue lettre à Valabrègue du 18 août 1864, dite « sur les écrans » : « Nous voyons la création dans une œuvre, à travers un homme, un tempérament, une personnalité », *Corr.*, t. I, p. 375.

6. Dans *Le Salut public*, cette phrase était plus longue : « J'accepte l'artiste tel qu'il me vient, et je l'admire lorsqu'il arrive à traduire en un langage nouveau, personnel, les émotions qui sont en moi. »

7. Le peintre Eugène Delacroix est considéré par Proudhon comme le représentant de l'école romantique qui s'attache avant tout aux « impressions personnelles ». Zola lit de près la partie consacrée au peintre dans le chapitre X, « Confusion et irrationalité de l'art pendant la première moitié du XIXe siècle ».

8. *Du principe de l'art…, op. cit.*, chap. X, p. 84.

9. *Ibid.*, chap. XXV, p. 225.

10. Dans les derniers chapitres de son livre, Proudhon est parfois virulent envers la « caste » des artistes : « Les artistes, gens de lettres, auxquels se joignent quelques dévots et philosophes, forment une caste à part, caste indisciplinable et servile, corrompue et corruptrice, qui sans se remuer beaucoup, agissant avec lenteur, a fait dans tous les temps beaucoup de mal et peu de bien », *ibid.*, chap. XXIV, p. 215.

11. « La Renaissance, comme but et fin de l'art, se manifeste dès le premier jour comme une dissolution générale », *ibid.*, chap. VII, p. 56.

12. Léopold Robert (1794-1835) : peintre et graveur suisse, élève de David, dont les œuvres à la technique minutieuse (les portraits notamment) recueillirent les suffrages de l'élite aristocratique.

13. Horace Vernet (1789-1863) : peintre d'histoire. Zola émettra un jugement sévère à son encontre dans une chronique de *L'Événement* du 10 février 1866 : « Crânerie, audace brillante, humeur légère, tout cela n'est qu'à la surface ; au fond, il y a des hommes, il y a des passions profondes, des amours et des haines larges et saintes. La vérité sur Horace Vernet, considéré purement comme artiste, est que ce peintre n'a été qu'un imagier habile et fécond », *Livres d'aujourd'hui et de demain*, *OC*, t. X, p. 366.

14. Cela restera l'un des fondements de la critique et de la poétique zoliennes.

15. *Du principe de l'art…*, *op. cit.*, chap. X, p. 91.

16. Le début de la note est le suivant : « L'idéal étant subordonné à l'idée, la collectivité de l'idée entraîne naturellement celle de l'idéal ; et c'est pourquoi, lorsqu'elle existe, dix mille élèves qui ont appris à dessiner comptent plus pour le progrès de l'art que la production d'un chef-d'œuvre. Non que je mette en balance le *nombre* et la *qualité* ; mais dix mille citoyens… », *ibid.*, chap. XI, p. 111.

17. Fin du chapitre I du livre de Proudhon.

18. Allusion à la fable de La Fontaine, « L'Ours et l'Amateur des jardins », *Fables*, VIII, 10.

19. Zola portait un grand intérêt à la peinture de Courbet : « J'admire Courbet », dit-il dans son *Salon* de 1866, en rappelant d'ailleurs son opposition à Proudhon sur la question du tempérament artistique.

20. *La Civilité puérile et honnête* : code d'éducation morale des enfants, dont le titre est alors quasi générique.

21. Ces idées forment le fonds permanent de la critique d'art de Zola, qui va s'exprimer d'emblée très franchement dans les articles d'avril-mai 1866, repris dans *Mon Salon*.

22. *Les Paysans de Flagey revenant de la foire*, 1850-1855, huile sur toile, musée des Beaux-Arts de Besançon. Le tableau avait fait

partie de l'important envoi de Courbet au Salon de 1850-1851, avec notamment *Un enterrement à Ornans*, *Les Casseurs de pierre* et plusieurs paysages et portraits. Ces œuvres firent scandale auprès du public et de la critique.

23. *Du principe de l'art...*, *op. cit.*, chap. XII, p. 122.

24. En fait, *Les Baigneuses* (musée Fabre, Montpellier), tableau envoyé au Salon de 1853 et perçu comme une provocation.

25. *Du principe de l'art...*, *op. cit.*, chap. XIII, p. 135.

26. Avec *Les Demoiselles des bords de la Seine* (1856-1857), tableau présenté au Salon de 1857, aujourd'hui au musée du Petit Palais, à Paris, Courbet traitait pour la première fois une scène de genre parisienne, si l'on excepte les *Pompiers courant à un incendie*, dont la dimension allégorique relevait néanmoins de la peinture d'histoire.

27. *Les Casseurs de pierre*, 1850-1851, tableau aujourd'hui disparu, autrefois conservé au Kunsthaus de Dresde.

28. *Du principe de l'art...*, *op. cit.*, chap. XV, p. 153-154.

LE CATHOLIQUE HYSTÉRIQUE

Ce chapitre reprend, avec quelques additions importantes, la « Revue littéraire » qui avait paru le 10 mai 1865 dans *Le Salut public* sous le titre « *Un prêtre marié*, par M. Barbey d'Aurevilly ». Le roman venait de paraître chez Achille Faure et il suscitait d'assez nombreux commentaires, dans un contexte de polémiques religieuses provoquées par la multiplication des romans mettant en scène des prêtres. Zola fut le premier à parler d'*Un prêtre marié*.

La modification du titre pour le chapitre de *Mes Haines* infléchit le compte rendu de lecture vers la mercuriale, en réponse à la recension désobligeante par Barbey d'Aurevilly, entre-temps, de *La Confession de Claude* dans *Le Nain jaune* du 30 décembre 1865, où le critique évoquait avec beaucoup de mépris « les détails les plus dégoûtants qu'une plume réaliste ait écrits encore » (article repris dans *Polémiques d'hier*, Paris, Albert Savine, 1889, p. 31). Les deux ennemis littéraires continueront de batailler par chroniques interposées. Barbey d'Aurevilly, des *Polémiques d'hier* aux *Dernières Polémiques*, a accueilli les romans des *Rougon-*

Macquart en marquant son dégoût (*Le Ventre de Paris* : « Il croit dire le dernier mot de l'art en faisant du boudin, M. Zola », *Le Constitutionnel*, 14 juillet 1873 ; *La Faute de l'abbé Mouret* : « M. Zola, c'est un fanfaron d'ordures », *Le Constitutionnel*, 19 avril 1875 ; *L'Assommoir* : « On sort de sa lecture comme, du bourbier, sortent les cochons, ces réalistes à quatre pattes », *Le Constitutionnel*, 29 janvier 1877). Zola ne se laisse pas faire. Dans le sillage de son article de 1865, il continue de voir en Barbey d'Aurevilly « un des [cas les] plus curieux de notre littérature contemporaine » : « Les quelques romans qu'il a écrits sont des monstruosités d'invention maladive » (« La critique contemporaine », article de 1877 repris dans les *Documents littéraires*, 1880, *OC*, t. XII, p. 475).

Un prêtre marié a de nouveau été commenté par Zola en 1877 dans son article sur « la moralité en littérature » : « Comme [Barbey d'Aurevilly] n'est pas un esprit banal, il ne veut pas dénouer ses histoires, ainsi que les romanciers inférieurs, en faisant intervenir la Providence pour punir le crime ; ou du moins, quand il fait intervenir la Providence, comme par exemple dans *Un prêtre marié*, c'est d'une façon si extraordinaire, si miraculeuse, que la leçon paraît être tirée d'un conte de fées. On n'a donc jamais avec lui qu'une échappée sur l'enfer, une peinture du mal caressée avec un amour romantique, poussée à l'aigu et à l'extra-ordinaire ; en un mot, du marquis de Sade possible en société. Et cette peinture est faite pour le plaisir de la peinture elle-même, sans aucun souci du vrai, avec le dédain même du vrai et l'inten-tion bien arrêtée de l'exagération dans le sens du surnaturel » (*OC*, t. XII, p. 506).

1. L'idée est familière à cette époque. On la trouve par exemple dans la *Physiologie des écrivains et des artistes ou Essai de critique naturelle* d'Émile Deschanel, ouvrage publié chez Hachette en 1864, que Zola connaissait bien. Deschanel renvoyait en outre à un autre ouvrage en vogue, *La Psychologie morbide dans ses rapports avec la philosophie de l'histoire ou De l'influence des névropathies sur le dynamisme intellectuel* (1859), du médecin psychiatre Jacques Joseph Moreau (de Tours, 1804-1884) qui concluait : « Le génie n'est qu'une névrose. »

2. Il s'agit ici de saint Antoine le Grand (IIIe-IVe siècle), qui se retira dans le désert et résista aux tentations du diable (voir *La Tentation de saint Antoine* de Flaubert).

3. Ces deux paragraphes ont été ajoutés par Zola pour l'édition de *Mes Haines*.

4. *Un prêtre marié* est paru en 1865 chez Achille Faure, qui est précisément l'éditeur de *Mes Haines*.

5. Le diagnostic se double donc d'un procès.

6. « Très visible déjà, quoique d'un rose meurtri sur la pâte de ce front presque malléable où les veines semblaient une voix lactée plus que les fils d'un réseau sanguin, ce signe devenait plus apparent au moindre effort de cette organisation chétive. Il se fonçait alors d'un rouge vif, vermeil comme le sang », Barbey d'Aurevilly, *Un prêtre marié*, in *Œuvres romanesques complètes*, éd. Jacques Petit, Gallimard, « Bibliothèque de la Pléiade », t. I, 1964, p. 894.

7. *Un prêtre marié*, en dépit de son titre, ne traite pas de la question du mariage ou du célibat des prêtres. Celle-ci est en revanche d'actualité en 1865, ce qui explique l'inflexion de l'analyse choisie par Zola, dans un contexte anticlérical. La dernière phrase de ce paragraphe a été ajoutée par Zola pour l'édition de *Mes Haines*.

8. Le jugement de Zola est donc partagé, comme l'indique l'emploi – le plus souvent positif – du terme « tempérament ». Dans son vocabulaire critique, la « personnalité » ou le « tempérament » ouvrent droit à l'existence et à la reconnaissance de l'œuvre.

9. La maison de Charenton, fondée par les frères de la Charité, à Charenton-Saint-Maurice (actuel Saint-Maurice), accueillait les insensés depuis le XVIIe siècle.

10. Toutes ces indications sont importantes parce qu'elles éclairent le *réalisme* zolien, qui doit viser la vérité humaine par l'intensité, certes, mais sans perdre « le sens du réel » (titre d'un article de 1878 repris dans *Le Roman expérimental*, *op. cit.*, p. 203-209).

11. La figure du savant positiviste est évidemment sympathique à Zola. Il la placera dans ses romans, en particulier dans *Paris* (1898), avec Guillaume Froment, qui présente quelques ressemblances avec Sombreval. C'est « un savant d'intelligence haute, un chimiste qui vivait à l'écart, en révolté », *Paris*, in *Les Trois*

Villes, OC, t. VII, p. 1177. Les trois paragraphes qui suivent (jusqu'à « la colère de leur Dieu ! ») ont été ajoutés par Zola pour l'édition de *Mes Haines*.

12. Walter Scott (1771-1832) : romancier écossais, auteur de romans historiques et chevaleresques très en vogue pendant la première moitié du XIXe siècle. Balzac s'en inspire nommément dans l'avant-propos de *La Comédie humaine*. Zola réfute cette influence romantique.

13. Les deux dernières phrases de ce paragraphe ont été ajoutées par Zola pour l'édition de *Mes Haines*.

LA LITTÉRATURE ET LA GYMNASTIQUE

Le chapitre a d'abord paru sous ce titre un peu surprenant dans la « Revue littéraire » du *Salut public* de Lyon le 5 octobre 1865. Rédigé dans ce cadre, le texte relève de la gageure puisque le point de départ en est une petite brochure de 140 pages sur les mérites de la gymnastique et de l'hydrothérapie, *La Santé de l'esprit et du corps par la gymnastique (Étude sur les exercices du corps depuis les temps les plus reculés jusqu'à nos jours, leurs progrès, leurs effets merveilleux, leurs diverses applications et leur combinaison avec l'hydrothérapie)*, parue à la Librairie du Petit Journal et dédiée à un romancier feuilletoniste, Paul Féval, l'auteur du *Bossu*.

Après des études au lycée de Bordeaux, Eugène Paz (1837-1901) vint à Paris, où il obtint un emploi chez un agent de change et rédigea un certain nombre d'articles pour des journaux littéraires et financiers. Atteint d'une grave affection nerveuse, il s'en guérit par la gymnastique et l'hydrothérapie. Il fit alors des études sur la gymnastique, l'anatomie et la physiologie, et se fit le grand champion de la gymnastique en France. Il consacra à ce sujet plusieurs livres, dont *La Santé de l'esprit et du corps par la gymnastique* (1865), *La Gymnastique obligatoire* (1868), *Moyen infaillible de prolonger l'existence et de prévenir les maladies* (1870). Il collabora à divers journaux et fut un des directeurs du *Petit Journal*, dans lequel il publia et commenta, le 6 novembre 1864, des extraits du « Carnet de danse », un des *Contes à Ninon* de Zola.

1. Le mot est à la mode et Zola, comme d'autres essayistes de son époque, en fait un large usage. D'une maladie rapportée à la physiologie féminine (« névrose de l'appareil générateur de la femme », lit-on dans le *Grand Dictionnaire universel du XIXe siècle* de Pierre Larousse, qui fut l'une des principales références documentaires de Zola), on passe aisément, par analogie, à la pathologie sociale.

2. Pour avoir quelque idée de l'impact de ces théories médicales sur la pensée et la création contemporaines, on peut consulter la thèse de Jean-Louis Cabanès, *Le Corps et la maladie dans les récits réalistes (1856-1893)*, Klincksieck, 1991, 2 vol.

3. Dans *Thérèse Raquin* (1867), l'hystérique Thérèse communiquera son nervosisme au sanguin Laurent, bientôt complètement dominé par une sensibilité maladive.

4. C'est aussi une thèse courante de la médecine « moderne », qui prend le relais de la longue tradition d'explication du génie par la mélancolie.

5. Zola affectionne cette image paradoxale de la course folle, coextensive à l'accélération de l'histoire mais qui libère des forces primitives difficilement contrôlables.

6. C'est l'une des bases de la critique tainienne, que Zola comprend mais qu'il peut être amené à nuancer fortement, comme on le verra dans le chapitre qu'il consacre à l'auteur des *Essais de critique et d'histoire*, p. 219.

7. Le mythe du barbare est double : à la crainte d'une mise en péril de la civilisation s'associe l'espoir de son renouvellement. Comme le fait remarquer Jean-Louis Cabanès, « le barbare, en sa primitivité, apparaîtra tout à la fois comme une horrifique menace, mais aussi comme une primitivité toute sanguine et sanguinaire, susceptible d'infuser une énergie nouvelle à un corps social dangereusement nerveux et anémié », *Le Corps et la maladie dans les récits réalistes (1856-1893)*, *op. cit.*, t. II, p. 556-557.

8. Ce petit essai liminaire a sans doute incité Zola à prolonger et relancer sa réflexion dans ce qui allait devenir la préface de son recueil, puisqu'on y retrouve les mêmes idées sur la « physionomie » contrastée de son époque : « Nous sommes en pleine anarchie, et chacun de nous est un rebelle... » (p. 45).

9. Éréthisme : le mot appartient au vocabulaire médical et signifie « accroissement morbide de l'activité d'un organe, dû à

une excitation anormale des centres nerveux ». Ici, comme sous la plume de nombreux auteurs, il est synonyme de surexcitation, d'exaltation.

10. Eugène Paz avait ouvert son Grand Gymnase (gymnastique, hydrothérapie, escrime, boxe et canne) au 40 de la rue des Martyrs, à Paris, le 15 octobre 1865, quelques jours après la parution de l'article de Zola.

11. Paz consacre une partie de son livre, *La Santé de l'esprit et du corps* (1865), à l'histoire de la gymnastique ; le chapitre IV s'intitule ainsi « La gymnastique dans l'Antiquité chez les Grecs ». « La gymnastique moderne » n'est abordée qu'au chapitre VII.

12. Eugène Paz, *La Santé de l'esprit et du corps*, chap. V : « La gymnastique de l'Antiquité chez les Romains » ; chap. VI : « La gymnastique au Moyen Âge ».

13. Il s'agit effectivement ici d'une digression imaginaire à partir de l'antique, qui ne recoupe pas le propos d'Eugène Paz, essentiellement descriptif et technique, et cantonné à la gymnastique.

14. Ces images sont peut-être empruntées à l'introduction de l'*Histoire de la littérature anglaise* de Taine, que Zola doit avoir sous les yeux dans son bureau chez Hachette : « quand nous lisons une tragédie grecque, notre premier soin doit être de nous figurer des Grecs, c'est-à-dire des hommes qui vivent à demi nus, dans des gymnases ou sur des places publiques, sous un ciel éclatant, occupés à se faire un corps agile et fort », *Histoire de la littérature anglaise*, 2e éd. revue et augmentée, Hachette, 1866, p. VII.

15. Même inspiration nostalgique dans le poème V des *Fleurs du Mal* de Baudelaire : « J'aime le souvenir de ces époques nues… ».

16. La grande étude de Taine sur Balzac, texte sur lequel Zola médite en 1865, l'année de sa réédition dans les *Nouveaux Essais de critique et d'histoire* (Hachette, p. 63), s'ouvre sur une considération semblable : « Les œuvres d'esprit n'ont pas l'esprit seul pour père. L'homme entier contribue à les produire. »

17. Selon Eugène Paz, la pratique régulière de la gymnastique pour les jeunes gens prévient tous les maux : la phtisie, le rachitisme, les névroses, le « marasme », etc. « Grâce à elle, au lieu d'une génération efféminée, nerveuse, effrayée par les moindres difficultés, irritée des plus légers obstacles, livrée à l'esclavage des

plus futiles besoins du luxe, nous aurons une génération forte au physique comme au moral, une génération prémunie contre les dangers auxquels nous exposent les conditions de notre problématique existence », *La Santé de l'esprit et du corps, op. cit.*, p. 31-32.

18. Ce ne fut pas le cas. La gymnastique fut introduite dans les lycées et collèges en 1868, sous l'impulsion de Victor Duruy, et elle se constitua en discipline sportive en 1881. Quand le mouvement olympique ressuscita les Jeux à Athènes en 1896, la gymnastique fit partie des sept sports en compétition.

19. Dans *Le Salut public*, cette dernière phrase était précédée d'un passage que Zola a supprimé pour la publication en librairie : « L'auteur a compris que la gymnastique ne pouvait être que médicale de nos jours ; c'est pourquoi je me suis décidé à parler de son livre. Je le répète, la question est grave, elle intéresse surtout les écrivains qui se tuent de gaieté de cœur dans leurs cabinets. Je crois moins faire une réclame à M. Eugène Paz que rendre un service à mes confrères, en leur conseillant de fréquenter le gymnase que l'auteur ouvrira le 15 octobre, rue des Martyrs. »

GERMINIE LACERTEUX
PAR MM. Ed. et J. de Goncourt

Ce chapitre a d'abord paru sous ce titre dans *Le Salut public* du 24 février 1865.

En faisant un vibrant éloge du roman des frères Goncourt, paru à la Librairie Charpentier le 16 janvier de la même année, Zola s'inscrit clairement dans le camp de la modernité artistique et littéraire. À peine sorti, ce roman, précédé d'une importante préface, s'attire les foudres des gardiens du bon goût : « fange ciselée » (Rousselet), « Lucrèce Borgia graillonnante » (Juliette Adam)… L'article de Zola tranche au contraire par son enthousiasme militant. Il semble correspondre à une remarque de Sainte-Beuve qui, sollicité par les Goncourt, leur écrit, le 15 janvier 1865 : « j'étais frappé d'une chose, c'est que pour bien juger cet ouvrage et en parler, il faudrait une poétique toute autre que l'ancienne, une poétique appropriée aux productions de l'art nouveau, d'une recherche nouvelle. Et c'est déjà un grand éloge à un livre que de susciter une question de cette importance, de sortir à ce point des vieilles données et d'entrer dans des sillons tout neufs. J'espère que votre hardiesse sera comprise » (Sainte-Beuve, *Correspondance générale*, t. XIV, Toulouse, Privat, 1964, p. 45). On peut aussi mentionner, pour mémoire, la conclusion de l'article consacré par le même Sainte-Beuve à *Idées et sensations* et plus généralement à l'art des Goncourt, à la même époque : « Ce sont des modernes et de purs modernes ; ils marchent hors rang, courageux et unis, à leurs risques et périls, se tenant par goût aux avant-postes de l'art ; ils tentent constamment, ils cherchent sans cesse. Je les définirais encore deux hérétiques en littérature, des plus consciencieux et des plus aimables. Et qui est-ce qui n'est pas plus ou moins hérétique aujourd'hui ? » (Sainte-Beuve, article du 14 mai 1866 paru dans *Le Constitutionnel*, repris dans les *Nouveaux Lundis*, Calmann Lévy, 3e éd., 1886, p. 416).

Les lecteurs lyonnais, encore loin de cet esprit de tolérance, furent au contraire indignés par l'article de Zola. Max Grassis, le directeur du journal, en fit la remarque à son rédacteur : « Votre article nous a valu beaucoup d'observations de la part des lecteurs les plus timorés » (*Corr.*, t. I, p. 413, note 5). Les frères Goncourt, en revanche, exprimèrent une vive reconnaissance à leur nouveau « disciple », à qui ils adressèrent cette lettre :

Nous venons vous dire cordialement et chaudement : merci, pour l'article dont vous avez honoré notre dernier livre.

Au milieu des haines, des inimitiés, des attaques, parmi tout ce que nous bravons et combattons : les dogmes littéraires, le *statu quo* du beau et de l'intérêt, les préjugés et les religions de la critique à la La Harpe, les admirations de collège et de catéchisme, il est bon, monsieur, et fortifiant de trouver un applaudissement et un encouragement comme le vôtre. Votre article console de l'hypocrisie littéraire actuelle. Il affirme les droits que nous avons voulu donner au roman : les droits à la vérité moderne, au poignant des choses qui nous touchent, nous font vibrer les nerfs et saigner le cœur. Il dégage, avec des phrases où nous avons senti votre cœur répondre au nôtre, la moralité de cette étude, qui ne sera jamais plus pénible à lire, qu'elle nous a été pénible à faire. Oui, comme vous le dites parfaitement, donnez à Germinie un mari, des enfants, et tout son dévouement se règle. Vous seul jusqu'ici, monsieur, avez compris ce que nous avons voulu peindre, ce que nous avons essayé de faire sentir. Vous ne discutez pas avec ce qui vous émeut, vous osez jeter les bases d'une critique qui ne ramènera plus tout homme à la même mesure, vous admettez le tempérament et l'originalité dans une œuvre. Tout cela est bien hardi, et nous vous admirons presque pour nous aimer et le dire. Hélas ! oui, nos œuvres sont maladives, et vous l'avez dit délicieusement, elles ont de la passion et de la grâce de malade : notre faute, que voulez-vous, est d'écrire avec nos entrailles et d'être de notre temps.

Tout cela, vous l'avez sympathiquement deviné, exprimé mieux que nous ne l'aurions pu faire nous-mêmes. Merci encore une fois de cette analyse profonde et libre, de l'horizon que vous avez ouvert devant un pauvre livre, qui a pour lui l'effort, la bonne volonté et le courage.

Nous sommes de vos amis, monsieur, et nous souhaitons avoir, le plus tôt possible, l'occasion de vous serrer les deux mains (*Lettres de Jules de Goncourt*, Charpentier, 1885, p. 221).

Les relations entre Zola et Goncourt (les frères, puis le seul Edmond, après la mort de Jules en 1870) sont un chapitre à part entière de l'histoire littéraire de la deuxième moitié du XIXe siècle, et elles doivent être incluses dans un important réseau qui se maille de Flaubert, Tourgueniev, Daudet, Maupassant, Huysmans et d'autres nombreux écrivains et artistes, sur plusieurs plans. Retenons que Zola a constamment rendu hommage au talent des Goncourt (voir Robert J. Niess, « Émile Zola and Edmond de Goncourt », *The American Society Legion of Honor Magazine*, vol. 41-2, New York, 1970, p. 85-105). Il leur a consacré de nombreux textes, jusqu'en 1901 : une « médaille » dans *Le Gaulois* du 22 septembre 1868 (*OC*, t. X, p. 763-767), des comptes rendus de *Madame Gervaisais* dans *Le Gaulois* du 18 janvier et du 9 mars 1869 (*OC*, t. X, p. 782-784 et 805-812), un chapitre des *Romanciers naturalistes* (*OC*, t. XI, p. 157-175), une étude sur *Les Frères Zemganno*, reprise dans *Le Roman expérimental* (*OC*, t. X, p. 1319-1328), un article intitulé « Edmond de Goncourt » dans *Le Figaro* du 15 mars 1881, repris dans *Une campagne* (*OC*, t. XIV, p. 554-561), etc. Et Zola prononça un émouvant discours aux obsèques d'Edmond, le 20 juillet 1896 : « Si je parle, c'est aussi que, de tous les amis littéraires, me voici le plus ancien ; c'est que j'ai derrière moi trente années de tendresse et d'admiration pour les frères de Goncourt et pour leurs œuvres. Il y a plus de trente ans que j'ai écrit mon premier article d'enthousiasme sur *Germinie Lacerteux*, cet absolu chef-d'œuvre de vérité, d'émotion et de justice, tombé dans l'indifférence et dans l'imbécillité publiques. Et, depuis, je n'ai jamais cessé de les aimer et de combattre pour eux » (*OC*, t. XII, p. 705).

Cette constance dans l'admiration n'a pas été payée de retour. Dans le célèbre *Journal* de Goncourt, les notations sur Zola deviendront de plus en plus acides et venimeuses sous la plume d'un Edmond jaloux des succès d'un « confrère » qu'il aurait aimé voir se maintenir dans la position subalterne du disciple soumis et respectueux.

1. Cette théorie des émergences va à l'encontre de la critique des causalités historiques pratiquée par Taine, et témoigne plutôt de l'influence de Sainte-Beuve, très attentif aux singularités. Ce dernier, qui s'intéresse surtout aux frères Goncourt comme historiens et critiques d'art, exprima cependant ses réticences à l'encontre de *Germinie Lacerteux* dans un article du *Constitutionnel* du 14 mai 1866, repris dans ses *Nouveaux Lundis*.

2. La critique du temps affectionne les images un peu rudes de la pratique médicale, issues de l'amphithéâtre et des traités savants. Zola en fait un large usage, sans craindre les aberrations logiques ni les parallèles hasardeux. L'*Introduction à l'étude de la médecine expérimentale* de Claude Bernard paraît en 1865. On peut aussi se souvenir de la célèbre clausule de l'étude que Sainte-Beuve avait consacrée à *Madame Bovary* en mai 1857 : « Fils et frère de médecins distingués, M. Gustave Flaubert tient la plume comme d'autres le scalpel. Anatomistes et physiologistes, je vous retrouve partout ! », *Causeries du lundi*, Garnier frères, 3ᵉ éd. revue et corrigée, 1857-1872, t. XIII, p. 363.

3. Au chapitre LIV du roman, après sa rupture avec Gautruche, Germinie tombe « au-dessous de la honte, au-dessous de la nature même. De chute en chute, la misérable et brûlante créature roula à la rue. Elle ramassa les amours qui s'usent en une nuit, ce qui passe, ce qu'on rencontre, ce que le hasard des pavés fait trouver à la femme qui vague », *Germinie Lacerteux*, GF-Flammarion, 1990, p. 226.

4. Cette ambivalence se retrouve effectivement dans le portrait et l'évolution du personnage.

5. Le chapitre XXIII du roman décrit par le menu la crise nerveuse qui assaille Germinie lorsqu'elle apprend la mort de sa petite fille.

6. Zola, on le voit, mêle à son évocation prétendument objective du sujet-personnage la compassion pour le personnage-sujet. Et il ne craint pas de renvoyer à la Bible (Luc 7, 47).

7. Chapitre I du roman.

8. Zola a bien résumé le chapitre III, qui complète l'évocation du passé de Germinie.

9. L'histoire complète de Sempronie de Varandeuil est intercalée dans le chapitre II, le plus long de l'ouvrage.

10. Dans l'édition de 1879, cette phrase est améliorée : « Germinie va donc avoir deux existences. »

11. « Le samedi venu, le service bâclé, le petit dîner de mademoiselle servi à la hâte, elle se sauvait et courait à Notre-Dame de Lorette, allant à la pénitence comme on va à l'amour », *Germinie Lacerteux, op. cit.*, chap. IV, p. 92.

12. Zola, comme la plupart des écrivains réalistes du XIXe siècle, exploitera ce thème de la dévotion dévoyée, notamment dans *La Conquête de Plassans* (1874). L'historien Michelet avait abordé la question de la foi « sensuelle » en 1845 dans son essai sur *Le Prêtre, la femme, la famille* (Comptoir des imprimeurs réunis, Hachette et Paulin). Les frères Goncourt développeront le thème en 1869 dans *Madame Gervaisais*, publié chez Lacroix-Verboeckhoven.

13. C'est la teneur du chapitre VI de *Germinie Lacerteux*.

14. « Germinie était passionnément jalouse. La jalousie était le fond de sa nature ; c'était la lie et l'amertume de ses tendresses », *op. cit.*, chap. IX, p. 107.

15. « Elle vivait dans la pensée d'aimer, croyant qu'elle en vivrait toujours. Et dans le ravissement qui lui soulevait l'âme, elle écartait sa chute et repoussait ses sens », *ibid.*, chap. IX, p. 110.

16. « Dans tout ce jeu, la crémière n'avait voulu qu'une chose : s'attacher et conserver une domestique qui ne lui coûtât rien », *ibid.*, chap. XIII, p. 119.

17. *Incipit* du chapitre XV.

18. Retour vers le chapitre XIII, p. 119.

19. Chapitre XVIII.

20. En fait, Germinie met au monde une petite fille (chap. XX).

21. Cette déchéance est décrite dans les chapitres XXIV à XXVI.

22. La Bourbe était l'hôpital de Paris destiné aux femmes en couches. Mais, en 1865, le mot n'était plus guère usité, et l'on disait de préférence la Maternité. Les Goncourt font de cet hôpital une description qui s'inscrit dans le registre de l'atroce.

23. Les jeunes citoyens devaient accomplir un service militaire de sept ans quand ils avaient tiré au sort un « mauvais numéro » au sein de leur classe d'âge dans le cadre du canton. Ils pouvaient être exonérés de la conscription en échange d'une grosse somme d'argent, équivalent environ de trois années de salaire d'un ouvrier.

24. Pour mémoire, le salaire moyen d'un petit fonctionnaire à l'époque était d'environ sept cents francs par an, soit environ mille sept cents euros.

25. Nous en sommes au chapitre XXXVIII de *Germinie Lacerteux*.

26. Cette longue citation nous ramène un peu en arrière, au chapitre XXXV, *op. cit.*, p. 175.

27. Gautruche est l'ouvrier alcoolique et noceur que Germinie rencontre lors d'une sortie collective au bois de Vincennes (chap. XLVIII). La séparation est consommée au chapitre LIII.

28. « De cette rupture, Germinie tomba où elle devait tomber, au-dessous de la honte, au-dessous de la nature même. De chute en chute, la misérable et brûlante créature roula à la rue », *op. cit.*, chap. LIV, p. 220.

29. C'est la dernière phrase du roman (chap. LXX).

30. Zola a résumé avec exactitude l'ensemble de l'intrigue. C'est ce qu'il appelle une « analyse complète », tout à fait conforme aux habitudes de la critique du temps, qui n'hésite jamais à raconter, résumer, paraphraser les œuvres avant de les commenter.

31. Voir *supra*, p. 272, note 1.

32. Ce texte, on le voit, fait écho, au sein du recueil, à la préface et à la réfutation des thèses de Proudhon. Chronologiquement, il les anticipe et les prépare. Voir également la lettre du 18 août 1864 à Valabrègue dite « sur les écrans » (*Corr.*, t. I, p. 373-381).

33. C'est déjà la position de Hugo dans la préface des *Odes et ballades* ou dans celle de *Cromwell*, mais le chef de file du roman-

tisme ne va pas jusqu'à revendiquer la fécondité de l'anarchie, comme le fait Zola dans sa propre préface.

34. Effectivement, les auteurs provoquent clairement cette hypothèse de la réception, puisqu'on peut lire, par exemple, sous leur plume, des considérations « médicales », comme celle qui ouvre le chapitre X de leur roman : « Cet amour heureux et non satisfait produisit dans l'être physique de Germinie un singulier phénomène physiologique. On aurait dit que la passion qui circulait en elle renouvelait et transformait son tempérament lymphatique » (*op. cit.*, p. 110).

35. Célèbre salle de bal à Montmartre.

36. Ce sont effectivement des scènes et des tableaux saisissants, littérairement très soignés.

37. Dans l'édition de 1876, Zola corrige : « qui a tant souffert ».

GUSTAVE DORÉ

Zola avait déjà consacré une étude au dessinateur et peintre Gustave Doré (1832-1883), lors de la sortie, chez Hachette, du *Don Quichotte* illustré par ses soins en 1862 (*Le Journal populaire de Lille*, 20-23 décembre 1863, *OC*, t. X, p. 296-308). La publication de la sainte Bible, en 1865 (deux volumes in-folio, avec deux cent vingt-huit dessins de Gustave Doré, Tours, Alfred Mame et fils), lui fournit l'occasion d'une seconde étude, qui parut dans *Le Salut public* de Lyon le 14 décembre 1865.

Sur « Zola et Gustave Doré », voir l'article d'Antoinette Ehrard dans la *Gazette des Beaux-Arts*, LXXIX, n° 1238, mars 1972, p. 185-192.

1. Gustave Doré avait illustré *L'Enfer* de Dante en 1861.

2. Lorsque Jéricho fut détruite, le Seigneur interdit aux enfants d'Israël de prendre aucune des choses précieuses qu'ils y trouveraient. Mais un homme, Achan, prit possession de butins et essaya de les cacher. « Lorsque je les ai vus, dit-il, je les ai convoités, et je les ai pris ; ils sont cachés dans la terre au milieu de ma tente, et l'argent est dessous » (Josué 7, 21). L'Éternel commanda que les butins fussent détruits et que Achan fût lapidé à mort.

3. Juges 11, 29-40.

4. Dans *Le Salut public*, cette phrase était suivie d'une autre : « L'artiste me pardonnera ma franchise en faveur de ma sympathie et de mon admiration. »

5. En typographie, un cul-de-lampe est un ornement placé en bas d'une page de fin de chapitre ou de livre.

6. Hector Giacomelli (1822-1904) : aquarelliste, graveur et illustrateur, surtout connu pour ses peintures d'oiseaux. Dans sa « Correspondance littéraire » du *Salut public* du 30 décembre 1866, Zola commentera de façon très élogieuse cette réussite que furent ses illustrations de *L'Oiseau* de Michelet : « Imaginez les légèretés des gravures anglaises, moins la sécheresse et la dureté. Il dessine avec une aiguille, mais avec une aiguille qui a toutes les vigueurs et toute l'ampleur du pinceau », *OC*, t. X, p. 705.

7. Auguste Raffet (1804-1860) : dessinateur, graveur et peintre qui a joué un rôle notable dans la diffusion de la légende napoléonienne (c'est lui qui a popularisé le type du grognard). Le catalogue de son œuvre fut effectivement publié par Giacomelli.

8. *Le Livre de mes petits-enfants*, d'Émile de La Palme (1864).

LES CHANSONS DES RUES ET DES BOIS

Zola, qui a abondamment commenté Victor Hugo dans ses lettres à ses amis Baille et Cézanne, au début des années 1860, offre ici son premier jugement « officiel » sur le poète, si l'on met à part les brèves mentions contenues dans un article du 16 avril 1864 du *Journal populaire de Lille*. Henri Mitterand indique que le texte, vraisemblablement destiné au *Salut public* de Lyon, ne semble pas y avoir été publié, et précise : « Peut-être la direction du journal avait-elle déjà demandé au critique de raccourcir ses chroniques, ou du moins de ne plus les limiter à l'examen d'un seul ouvrage » (*OC*, t. X, p. 175).

Le recueil poétique de Victor Hugo avait paru le 25 octobre 1865 simultanément à Paris et à Bruxelles (Albert Lacroix éditeur). La réaction brutale de Zola coïncide avec certaines appréciations contemporaines, comme celle que publie la *Revue nationale* le 1er décembre 1865, sous la plume d'Horace de Lagardie, qui condamne « une œuvre de démence littéraire, un véritable monument d'insanité poétique… par-ci, par-là un vers, une strophe, parfois une pièce tout entière portant son cachet divin, hélas c'est pour faire sentir encore plus rudement au lecteur sa chute soudaine dans les bas-fonds d'une triviale bouffonnerie et d'une vulgarité cynique » (cité dans la *Correspondance générale* de Sainte-Beuve, *op. cit.*, p. 420, note 2).

Zola republia le chapitre sur *Les Chansons des rues et des bois* dans le journal *Le Voltaire* du 2 juillet 1879, en le faisant précéder de ces lignes :

> Voici quelques pages que j'ai écrites il y a quatorze ans, et qui viennent de reparaître dans une nouvelle édition de *Mes Haines*. Je les donne pour répondre à ceux qui m'accusent d'obéir dans ma critique à des intérêts immédiats et personnels. La vérité est que mes idées d'aujourd'hui sont les mêmes que mes idées d'il y a quatorze ans. J'ai dit alors de Victor Hugo ce que j'en ai dit dans ces temps derniers. Depuis le premier jour de mes débuts, je n'ai fait que développer la formule naturaliste. Nous voilà loin du fameux plan qu'on prête à mon orgueil, de vouloir immoler sur l'autel de *L'Assommoir* les plus illustres de mes confrères. Toute la campagne que je fais aujourd'hui est déjà commencée dans *Mes Haines*, ouvrage publié en 1866.

Zola a découvert Hugo et Musset en même temps que Lamartine en 1856, à l'âge de seize ans. S'il n'a jamais varié dans son admiration pour l'auteur des *Nuits*, il a rapidement fait de Victor Hugo la cible d'une critique violente, qui laisse parfois échapper des mouvements d'admiration. Zola, comme son double Sandoz dans *L'Œuvre* (1886), dit qu'il s'est trouvé « au confluent d'Hugo et de Balzac » (*Les Rougon-Macquart*, Gallimard, « Bibliothèque de la Pléiade », t. IV, 1996, p. 48), et comme coincé entre le réalisme visionnaire de l'un et le lyrisme romantique de l'autre.

1. L'idylle, comme l'églogue, est un poème de facture classique à sujet pastoral. Victor Hugo, avec *Les Chansons des rues et des bois*, s'inscrivait dans une longue tradition de poètes antiques et modernes : Théocrite, Virgile, Anacréon, Horace… mais également ment Théophile Gautier, Heine, Théodore de Banville, ou encore le chansonnier Béranger, mort en 1857.

2. La critique était très partagée. Alors que Barbey d'Aurevilly louait un « art inouï du vers », d'autres déploraient le laisser-aller de l'imagination érotique et le recours au genre mineur de la

chanson chez l'auteur de *La Légende des siècles*, âgé de soixante-trois ans.

3. Si Zola expose ici son premier avis public sur Victor Hugo, il s'est déjà fréquemment exprimé à son propos dans ses lettres du début des années 1860. Hugo, lu avec une attention constante, fut en fait l'auteur le plus souvent commenté par Zola critique entre 1865 et 1896.

4. Tibulle (54-18 av. J.-C.) : poète romain élégiaque.

5. Baudelaire indiquait de même, dans la quatrième section de sa notice de la *Revue fantaisiste* du 15 juin 1861, que « l'excessif, l'immense, sont le domaine naturel de Victor Hugo », *Œuvres complètes* de Baudelaire, Gallimard, « Bibliothèque de la Pléiade », t. II, 1976, p. 137.

6. Allusion à la première pièce du recueil de Victor Hugo, « Le Cheval ».

7. C'est la théorie des écrans (voir *supra*, p. 266, note 5).

8. La critique académique s'indigne de ces scandaleuses hypallages, qui allient épithètes nobles et substantifs roturiers. Le procès, on le voit, est toujours ouvert à l'encontre d'une revendication d'alliance du sublime et du grotesque, théorisée par Hugo dans sa célèbre préface de *Cromwell* (1827). L'image litigieuse se trouve dans la pièce « Choses écrites à Créteil », *Les Chansons des rues et des bois*, éd. Jacques Seebacher, GF-Flammarion, 1966, p. 135-137. Zola explique la métaphore, l'innovation verbale ; il ne se pose pas en défenseur pointilleux du bon usage.

LA MÈRE
PAR M. EUG. PELLETAN

Ce texte parut dans *Le Salut public* du 7 juillet 1865, sous ce même titre. *La Mère* (1865) d'Eugène Pelletan devait former le premier tableau d'un triptyque composé en l'honneur de la famille et qui devait comprendre à la suite un livre sur le Père et un autre sur l'Enfant. Ces deux derniers n'ont jamais paru.

Rendre compte de cet ouvrage permet à Zola de se rapprocher du milieu libéral et des salles de rédaction des journaux d'opposition. Eugène Pelletan (1813-1884), écrivain, journaliste, homme politique, siégeait en 1865 au Corps législatif comme député de l'opposition. Il fut l'un des pères fondateurs de la IIIe République. Libre penseur, déiste et spiritualiste, il se fit le théoricien du progrès indéfini et continu, dans la lignée de Condorcet. En 1868, à la faveur de la nouvelle loi sur la presse, il prit la tête, comme rédacteur en chef, de l'hebdomadaire *La Tribune*, d'orientation républicaine et anticléricale. Zola publia dans ce journal soixante-deux textes (des « causeries » fort variées), du 14 juin 1868 au 9 janvier 1870. Sur cette collaboration, voir l'introduction d'Henry Weinberg aux *Chroniques* d'Émile Zola, « Émile Zola collaborateur de *La Tribune* », *OC*, t. XIII, p. 63-72, ainsi que « *La Tribune* » par Henri Mitterand, in *Zola journaliste*, Armand Colin, 1962, p. 81-98.

1. Elle a été mise à l'honneur depuis la parution de *L'Amour* (1858) et de *La Femme* (1859) de Michelet, des traités « naturalistes » dont le succès fut considérable (pour *La Femme*, par exemple, six mille exemplaires vendus en quatre jours). Zola est un disciple de Michelet et il avait projeté, à dix-neuf ans, d'écrire à son tour un essai sur ces questions qui sont au cœur de ses premières œuvres, notamment ses contes et nouvelles. Voir *Contes et nouvelles* de Zola, GF-Flammarion, t. I, 2008.

2. L'ouvrage est composé de quatre parties, selon l'ordre chronologique (I. L'Antiquité, II. Le Moyen Âge, III. La Renaissance, IV. La Femme moderne). Mais il est vrai, comme l'indique immédiatement Zola, que l'essentiel de la thèse de l'auteur est concentré dans la dernière section.

3. Ce sera l'argument narratif de *Thérèse Raquin* (1866) : l'héroïne, cloîtrée dans une obscure boutique de mercerie, est soumise à de furieuses tentations. Zola romancier réfléchit à cette théorie du milieu pathogène, dont, après Balzac, il renouvellera l'emploi.

4. Valeria Messalina (morte en 48) fut la troisième épouse de l'empereur romain Claude et la mère de Britannicus. Sa conduite scandaleuse provoqua sa perte ; soupçonnée de comploter contre l'empereur, elle fut exécutée.

5. « Voilà la chevalerie. Il y eut là plus d'un précédent sans doute, et plus d'un élément, un composé gaulois, germain, arabe ; mais au point de vue de la femme, ce fut simplement un système de bigamie, patronné par le clergé et consacré par l'opinion »,

incipit du chapitre XV de la troisième partie de l'ouvrage de Pelletan, « La Cour d'amour ».

6. Catherine de Vivonne, marquise de Rambouillet (1588-1665), ouvrit son hôtel, à partir de 1615, aux représentants de l'élite intellectuelle du temps et aux « précieuses ». Anne, dite Ninon de Lenclos (1620-1705), fut à la fois une femme galante et une intellectuelle « libertine ». Jeanne Manon Phlipon, Mme Roland de La Platière (1754-1793), femme d'esprit et de culture, épouse du philosophe Roland, ouvrit un salon en 1791, où elle recevait les hommes politiques les plus influents. Son action en faveur des Girondins la perdit et elle fut guillotinée en 1793 sur la place de la Révolution (rebaptisée depuis place de la Concorde). Passant devant la statue de la Liberté (installée afin de commémorer la journée du 10 août 1792), elle se serait exclamée, peu avant que ne tombe le couperet de la guillotine : « Ô Liberté, que de crimes on commet en ton nom ! »

7. Dans une lettre du 14 janvier 1860 à son ami d'enfance Jean-Baptistin Baille, Zola écrit : « Une tâche grande et belle, une tâche que Michelet a entreprise, une tâche que j'ose parfois envisager, est de faire revenir l'homme à la femme » (*Corr.*, t. I, p. 129).

8. Zola s'est beaucoup intéressé aux questions d'éducation, en particulier à celle des filles, dans un contexte très polémique, qui opposait les défenseurs de l'enseignement au couvent aux partisans de l'enseignement secondaire féminin, finalement imposé par Victor Duruy en 1867.

9. Supprimé en 1816 pour incompatibilité avec le catholicisme, le divorce fut rétabli en 1884 grâce à la loi Naquet (divorce pour faute, et à condition d'en apporter les preuves). Il fallut attendre la loi de 1975 pour que le divorce par consentement mutuel fût autorisé.

L'ÉGYPTE IL Y A TROIS MILLE ANS

L'étude publiée sous ce titre dans *Le Salut public* du 29 novembre 1865 est inspirée par un ouvrage illustré de Ferdinand de Lanoye (1810-1870) : *Ramsès le Grand ou l'Égypte il y a trois mille trois cents ans*, qui paraît chez Hachette en 1866. Le public cultivé, après les découvertes de Champollion dans la première moitié du XIXᵉ siècle, se passionne alors pour les « antiquités » égyptiennes et les expéditions archéologiques en général. Cet intérêt se répercute dans la littérature, comme le montre le succès des *Poèmes antiques* (1852) de Leconte de Lisle ou du *Roman de la momie* (1856) de Théophile Gautier.

1. Il comporte 326 pages. Mais, à l'époque, les historiens, à l'instar de Michelet, s'attellent à de très vastes entreprises et offrent au public des sommes en plusieurs volumes.

2. Jean Jacques Antoine Ampère (1800-1864), fils du physicien André Marie Ampère (1775-1836), était mythographe, membre de l'Académie des inscriptions et belles-lettres.

3. Effectivement, Ferdinand de Lanoye décrit par le menu ce qu'il appelle les « pompes officielles de l'Égypte » (*Ramsès le Grand ou l'Égypte il y a 3 300 ans*, Hachette, 1866, p. 88).

LA GÉOLOGIE ET L'HISTOIRE

Cette étude a d'abord paru dans *Le Salut public* du 14 octobre 1865, sous le titre « *Introduction générale à l'histoire de France*, par Victor Duruy ». Victor Duruy (1811-1894), alors ministre de l'Instruction publique (il l'a été de 1863 à 1869), mais historien de formation, venait de publier à la Librairie Hachette son *Introduction générale à l'histoire de France*, qui s'ouvre par cette déclaration : « L'histoire qui raconte est un art ; l'histoire qui explique, qui classe les phénomènes sous des lois, je veux dire les faits sous leurs causes, est une science. J'ai cette ambition pour l'étude à laquelle j'avais voué ma vie, qu'elle peut monter à ce rang. Voilà pourquoi je veux étudier, avant les causes politiques et morales, la grande influence qui, au début, est la plus forte, celle du sol, du climat et de tous les agents matériels, le rôle, en un mot, de la nature dans le grand drame de nos destinées nationales. »

1. La première partie de l'ouvrage de l'*Introduction générale à l'histoire de France* de Victor Duruy est une « Histoire de la formation du sol français » et commence effectivement (chap. I) par cette phrase, précédée de l'annonce : « Avant de présenter le

tableau de la vie d'un peuple, il y a intérêt et profit à faire l'histoire et la description du sol qu'il habite », Hachette, 1865, p. 3.

2. Cette description occupe en fait les deuxième et troisième parties de l'ouvrage.

3. Ce propos finaliste est inspiré par la conclusion de la première partie de l'ouvrage de Victor Duruy : « Quelle que soit l'hypothèse que la science finisse par adopter sur le lien mystérieux qui unit les êtres des premiers âges à ceux qui leur ont succédé, il résulte toujours de la courte histoire qu'on vient de lire de la formation du sol français, qu'à côté des forces de destruction, existent les forces de renouvellement ; et, s'il faut renoncer à l'idée séduisante que la nature ne procède que du simple au composé par une marche ascensionnelle réglée et constante, on peut reconnaître, à contempler le plan de la création dans son ensemble, un développement continuel des formes organiques, un perfectionnement graduel des êtres, animaux et végétaux », *Introduction générale à l'histoire de France*, *op. cit.*, p. 53.

4. Au fil des réflexions et des œuvres, Zola théoricien et romancier se montrera de plus en plus sensible à cette importante question du milieu géographique.

5. Émile Deschanel (1819-1904), professeur et conférencier, exilé après le 2 décembre, amnistié en 1859, était devenu rédacteur au *Journal des Débats*. Il publia de nombreux ouvrages de morale, d'histoire littéraire et de critique, notamment la *Physiologie des écrivains et des artistes ou Essai de critique naturelle* (Hachette, 1864), qui exerça une certaine influence sur Zola. En ce qui concerne Taine, voir *infra*, p. 298 *sq.*

6. Cet ouvrage de Taine, précédé d'une importante préface doctrinale, est paru chez Hachette en 1864.

UN LIVRE DE VERS ET TROIS LIVRES DE PROSE

Ce chapitre fusionne deux « revues littéraires » du *Salut public*. La première est parue le 6 février 1865 : « I. *La Lyre intime, Poésies et dédicaces*, par André Lefèvre (1 vol. in-18 jésus, Librairie Hetzel). II. *La Famille de Marsal*, par Alexandre de Lavergne (1 vol. in-18 jésus, Librairie Amyot) » ; et la deuxième, le 7 septembre 1865 : « I. *L'Habitude et le souvenir. Histoire parisienne*, par Adolphe Belot (1 vol. in-18 jésus, Librairie Hachette). II. *Les Duperies de l'amour*, par Ernest Daudet (1 vol. in-18 jésus, Librairie Michel Lévy frères) ».

André Lefèvre (1834-1904), archiviste-paléographe issu de l'École des chartes, homme de lettres et penseur, est l'auteur d'ouvrages variés, dont une traduction remarquée du *De natura rerum* de Lucrèce, en vers (1876). Libre penseur, collaborateur de la *Revue de l'instruction publique*, il fit en outre paraître en 1881 un livre sur *La Renaissance du matérialisme*.

Adolphe Belot (1829-1890) est un écrivain (romancier et dramaturge) avec lequel Zola est entré en contact à la Librairie Hachette. *Thérèse Raquin* (1867) fut en partie inspiré de *La Vénus de Gordes* (1866), un roman d'Adolphe Belot et Ernest Daudet. La notoriété de Belot resta moyenne, mais Zola, constamment amical à son égard, lui consacra encore plusieurs « revues dramatiques » dans la décennie 1870-1880. *L'Habitude et le souvenir, Histoire parisienne* a paru chez Hachette en 1865.

Ernest Daudet (1837-1921), homme de lettres actif et prolixe, est l'auteur d'une trentaine de romans et d'ouvrages historiques. En 1865, il était avant tout connu comme journaliste et romancier. Frère aîné d'Alphonse Daudet, il publia en 1882 un volume de Mémoires littéraires très attachant, sous le titre : *Mon frère et moi, souvenirs d'enfance et de jeunesse* (Plon). *Les Duperies de l'amour* ont paru chez Michel Lévy en 1865. L'ouvrage réunit trois longues nouvelles, « Les erreurs d'Esther », « Les fiançailles sans lendemain » et « Une adoption dangereuse », « inspirées par une idée commune formulée dans le titre du livre » (avant-propos, « Au lecteur »).

Alexandre de Lavergne (1808-1879), romancier et dramaturge, publia de nombreux romans-feuilletons dans *Le Siècle*, quotidien parisien de grande audience (fondé en 1836), de tendance républicaine, dans lequel Zola publiera bientôt *La Fortune des Rougon*.

Zola ne retiendra pas ce chapitre dans son édition de 1879. Sur les raisons qui nous ont incité à reproduire l'édition originale de 1866, voir notre Présentation, p. 28.

1. Rédigé en 1865, ce propos très projectif sur l'intérêt de la préface est évidemment à rapprocher du texte tonitruant qui ouvre le recueil.

2. Ce premier recueil de poésies d'André Lefèvre ainsi que sa *Lyre intime* seront évoqués en 1868 par Théophile Gautier dans son *Rapport sur les progrès de la poésie*, repris en annexe de son *Histoire du romantisme* (1874) sous le titre « Étude de la poésie française. 1830-1868 ». On peut y lire ceci : « Après *La Flûte de Pan*, André Lefèvre a publié *La Lyre intime*, un second volume où sa verve, plus libre, plus personnelle, moins confondue dans le grand tout, s'est réchauffée et colorée comme la statue de Pygmalion quand le marbre blanc y prit les teintes roses de la chair. *La Lyre intime* vaut *La Flûte de Pan*, si même elle ne lui est supérieure, et les cordes répondent aussi bien aux doigts du poète que les roseaux joints avec de la cire résonnaient harmonieusement sous ses lèvres », *Histoire du romantisme*, Charpentier, 1874, p. 375.

3. Zola, il convient de le signaler, tresse les motifs bucoliques et amoureux dans ses poèmes de jeunesse et la préface de ses *Contes à Ninon*, sa première œuvre, parue en 1864. On trouvera les *Poèmes* de Zola dans *OC*, t. XV.

4. Zola, quand il rédige ces lignes, leur superpose un thème obsédant, issu d'une expérience personnelle qui trouvera à s'exprimer très clairement dans son premier roman, *La Confession de Claude* (paru en novembre 1865 chez Lacroix).

5. Zola est particulièrement attentif à ce motif fantastique qui renvoie à la théorie « médicale » de l'imprégnation exposée par Michelet dans *L'Amour*, et dont il fera usage dans ses romans, notamment ceux de son premier cycle de la femme déchue, *Thérèse Raquin* (1867) et *Madeleine Férat* (1868) : la femme garde l'empreinte ineffaçable de son premier amant, et certains traits de celui-ci peuvent resurgir chez des enfants pourtant conçus avec un autre homme.

6. Au début des années 1860, Zola, sous l'influence de Hugo et de Musset, rêve de devenir poète. Le revirement est hâté par le séjour chez Hachette, quand le jeune homme prend conscience des mutations du champ littéraire, de l'importance du paradigme scientifique, de l'évolution de la presse et de l'urgence à penser les questions sociales. Dès ses premiers articles, en 1864, il appelle à un renouvellement de la poésie par les valeurs positivistes, ce qui le rend évidemment sévère à l'égard des tendances et des auteurs qui se réclament du romantisme, du Parnasse et, plus tard,

du symbolisme. Les années 1860 voient la consécration de Leconte de Lisle, Gautier, Banville, et la tendance dont Zola appelle à se détacher est celle du culte néoclassique de la forme.

7. Zola pense ici à Victor Hugo, dont il opposera souvent la puissance à l'épuisement de l'inspiration ultérieure, qu'il désignera comme « la queue romantique ». Son jugement en la matière, tôt et définitivement stabilisé, sera exposé avec le plus de clarté en février 1878 dans « Les poètes contemporains », étude reprise en bonne place dans ses *Documents littéraires* (1881).

8. Zola livre ici, en termes romantiques, l'une de ses convictions profondes.

9. Comédie en trois actes et en prose, produite avec succès en 1859 à l'Odéon, écrite en collaboration avec Edmond Villetard.

10. Avec qui Ernest Daudet a collaboré pour la rédaction de plusieurs romans.

11. Le roman-feuilleton est né à proprement parler en octobre 1836 dans *La Presse*, sous l'impulsion de son directeur, Émile de Girardin : il s'agissait d'élargir les tirages en baissant le prix de l'abonnement et en appâtant la clientèle par la publication d'un roman livré en épisodes, en l'occurrence *La Vieille Fille* de Balzac. Le phénomène prit une singulière ampleur avec le succès des *Mystères de Paris* d'Eugène Sue, dans le *Journal des Débats*, en 1842-1843.

12. L'approche de Zola, qui s'essaiera lui-même au roman-feuilleton avec *Les Mystères de Marseille* en 1867, détonne dans la critique littéraire du temps, généralement hostile à la « littérature industrielle » (Sainte-Beuve) et, en particulier, à celle qui envahit le « rez-de-chaussée » des journaux.

13. Allusion à *Germinie Lacerteux* (voir p. 93).

14. Les femmes, par le fait de la distribution sociale sexuée des activités, forment effectivement le gros du public qui lit les romans. Voir, dans l'*Histoire de l'édition française*, publiée sous la direction de Roger Chartier et Henri-Jean Martin, l'exposé d'Anne Sauvy : « Une littérature pour les femmes » (Fayard, Cercle de la librairie, 1990, t. III, p. 496-508).

15. Paul Féval (1816-1887) : un des maîtres du roman-feuilleton de la première génération, à côté d'Eugène Sue et d'Alexandre Dumas. Il s'est illustré dans la plupart des genres à succès de l'époque : le roman de cape et d'épée (*Le Bossu*, *Le Capitaine*

fantôme), le mystère urbain (*Les Mystères de Londres*), le récit fantastique (*La Vampire*), le roman historique (*La Fée des Grèves*). Zola s'est intéressé à plusieurs reprises à l'œuvre de Féval, pour laquelle il a une certaine estime.

16. Élie Berthet (1815-1891) : auteur prolifique de romans populaires, en particulier de récits pour la jeunesse. Son livre *Les Houilleurs de Polignies* fut l'une des sources de *Germinal*.

17. Octave Feuillet (1821-1890) : romancier et dramaturge très en vogue sous le Second Empire. Surnommé « le Musset des familles », il offrait à la bonne société une représentation complaisante de ses préoccupations et de ses valeurs.

18. *Le Siècle* est à cette époque le grand quotidien d'information, apprécié de la bourgeoisie libérale et de tendance républicaine modérée. Ouvert à la littérature contemporaine, il publie aussi des romans-feuilletons, comme ceux d'Alexandre de Lavergne.

19. Ce développement montre que Zola s'intéresse de près aux techniques du roman-feuilleton, à sa poétique.

LES MORALISTES FRANÇAIS (M. PRÉVOST-PARADOL)

C'est par ce compte rendu que fut inaugurée la collaboration de Zola au *Salut public* de Lyon, le 23 janvier 1865. L'ouvrage de Lucien Anatole Prévost-Paradol (1829-1870), *Études sur les moralistes français suivies de quelques réflexions sur divers sujets*, venait de paraître chez Hachette. Prévost-Paradol, rédacteur au *Journal des Débats*, était l'un des principaux journalistes d'opposition sous le Second Empire. Mais la formation universitaire de cet ancien élève de l'École normale supérieure, brièvement professeur, trouvait à se recycler dans le genre d'ouvrage retenu par Zola pour sa chronique. Prévost-Paradol fut élu à l'Académie française le 6 avril 1865, à l'âge de trente-six ans.

Pour sa reprise dans *Mes Haines*, Zola a supprimé les deux paragraphes suivants par lesquels il introduisait son compte rendu et sa manière :

> J'éprouve une véritable joie à débuter dans *Le Salut public* par l'étude d'une œuvre remarquable et dont la lecture m'a profondément impressionné. Je suis, en critique, l'homme de la sensation pure et

simple ; j'aime à m'étudier curieusement pendant que je lis un livre, et le compte rendu que je fais ensuite de ce livre n'est que la fidèle analyse de ce que j'ai ressenti. Étant donné mon tempérament, mes lecteurs savent bientôt ce qu'ils doivent penser de mes admirations et de mes colères. Il me semble que cette façon de procéder est de beaucoup la plus franche et la plus commode.

L'ouvrage de M. Prévost-Paradol est né d'hier. Je crois qu'il a d'abord paru par fragments dans les *Débats* ; mais ce ne sont pas là des articles cousus les uns aux autres, l'œuvre vit entière et par elle-même.

1. Sa correspondance de l'hiver 1860-1861 atteste la lecture assidue des *Essais* par Zola. Mais, quand il écrit ces lignes, en 1865, le jeune critique exagère : il ne s'est pas contenté de lire le seul Montaigne pendant ces années d'apprentissage intellectuel, aimantées par l'actualité. Voir l'article de Halina Suwala, « Zola lecteur de Montaigne », repris dans *Autour de Zola et du naturalisme*, Honoré Champion, 1993, p. 107-123.

2. Montaigne, *Essais*, I, XXVII (édition de 1595).

3. Il ne faut pas oublier que ce type de remarque, sous la plume de Prévost-Paradol, ici relayé par Zola, permettait à l'auteur de critiquer indirectement le règne de Napoléon III. Sur cet « allusionnisme », fréquent dans la presse de l'époque muselée par la censure, voir l'ouvrage de Pierre Guiral, *Prévost-Paradol (1829-1870). Pensée et action d'un libéral sous le Second Empire*, PUF, 1955.

4. Prévost-Paradol était alors considéré comme l'un des meilleurs écrivains de son temps. Les réticences de Zola envers la prose professorale aboutiront à la charge contre « Notre École normale », dans *Le Figaro* du 4 avril 1881, texte repris dans *Une campagne*, *OC*, t. XIV, p. 574-579.

LE SUPPLICE D'UNE FEMME ET LES DEUX SŒURS

Ce chapitre met en série deux articles : le premier fut publié dans *Le Salut public* du 25 juin 1865 (cette date est précisée en tête de section), sous le titre « *Le Supplice d'une femme* » ; le second fut refusé par le même journal et Zola l'édite ici, en indiquant la date du 16 septembre 1865.

Les circonstances de l'événement littéraire qui incite Zola à prendre la plume doivent être rappelées. Elles impliquent deux personnalités en vue : Émile de Girardin (1806-1881), journaliste et homme de lettres, est avant tout célèbre pour avoir fondé en 1836 le quotidien *La Presse*, en réduisant de moitié le prix de l'abonnement pour multiplier les souscripteurs. Il attire aussi de plus nombreux lecteurs en introduisant dans son journal le roman-feuilleton, innovation dont les effets sont immédiatement considérables. Comme tant d'autres, Girardin, qui a eu pour épouse une égérie du romantisme, Delphine de Girardin (née Gay, 1804-1855), est tenté par le théâtre. Il se lance, à l'automne 1864, dans la rédaction d'un drame en trois actes, *Le Supplice d'une femme*, énième variation sur le thème de l'adultère. Pour se donner plus de chances de se voir jouer, il sollicite les conseils et l'aide d'un professionnel de la scène, Alexandre Dumas fils (1824-1895), à qui il est arrivé plusieurs fois de mettre sa plume au service d'autrui. Mais la collaboration tourne court, les deux auteurs ne réussissent pas à s'entendre et s'accusent mutuellement de trahison. La pièce est reçue au Théâtre-Français le 14 décembre 1864, et elle est jouée pour la première fois le 29 avril 1865. Girardin donnera sa version des faits dans une préface à l'édition de la pièce chez Michel Lévy, « L'idéal d'un drame » ; selon lui, Dumas a dénaturé sa pièce après le 14 décembre 1864, date de la réception au Théâtre-Français : « Au lieu de se borner à des coupures et à des remaniements de scènes, conditions restreintes dans lesquelles j'avais accepté l'offre de son concours, le collaborateur, qui ne peut se nommer et que je ne puis nommer, mit trois semaines à faire rentrer dans le moule usé de la vérité factice les personnages dont j'avais demandé l'empreinte au moule toujours neuf de la vérité humaine. » Dumas publie rapidement une brochure, *Histoire du « Supplice d'une femme », réponse à M. Émile de Girardin* (Michel Lévy frères, 1865). Il insiste sur la chronologie : il a récrit la pièce en novembre et achevé son travail le 3 décembre ; c'est entre le 3 et le 14 décembre que Girardin a tout gâché en réintroduisant ses idées et ses répliques.

Voilà pourquoi une pièce écrite par deux auteurs n'est signée par aucun le jour où elle triomphe sur scène. Le journaliste Henri Rochefort témoigne, dans *Le Figaro* du 2 mai 1865 : « *Le Supplice d'une femme*, joué samedi à la Comédie-Française, y a été accueilli par des manifestations bruyantes, unanimes, spontanées. Ces trois adjectifs ne sont point mis là pour la symétrie de la phrase : ce sont les trois termes du paroxysme d'enthousiasme auquel, pour une œuvre qui se produit au théâtre, il soit donné d'atteindre. Un des trois peut suffire à la fortune d'une bonne pièce, et même d'une pièce excellente, mais les trois expressions du succès réunies dans un même ouvrage constituent ce qu'on peut appeler un événement. »

Six mois plus tard, Émile de Girardin, qui se croit décidément auteur dramatique, pense se relancer avec *Les Deux Sœurs*, drame en quatre actes bientôt réduit à trois, écrit seul cette fois, mais conçu comme une suite au *Supplice d'une femme*, à partir de cette même donnée de l'adultère. La pièce est créée le 12 août 1865 au Vaudeville. C'est un échec total.

1. Les circonstances qui ont marqué la création de cette pièce de théâtre sont retracées dans la notice *supra*.

2. Dans *Le Salut public*, la phrase suivante terminait ce premier paragraphe : « De la sorte, je ne sors pas de mon cadre. »

3. Par ces circonlocutions, Zola cherche à assurer du bien-fondé de sa démarche mais, en bon journaliste, il met à profit l'événement et attise la curiosité du lecteur.

4. Zola reviendra souvent commenter les succès d'Alexandre Dumas fils, oscillant des rares compliments aux fréquentes critiques (à l'encontre du moralisme, notamment, de l'auteur de *La Dame aux camélias*). Le 11 juillet 1872, il écrira ainsi dans l'une de ses *Lettres parisiennes* du journal *La Cloche* : « Je n'aime point le talent de M. Dumas. […] Ce n'est ni un penseur ni un écrivain original. Il a un style absolument factice, manquant de véritable haleine, empruntant une fausse chaleur à tout un système de phrases exclamatives. »

5. Le drame de Girardin n'était pas tout à fait aussi audacieux que Zola le prétend. La donnée de base – l'adultère bourgeois – en est éculée et l'étude des personnages y est assez stéréotypée. Zola, qui se saisit de cet événement de la vie théâtrale pour extrapoler ses propres idées, veut sans doute également complaire à Émile de Girardin, revenu à *La Presse* en 1862 et très influent.

6. Où l'on voit que Zola pense d'emblée la rénovation du champ littéraire simultanément dans le roman et par la scène.

7. C'est déjà l'idéal du naturalisme zolien, tel qu'il s'affichera en 1880 dans *Le Roman expérimental*.

8. Émile de Girardin, pour justifier sa demande de collaboration auprès de Dumas fils, avait évoqué les mises en garde de certains de ses amis, qui avaient jugé la pièce « périlleuse ».

9. Zola, qui s'essaiera lui-même bientôt au théâtre en y adaptant son roman *Thérèse Raquin* (en 1873), inaugure ici une carrière de critique dramatique de premier plan, si l'on prend garde à la qualité et à la vigueur de ses analyses. En 1881, il rassemblera certaines de ses chroniques dans deux importants recueils : *Le Naturalisme au théâtre* et *Nos auteurs dramatiques*. C'est de la modernité de ses réflexions qu'est issu en partie le renouvellement de la scène à la fin du XIXᵉ et au début du XXᵉ siècle.

10. Quand il propose son article au *Salut public* de Lyon, la polémique entre Émile de Girardin et Alexandre Dumas fils est effectivement frelatée. C'est ce qui explique sans doute que cet article ait été refusé, outre le ton provocateur qui pouvait indisposer le « public » des amateurs de théâtre bourgeois, effectivement « étrangers à toute querelle littéraire ».

11. Cette distinction entre la *grande* et la *petite* presse structure le champ médiatique de l'époque : d'un côté perdurent de grandes revues élitistes comme le *Journal des Débats* ou la *Revue des Deux Mondes*, de l'autre se développent les journaux quotidiens destinés aux nouveaux lecteurs, avec des rubriques moins austères. Zola, qui épouse le mouvement de cette petite presse, en connaît aussi les dangereuses facilités.

12. Le vaudeville est à cette époque une comédie légère et fantaisiste. Il use et abuse du comique de situation, met en scène la vie domestique bourgeoise sans craindre la caricature et fait une large place aux répliques bien enlevées et autres « mots d'auteur ». Le succès est immense auprès du grand public. Un théâtre parisien spécialisé dans ce genre de spectacle porte ce nom. Il était alors situé place de la Bourse, dans le 2ᵉ arrondissement.

13. Jules Janin (1804-1874) est ici visé ; surnommé « le prince des critiques », il rendait des avis très attendus sur la littérature et le théâtre contemporains tous les lundis dans le *Journal des Débats*.

14. Les opinions sur la pièce étaient en fait plus modérées. Dans son feuilleton (« La Semaine dramatique ») du *Journal des Débats* du lundi 21 août 1865, Janin, après avoir rapproché *Les*

Deux Sœurs du *Supplice d'une femme*, écrit : « Si donc le premier de ces deux drames, celui du Théâtre-Français, a marché dès le premier jour, s'il a vaincu toutes les résistances muettes, s'il s'est imposé aux esprits les plus habitués à l'ancienne comédie, évidemment le premier drame était plus entouré de défense et de protection que le second. Nous ne sommes point étonné que l'auteur, voulant démontrer qu'il savait se suffire à lui-même, et que dans ses succès les moins prévus il n'avait besoin de personne, ait rencontré au départ de sa deuxième tentative la résistance et l'obstacle. Il a la force et l'énergie ; il n'a pas l'habitude ; il manque en cet exercice de l'art dramatique, si nouveau pour lui, de la plus simple docilité à toutes les choses acceptées et convenues ; il manque à l'usage ; or l'usage est l'une des conditions solennelles de l'art dramatique. Une fois lancé dans les sentiers qu'il se trace à lui-même, il va droit son chemin, renversant toute chose, à droite, à gauche et sauve qui peut ! Quoi d'étonnant qu'on veuille lui résister et qu'on veuille arrêter cet intrépide ? »

15. Ce sera le credo de la critique dramatique de Zola. Il le développe dès 1868 dans les chroniques sur le théâtre qu'il réussit à placer çà et là dans la presse. Elles ont été rassemblées sous le titre *Causeries dramatiques* par Henri Mitterand (*OC*, t. X, p. 1021-1135).

16. La pièce est bien résumée par Zola. Le premier acte se passe à Paris, les deux autres à Vichy. Cécile, marquise de Terreplane, épouse vertueuse, cherche à dissuader sa sœur Valentine, très aimée de son mari Robert de Puybrun, de commettre un adultère avec le duc Armand de Beaulieu. Elle n'y parvient pas, le scandale éclate, le mari et l'amant se confrontent : au dénouement, Robert, armé de pistolets, tue son rival, qui lui refusait un duel, et se suicide.

ERCKMANN-CHATRIAN

Le texte de ce chapitre a d'abord paru en deux livraisons dans *Le Salut public*, dans la rubrique habituelle de la « Revue littéraire » : « Erckmann-Chatrian, I-II », le 29 avril 1865, et « Erckmann-Chatrian, suite et fin » (III et IV), le 1er mai 1865.

André Erckmann (1822-1899) et Alexandre Chatrian (1826-1890), tous deux lorrains, ont écrit à quatre mains pendant plus de quarante ans. Après des débuts besogneux, des contes fantastiques difficiles à placer (*Hugues-le-Loup*, *Le Bourgmestre en bouteille...*), c'est le succès de *L'Illustre Docteur Mathéus*, en feuilleton, puis en volume (1859). L'année d'après, Hachette fait paraître une édition des *Contes fantastiques* à la « Bibliothèque des chemins de fer ». La faveur du public se confirme à la parution des premiers *Romans nationaux* : *Le Fou Yégof* (1862), *Madame Thérèse* (1863), l'*Histoire d'un conscrit de 1813* (1864), suivie de *Waterloo* (1865). *L'Ami Fritz* (1864) introduit une pause « rustique » dans le cycle des *Romans nationaux* qu'Hetzel diffuse entre le mois d'avril 1865 et la fin août 1866, sur le modèle des *Misérables* de Victor Hugo, en fascicules à dix centimes, ce qui assure à cette édition populaire un succès de grande ampleur (plus d'un million et demi de livraisons de la première série). La notoriété d'Erckmann-Chatrian procède également de leur engagement républicain et de leur nationalisme.

1. On voit ici s'esquisser la pensée du cycle romanesque, à laquelle Zola est initié par Balzac.

2. L'influence de Taine, qui fait paraître ses *Nouveaux Essais de critique et d'histoire* chez Hachette en 1865, se lit dans les deux paragraphes qui précèdent : Zola lui emprunte l'idée de la critique comme anatomie morale et la référence balzacienne.

3. C'est pourtant de cette façon que procédera Zola critique littéraire, en convoquant la référence balzacienne comme pierre de touche de la valeur des romanciers contemporains. Le plus souvent, la comparaison leur sera nettement défavorable, en particulier dans l'importante série de recensions de *L'Événement* en 1866, *Livres d'aujourd'hui et de demain* (*OC*, t. X).

4. Dans *Deux Définitions du roman*, un texte conçu en 1866, Zola, qui fait décidément de Balzac le représentant du roman moderne, résume et radicalise son opinion : « Si j'avais demandé à Balzac de me définir le roman, il m'aurait certainement répondu : "Le roman est un traité d'anatomie morale, une compilation de faits humains, une philosophie expérimentale des passions. Il a pour but, à l'aide d'une action vraisemblable, de peindre les hommes dans leur vérité" » (*OC*, t. X, p. 281-282).

5. Connu sous le nom d'Ernst Theodor Amadeus Hoffmann (1776-1822), il est l'auteur de nombreux contes (*Märchen* en allemand), comme *L'Homme au sable* ou *Casse-noisette et le roi des souris*, et de plusieurs romans, dont *Le Chat Murr*. Il devint, dès les années 1820, l'une des illustres figures du romantisme allemand en France et inspira de nombreux artistes, en Europe comme dans le reste du monde (en témoigne par exemple *Les Contes d'Hoffmann*, l'opéra fantastique en cinq actes de Jacques Offenbach).

6. Palingénésie : en philosophie et en histoire, à partir de l'étymologie de ce mot qui signifie « renaissance », « régénération », théorie qui suppose le retour des événements dans un même ordre.

7. En 1813, Napoléon Ier battit à Lützen les armées prussiennes et russes. Mais, en octobre de la même année, à Leipzig, ses adversaires « coalisés » (Prussiens, Autrichiens et Russes) reprirent l'avantage et portèrent un coup décisif à la puissance napoléonienne. Cette bataille, qui mit aux prises cinq cent mille hommes, fut appelée la « bataille des nations ».

M. H. TAINE, ARTISTE

Cet important chapitre – le plus long de *Mes Haines* – est la reprise d'un article publié par Zola le 15 février 1866 dans la *Revue contemporaine* (bimensuelle, politique et littéraire) et intitulé « L'esthétique professée à l'École des beaux-arts ».

Hippolyte Taine (1828-1893), célèbre depuis la parution des *Philosophes français du XIXe siècle* (1857), des *Essais de critique et d'histoire* (1858) et d'une *Histoire de la littérature anglaise* (1863) en quatre volumes, avait été nommé en octobre 1864, sur le conseil du ministre de l'Instruction publique Victor Duruy, professeur d'esthétique et d'histoire de l'art à l'École des beaux-arts, pour prendre la succession de Viollet-le-Duc, violemment contesté par les étudiants. Le nouveau professeur, au contraire immédiatement accepté, resta en fonction pendant vingt ans, avec une seule interruption en 1876-1877. Une partie de ses cours fut publiée dans sa *Philosophie de l'art*, d'abord éditée en fascicules. Cette œuvre connut dix-huit réimpressions jusqu'en 1921.

Zola, par ses fonctions chez Hachette – l'éditeur de Taine –, s'initie rapidement aux principes de la critique « scientifique » exposée et mise en œuvre par le philosophe dans ses ouvrages clés. Comme il est sensible également à l'influence de l'autre grand critique littéraire de son temps, Sainte-Beuve, moins systématique, il présente un certain nombre d'objections dans ce premier grand portrait de Taine, qui resta néanmoins sa référence intellectuelle majeure jusqu'en 1876.

Taine, dont Zola avait pris en charge chez Hachette le lancement des troisième et quatrième tomes de son *Histoire de la littérature anglaise*, a lu de près son article de la *Revue contemporaine* et lui a répondu dans une lettre datée du 2 mars 1866, qui témoigne « d'un surprenant respect pour les opinions du jeune critique » (John Lapp, « Taine et Zola : autour d'une correspondance », *Revue des sciences humaines*, juillet-septembre 1957, p. 320). Les deux hommes continueront de dialoguer. Taine a aussi été un lecteur attentif des premières œuvres de Zola, ses *Contes à Ninon* (1865) et *Thérèse Raquin* (1867), un roman peut-être appelé par les remarques du philosophe sur le réalisme balzacien et le roman moderne.

1. De formation littéraire, Taine (1828-1893) se situe dans le sillage de Balzac et de son avant-propos à *La Comédie humaine*, qui prônait « l'unité de composition » dans l'ordre des sciences de la nature et, par extension, dans celui du social. En philosophie, Taine mêle les influences d'Aristote, de Spinoza, de Hegel et de Stuart Mill. Son ambition principale fut d'apporter le maximum de rigueur scientifique dans tous les domaines de la connaissance.

2. *La Kermesse ou Noce de village* : célèbre tableau de Rubens (1577-1640), qui représente une fête populaire sur la grand-place d'un village flamand. La toile, exposée au Louvre, est l'objet d'un commentaire de Taine dans sa première leçon à l'École des beaux-arts, « De la nature de l'œuvre d'art », dont Zola s'inspire.

3. Le guide de *Voyage aux eaux des Pyrénées* de Taine est d'abord paru chez Hachette en avril 1855, illustré par Gustave Doré. Le livre, qui changea de titre en 1858 pour devenir *Voyage aux Pyrénées*, connut de nombreuses rééditions. Taine fit aussi paraître un *Voyage en Italie* en 1866.

4. *Vie et opinions philosophiques d'un chat* est un apologue que Taine a placé dans la quatrième partie de son ouvrage. Signalons que Zola lui-même a procuré quelques textes de genre animalier, par exemple « La journée d'un chien errant » (1866), modifié dans les *Nouveaux Contes à Ninon* sous le titre « Le paradis des chats ». Voir *Contes et nouvelles*, t. I, GF-Flammarion, 2008, p. 129-135.

5. Taine, bon observateur de l'évolution du genre romanesque en son temps, n'a laissé que quelques fragments d'une fiction d'inspiration autobiographique qui aurait eu pour titre *Étienne Mayran*.

6. Elle en comptera cinq avec l'édition définitive de 1873.

7. Taine a exposé sa méthode d'analyse historique des faits « moraux » et des œuvres (littéraires et artistiques), ce qu'il appelle son « système », dans une longue introduction à cet ouvrage. Zola, qui l'a lue de très près, s'en inspira souvent, par exemple en choisissant comme épigraphe à son roman *Thérèse Raquin* (1867) cette phrase de la troisième section : « Le vice et la vertu sont des produits comme le vitriol et le sucre » – dont la suite est, chez Taine : « et toute donnée complexe naît par la rencontre d'autres données plus simples dont elle dépend ».

8. Cette expression, déjà employée par Hugo dans la préface de *Cromwell*, reviendra fréquemment sous la plume de Zola, jusqu'à former en 1890 le titre du dix-septième roman du cycle des *Rougon-Macquart*, *La Bête humaine*.

9. Idée développée à la fin du premier chapitre (« Les idées et les hommes ») du livre IV (« L'âge moderne ») du quatrième tome de l'*Histoire de la littérature anglaise*, consacré au développement du roman historique outre-Manche. Zola y puisera la matière de ses allusions à Walter Scott.

10. Citations exactes (ainsi que les suivantes), extraites de la *Philosophie de l'art*, première leçon : « De la nature de l'œuvre d'art », Genève, Slatkine Reprints, 1980, p. 12.

11. *Ibid.*, p. 12-13.

12. Zola prête ce propos imaginaire à Taine.

13. On trouvera des idées assez proches dans la deuxième des *Considérations inactuelles* de Nietzsche, « Sur l'utilité et l'inconvénient de l'histoire pour la vie » (1874, mais traduite pour la première fois en français par Henri Albert en 1907).

14. Cette théorie est présentée par Taine dans la section V de son introduction à l'*Histoire de la littérature anglaise*.

15. « La méthode moderne que je tâche de suivre, et qui commence à s'introduire dans toutes les sciences morales, consiste à considérer les œuvres humaines, et en particulier les œuvres d'art, comme des faits et des produits dont il faut marquer les caractères et chercher les causes ; rien de plus. Ainsi comprise, la science ne proscrit ni ne pardonne ; elle constate et explique », Taine, *Philosophie de l'art, op. cit.*, p. 12.

16. *Ibid.*, p. 9-10.

17. La reproduction de longues citations est le procédé auquel Zola aura de nouveau recours dans son étude sur *Le Roman expérimental* (1879), inspirée de l'*Introduction à l'étude de la médecine expérimentale* de Claude Bernard, ouvrage paru en 1865 et que le critique a peut-être déjà consulté à cette époque.

18. *Philosophie de l'art, op. cit.*, p. 41-42.

HISTOIRE DE JULES CÉSAR

L'*Histoire de Jules César*, publiée sans nom d'auteur chez Plon en 1865-1866, est un ouvrage conçu par l'empereur Napoléon III pour former le début d'une *Vie de César*. Élaboré par une équipe de rédacteurs érudits mais complaisants (voir p. 304, note 11), c'est un livre de propagande en faveur du régime impérial et un plaidoyer *pro domo*, ce que Zola a bien compris.

Cette « revue littéraire » était à l'origine destinée au *Salut public* de Lyon. Le directeur du *Salut public*, Max Grassis, prévenu du projet de compte rendu du livre de l'empereur, avait fixé une consigne ambiguë à Zola : « Soyez sympathique autant que possible à l'auteur, mais soyez aussi indépendant dans vos jugements » (lettre du 6 mars 1865). Le journaliste s'est efforcé de la respecter en alternant la prudence et la hardiesse, et en mettant en place une habile stratégie énonciative. L'article fut néanmoins refusé, pour des raisons de prudence, dans le contexte de censure qui régnait à l'époque. Zola tenta, en vain, de faire passer ses textes dans un autre journal de province, *L'Écho du Nord*, qui, étroitement surveillé, ne pouvait pas plus se permettre ce genre de publicité.

Zola formulera un jugement plus explicite sur l'*Histoire de Jules César* dans une « causerie » de *La Tribune* datée du 15 août 1869 :

> D'ordinaire, la politesse veut qu'on ne parle pas à un auteur d'une œuvre qui n'a eu aucun succès. Et Dieu sait si l'*Histoire de Jules César* a désarmé la critique. Le premier volume a eu un succès de curiosité qui a rendu plus fâcheuse encore l'indifférence avec laquelle on a accueilli le second volume. La gloire littéraire est parfaitement absente. L'impérial historien a fait preuve d'un étrange mysticisme historique que les Michelet ne prendront même jamais la peine de réfuter. Il a mêlé les aspirations démocratiques des peuples avec la croyance aux hommes providentiels, qui viennent sauver les sociétés en les garrottant, et de ce mélange il a fait une sorte de foi nuageuse que l'on retrouve dans ses autres écrits et même dans sa façon de gouverner. Il faut autre chose, une méthode plus claire et plus juste, pour faire œuvre de talent. Il est plus facile de s'asseoir sur un trône que de se mettre, dans l'histoire, à côté des écrivains de génie dont la France est fière (*OC*, t. XIII, p. 240).

Ce texte, dans sa nudité exemplaire, est une version catégorique et sans fard de l'appréciation de 1865. Il est à nouveau adapté au support et au moment, mais il confirme la stabilité des critères de lecture établis antérieurement : honnêteté intellectuelle, primat de la vérité, originalité du tempérament artistique.

La dernière évocation de l'ouvrage prendra la forme d'une « Lettre parisienne » dans *La Cloche* et sonnera l'hallali ; Zola y fait évidemment montre d'une ironie beaucoup plus mordante, *crescendo* : l'ouvrage est désigné comme une entreprise « bouffonne », l'« un des insuccès les plus écrasants de l'époque », un « livre inepte », une « farce ». Zola glose à l'envi et avec un humour féroce la plainte déposée par l'éditeur Henri Plon pour rentrer dans ses fonds, sans négliger toutefois de poursuivre le raisonnement critique de l'« article qu'aucun journal ne voulut insérer » : « Cet homme providentiel, qui avait commencé à sauver la France en tuant des Français, était pour les saignées larges et abondantes ; il a accompli son œuvre de salut en laissant la patrie agonisante sur les draps ensanglantés. Cela devait entrer dans sa mission. Le troisième volume de son *Histoire de Jules César* le démontrera, si jamais il l'écrit » (4 septembre 1872, *OC*, t. XIV, p. 156-158).

1. Le dernier chapitre est mis en valeur par cette annonce de pleine page à valeur de seuil. D'un article refusé à cause de ses connotations politiques, Zola fait clairement un chapitre militant, un épilogue républicain. Voir la Présentation, p. 30.

2. Autant dire qu'il ne doit rien aux puissances politiques. C'est le premier trait d'insolence critique à l'encontre de Napoléon III, conforme à l'« usage public de la raison » prôné par Kant dans sa *Réponse à la question : « Qu'est-ce que les Lumières ? »* (1784).

3. Il s'agit, pour le chroniqueur, de se situer entre les « courtisans » des journaux officiels et les pamphlétaires comme Louis Auguste Rogeard (1820-1896), auquel Zola semble ici se référer implicitement. Rogeard, ancien normalien et professeur en butte aux rigueurs de l'administration impériale, fut condamné à cinq ans de prison en 1865 pour avoir fait paraître, en réaction à cette *Histoire de Jules César*, une violente satire, « Les propos de Labienus », dans *La Rive gauche*, le journal qu'il avait fondé avec le gendre de Marx, Charles Longuet. Il se réfugia en Belgique, où il publia sa brochure hostile à Napoléon III.

4. Zola écrit à un moment de profond bouleversement des conceptions de l'historiographie. Il est lui-même clairement un disciple de Michelet, comme son exposé le montre, à la fois dans son développement critique et par le vocabulaire employé.

5. Interpolation et peut-être renvoi malicieux à une citation célèbre du chapitre XIII du livre III des *Essais* : « De l'expérience » (*Essais*, éd. Pierre Villey, PUF, 1978, p. 1085), ou bien allusion au chapitre XLII du livre I : « De l'inéqualité qui est entre nous ». Rappelons-nous que Zola a lu attentivement Montaigne en 1861 (voir p. 292, note 1).

6. Cette aspiration à l'histoire complète est de nature romantique, et on la trouve, entre autres, dans la préface de *Cromwell* de Victor Hugo (1827).

7. Dans ses très nombreux comptes rendus d'ouvrages historiques parus dans les années 1866-1867, Zola privilégie la « petite histoire » contre la grande ; il développe les anecdotes souvent dégradantes sur la vie privée des monarques ou, *a contrario*, exalte l'héroïsme des petites gens, des simples soldats, des obscurs : « J'aime, dit-il, les indiscrétions historiques, et rien ne me plaît autant comme de savoir les petits faits de l'histoire, ceux qui font

naître les grands faits » (*Le Salut public*, 7 mars 1866, in *OC*, t. X, p. 390).

8. Influence directe de Michelet, auteur largement commenté par Zola, dans sa correspondance de jeunesse et son *corpus* critique. Voir Halina Suwala, « Zola disciple de Michelet », article paru dans les *Cahiers de Varsovie* (n° 2, 1973), repris dans *Autour de Zola et du naturalisme, op. cit.*, p. 69-91.

9. Voir p. 264, note 9.

10. Zola, qui en appelle à la dictature du génie dans le champ des idées et des œuvres, la répudie dans celui de l'histoire et de la politique. Pour lui, l'encre vaudra toujours plus que le sang. Voir son article « L'encre et le sang » (*Le Figaro*, 11 octobre 1880), repris dans *Une campagne, OC*, t. XIV, p. 453-458.

11. Napoléon III s'était adjoint les services d'une « équipe de collaborateurs dévoués » (Jean Gaulmier, « À propos d'un centenaire : l'*Histoire de Jules César* (1865-1866) », *Travaux de linguistique et de littérature*, vol. 12-2, Strasbourg, 1966) : l'historien Victor Duruy, qui deviendra ministre de l'Instruction publique en récompense de sa collaboration, l'érudit Alfred Maury, le savant allemand Froehner, et, parmi les personnalités les plus éminentes, Prosper Mérimée, qui corrigea les épreuves. Le terme d'académie, on le voit, n'était pas déplacé, pour sanctionner l'inféodation des travailleurs intellectuels à un projet conçu dans une perspective de justification du régime. Mais plutôt que de souligner la complicité active de ces « nègres » de l'empereur, Zola inverse l'accusation en un compliment qui dépossède l'auteur du « meilleur » de son ouvrage, c'est-à-dire l'obscur travail de compilation et de documentation.

12. Parsemé de banalités et de clichés, l'ouvrage, « un auguste fiasco », selon les termes de Ludovic Halévy, est rédigé dans le style terreux et un peu lourd des journaux officiels, qui avaient reçu, comme *Le Moniteur*, l'ordination gouvernementale.

HISTORIQUE DES PRÉPUBLICATIONS

Date de première publication	Titre et lieu de première publication	Titre dans *Mes Haines* (1866)
23 janvier 1865	« *Étude sur les moralistes français*, suivie de quelques réflexions sur divers sujets, par M. Prévost-Paradol », *Le Salut public* de Lyon	« *Les Moralistes français* (M. Prévost-Paradol) »
6 février 1865	« I. *La Lyre intime, Poésies et dédicaces* par André Lefèvre. II. *La Famille de Marsal*, par Alexandre de Lavergne », *Le Salut public* de Lyon	« Un livre de vers et trois livres de prose » (ce chapitre rassemble cet article et celui du 7 septembre 1865)
24 février 1865	« *Germinie Lacerteux* par MM. Ed. et J. de Goncourt », *Le Salut public* de Lyon	« *Germinie Lacerteux* par MM. Ed. et J. de Goncourt »
29 avril 1865	« Erckmann-Chatrian, I-II », *Le Salut public* de Lyon.	« Erckmann-Chatrian »
1er mai 1865	« Erckmann-Chatrian, suite et fin », *Le Salut public* de Lyon	« Erckmann-Chatrian »
10 mai 1865	« *Un prêtre marié*, par M. Barbey d'Aurevilly », *Le Salut public* de Lyon	« Le catholique hystérique »

17 juin 1865	« L'abbé*** », *Le Salut public* de Lyon	« L'abbé*** »
25 juin 1865	« *Le Supplice d'une femme* », *Le Salut public* de Lyon	« *Le Supplice d'une femme* et *Les Deux Sœurs* » (ce chapitre rassemble cet article et celui, inédit, daté par Zola du 16 septembre 1865)
7 juillet 1865	« *La Mère* par M. Eug. Pelletan », *Le Salut public* de Lyon	« *La Mère* par M. Eug. Pelletan »
26 juillet 1865	« Proudhon et Courbet », *Le Salut public* de Lyon	« Proudhon et Courbet »
31 août 1865	« Proudhon et Courbet, II », *Le Salut public* de Lyon	« Proudhon et Courbet »
7 septembre 1865	« I. *L'Habitude et le souvenir, histoire parisienne*, par Adolphe Belot. II. *Les Duperies de l'amour*, par Ernest Daudet », *Le Salut public* de Lyon	« Un livre de vers et trois livres de prose » (ce chapitre rassemble cet article et celui du 6 février 1865)
5 octobre 1865	« La littérature et la gymnastique », *Le Salut public* de Lyon	« La littérature et la gymnastique »
14 octobre 1865	« *Introduction générale à l'histoire de France* par Victor Duruy », *Le Salut public* de Lyon	« La géologie et l'histoire »
29 novembre 1865	« L'Égypte il y a trois mille ans », *Le Salut public* de Lyon	« L'Égypte il y a trois mille ans »
14 décembre 1865	« Gustave Doré », *Le Salut public* de Lyon	« Gustave Doré »

15 février 1866	« L'esthétique professée à l'École des beaux-arts », *Revue contemporaine*	« M. H. Taine, artiste »
27 mai 1866	« Mes Haines », *Le Figaro.*	« MES HAINES »
Inédit	« *Les Deux Sœurs* », rédigé pour *Le Salut public* de Lyon, et daté par Zola du 16 septembre 1865 : refusé	« *Le Supplice d'une femme* et *Les Deux Sœurs* » (ce chapitre rassemble cet article inédit et celui du 25 juin 1865).
Inédit	« *Les Chansons des rues et des bois* », rédigé à la fin de l'année 1865 et destiné au *Salut public* de Lyon : refusé	« *Les Chansons des rues et des bois* »
Inédit	« Histoire de Jules César », rédigé pendant l'été 1865, destiné à *L'Écho du Nord* : refusé	« HISTOIRE DE JULES CÉSAR »

CHRONOLOGIE

	VIE ET ŒUVRE DE ZOLA	CONTEXTE HISTORIQUE ET CULTUREL
1840	2 avril : naissance à Paris d'Émile Zola, fils de François Zola (45 ans), d'origine vénitienne, et d'Émilie Aubert (21 ans).	Échec du coup d'État de Louis Napoléon Bonaparte, qui est interné au fort de Ham. Expansion coloniale en Algérie.
1841		Littré et Hachette signent un traité pour le *Dictionnaire de la langue française* (achevé en 1873). Traité de Balzac avec un consortium de libraires pour la publication de *La Comédie humaine*, qui paraîtra, avec un Avant-propos capital, en 17 volumes, de 1842 à 1855.
1843	Les Zola s'installent à Aix-en-Provence. Depuis cinq ans, François Zola, ingénieur, met au point le projet, accepté par la municipalité, d'un canal qui doit alimenter la ville en eau pendant toute l'année.	
1844		Auguste Comte, *Discours sur l'esprit positif*.
1847	4 février : les travaux sur le canal commencent. 27 mars : François Zola meurt à Marseille d'une pneumonie contractée sur le chantier du barrage. Enterrement à Aix. Émilie Zola et son fils se retrouvent dans une situation financière difficile. François s'était considérablement endetté pour mettre au point son projet.	Prosper Lucas, *Traité philosophique et physiologique de l'hérédité naturelle* (2 vol., 1847-1850). Marx, *Misère de la philosophie*. Le mouvement de protestation contre la monarchie de Juillet prend de l'ampleur.
1848		Janvier-mars : révolutions en Europe. 24 février : en France, chute de la monarchie de Juillet. Proclamation de la République. 10 décembre : Louis Napoléon Bonaparte est élu président de la République.

1851	Émile Zola entre au collège. Vers la même époque, il fréquente les cours de l'école de dessin d'Aix et, avec son ami Cézanne, réalise un paravent.	2 décembre : coup d'État de Louis Napoléon Bonaparte. Insurrections républicaines dans une vingtaine de départements. Répression. Des intellectuels et des écrivains partent en exil, notamment Victor Hugo.
1852		2 décembre : proclamation du Second Empire.
1854	Inauguration officielle du canal Zola. Depuis 1847, Émilie Zola se débat dans les ennuis judiciaires qui compromettent la succession morale et matérielle de son mari.	Claude Bernard découvre la fonction glycogénique du foie. Une chaire de physiologie générale est créée pour lui à la Faculté des sciences de Paris.
1855		Exposition universelle de Paris. Création des grands magasins. Courbet, exclu de l'Exposition universelle, organise une exposition privée, à ses frais, dans le pavillon du Réalisme.
1856	Zola entre en troisième (section des sciences). Intense activité de lecture, des romantiques notamment (Hugo, Musset). Fréquente le théâtre d'Aix.	
1858	Installation des Zola (la mère, le fils et le grand-père ; la grand-mère est décédée l'année précédente) à Paris dans un appartement de trois pièces. Émile entre en seconde (section des sciences), comme boursier, au lycée Saint-Louis. Vacances d'été à Aix, où il retrouve son ami Cézanne, qui a obtenu son baccalauréat.	Travaux gigantesques dans Paris, sous la direction du préfet Haussmann. 16 octobre : leçon d'ouverture de Claude Bernard au Collège de France : *De la méthode expérimentale.*

	VIE ET ŒUVRE DE ZOLA	CONTEXTE HISTORIQUE ET CULTUREL
	De retour à Paris, il tombe gravement malade (fièvre ty- phoïde), et sa rentrée au lycée est retardée jusqu'en jan- vier 1859. Il lit Michelet.	
1859	Échoue à deux reprises au baccalauréat. Composition de poèmes, contes et nouvelles.	Darwin, *De l'origine des espèces*.
1860		Michelet, *La Femme* (énorme succès de librairie).
1860- 1861	Période de crise physique et morale (troubles nerveux, sen- timent d'échec, ne trouve pas d'emploi). Lit beaucoup, les modernes (Hugo, Michelet, George Sand, Sainte-Beuve) mais aussi les classiques (Montaigne).	
1862	1er mars : entre comme employé chez Hachette. Il intègre rapidement le service de la publicité dont il deviendra directeur. Il s'intéresse de très près à l'actualité littéraire, rencontre les auteurs en vue.	Hugo, *Les Misérables* ; Manet, *Le Déjeuner sur l'herbe*. 1er juin : arrêté du ministre de l'Instruction publique encourageant la formation des bibliothèques scolaires.
1863	Début de sa carrière de journaliste littéraire.	Création du *Petit Journal*, quotidien à sensation bon marché, qui révolutionne le monde de la presse.
1864	Relations avec l'*intelligentsia* parisienne ; Zola rend compte de conférences pour la *Revue de l'instruction publique.* À la fin de l'année, il rencontre Gabrielle Alexandrine Meley, qui deviendra son épouse en 1870. Première œuvre publiée : *Contes à Ninon* (inspiration provençale).	Offenbach, *La Belle Hélène*. Vogue de l'opérette et de l'opéra bouffe.

1865	Zola publie son premier roman, d'inspiration autobiographique : *La Confession de Claude*. Articles dans la presse.	
1866	31 janvier : il décide de quitter la maison Hachette pour être homme de lettres à part entière. Collabore régulièrement avec les journaux, notamment avec *L'Événement*, où il invente la rubrique des « Livres d'aujourd'hui et de demain ». Contacts fréquents et réguliers avec les peintres. *Mes Haines* paraît en juin 1866.	
1867	*Édouard Manet*, plaquette en faveur du peintre. Romans : *Les Mystères de Marseille* ; *Thérèse Raquin*.	Exposition universelle au Champ-de-Mars. Création par Victor Duruy d'un enseignement secondaire de jeunes filles. Claude Bernard, *De la physiologie générale*.
1868	Relations étroites entre Manet et Zola. Le peintre fait le portrait du critique d'art. Importante vie sociale : il rencontre des écrivains (les frères Goncourt notamment) et des peintres. Difficultés de subsistance cependant. La préface à la deuxième édition de *Thérèse Raquin* lui vaut de nombreuses lettres de félicitations. Roman : *Madeleine Férat*. Notes préparatoires, notes de lectures (divers ouvrages scientifiques, relecture des œuvres de Balzac), plans généraux pour un cycle de dix romans, l'*Histoire d'une famille*.	
1869	Il se lie d'amitié avec Flaubert.	11 juin : début de la grève des mineurs du bassin de la Loire. Une fusillade fait treize morts à La Ricamarie.

	VIE ET ŒUVRE DE ZOLA	CONTEXTE HISTORIQUE ET CULTUREL
1870	Zola va à Bordeaux à la fin de l'année et devient secrétaire d'un membre du gouvernement de la Défense nationale. *La Fortune des Rougon*, premier roman de sa série, est publié en feuilleton dans le journal *Le Siècle*.	15 août : décret d'amnistie pour tous les crimes et délits politiques. Beaucoup de réfugiés prolongent un exil volontaire. Profession de foi positiviste de Claude Bernard à l'Académie des sciences. Balzac, *Œuvres complètes* (24 vol. de 1869 à 1876). Guerre franco-allemande. Déchéance de l'Empire le 4 septembre. La République est proclamée à Lyon et à Marseille, puis à Paris où se constitue un gouvernement de la Défense nationale. 5 septembre : retour triomphal de Hugo à Paris, après dix-neuf ans d'exil. 19 septembre : début du siège de Paris.
1871	Intense activité journalistique. Publication dans le journal *La Cloche* des trois premiers chapitres de *La Curée*, suspendue par le Parquet.	28 janvier : signature de l'armistice, qui prévoit l'occupation de Paris par l'armée prussienne. 17 février : Thiers est nommé chef du pouvoir exécutif. Commune de Paris. Mai : violents combats de guerre civile. 31 août : Thiers est président de la République.
1872	Zola change d'éditeur : *Les Rougon-Macquart* deviennent la propriété de Georges Charpentier, avec qui Zola se lie d'une étroite amitié. Début des relations avec Tourgueniev et Alphonse Daudet.	
1873	*Le Ventre de Paris*.	

1874	Premier « dîner des auteurs sifflés », à l'instigation de Flaubert. Il réunit les dramaturges malheureux que sont Zola, Goncourt, Daudet, Flaubert et Tourgueniev. Début des relations avec Mallarmé, que Zola connaît grâce à Manet. *La Conquête de Plassans*.	La France passe du 2ᵉ au 4ᵉ rang des puissances industrielles. Inauguration de la première exposition impressionniste, nom donné par dérision (par le critique Louis Leroy) d'après le tableau de Monet, *Impression, soleil levant*.
1875	*La Faute de l'abbé Mouret*. Début de la collaboration avec *Le Messager de l'Europe*.	30 janvier : l'amendement Wallon établissant le principe de la République est adopté par 354 voix contre 353.
1876	Zola critique dramatique. *Son Excellence Eugène Rougon*. Début de la publication de *L'Assommoir* en feuilleton dans la presse. Commence à rencontrer de jeunes écrivains (notamment Huysmans) et fait figure de chef de file.	Larousse : *Grand Dictionnaire universel du XIXᵉ siècle* (15 vol., 1865-1876). Ce sera un important outil de travail pour Zola.
1877	Triomphe de *L'Assommoir*. C'est en même temps un énorme scandale. 16 avril : dîner au restaurant Trapp, « baptême » très médiatisé de l'école naturaliste : de jeunes écrivains (Maupassant, Huysmans, Céard...) ont invité les maîtres en qui ils se reconnaissent : Flaubert, Goncourt, Zola.	
1878	Zola achète sa maison d'écrivain : la propriété de Médan. Il partagera désormais sa vie entre Médan et Paris. Il publie un article retentissant sur « les romanciers contemporains » où, sans craindre de nommer ses concur-	Mort de Claude Bernard à Paris. Funérailles nationales. L'invention du microscope à immersion rend possible l'observation directe des molécules et des atomes.

	VIE ET ŒUVRE DE ZOLA	CONTEXTE HISTORIQUE ET CULTUREL
	rents, il trace un bilan extrêmement sombre du roman français à son époque. *Une page d'amour.*	Démission de Mac-Mahon. Le même jour, Jules Grévy est élu président de la République (il le restera jusqu'en 1887). Pasteur découvre le principe de la vaccination. Edison invente la lampe à incandescence par le vide.
1879	Importants articles de critique littéraire. *L'Assommoir* est adapté au théâtre. Succès.	
1880	Zola est très affecté par une série de deuils. L'écrivain et ami Duranty, Flaubert et Mme Zola meurent successivement. *Le Roman expérimental. Nana.* Grand succès. *Les Soirées de Médan,* recueil de nouvelles en collaboration (Maupassant, Huysmans, Zola...), est présenté comme un manifeste du naturalisme littéraire.	L'État a désormais le monopole de la collation des grades universitaires. Victoire contre l'enseignement religieux. Loi sur la gratuité de l'enseignement primaire. Le 14 juillet est décrété jour de fête nationale. Mise au point de la bicyclette (Zola en sera un adepte). 200e anniversaire de la fondation de la Comédie-Française. Hugo, *Hernani,* reprise en l'honneur du 50e anniversaire de la première, avec Sarah Bernhardt. Rodin, *Le Penseur.*
1881	Nombreuses visites et réceptions d'écrivains à Médan. Zola met un terme à sa carrière de journaliste-chroniqueur pour se consacrer plus sereinement à l'écriture de ses romans. Il fait ses « adieux à la presse », mais il reprendra en fait une chronique dans *Le Figaro* en 1896. Publications d'articles sous forme de recueils à visée doctrinale : *Le Naturalisme au théâtre, Nos auteurs dramatiques, Les Romanciers naturalistes, Documents littéraires.*	Les élections législatives assurent le triomphe des républicains. Le recensement dénombre 37 405 000 habitants en France, 500 000 de plus qu'en 1876. Un réseau d'horloges électriques permet d'unifier l'heure à Paris.

1882	Publication d'une biographie de Zola (par son ami Paul Alexis) qui le consacre homme célèbre. Ses œuvres ont en outre de plus en plus de succès à l'étranger (Allemagne, Italie, Espagne, Angleterre, pays du Nord, Russie…). Il négocie les traductions et tente de préserver ses droits pour lutter contre le piratage. *Pot-Bouille*.	Ouverture du premier lycée de jeunes filles à Paris (lycée Fénelon).
1883	*Au bonheur des dames*. Adaptation de *Pot-Bouille* au théâtre. Zola a participé aux adaptations de ses grands romans (sans les signer) par un professionnel de la scène : Busnach. Ces adaptations, qui ne sont pas exactement le théâtre naturaliste dont rêvait Zola, ont eu du succès.	
1884	*La Joie de vivre*.	
1885	*Germinal*.	Mort de Victor Hugo. Réception officielle à New York de la statue de Bartholdi : *La Liberté éclairant le monde*. Essai sur un enfant du vaccin contre la rage par Pasteur.
1886	*L'Œuvre*.	
1887	*La Terre*.	
1888	Zola rencontre le jeune musicien Alfred Bruneau, avec qui il écrira des drames lyriques. Nommé chevalier de la Légion d'honneur.	Premier moteur à essence (Forest). Eastmann commercialise l'appareil photographique Kodak.

	VIE ET ŒUVRE DE ZOLA	CONTEXTE HISTORIQUE ET CULTUREL
	Début d'une deuxième vie affective avec sa maîtresse, Jeanne Rozerot, qui lui donnera deux enfants. *Le Rêve.*	
1889	Naissance de sa fille Denise. Pose sa candidature à l'Académie française. Il n'y sera jamais admis, malgré ses nombreuses tentatives.	
1890	*La Bête humaine.*	Manifestation des ouvriers en faveur de la journée de huit heures. Ouverture de la première station de métro à Londres. Claudel, *Tête d'or.* Degas, série des *Danseuses bleues.*
1891	Naissance de son fils Jacques. Alexandrine Zola découvre la liaison de son mari avec Jeanne Rozerot. *L'Argent.*	
1892	Zola est président de la Société des gens de lettres. Son action en faveur des droits des auteurs sera réelle et efficace. *La Débâcle.* Gros succès de librairie.	Attentats anarchistes. Inauguration des tramways électriques à Paris.
1893	Zola est promu officier de la Légion d'honneur par Raymond Poincaré, ministre de l'Instruction publique. Fin de la publication du cycle des *Rougon-Macquart* avec *Le Docteur Pascal.*	Mort de Maupassant. Munch, *Le Cri.*

1894	Zola entame un nouveau cycle romanesque : *Les Trois Villes*. Premier volet : *Lourdes*.	Durkheim, *Les Règles de la méthode sociologique*. Cézanne, *Le Bain*.
1895		Le capitaine juif Alfred Dreyfus, condamné pour espionnage, est dégradé publiquement dans la grande cour de l'École militaire et déporté à l'île du Diable, au large de la côte guyanaise.
1896	Zola reçoit la visite du journaliste Bernard-Lazare qui, convaincu de l'innocence de Dreyfus, vient de faire paraître à Bruxelles une brochure intitulée *Une erreur judiciaire. La vérité sur l'affaire Dreyfus*. Composition de drames lyriques : *L'Ouragan*, *Violaine la chevelue*.	Mort de Verlaine. Cézanne, *La Montagne Sainte-Victoire*.
1896-1897		Poursuite de l'affaire Dreyfus. La presse fait écho.
1897	Zola entre en scène dans l'affaire Dreyfus, en publiant des articles retentissants dans la presse pour dénoncer une erreur judiciaire.	Clément Ader obtient de son appareil, « l'Avion », un bond de 200 mètres. 409 000 bicyclettes sillonnent les routes de France ; 1 200 voitures automobiles sont en circulation ; le téléphone compte 44 000 abonnés.
1898	La campagne de Zola en faveur de Dreyfus prend un tour nouveau avec sa lettre au président de la République, « J'accuse », publiée dans *L'Aurore*. Le ministère de la Guerre lui intente un procès et il est condamné à un an de prison et 3 000 francs	Le *Balzac* de Rodin fait scandale au Salon. Mort de Mallarmé. Commencement des travaux du métropolitain, à Paris. Découverte du radium par Pierre et Marie Curie.

	VIE ET ŒUVRE DE ZOLA	CONTEXTE HISTORIQUE ET CULTUREL
	d'amende. Après un nouveau procès et une nouvelle condamnation, Zola s'exile en Angleterre.	
1899	Le procès de Dreyfus devant être révisé, Zola regagne la France le 5 juin. Début d'une nouvelle série romanesque, les *Quatre Évangiles*, avec *Fécondité*.	Émile Loubet est élu président de la République en remplacement de Félix Faure, décédé. Alfred Dreyfus est gracié par le président de la République.
1900	Zola est acquitté dans son dernier procès. Il rencontre pour la première fois Alfred Dreyfus, qui vient d'arriver à Paris.	
1901	Les associations ouvrières offrent un banquet à Zola, en l'honneur de son roman *Travail*.	
1902	*Vérité*. Le 28 septembre, les Zola reviennent à Paris après avoir passé l'été à Médan. Dans la nuit, le romancier meurt par asphyxie, la cheminée de la chambre tirant mal. L'accident est le résultat d'un acte de malveillance (la cheminée a été bouchée par un antidreyfusard). Mme Zola est sauvée. Obsèques de l'écrivain le 5 octobre. L'écrivain Anatole France prononce l'oraison funèbre au nom de l'Académie française. Zola laisse inachevé le quatrième *Évangile*, *Justice*.	
1908	Les cendres de Zola sont transférées au Panthéon. Jeanne Rozerot mourra en 1914 et Alexandrine Zola en 1925.	

BIBLIOGRAPHIE

Sur Zola et le naturalisme

David BAGULEY, *Le Naturalisme et ses genres*, Nathan, 1995.

Colette BECKER, Gina GOURDIN-SERVENIÈRE et Véronique LAVIELLE, *Dictionnaire d'Émile Zola*, Robert Laffont, « Bouquins », 1993.

Henri MITTERAND, *Zola*, t. I (*Sous le regard d'Olympia. 1840-1871*), Fayard, 1999.

Henri MITTERAND, *Zola, tel qu'en lui-même*, PUF, 2009.

Alain PAGÈS, *La Bataille littéraire. Essai sur la réception du naturalisme à l'époque de Germinal*, Biarritz, Séguier, 1989.

Alain PAGÈS et Owen MORGAN, *Guide Émile Zola*, Ellipses, 2002.

Émile ZOLA, *Le Roman expérimental*, édition avec dossier par François-Marie Mourad, GF-Flammarion, 2006.

Émile ZOLA, *Émile Zola, Mémoire de la critique*, anthologie présentée par Sylvie Thorel-Cailleteau, Presses de l'université de Paris-Sorbonne, 1998.

Sur *Mes Haines*

Éditions

Émile ZOLA, *Mes Haines. Causeries littéraires et artistiques*, Achille Faure, 1866 [édition originale, enregistrée dans la *Bibliographie de la France* le 23 juin 1866, nº 7390]. Une partie de l'édition originale, non vendue, a été remise en circulation avec un nouveau titre portant la mention : 2ᵉ édition.

Émile ZOLA, *Mes Haines. Causeries littéraires et artistiques. – Mon Salon* (1866). *– Édouard Manet, étude biographique et critique,* nouvelle édition, Paris, G. Charpentier, 1879 [enregistré dans la *Bibliographie de la France* le 4 octobre 1879, n° 10767].

Émile Zola, *Mes Haines*, éd. Claude Bonnefoy, in *Œuvres complètes*, t. X : *Œuvre critique I*, dir. Henri Mitterand, Cercle du Livre précieux, 1968, p. 13-187 [édition de référence].

Émile Zola, *Mes Haines*, introduction d'Henri Mitterand, Genève/Paris, Slatkine Reprints, « Ressources », 1979.

Émile Zola, *L'Encre et le sang. Littérature et politique*, introduction d'Henri Mitterand, Complexe, 1989.

Études partiellement ou entièrement consacrées à Mes Haines

Colette Becker, « Émile Zola : 1862-1867. Élaboration d'une esthétique moderne », *Romantisme*, n° 21-22, 1978, p. 117-123.

Colette Becker, « Zola à la librairie Hachette (1862-1866) », *Revue de l'université d'Ottawa*, vol. 48, n° 4, octobre-décembre 1978, p. 287-309.

Colette Becker, « Républicain sous l'Empire », *Les Cahiers naturalistes*, n° 54, 1980, p. 7-16.

Colette Becker, « Hachette et Zola. Le futur auteur des *Rougon-Macquart* dans un des temples de l'édition au XIXᵉ siècle (1862-1866) », *Bulletin du Centre d'histoire de la France contemporaine*, Université de Paris X-Nanterre, n° 7, 1986, p. 45-65.

Colette Becker, « Les Goncourt, modèles de Zola », *Francofonia (studi et ricerche sulle letterature di lingua francese)*, n° 20, printemps 1991, p. 105-113.

Colette Becker, *Les Apprentissages de Zola*, PUF, 1993.

Antoinette Ehrard, « Zola et Courbet », *Europe*, avril-mai 1968, p. 241-251.

Antoinette Ehrard, « Émile Zola et Gustave Doré », *Gazette des Beaux-Arts*, LXXIX, n° 1238, mars 1972, p. 185-192.

F.W.J. Hemmings, « Zola's apprenticeship to journalism (1865-1870) », *Publications of the Modern Language Association of America*, juin 1956, p. 340-354.

Jean Kaempfer, « Le désir du poète. Zola lecteur de Hugo », *Écriture*, n° 32, Lausanne, printemps 1989.

Denis Labouret, « Le polémiste au miroir. Écriture agonique et jeux spéculaires », in Gilles Declercq, Michel Murat et Jacqueline DANGEL (éds), *La Parole polémique*, Honoré Champion, 2003, p. 205-220.

John C. LAPP, « Taine et Zola : autour d'une correspondance », *Revue des sciences humaines*, juillet-septembre 1957, p. 319-326.

Jacques MIGOZZI, « Le vrai-faux manifeste d'un jeune ambitieux : *Mes Haines* d'Émile Zola », in Lise DUMASY et Chantal MASSOL (textes réunis par), *Pamphlet, utopie, manifeste : XIXe-XXe siècles*, L'Harmattan, 2001, p. 197-211.

Henri MITTERAND, *Zola journaliste*, Armand Colin, 1962.

Henri MITTERAND, « Zola, ses haines, ses modèles », in *Le Regard et le signe*, PUF, « Écriture », 1987, p. 27-35.

François-Marie MOURAD, « Émile Zola lecteur de Napoléon III », *Les Cahiers naturalistes*, n° 74, 2000, p. 247-261 [sur le compte rendu de l'*Histoire de Jules César*].

François-Marie MOURAD, *Zola critique littéraire*, Honoré Champion, 2001.

François-Marie MOURAD, « Zola critique littéraire entre Sainte-Beuve et Taine », *Revue d'histoire littéraire de la France*, 2007, n° 1, p. 67-87 [sur l'article consacré à Taine et les objections zoliennes en faveur de la « personnalité »].

Roger RIPOLL, « Zola juge de Victor Hugo », *Les Cahiers naturalistes*, n° 46, 1973, p. 182-204.

Halina SUWALA, *Autour de Zola et du naturalisme*, Honoré Champion, 1993.

René TERNOIS, « Zola lecteur du *Maudit* », *Les Cahiers naturalistes*, n° 35, 1968.

Henry WEINBERG, « Zola, some early critical concepts », *Modern Language Quarterly*, Washington, juin 1967, p. 207-212.

André WURMSER, « Zola et la haine », *Europe*, avril-mai 1968, p. 74-82.

AUTRES RÉFÉRENCES UTILES POUR L'ÉTUDE DE *MES HAINES*

Sur les contemporains de Zola

Jules BARBEY D'AUREVILLY, *Polémiques d'autrefois*, Paris, Albert Savine, 1889.

Dominique BERTHET, *Proudhon et l'art*, L'Harmattan, 2001.

José-Luis DIAZ, « "Aller droit à l'auteur sous le masque du livre". Sainte-Beuve et le biographique », *Romantisme*, nº 109, 2000, *Sainte-Beuve ou l'Invention de la critique*, p. 45-67.

Jean GAULMIER, « À propos d'un centenaire : l'*Histoire de Jules César* (1865-1866) », *Travaux de linguistique et de littérature*, Strasbourg, Centre de philologie et de littérature romanes, IV, 2, 1966.

Pierre GUIRAL, *Prévost-Paradol (1829-1870). Pensée et action d'un libéral sous le Second Empire*, PUF, 1955.

Patrizia LOMBARDO, « Zola et Taine, la passion du document », *Les Cahiers naturalistes*, nº 67, 1993, p. 191-200.

François MAROTIN, *Les Années de formation de Jules Vallès (1845-1867). Histoire d'une génération*, L'Harmattan, 1997.

Jules MICHELET, *Cours professé au Collège de France, 1847-1848*, Chamerot, 1848.

Robert J. NIESS, « Émile Zola and Edmond de Goncourt », *The American Society Legion of Honor Magazine*, New York, vol. 41, nº 2, 1970, p. 85-105.

Jean-Thomas NORDMANN, *Taine et la critique scientifique*, PUF, 1992.

Pierre Joseph PROUDHON, *Du principe de l'art et de sa destination sociale*, Dijon, Presses du réel, 2002.

Louis Auguste ROGEARD, *Histoire d'une brochure*, in *Pamphlets de A. Rogeard*, Bruxelles, J.H. Briard, 1868.

James Henry RUBIN, *Réalisme et vision sociale chez Courbet et Proudhon*, Éditions du Regard, 1999.

Hippolyte TAINE, *Philosophie de l'art*, Genève, Slatkine Reprints, 1980.

Jules VALLÈS, *Œuvres*, t. I (*1857-1870*), texte établi, présenté et annoté par Roger Bellet, Gallimard, « Bibliothèque de la Pléiade », 1975.

Sur le journalisme et l'édition au XIXᵉ siècle

Claude BELLANGER, *Journalistes républicains sous le Second Empire*, Paris, Institut français de la presse, 1954.

Claude BELLANGER, « Il y a cent ans, Émile Zola faisait à Lille ses débuts dans la presse. Une correspondance inédite », *Les Cahiers naturalistes*, n° 26, 1964, p. 5-44.

Claude BELLANGER, Jacques GODECHOT, Pierre GUIRAL et Fernand TERROU (dirs), *Histoire générale de la presse française*, t. II (*1815-1871*), PUF, 1969.

Roger BELLET, *Presse et journalisme sous le Second Empire*, Armand Colin, « Kiosque », 1967.

Marianne BURY et Hélène LAPLACE-CLAVERIE (dirs), *Le Miel et le fiel. La critique théâtrale en France au XIXe siècle*, Presses de l'université Paris-Sorbonne, 2008.

Christophe CHARLE, *Le Siècle de la presse (1830-1939)*, Seuil, « L'Univers historique », 2004.

Gérard DELFAU et Anne ROCHE, *Histoire, littérature. Histoire et interprétation du fait littéraire*, Seuil, 1977.

Dominique KALIFA, Philippe RÉGNIER, Marie-Ève THÉRENTY et Alain VAILLANT (dirs), *La Civilisation du journal. Histoire culturelle et littéraire de la presse française au XIXe siècle (1800-1914)*, Nouveau Monde éditions, 2010.

Marc MARTIN, « Journalistes parisiens et notoriété (vers 1830-1870). Pour une histoire sociale du journalisme », *Revue historique*, n° 539, juillet-septembre 1981, p. 31-74.

Marie-Françoise MELMOUX-MONTAUBIN, « Autopsie d'un décès. La critique dans la presse quotidienne de 1836 à 1891 », *Romantisme*, n° 121, 2003, p. 9-22.

Marie-Françoise MELMOUX-MONTAUBIN, *L'Écrivain-journaliste au XIXe siècle : un mutant des lettres*, Saint-Étienne, Les Cahiers intempestifs, 2003.

Jean-Yves MOLLIER, *L'Argent et les lettres. Histoire du capitalisme d'édition, 1880-1920*, Fayard, 1988.

Pierre PELLISSIER, *Émile de Girardin, prince de la presse*, Denoël, 1985.

Corinne SAMINADAYAR-PERRIN, *Le Discours du journal. Rhétorique et médias au XIXe siècle (1836-1885)*, Saint-Étienne, Publications de l'université de Saint-Étienne, 2007.

Edmond TEXIER, *Le Journal et le journaliste*, Paris, A. Le Chevalier, « Physionomies parisiennes », 1868.

Marie-Ève THÉRENTY, « Pour une histoire littéraire de la presse »,
    Revue d'histoire littéraire de la France, juillet-septembre 2003,
    p. 625-636.

Marie-Ève THÉRENTY et Alain VAILLANT (dirs.), *Presse et plumes.
    Journalisme et littérature au XIXᵉ siècle*, Nouveau Monde édi-
    tions, 2004.

Pierre VAN DEN DUNGEN, « Écrivains du quotidien : journalistes et
    journalisme en France au XIXᵉ siècle », *Semen* [en ligne], 25/
    2008, mis en ligne le 20 février 2009 : http://semen.revues.org/
    8108.

Émile ZOLA, *Zola journaliste. Articles et chroniques*, anthologie
    présentée par Adeline Wrona, GF-Flammarion, 2011.

Sur les préfaces et manifestes

Claude ABASTADO, « Introduction à l'analyse des manifestes »,
    Littérature, n° 39, octobre 1980, p. 3-11.

José-Luis DIAZ, « Préfaces 1830 : entre aversion, principe de plai-
    sir et *happening* », *Revue des sciences humaines*, Lille, Presses uni-
    versitaires du Septentrion, n° 295, juillet-septembre 2009,
    p. 37-54.

Jean-Marie GLEIZE, « Manifestes, préfaces. Sur quelques aspects
    du prescriptif », *Littérature*, n° 39, octobre 1980, p. 12-16.

Sur la « haine » en littérature

Marc ANGENOT, *La Parole pamphlétaire. Contribution à la typolo-
    gie des discours modernes*, Payot, 1982.

Vincent AZOULAY et Patrick BOUCHERON (dirs), *Le mot qui tue.
    Une histoire des violences intellectuelles de l'Antiquité à nos jours*,
    Champ Vallon, 2009.

Martine BOYER-WEINMANN et Jean-Pierre MARTIN, *Colères d'écri-
    vains*, Nantes, Éditions Cécile Defaut, 2009.

Julia KRISTEVA, « Aimer la vérité cruelle et disgracieuse… », *Les
    Cahiers naturalistes*, n° 68, 1994, p. 7-9.

AUTRES TRAVAUX UTILISÉS

Jean-Louis CABANÈS, *Le Corps et la maladie dans les récits réalistes
    (1856-1893)*, Klincksieck, 1991.

Philippe HAMON, *L'Ironie littéraire. Essai sur les formes de l'écriture oblique*, Hachette supérieur, « Recherches littéraires », 1996.

Jean-Thomas NORDMANN, *La Critique littéraire française au XIXe siècle (1800-1914)*, Le Livre de poche, « Références », 2001.

Paul RICŒUR, *Du texte à l'action. Essais d'herméneutique, II*, Seuil, 1986.

Corinne SAMINADAYAR-PERRIN (dir.), *Qu'est-ce qu'un événement littéraire au XIXe siècle ?*, Saint-Étienne, Publications de l'université de Saint-Étienne, 2008.

Alain VAILLANT, *La Crise de la littérature. Romantisme et modernité*, Grenoble, Ellug, 2005.

Alain VAILLANT, *L'Histoire littéraire*, Armand Colin, 2010.

TABLE

Présentation 7

MES HAINES

Mes Haines... 41
L'abbé***... 49
Proudhon et Courbet 57
Le catholique hystérique 73
La littérature et la gymnastique............................ 85
Germinie Lacerteux par MM. Ed. et J. de Goncourt .. 93
Gustave Doré... 107
Les Chansons des rues et des bois 117
La Mère par M. Eug. Pelletan 127
L'Égypte il y a trois mille ans............................... 135
La géologie et l'histoire.. 143
Un livre de vers et trois livres de prose...................... 151
Les Moralistes français (M. Prévost-Paradol)................ 171
Le Supplice d'une femme et *Les Deux Sœurs* 183
Erckmann-Chatrian... 201
M. H. Taine, artiste 219
Histoire de Jules César... 243

Notes 261
Historique des prépublications............................... 305
Chronologie.. 309
Bibliographie.. 321

Mise en page par Meta-systems
59100 Roubaix

Nº d'édition : L.01EHPN000499.N001
Dépôt légal : février 2012
Imprimé en Espagne par Novoprint (Barcelone)